단군왕검

단군 왕검 1

1판 1쇄 발행 2009년 6월 10일
1판 4쇄 발행 2009년 10월 9일

지은이 | 정호일

펴낸이 | 박찬영

편집 | 김혜경, 한미정

마케팅 | 이진규, 장민영

교정 | 박은지

발행처 | 리베르

주소 | 서울시 용산구 용산동5가 24번지 용산파크타워 103동 505호

등록번호 | 제2003-43호

전화 | 02-790-0587, 0588

팩스 | 02-790-0589

홈페이지 | www.liberbooks.co.kr

커뮤니티 | blog.naver.com/liber_book(블로그)

　　　　　　 cafe.naver.com/talkinbook(카페)

e-mail | skyblue7410@hanmail.net

ISBN | 978-89-91759-55-8 (03810)

　　　　 978-89-91759-54-1 (전2권)

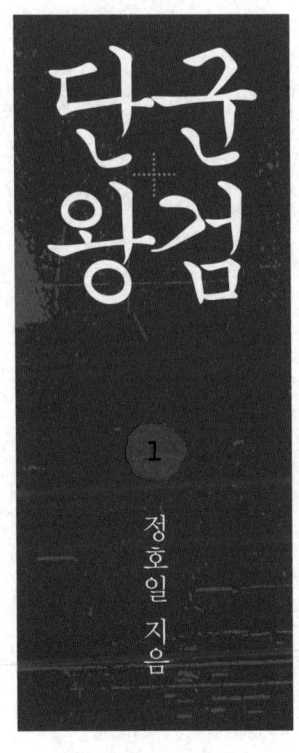

단군
왕검

1

정호일 지음

리베르

하늘의 뜻이 땅에서 이루어지리라

단군왕검檀君王儉! 단군 할아버지!

저는 이 말만 들어도 가슴이 저절로 뭉클해지고 벅차올랐습니다. 왜 그런지 그 이유를 잘 몰랐습니다. 이 의미를 조금이나마 깨닫게 된 건 오랜 기간 고구려 역사를 공부하는 과정에서였습니다.

저는 우리 민족이 분단 상황에 처해 있으면서 강대국들 사이에 끼어 이리저리 치이는 현실을 안타까운 심정으로 바라보았습니다. 왜 우리 민족은 이렇게 살아야 하는가? 정말 우리 민족의 위대한 영화榮華는 없었는가? 이런 고심에서 저는 가장 융성하고 번영했던 시기로 고구려를, 그중에서도 광개토호태왕을 떠올렸습니다. 그리고 이에 대해 연구해나갔습니다. 그분이 쌓은 민족적인 업적을 깨닫고 앞으로 나아간다면 우리 민족의 현실을 개선하는 데 도움이 될 것이라고 판단했던 까닭입니다. 결국 저는 이를 『광개토호태왕』이라는 책으로 출간하게 되었습니다.

그런데 그 연구 과정에서 정말 놀라운 사실을 발견하게 되었습니다. 그것은 고구려 역사의 영광된 뿌리가 바로 천손天孫 민족으로서의 자부심에 기초하고 있었다는 사실이었습니다. 그 뿌리란 다름 아닌 단군이었습니다. 놀라움은 단순한 호기심만으로 그치지 않았고 단군조선에 대한 연구로 이어졌습니다. 깊이 연구하면 할수록 우리의 위대한 조상이었던 단군에 대해 제가 얼마나 무지했던가를 깨닫게 되었습니다.

지금도 일부에서는 단군에 대한 기록을 역사적 사실로 보는가 하면 신화로 보기도 하는 등 의견이 분분합니다. 하지만 우리가 지금껏 이 땅에 존재한다는 사실이 바로 단군의 존재를 반증하는 것이 아닐까요? 우리의 부모에서 부모로 계속 거슬러 올라가다 보면 단군에까지 이르기 때문입니다. 결국 단군을 부정하는 것은 자기 자신의 뿌리를 부정하는 것과 마찬가지임에도 왜 이런 현상들이 나타나는 걸까요? 그만큼 우리가 스스로의 역사와 단군이라는 시조에 대해 모르고 있었기 때문일 것입니다. 물론 단군에 대한 사료가 극히 미미한 까닭에 정확하지 않은 부분이 많은 것도 사실입니다.

하지만 분명한 것은 그토록 융성했던 고구려가 나라의 근본을 단군 조선에서 찾았다는 사실입니다. 그것은 당연히 단군조선이라는 나라가 번성했기 때문이겠지요. 그러나 비단 그 때문만은 아니었습니다. 단군조선은 민족의 태생적 뿌리이자 우리 인간이 살아가는 데 필요한 모든 정신적 자양분을 제공해주었기 때문입니다. 신선사상과 홍익인간, 그리고 이화세계는 바로 이러한 점들을 분명하게 보여주는 것이지요.

지금껏 저는 그 어떤 건국신화에서도 인간을 이롭게 하기 위해서 나라를 세웠다는 이야기를 들어본 적이 없습니다. 이 한 가지 사실만 놓고 보더라도 단군조선이라는 나라가 우리 민족사에 얼마나 새로운 지평을 열어놓았는지를 확인할 수 있습니다. 즉, 우리 민족 앞에 새로운 역사의 시대를 활짝 펼쳐놓았다는 것이지요.

지금 우리는 사회·경제적으로 매우 어렵고 힘든 시기에 처해 있습니다. 어쩌면 이렇게 된 원인은, 단군조선이라는 뿌리를 잃고 민족의 정신을 망각한 채 살아왔기 때문은 아닌가 생각합니다. 지금 사람들은 어찌하든지 간에 잘 먹고 잘살기만 하면 된다고 여기는 경향이 많습니다. 그러면 도대체 잘 먹고 잘사는 것이란 무엇일까요? 이에 대해 단군은 인간으로서의 존엄을 해답으로 내세우고 있습니다. 그것은 자신의 정체성을 찾아 스스로의 힘으로 현실의 상황을 풀어나가는 것을 의미합니다.

　그런데 우리의 현실은 그렇지 않습니다. 지금의 경제 상황은 우리의 잘못에서만 비롯되었다기보다는 다른 나라의 경제 사정에 크게 영향을 받았기 때문으로 볼 수 있습니다. 결국 우리가 아무리 의도하지 않았다고 하더라도 다른 나라의 경제 상황에 따라 이리저리 흔들릴 수밖에 없는 형국에 처해 있는 셈이지요.

　게다가 우리 사회 전반에는 자신의 것을 배우고 그것에 대한 긍지를 가지는 대신에 다른 나라의 사고방식이나 사상, 그리고 언어를 무분별하게 받아들이고 남발하는 것을 대단하게 여기는 풍조마저 유행하고 있습니다. 먹고사는 것도 다른 나라에 의해 좌우되고 민족의 정신마저 다른 나라의 그것을 가져다 쓴다면, 그게 바로 노예적 삶이 아니고 무엇일까요? 아무리 노예가 주인의 혜택을 받아 잘 먹고 풍족하게 산다고 하더라도 그게 참다운 삶이라고 할 수 있을까요? 그것마저 주인에 의해 결정되는데도 말입니다.

　저는 이 혼란의 시기를 극복하는 하나의 방법이 단군을 옳게 이해하는 것이라고 생각합니다. 왜냐하면 단군은 우리의 태생적 뿌리이기도 하지만 어떻게 인간의 문제를 풀어야 할 것인가에 대한 원초적

해답을 제시해주고 있기 때문입니다. 단군이야말로 항상 새로운 인간 세상을 꿈꾸며 개척해나갔던 사람입니다. 바로 이것이 우리 민족이 위기에 처할 때마다 단군을 떠올리고 찾았던 이유가 아닌가 생각해봅니다.

세상은 꿈꾸는 자의 것이고 도전하는 자에 의해 개척됩니다. 아무쪼록 이 책이 지금의 어렵고 힘든 상황을 극복하는 데 조금이나마 도움이 되었으면 하는 바람입니다. 덧붙이건대, 단군에 대한 오랜 연구와 고민을 바탕으로 이 글을 썼지만 아직도 많은 부분이 부족하다고 생각합니다. 그만큼 단군조선의 역사적 잠재력이란 대단한 것이겠지요.

마지막으로 '단군'이란 제목 두 글자만 듣고도 흔쾌히 출간을 결정해주신 박찬영 리베르 대표를 비롯한 직원분들께 깊은 감사의 인사를 전합니다.

2009년 5월

서울에서 정호일

발행인의 말

인류 문화의 진정한 시작, 단군왕검

소설가 정호일, 그의 몸 속에는 단군의 피와 정기가 속속들이 흐른다. 그는 온몸을 다하여 주술사처럼 단군의 혼을 불러냈다. 어렴풋이 단군신화로만 인식하고 있던 엄연한 역사적 사실을 마치 보고 온 듯이 소설 『단군왕검』으로 재현해냈다. 그리하여 단군이 비로소 우리 앞에 현신한다.

일제가 흔들어놓았던 고조선의 역사가 마치 퍼즐의 조각이 하나하나 맞춰지듯 반듯하게 얼굴을 내민다. 어떤 소설보다 재미있고 어떤 역사책보다 진지한 '숨은 보석'이 5천 년이 넘는 장구한 세월 속에 묻혀 있다 드디어 우리 앞에 모습을 드러냈다. 그것은 전율이었다.

역사적 사실성은 어떤 전문 서적보다 정확하고, 이야기의 디테일은 어떤 소설보다도 역동성이 넘친다. 사료와 유물에 근거한 사실을 뼈

대로 하고 개연성 있는 소설적 상상력을 살로 덧붙였기 때문이다. 이제 우리의 역사가 정호일 작가의 소설 『단군왕검』을 통해 새롭게 눈을 뜬다. 정호일에게 '단군 연구의 1인자'라는 말을 아낄 필요가 없을 것이다.

인류 4대 문명과 함께 일궈진 단군의 세계 경영은 그야말로 세계를 관통한다. 인류 4대 문명의 발상지가 지역적 한계를 극복하지 못한 반면, 단군의 '개벽 문명'은 만주·한반도는 물론 대륙을 거쳐 영국의 스톤헨지에까지 이르렀다고 말한다면 어찌 과장이라고만 할 수 있겠는가.

스톤헨지 근처 에이번 강 주변에는 수십 기의 무덤이 있다. 이 무덤에 묻힌 주인공들은 아시아 계열로서 청동기 문화를 수반하고 영국으로 들어갔다고 알려져 있다. 2003년에는 스톤헨지 유적 주변에서 집단 묘지가 발견되었는데, 여기에서 발굴된 성인 네 명과 어린이 두 명의 유골에 대해 방사성 탄소 연대를 측정한 결과 이들의 생존 연대는 기원전 2300년쯤 되는 것으로 밝혀졌다. 고조선의 건국 연대는 기원전 2333년이고 북한의 주장에 의하면 기원전 2993년이다. 이 지역 인근뿐만 아니라 영국 전역에서 한반도의 고인돌과 비슷한 형태의 고인돌이 발견되기도 한다.

전 세계 고인돌의 거의 절반 정도가 한반도에 분포돼 있어, 한반도가 세계 청동기 문명의 시원지로 인식되기도 한다.

영국의 청동기 문화는 고조선 건국 무렵에 대륙으로부터 전해졌다고 한다. 고인돌 거석 유물로 근거해볼 때 단군족 혹은 그 영향 하에 있던 거수국이 계속 서진하여 영국으로 건너갔고, 동북아시아 단군조선 건국 시점에 '영국판 단군조선'을 건국했다는 추론이 얼마든지 가능하다. 우리와는 너무 먼 이야기가 아니냐고? 당시 유목민들의 이동 속도는 우리의 상상을 초월한다. 몽고족이 말 달리며 대제국을 건설할 때는 이동 속도가 곧 정복 속도였다. 단군과 주몽 시대에는 천리 길도 단숨에 훨훨 날아 달리는 기린마 전설이 있었다는 북한의 자료로 보아 당시의 기동력은 대단했을 것으로 짐작된다.

최초의 인류 나반(아버지의 어원)과 아만(어머니의 어원)에서부터 유래된 단군족의 세계 경영을 어찌 신화로만 돌릴 수 있겠는가. 아담과 이브의 모델인 나반과 아만은 신화 속의 인물일지도 모른다. 하지만 단군은 엄연한 역사적 실체다. 이미 정호일 작가가 그 퍼즐 맞추기 작업을 깔끔하게 마무리했다.

하지만 지금도 국사학과 교수들을 중심으로 우리나라의 고대사를 부정하는 이들이 많다. 실로 통탄할 일이다. 자신들이 배운 것만으로

학계에서 행세하려면 그럴 수밖에 없는 측면도 있을 것이다. 1910년 한일합방이 되자마자 일제는 조선총독부에 '취조국'이라는 부서를 만들어 1년이라는 짧은 시간 동안 단군 관련 고대사를 중심으로 20만 권이 되는 우리나라 역사책을 집중적으로 수거하였다. 1년 만에 20만 권이나 되는 책이 사라졌으니 일본이 패망할 때까지 사라진 책의 숫자는 실로 언급하기 힘들 정도다. 그나마 국보급 자료는 일본 궁내성 왕실도서관의 지하 서고에 보관되어 있다고 한다. KBS취재팀이 직접 가 보았지만 당연히 그들은 서고를 보여주지 않았다. 그런 까닭에 아직도 우리나라 고대사를 인정하지 않는 국사학자들이 그들의 자리를 확고히 하고 있는 것이다.

중요한 사실은 우리나라 역사가 단군조선에서 시작되는 것이 아니라는 점이다. 우리 민족을 배달민족이라고 한다. 단군조선에 앞서 배달국이 있었고 배달국 이전에는 환인의 환국이 있었다. 환국이 건국된 시기가 BC7199년이니, 우리나라의 역사는 5천 년의 역사가 아니라 1만 년의 역사라고 말해야 옳다.

우리나라는 이미 단군 시대 이전부터 독자적인 정신세계를 구축하고 있었다. 천부경을 발견해 해독한 최치원은 '난랑비서문'에서 그 핵심을 이미 명쾌하게 풀었다.

'우리 나라에 현묘한 도가 있으니 이를 풍류라 한다. 그 근원은 한웅의 신시 역사에 상세히 실려 있다. 풍류교를 뿌리로 하여 유교, 도교, 불교가 분파하였으니, 집에서는 부모에게 효도하고 밖에서는 나라에 충성하는 것은 공자의 유교요, 매사에 무위로 대하고 말없이 가르침을 행하는 것은 노자의 도교요, 악한 일을 하지 않고 착한 일을 행하는 것은 석가모니의 불교이다.'

소설 단군왕검에서 홍익인간에 근본을 둔 풍류도를 펼칠 때는 실로 유교·불교·도교·기독교의 진리조차 풍류도의 정점에서 합일되는 듯하다.

중국과 일본이 풍류도를 덮으려고 한 이유는 침략적 본성을 정당화하기 위해 그들의 정신세계를 본류로 내세우기 위함이다. 여러분조차 명백한 증거를 덮어두고, 기껏해야 지역적 한계를 지닌 화랑도 밖에 알지 못한다면, 그래서 천부경의 실체를 부정한다면, 소설 '단군왕검'을 아무 말없이 덮을 일이다.

자국 이기주의에 빠진 지구촌에 유일한 공생 코드인 '홍익인간'의 이념을 스톤헨지처럼 곧추세울 책무가 천신족인 우리에게 있다. 우리는 '개벽 문명'을 쉼 없이 이어나가야 한다. 대륙을 넘어서까지 가없이 뻗어나간 단군의 세계 경영은 정복과 파괴가 아니라 널리 지구

촌의 인간을 이롭게 하는 데 있다. 작가 자신도 말한다. '지금껏 나는 어떤 건국신화에서도 인간을 이롭게 하기 위해서 나라를 세웠다는 이야기를 들어본 적이 없습니다.'

　태고의 전설, 신묘한 풍류도, 신이 내린 글 신지문자, 웅녀를 위한 고인돌 제단, 불패의 전사 14대 환웅 치우천황, 세상을 바꾼 신무기 청동기, 순임금에게 한 수 가르친 치수의 비결, 거수국들의 끊임없는 순례와 홍익인간 사상의 전파……. 가슴 벅찬 소설『단군왕검』의 발간을 계기로 우리 시대에 정신적 르네상스가 발흥하기를 기원하며 영국 시인 존 단의 시를 인용하는 것으로 맺음말을 대신한다.

　'누구든 그 자체로 온전한 섬은 아니다.
　모든 사람은 대륙의 한 조각, 본토의 일부분에 불과하다.'

펴낸이　박찬영

출처 : 환단고기, 규원사화, 단기고사, 삼국유사, 조선왕조실록, 난랑비서문 등

만물들의 온갖 모습들이 서로 조화와 질서를 이루도록 실질적으로 행하는 선 사랑이니 사람이 바로 가장 으뜸이고

오묘한 창인자가 되는 길에 하늘의 법칙과 뜻이 있으니 인간이 구하느니라 그리하나니 이

이처럼 알고 자신을 수양하는 길로 나아간다면 누구나 다 선인이 될 수 있느니라.

모든 만물 중 가장 으뜸은 사람이며 사람은 다른 만물이 할 수 없는 텔레파시로까지 할 수 있기 때문이다.

선지의 눈길이 분신님을 중심으로 환하게 빛을 내고 있는 온누리의 별무리 별자리에

말했다. 그 순간 오 자 타가 용녀의 별자리이자 하늘의 뜻을 실어주는 별 린다는 것을 결로

의식적 앞뒤구 이 법석대는 나도록 별과 달리 몹시 반짝였던 것은 쪽에 위치하면서

땅을 향해 빛을 환하게 비춰주고 있었던 것이다.

단군왕검 1권

차례

1

암시

크에엑! 크에엑!

통통하게 살이 오른 멧돼지 한 마리가 고요한 정적을 갈랐다. 죽음의 문턱을 벗어나고자 버둥거리며 비명을 질려대는 소리였다. 거기엔 죽음의 공포가 묻어나고 있었다.

멧돼지를 사냥하던 호랑이는 벌써 그것을 알아챘는지 더욱 발톱을 억세게 세워 멧돼지 몸에 박더니 커다란 송곳니로 숨통을 단단히 조여들었다. 얼마간 흙먼지를 일으키며 반항하던 멧돼지는 이내 몸을 부르르 떨더니 생명의 불꽃이 사그라지듯 사지를 축 늘어뜨렸다. 사위는 언제 그런 일이 있었냐는 듯 조용해졌고, 호랑이는 입맛을 다시며 가시가 돋은 껄끄러운 혓바닥으로 멧돼지를 연거푸 핥았다. 만찬을 즐기기에 앞선 여유로운 행동이었다.

그것도 잠시 어디서 벌써 그 냄새를 맡았는지 황소만 한 얼룩 호랑이 한 마리가 기세 좋게 피의 향연을 즐기고자 코를 훌끔거리며 슬그머니 다가오고 있었다. 아니, 한 마리만이 아니었다. 반대 방향에서도, 또 그 사이사이마다에서도 계속해서 한 마리씩 모처럼의 기회를 놓치지 않겠다는 듯 앞서거니 뒤서거니 거리를 두며 다가왔다. 자신만의 영역을 갖고 있는 이놈들이 어떻게 한두 마리도 아니고 떼를 지어 이곳에 모였는지 알 수 없는 일이었다. 그런데다 모두들 이런 일에는 이력이 붙었음을 암시하듯 몸 군데군데에는 지난날 싸웠던 상처의 흔적이 뚜렷이 드러나 보였다. 녀석들의 몸에서는 싸움꾼다운 기세가 물씬 배어나왔다. 먼저 왔던 호랑이 녀석은 덩치가 황소만 해 거기서 뿜어나오는 완력이 상상을 초월할 것으로 보이는 반면에, 다른 한 녀석은 사지의 근육이 날렵하게 잘 발달해 있어 그 민첩함이 번개처럼 빠를 것 같았다. 또 다른 녀석들은 눈매가 매서운 것으로 보아 그 투지와 고집이 다른 호랑이를 질리게 할 정도로 보이는가 하면, 입에 침을 질질 흘리는 것으로 보아 식욕이 보통이 아닐 것 같았다. 이 밖에 목둘레가 유난히 두꺼워 맷집이 강해 보이는 녀석도 있는 등 다들 다른 녀석들에게 양보하라고 하면 서러워할 정도의 매서움이 두드러졌다. 이런 녀석들이 한군데에 모였으니 그곳은 삽시간에 살벌한 분위기로 바뀌었다.

자신만의 식사를 즐기려던 호랑이는 이내 몸을 움츠리며 으르렁거렸다. 이 고기는 내 것이니 손대지 마라, 만약 이것을 뺏으려고 하면 가만두지 않겠다는 서슬 퍼런 엄포였다. 아무리 위협하고 협박한다고 해도 힘들게 잡은 고기를 다른 녀석에게 그저 가만히 앉아서 내줄 수는 없다는 소리였다. 그게 통했는지 나름대로의 호기를 뽐내던 다른 녀석들이 잠시 멈칫했다. 그러나 그것도 한순간이었을 뿐, 이내 멧돼지 고기에 눈빛을 빛내며 침을 흘렸다. 눈앞의 먹잇감을 두고 순순히 물러날 수 없다는 표시였다. 쓰러진 멧돼지 옆에 있던 호랑이는 재차 경고를 보내며 몸을 납작하게 엎드렸다. 언제든지 번개처럼 몸을 날릴 태세였다. 이에 각기 다른 녀석들도 상대가 만만치 않음을 알았는지 곧바로 반격할 수 있도록 몸을 바짝 수그렸다. 순간, 시간이 정지한 듯 정적이 흘렀다. 숨소리도 멈췄다. 어느 녀석이라도 조금만 빈틈을 보인다면 그대로 가차 없는 공격이 이어질 것이었다. 이윽고 자신들 수가 많다고 생각해서인지, 아니면 눈앞에 고기를 보고는 참을 수 없는 식욕이 동해서인지 한 녀석이 먼저 조심조심 멧돼지 고기 옆으로 다가왔고, 이를 따르듯 다른 녀석들도 서서히 몸을 움직이기 시작했다.

일순간 고요했던 정적을 깨뜨리며 멧돼지 고기 옆에 있던 호랑이가 몸을 날렸다. 식욕을 참지 못한 채 가장 앞서서 다가오고 있는 녀석을 향해 발톱을 곧추세우고는 선제공격에 들어간 것이다. 거의 동시에 다른 호랑이들도 서로 뒤엉켰다. 두 녀석이 치열하게 싸우는 틈을 이용해 나머지 녀석들은 서로 멧돼지 고기를 차지하기 위해 물어뜯고 뜯기는 싸움을 시작했다. 한 녀석이 멧돼지 고기를 입에 넣자 금세 다른 녀석 하나가 덮쳐드는가 하면, 또 다른 녀석들이 이내 뒤엉켜 으르렁댔다. 잡은 멧돼지 고기를 사이에 두고 적도 동지도 없이 오직 저 혼자만이 먹이를 독차지하려는 격렬한 싸움이었다. 쉽사리 끝나지 않는 싸움은 처절하기까지 했다. 시간이 흐를수록 사방은 온통 적수를 죽이려는 호랑이들의 앙칼진 울음소리로 가득했다. 녀석들이 으르렁댈 때마다 주위의 산천초목마저 벌벌 떨 정도였다.

이 장면을 보고 있던 단군 역시 가슴을 졸이기는 마찬가지였다. 아무리 단군이라고 해도 이렇게 많은 호랑이 떼를 상대로 싸울 수는 없었다. 그들의 포효에 단군의 심장이 요동쳤다. 하지만 무엇보다도 앞으로의 상황이 어떻게 전개될지가 궁금했다. 호기심을 참을 수 없었던 그는 숲 속에 몸을 숨긴 채 좀 더 지켜보기로 했다.

시간이 흘러갈수록 녀석들의 몸에는 상처가 늘어가기 시작했다. 녀석들은 만신창이가 되어서도 서로에 대한 공격을 멈추지 않더니 어느 순간부터인가는 서로 으르렁거리기만 할 뿐 더 이상 싸우려 들지 않았다. 호랑이들은 서로 뒤엉켜 기력을 다 소진한 까닭에 더는 싸울 힘이 남아 있지 않았는지 잠시 휴전에 들어갔다.

단군은 그들이 다시 움직이기만을 기다렸다. 그러나 녀석들은 쉽사리 움직이려 하지 않았고, 어느덧 으르렁거리는 것마저 멈추었다. 그들은 기진맥진한 나머지 도저히 몸을 움직일 수 없는 상태임이 분명해 보였다. 그는 바로 지금이 이곳을 빠져나올 적기라고 판단하고 조심스럽게 몸을 일으켰다. 그때 드러누운 호랑이들 사이로 덩그렇게 죽어 있는 멧돼지의 사체가 눈에 띄었다. 그 순간 그의 뇌리에 멧돼지 고기를 가져가야겠다는 생각이 스치고 지나갔다. 저것을 여러 부족 사람들과 나눠 먹을 것을 떠올리니 새삼 욕심까지 생겼다.

'조심조심 가져간다면 아무 일 없을 거야. 저들이 맹수이고, 또 떼로 모여 있다고 해도 이미 지쳐 쓰러질 만큼 싸운 상태가 아니던가. 그리 쉽사리 움직이지는 못할 것이야.'

호랑이는 한번 큰 힘을 쏟고 나면 기력을 다시 회복할 때까지 몸을 잘 움직이지 못한다는 사실을, 그는 잘 알고 있었다. 이 일을 성공시키면 저 녀석들 모두를 골탕 먹이게 된다는 생각에 입가에는 절로 웃음까지 일었다. 서로 나눠 먹으면 될 것을 왜 혼자만 먹으려고 어리석게 싸워 남에게 뺏겼느냐는 일침이었다.

그는 바짝 긴장하며 살그머니 멧돼지 고기 쪽으로 다가갔다. 호랑이 녀석들은 혓바닥을 길게 빼물고는 할딱거리며 거친 숨을 몰아쉬고 있었다. 그가 조금씩 다가오는 것을 보면서도 여전히 아무런 미동도 보이지 않았다.

'이제 조금만 더 가면 돼.'

눈앞에 멧돼지 고기를 두고 불현듯 두려움이 일었지만 그는 괜찮을 것이라고 마음속으로 되뇌이며 계속 앞으로 나아갔다. 마침내 그는 멧돼지가 있는 곳까지 도착했다. 이제 무사히 그것을 가져가기만 하면 되는 일이었다.

그가 조심조심 멧돼지를 들어올리는 순간, 부스럭거리는 소리가 새어나왔다.

'아뿔싸!'

갑자기 호랑이 한 마리가 눈꼬리를 치켜올리더니 소리가 나는 쪽으로 고개를 돌렸다. 녀석은 다 잡아놓은 먹잇감을 빼앗길 것을 눈치챘는지 날카로운 발톱을 세우고 번개처럼 공격해 들어왔다. 이미 상황은 엎질러진 물이었다. 단군은 곧바로 청동검을 빼들어 호랑이의 급소를 겨냥하며 힘껏 휘둘렀다. 그러나 역부족이었다. 역시 호랑이란 녀석은 맹수의 제왕답게 단군의 공격을 유유히 피해버리는 것이 아닌가. 단 일격에 요절내고 그곳을 빨리 빠져나와야 하는데…… 저 많은 녀석들이 한꺼번에 달려든다면 어떻게 한단 말인가. 단군은 이제 죽은 목숨이나 다름없었다. 그런데 이게 웬일인가? 천우신조인지 한 녀석의 움직임을 신호로 그 동안 쉬고 있던 다른 녀석들이 단군을 향해 달려들기는커녕 서로 또다시 물고 물리는 싸움을 시작한 것이다. 그것은 좀 전과 마찬가지로 적도 동지도 없는 혼전된 싸움이었다.

단군도 그 속에 얽혀 정신없이 싸우기 시작했다. 내 편 네 편이 따로 없었다. 살기 위해서는 자신에게 다가오는 모든 놈들을 적으로 놓고 싸워야 했던 것이다. 한참을 그렇게 싸우던 그는 순간, 깜짝 놀랐다. 자신이 호랑이인지 사람인지 도무지 분간이 안 되었던 것이다. 어떤 때는 자신이 호랑이로 변했다가, 또 어떤 때는 사람으로 변하기도 했던 것이다.

'내가 지금 헛것을 보고 있는 것인가?'

생사가 달린 순간에 살아남으려면 무엇보다 신속히 상황을 파악해야 했다. 단군은 눈을 비비며 정신을 차리기 위해 애썼다. 잠시 후, 흐릿하게 보이던 물체들이 서서히 눈앞에 윤곽을 드러내기 시작했다.

'아니, 이게 도대체 무슨 일이란 말인가!'

그는 자신이 보고 있는 광경이 도무지 믿기지 않았다. 자신이 싸우고 있는 상대는 다름 아닌 인간들이었던 것이다. 호랑이 떼가 아니라 인간들끼리 서로 죽어라고 싸우고 있었다. 이들 중 어떤 자는 호랑이 탈을 쓰고 있는가 하면, 또 어떤 자는 곰의 형상을 하고 있었고, 또 어떤 자들은 사슴처럼 뿔로 무장하고 있기도 했다. 심지어 거북이의 등껍질같이 온몸을 단단한 갑옷으로 무장하고 있는 자도 있었다. 그런데다가 모두들 칼, 창, 봉 등 하나같이 날카롭게 번뜩이는 각종 예리한 무기를 들고서 상대방을 단 일격에 제압하려는 듯 살수를 펼치고 있었다.

사정을 두지 않고 공격해오는 이들 앞에 어찌된 영문인지도 모른 채, 단군은 계속 그들과 뒤엉켜 싸울 수밖에 없었다. '호랑이와 싸우는 것도 아니고 왜 인간들끼리 싸워야 하는 거지? 말로 해결해도 충분한 일이 아니던가?' 하지만 그것은 한낱 몽상에 불과했다. 아니 그것마저도 생각할 겨를이 없었다. 모두가 하나같이 무시무시한 상대들로서 한순간만 방심해도 치명상을 입을 수 있는 일이었다. 혈전이라고밖에 표현할 수 없는 싸움이었다. 상대방은 물론이고 단군 자신 또한 몸 여기저기에 상처를 입은 채였다. 시간이 지날수록 싸움은 더욱 격렬해졌다. 그러면서도 단군은 은연중에, 어쩌면 저 멧돼지 고기가 자기 것이 될 수도 있다는 호기마저 생겼다. 싸움이라고 하면 일가견이 있을 정도로 그의 무술은 출중했던 것이다. 더욱이 호랑이를 상대로 하는 것도 아니고 인간들끼리의 싸움이니만큼 자신이 그것을 차지하지 못할 이유는 없었다.

단군은 마지막 힘을 토해내듯 몸을 공중으로 날림과 동시에 가차없이 청동검을 내리치며 더욱 가열차게 공세를 가했다. 오랫동안 싸우기보다는 가급적 빨리 이 싸움을 매듭짓고 싶었던 것이다. 하지만 모든 것이 그의 뜻대로 되지만은 않았다. 빨리 싸움을 끝내려는 그의 의도와는 다르게 혈전은 길어지고만 있었다.

결국 좀처럼 승부는 나지 않았고 계속해서 몸의 상처만 늘어가고 있었다. 민첩했던 동작은 점차 더디고 굼떠졌다. 마침내 모두가 만신창이로 기진맥진해진 뒤에야 싸움이 멈췄다. 그러나 그것은 일시적인 휴전일 뿐이었다.

단군은 상대방의 일거수일투족을 예리하게 살피며 한시라도 먼저 기운을 추스르려 애썼다. 하지만 생각과 달리 천근만근 되는 자신의 몸뚱이에 모든 게 귀찮아졌다.

'저 멧돼지 고기가 도대체 뭐라고 이토록 피를 흘리며 싸워야 한단 말인가?'

한낱 멧돼지 한 마리를 앞에 두고 이렇게 무지막지하게 싸워야 하는 현실이 우스웠다. 좀 전까지 호랑이들끼리 기진맥진 싸우는 것을 보고 코웃음을 쳤던 단군은, 자신이 지금 그 꼴을 당하고 있다는 사실에 실로 어이가 없었다.

단군은 무작정 몸을 일으켰다. 그의 머릿속에는 그저 이곳을 벗어나겠다는 일념뿐이었다. 그때 그의 얼굴 위로 시원한 바람 한 줄기가 스치고 지나갔다. 바람은 오랜 싸움에 지친 그의 심신을 상쾌하게 어루만져주었다. 그것은 어떤 새로운 세상을 맛본 것 같은 느낌을 전해주었다.

그가 이런 생각에 빠져 있을 때, 무시무시한 호랑이 탈을 쓴 자가 입가에 쓴웃음을 지으며 몸을 일으켜세웠다. 그와 동시에 그걸 공격 신호로 여긴 사람들이 각기 날카로운 무기를 들고 다시 싸우기 시작했다. 또다시 엎치락뒤치락하며 한바탕 소란이 일었다.

단군은 이번만큼은 싸움에 휘말리지 않기 위해 그곳에서 멀찌감치 떨어진 곳으로 비켜섰다. 멧돼지 고기에 관심이 없는 자신을 그들이 공격하지 않을 거라 여긴 것이다. 하지만 그것은 그의 오산이었다. 이런 단군의 행동을 보고 약자라고 판단한 그들은, 가장 먼저 그부터 없앨 요량으로 한꺼번에 쫓아왔던 것이다. 강한 척하며 자신의 허점을 드러내지 않는 것이 싸움의 기본 원리임에도, 단군이 그것을 저버린 후과였다.

멧돼지 고기를 포기하고 자신의 길을 가고자 한 단군이 뒤늦게 그 시시비비를 그들에게 따져 물을 수도 없는 일이었다. 모두들 손에 무기를 들고 자신을 죽이려고 덤벼드는 상황에서는 일단 피하고 보는 것이 상책이었다. 만약 그들에게 잡히기라도 한다면 치명상을 입고 병신이 되거나 심하면 죽을 수도 있는 상황이었다. 이 위기를 벗어나기 위해 재빨리 몸을 놀려야 했다. 하지만 엎친 데 덮친 격으로 방금 전까지만 해도 수풀이 우거진 사이로 분명 길이 나 있었는데, 갑자기 주위가 깜깜해지면서 그것이 온데간데없이 사라져버린 것이었다. 태양이 없어졌는지 아니면 밤이 되었는지 도무지 모를 일이었다.

뒤에서는 그들이 추격해오고 앞은 어두컴컴하니 이야말로 진퇴양난의 형국이었다. 어쩔 수 없이 직감에 의지해 길을 찾아야 했다. 아무것도 분간할 수 없으니 나뭇가지에 부딪치고 가시에 찔리고 돌에 치이기 일쑤였다. 그러다보니 그는 어느 곳 하나 몸 성한 데가 없을 지경까지 되어갔다. 반면에 추격해오는 무리들은 그가 가는 곳을 미리 짐작이라도 하는 듯 빠르게 뒤쫓아왔다. 그는 당장이라도 주저앉고 싶은 심정이었다. 차라리 싸우는 것만 못했다. 하지만 지금 상황에선 그렇게 할 수도 없는 노릇이었다. 아무리 그가 무술에 능하다고 해도 저들 모두를 상대할 수는 없었다. 더욱이 그는 이미 극도로 지쳐 기력을 소진한 상태였다. 이를 악물고 뛰었음에도 힘이 빠질 대로 빠져버린 두 다리는 돌덩이마냥 무겁기만 했고, 그들과의 거리는 끝내 좁혀지고야 말았다. 주위 어디를 살펴봐도 이 상황을 벗어날 방법은 보이지 않았다.

궁지에 몰린 그는 마지막 발악이라도 하듯 그들과 맞서보려 했으나 이내 그만두었다. 어차피 시작도 없고 끝도 없는 싸움이었다. 그저 죽

지 못해 싸우는 쇠사슬 같은 굴레에 얽매일 것을 생각하니 끔찍하기
만 했던 것이다.

'이게 도대체 무슨 꼴이란 말인가? 멧돼지는 고사하고 꼼짝없이 죽
게 되었으니……. 차라리 살코기 한 점이라도 들고 왔다면 부족민들
에게 면목이라도 서련만.'

참담했다. 분노가 치밀기도 했다. 아니, 그것은 절망이었다. 도망치
려다가 붙들린 이상, 결사적으로 싸운다고 해도 살아남는다는 보장
이 없었다. 그렇다고 짐승처럼 희망도 없이 싸우기에는 인간으로서
떳떳하지도 못할 노릇이었다. 어차피 죽을 목숨, 불가항력의 상황에
서 어쩔 수 없이 싸우다 죽든지 그냥 죽든지 둘 중에 하나를 선택할 수
밖에 없었다. 어차피 죽을 것이라면 차라리 짐승 같은 몰골을 보이지
않는 것이 그나마 인간으로서 최소한의 자존심을 지키는 길이었다.
그는 큰 소리로 외쳤다.

"그래, 정녕 내 목을 가져가고 싶거든 가져가라. 허나 나는 너희들
과 다투고 싶지 않다. 그저 내 길을 가고 싶을 뿐이다. 그러니 너희들
맘대로 해라."

이제 그는 될 대로 되라는 식으로 모든 것을 하늘에 맡겨버린 채 자
포자기했다. 아니, 아예 자신의 모든 의지를 지워버리고 말았다. 이리
죽으나 저리 죽으나 똑같다는 심정이 되고 보니 오히려 홀가분하기까
지 했다. 조금 전까지 엄습해왔던 두려움과 공포도 흔적 없이 사라진
뒤였다. 상처 입은 몸의 고통도 언제 그랬냐는 듯 다시 편안해졌다.

그러고 보니 그를 죽이려고 뒤쫓아오던 사람들도 어디로 갔는지 보이지 않았다. 빨리 벗어나고 싶던 조급함도 없이 그저 자기 운명을 하늘에 맡긴다는 마음으로, 그는 앞을 향해 발을 내딛었다. 그런데 그만 발을 헛짚고 말았는지 갑자기 땅이 푹 꺼져버리는 것을 느꼈다. 하지만 그는 애써 몸의 균형을 잡으려 하지 않았다. 그는 끝없이 아래로 추락하고 있었다. 그는 그만 질끈 눈을 감아버렸다.

얼마나 시간이 흘렀는지도 몰랐다. 분명 큰 부상을 입었다고 지레짐작할 뿐이었다. 그런데 어찌된 일인지 자신의 몸이 말짱한 것이 아닌가. 도무지 믿기지 않는 일이었다. 가슴도, 팔도, 다리도 몸 이곳저곳을 만져보고, 또 움직여보아도 전혀 아픈 데가 없었다. 알고 보니 그가 우거진 수풀 사이로 떨어진 탓에 그 충격이 크게 완화되어 그리 된 것 같았다. 그렇더라도 참으로 신기한 일이었다.

그뿐만이 아니었다. 그토록 캄캄했던 어둠이 어느새 물러가고 하늘은 환하게 밝아 있었다. 그의 주위에는 온갖 야생화가 흐드러지게 피어서는 온통 황홀한 꽃내음으로 채우고 있었다. 빨강, 노랑, 분홍, 초록 등 온갖 꽃들이 색색으로 조화를 이룬 사이로, 꽃향기에 취한 벌나비들이 하늘거리며 이곳저곳 옮겨 날고 있었다. 저 멀리로는 푸른 초원이 끝도 없이 펼쳐져 하늘과 맞닿아 있었다. 하늘에는 하얀 구름이 뭉글뭉글 피어오르고 있었고, 그 아래 사슴, 말, 양, 고라니 등이 한가롭게 거닐며 풀을 뜯고 있었다. 더욱 놀라운 것은 짐승만이 한데 어울려 있는 것이 아니라 거기엔 인간도 있었는데, 그들은 서로 다투거나 싸우지 않고 네 것 내 것 없이 어울리고 있는 것이었다.

　짐승들은 다른 족속을 시샘하거나 훼방놓지 않고, 저마다 자신의 모습을 자랑하듯 스스로를 은근히 드러내고 있을 뿐이었다. 특히 거기에 있는 인간들은 이런 짐승들의 행동을 마치 주인이나 된 듯 기특하게 바라보며 웃고 있었는데 지금까지 단군이 보아왔던, 서로 치고받으며 아귀다툼을 벌이는 인간들의 모습과는 전혀 딴판이었다. 이곳에 서라면 누구나 아무런 걱정 없이 태평하게 살 수 있을 것만 같았다.

　단지 그 광경을 바라보고 있는 것만으로도, 어느덧 그의 마음은 한결 여유로워졌고 몸 또한 날아갈 듯이 가벼워졌다. 모든 것이 풍족하고 평화와 여유로움이 넘치는 것 같았다.

　그때였다. 갑자기 눈부시게 푸른 호수가 그의 눈앞에 펼쳐졌다. 호수는 어찌나 큰지 그 끝이 보이지 않았고, 깊이 또한 가늠할 수가 없었다. 깊이를 잴 수 없는 호수의 심연에서 자꾸만 물줄기가 솟아나며 잔잔한 물결을 일으켰다. 오랫동안 신비에 쌓여 있던 그 무언가가 비로소 본연의 모습을 토해놓고 있는 것만 같았다. 그런데 갑자기 방금 전까지 눈앞에 선명하게 보이던 거대한 호수가 어둠 속에 묻혀버리고 말았다. 잠시 후, 호수 위로 물결이 저 멀리서부터 차차 그 모양새를 드러내더니 찬란한 금빛 가루처럼 반짝이기 시작했다. 분명 그것은 이 세상의 풍경이 아니었다. 황홀경에 젖은 그는 잠시 넋을 잃고 이 장관에 푹 빠져들었다.

　다시 얼마의 시간이 흘렀는지 알 수 없었다. 마치 깊이를 잴 수 없는 찰나와 같은 무無의 시간이 흐른 것과도 같았다. 갑자기 그의 정신을 깨우듯 어디선가 외치는 소리가 들려왔다. 그 뜻은 분명치 않았으나 저 멀리 호수 끝자락에서 들려오는 것만은 틀림없었다. 호수 위의 물결은 어느새 어둠을 몰아내더니 점점 더 밝은 빛으로 화하고 있었고, 저 너머 호수 끝자락으로 갈수록 그 빛은 더욱 강렬해지고 있었다. 시간이 흐를수록 호수는 제 숨소리를 죽였고, 끝내는 잔잔한 물결마저 멈춰버렸다. 세상이 정지한 듯 고요했다. 고요하다 못해 적막감이 감돌았다.

바로 그때였다. 찬란하게 붉은 태양이 하늘로 홀연히 솟구치는 것이었다. 아! 그의 입에서는 감탄이 절로 새어나왔다. 그러나 다음 순간, 더 큰 놀라움이 찾아들었다. 밝은 태양인 줄만 알았던 것이, 자세히 보니 사람의 머리 위로 둥글게 빛나는 원광이었던 것이다.

"세상에 이럴 수가……."

도무지 있을 수 없는 일이었다. 하늘도 아니고 사람이 이 모든 조화를 부린다는 것이 가당치가 않았다. 자신의 눈으로 보고서도 도저히 믿을 수가 없었다. 이런 그의 마음을 알았는지 하늘의 사람이 환하게 웃으며 화답했다.

"이게 하늘의 뜻이니라."

"네에? 하늘의 뜻이라니요? 그렇다면 그리 말씀하시는 당신은 귀신입니까 사람입니까? 만약 사람이라면 대체 누구십니까?"

"비왕님!"

단군의 부관인 발구루가 깨우는 소리였다. 단군은 웅씨족의 비왕 (神王. 부왕)이었던 것이다. 단군은 길게 뒤로 젖혔던 의자를 바로 세우며 부스스 일어났다. 그러고는 어슴푸레한 눈으로 주위를 살폈다. 그의 눈에 부관 발구루의 모습이 가장 먼저 들어왔다.

"어디가 편찮으시옵니까?"

"아닐세."

단군은 그렇게 대답하면서도 쉬이 몸을 일으키려고 하지 않았다. 깜빡 잠이 들어 꿈을 꾼 것이라고 생각하면서도 그게 어찌나 생생한지 머리가 어지러울 지경이었다. 그는 정신을 가다듬고자 발구루를 물끄러미 바라보았다. 뭔가 급한 일이 생긴 듯했다. 그런데도 발구루는 그 일은 뒷전인 양 단군의 건강을 더 염려하는 모습이었다. 순해 보이는 얼굴에서는 우직스런 고집이 인상 깊게 드러나 보였고, 굵직한 두 다리와 딱 벌어진 어깨, 그리고 거기에 도드라진 억센 힘은 만약 자신의 앞에 단군을 해코지하려는 사람이 나타나기라도 한다면 언제든지 나설 준비가 되어 있는 것처럼 보였다. 단군은 그런 그가 한없이 미더웠다.

사실 발구루는 단군의 신변을 지키는 것을 자신의 직무라고 여기고 있었다. 이것은 박(밝)달 나라의 수장인 거불단 환웅이 단군을 웅씨족으로 보내면서 발구루에게 친히 명한 바였고, 그는 이를 항시 잊지 않고 무엇보다 우선시했다. 그래서 자신보다 나이가 다섯 살이나 아래인 단군을 주인 모시듯 대한 것은 물론이거니와 그의 주위를 언제나 그림자처럼 따라다니며 호위했다. 그것은, 단군이 웅씨족으로 온 지난 7년여 동안이나 변함없이 한결같은 모습이었다.

"또 무슨 일이 터진 모양인데, 개의치 말고 말씀해보세요. 내 모를 바도 아닌데."

"웅지백 수장께서 급히 찾는다는 전갈이 와서……."

"어제 뵈었을 때 별 말씀 없었는데, 혹시 또……."

"그 일로 부르시는 것으로 짐작되옵니다. 이번에 들고일어난 도적 떼들은 지금까지의 무리들과는 사뭇 달라, 도무지 그 행적이 묘연한 데다 때때로 바람같이 나타나 급습하는지라 군사들이 손도 쓰지 못하고 속수무책 당하고 있다고 합니다."

또다시 도적이 창궐했다는 소식에 단군은 스르르 눈을 감았다. 비왕으로서의 자기 임무를 다하지 못하고 있다는 것을 인정하면서도, 한편으론 어쩌면 이 웅씨족에서는 그것이 당연한 일일지도 모른다는 생각 때문이었다.

사실 단군이 처음 웅씨족의 비왕이 되어 나랏일을 맡았을 때는 10대 중반의 혈기왕성한 나이답게 모든 일에 의욕적이었다. 나라의 근본 바탕을 세우려고 하였고, 만약 이를 어길 시에는 자신의 위력을 보여주며 제압하려고도 하였다. 하지만 그것은 곧 커다란 장벽에 부딪쳤다. 웅씨족 수장의 왕자들과 그의 세력들은 굴러온 돌이 박힌 돌을 빼려 한다며 단군을 질시하고 배척하는 움직임마저 보였던 것이다.

그래서 그들은 천신족에서 부르던 이름인 왕검으로 그를 호칭하지 않고, 천신족의 지역 이름인 박달(밝음) 땅의 사람이라는 뜻으로 그냥 단군이라고 불렀다. 그런 그들이었기에 단군을 시기 어린 눈으로 바라보면서 그가 하려고 시도하는 일마다 사사건건 방해하려 들었다.

하긴 그들에게는 단군의 행동이 눈엣가시처럼 여겨질 수밖에 없었다. 아무리 단군이 천신족에서 왕검이라고 불릴 정도로 그 인물됨이 출중하다고 해도, 한 나라의 후계자가 될 왕자가 그 왕위를 이어받지 못하고 다른 나라에 와 일을 한다는 건 사실상 볼모로서의 역할이나 다름없었던 것이다. 만약 그 옛날처럼 천신족이 스스로를 곧 하늘이라고 자처할 만큼 그 힘이 막강했다면 상황은 달라질 것이나, 지금은 범씨족이 강성해지면서 그들의 눈치를 볼 정도로 위세가 약화된 천신족이었다. 18대 환웅인 거불단의 명도 통하지 않는 상황이니 그 아들인 단군이야 말해서 무엇하겠는가. 하물며 인질과 같은 처지에 놓여 있는 단군일진대 그의 말이 그들에게 먹혀들 리 더욱 만무했다.

이런 형편이었기에 단군은 웅씨족 왕자들과 가깝게 지내기 위해 노력하였다. 그러나 그 노력은 매번 허사였다. 한번 어긋나버린 뒤엔 모든 것이 삐딱하게만 보이는 모양이었다. 결국 단군이 혼자 애를 쓰면 쓸수록 상황은 더욱 악화되어버렸다. 지배층에 있는 사람들이 힘을 합쳐 백성들을 다스려야 함에도 불구하고, 서로 싸움을 일삼으며 분란을 조성하기에 급급했으니 나라가 혼란에 빠지지 않는다면 그게 더 이상할 정도였다.

급기야 2, 3년 전부터는 이곳저곳에서 더 이상 살기 힘들다는 아우성이 들리는가 싶더니 도적들이 하나둘 출현하기 시작했다. 그러더니 이제는 도적질이 일상다반사가 될 만큼 곳곳으로 번져가고 있었다. 단군은 즉시 도적 떼를 토벌하라고 명을 내렸지만 그들이 어찌나 신출귀몰한지 군사들이 제압하기엔 역부족이었다. 또 설사 어느 한 곳에서 그들을 진압했다 해도 어느새 또 다른 곳에서 날뛰기 일쑤이니 도적의 창궐이 멈출 날이 없는 형편에 이르렀다.

'내 새 세상을 구할 경륜을 쌓기 위해 이곳으로 왔건만, 이게 도대체 무슨 꼴이란 말인가.'

단군은 도적 떼나 진압해야 하는 자신의 처지가 한심스러웠다. 그들을 진압하는 것은 그리 어려운 일은 아니었다. 만약 그게 근본적인 해결책이라고 한다면 충분히 해낼 자신이 있었다. 그러나 그건 답이 아니었다. 한 곳을 토벌해도 수레바퀴가 굴러가듯 또 다시 꼬리를 물고 이어지는 수렁과도 같았다. 자신이 할 수 있는 건 아무것도 없어 보였다.

이곳에 처음 올 때만 해도 그는 의기충천했으며 모든 것을 이룰 수 있을 것 같았는데……. 사실 이곳에 오겠다고 한 것도 그 스스로 자청한 것이었다. 물론 단군이 비왕이 된 이유는 웅씨족 수장 웅지백의 요청 때문이었다. 웅지백은 어려서부터 단군의 인물됨이 출중하다는 소리를 듣고는 그가 열네 살이 되었을 무렵, 자기 옆에서 보좌하게 해달라고 거불단에게 청했던 것이다. 이것은 웅지백이 거불단에게 자신의 충성심을 내보이는 것이자 천신족과의 동맹을 공고히 하려는 의도에서 비롯된 것이었다.

거불단으로서는 난감할 수밖에 없었다. 나라의 정세를 생각하면 웅씨족의 호의를 무작정 거절할 수 없는 상황이었던 것이다. 그 옛날의 시절이라면 이런 일은 절대 상상할 수조차 없었다. 그 당시 천신족의 위력은 곧 하늘로 통할 만큼 막강했고, 다른 나라들 또한 이를 알고 모두들 우러러보며 따랐다. 하지만 이미 그런 호시절은 다 지나가고 한 치 앞을 내다볼 수 없을 정도로 나라의 앞날은 어두웠다. 이런 상황이니 거불단에게도 제국諸國 간의 화평을 유지하기 위해서는 부득불 웅씨족과의 공고한 동맹이 절실했다.

하지만 왕검으로 불릴 정도로 타고난 재목인 단군을 다른 나라에 보낼 수는 없었다. 설사 그만한 인물이 아니라고 해도 마찬가지였다. 누가 뭐라 해도 그는 천신족의 왕자로서 후계자가 될 몸이었다. 더욱이 어머니 웅녀는 이제 그 나이가 열넷밖에 안 되는 자식을 곁에서 떠나보내기 싫었다. 웅씨족이 자신의 출신 기반이라는 사실도 어미의 애끓는 모정보다는 앞서지 못했다. 그러니 거불단으로서도 더더욱 망설일 수밖에 없었다.

결국 단군이 스스로 나서서 주청했다. 언젠가는 세상을 주유해보려고 했는데, 웅씨족 수장이 기회를 마련해주니 그로서는 마다할 리 없었다. 단지 그 시기가 조금 앞당겨졌을 뿐이었다.

"이제 아버님 말씀대로 세상을 경륜하기 위해 그곳에서 실질적인 경험을 쌓으며 소자의 힘을 키워오겠습니다."

단군은 거불단에게 거듭 요청했다. 비록 그가 열네 살밖에 되지 않았다고 하나, 용모에서는 벌써부터 어른스러운 풍모가 내비치고 있었다. 어쩌면 가장 혈기왕성하다는 스물한 살, 지금의 나이보다도 그 당시가 더 힘이 넘쳐흐른 것 같았다. 훤칠해진 키에 쩍 벌어진 가슴은 늠름한 장성의 체구나 다름없었고, 짙은 눈썹 밑에 빛나는 눈동자는 뭔가를 갈구하는 듯한 강인한 의지를 담고 있었다. 이런 그가 스스로 자신의 앞날을 개척하겠다고 선언하고 나섰으니 가히 그 기세를 알 만한 일이었다.

이것은 모두 아버지 거불단의 남다른 교육 덕택이었다. 아버지는 남아는 모름지기 큰 뜻을 품어야 한다고 강조하면서 어린 시절부터 단군이 무예와 학문에 정진하도록 가르쳤던 것이다.

거불단은 이미 훌쩍 장성해버린 아들의 깊은 속내를 이해하고 단군의 요청을 기꺼이 수락했다. 아니, 그 정도에만 그치지 않았다. 새 술은 새 부대에 담아야 하듯 새 세상을 구하려면 자신의 둥지를 새롭게 틀어야 할 것이니, 어디 네 맘껏 해보라며 적극 밀어주기까지 했다.

그렇게 자신만만하게 왔건만, 지금 이러지도 저러지도 못하는 수렁에 빠진 자신의 처지가 단군으로서는 그저 답답하기만 했다. 한편으로는 아버지 거불단에 대한 죄스러움이 묻어나왔다. 이런 쓰디쓴 패배의 잔을 마시라고 그토록 혹독한 수련 과정을 밟게 하지는 않았을 것이었다. 난관에 부딪칠 때마다 강인한 열정과 의지로 풀어나가도록 채찍질하며 힘을 북돋아주었던 아버지. 그런 아버지를 생각하니 지난날 천신족에서 어린 시절을 보냈던 기억이 더욱 그리웠다.

사실 이곳으로 오기 전까지만 해도 소년 단군은 새 시대의 미래를 걸머질 인물로 추앙받았다. 천신족에서 왕검으로 불리는 신성한 존재였던 것이다. 왕검이라는 호칭은 앞으로 새 세상을 펼칠 위대한 인물이 될 사람이라는 뜻을 지니고 있었다. 그럴 수밖에 없는 게 왕검은 웅녀가 신단수神檀樹 밑에서 100일 동안의 치성을 드려 천신天神과 지신地神의 점지를 받아 태어난 인물이었던 것이다. 그래서 그의 이름도 하늘의 신성한 계시를 따라 왕검으로 불리게 된 것이다. 아버지 거불단은 왕검의 인물됨을 이미 알아채고는 훗날 그가 뜻을 펼칠 수 있도록 엄하게 가르쳤다.

거불단이 이렇게 한 데는 지금의 혼란한 정국이 사라지고 멀지 않아 새 세상이 열릴 것을 예견하고 있었기 때문이었다. 거불단은, 새 세상을 열어젖힐 사람이라면 누군가의 도움에 의지하지 않고 스스로 힘을 쌓아 그 길을 개척해나가야 한다는 것을 누구보다 잘 알고 있었다.

하지만 단지 거불단이 어린 단군을 호되게 단련시켰다는 이유 하나로, 단군이 그토록 신성한 존재로 대접받게 된 것은 아니었다. 태어나자마자 말을 떼고 세상의 이치를 꿰뚫어 보는 능력을 지녔기에 그저 영특한 왕자라고만 생각했지, 그가 하늘의 아들이거나 혹은 신의 아들이라는 예언 따위는 믿지 않았던 것이다. 그렇게 되는 데에는 사연

이 있었다.

단군이 예닐곱 살이었을 때의 일이었다. 그때 항간에는 기린마麒麟馬가 나타났다고 하는 소문이 나돌았다. 기린마는 하늘나라의 사람만이 탈 수 있는 신성한 말로서 천 리 길도 단숨에 훨훨 날아다닌다는 전설적인 동물이었다. 그것의 몸은 사슴같이 미끈하고 머리에는 한 가닥의 뿔이 돋아 가지를 쳤으며, 발굽에는 흰 털이 돋아나 있어 달릴 때 마치 구름의 갈기가 피어나는 듯한 모습을 지닌 명물이었다.

이 기린마가 낮이나 밤에는 어느 누구도 찾지 못하는 곳에 자취를 감추고 숨었다가, 동틀 무렵이나 황혼이 깃들 쯤에만 청계골 샘터에 나타나 맑은 물을 마시고 돌아간다는 소문이었다. 사람들은 이를 보고 하늘이 뭔가 제시하고자 함이 분명하다고 하면서 수군거렸다.

삽시간에 퍼진 소문을 듣고 사람들은 너나없이 이 기린마를 탐냈다. 특히 내로라하는 장수라면 그 기린마를 얻고자 청계골로 하나둘씩 모여들었다. 하지만 누구도 기린마를 잡는 데 성공하지 못했다. 귀신도 눈치채기 힘들 정도로 교묘하게 함정을 파놓거나 올가미를 만들어놓고 숨죽이며 매복했는데도 기린마는 용케 그것을 알아채고는 흔적도 없이 사라지곤 했던 것이다. 이에 사람들은 혀를 내두르며 도저히 그 기린마를 잡을 수 없다고 포기했다. 하지만 그대로 놓쳐버리기에는 너무나 아쉬운 보물이었다.

결국 마지막 남은 여섯 명의 장수들은 지혜를 모아 기린마를 잡을 방안을 모색했다. 논의 끝에 그들은, 혼자 잡으려 하지 말고 모두 힘을 모으면 승산이 있을 것이라며 합의하기에 이르렀다. 그들은 올가미와 함정을 설치해놓고 기린마가 피해 달아날 것으로 예상되는 세 방향을 정한 다음, 각각 높은 나뭇가지에 올라가 나뭇잎으로 몸을 가렸다. 함정을 피해 기린마가 그들 밑으로 지나갈 때 뛰어내려 잡을 심산이었다.

하지만 그들마저 기린마의 뒷발굽에 채여 비명을 지를 수밖에 없었다.

그렇게 여섯 명의 장수들이 기린마를 잡으려다 오히려 엉덩방아만 찧고 돌아왔다는 소식이, 웃음거리로 온 마을에 퍼졌다.

이날도 어린 단군은 아버지 거불단의 혹독한 수련 과정을 통과하기 위해 학문과 무예에 전념하고 있었다. 그러던 중 그는 이 소식을 전해 들었다.

'대체 어떤 말이기에 난다 긴다 하는 장수들마저 잡을 수 없단 말인가? 내 기어이 그것을 잡아 길들이고 말 테다.'

어린 나이에 호기심이 발동한 단군은 기린마의 행적을 찾기 위해 마을로 내려갔다. 마을의 늙은이들은 왕자가 이곳까지 찾아온 경위를 듣고 정중하게 손을 내저었다.

"제아무리 용맹한 장수들이라 해도 엉덩이만 깨져 돌아갔는데, 영특하다고는 하나 나이 어린 왕자님이 어떻게 그것을 잡겠습니까? 더욱이 기린마는 하늘에서 내린 말이니 결코 이 세상 사람들이 부릴 수는 없습니다."

그러나 단군은 이에 지지 않고 부탁했다.

"기린마를 잡고 못 잡고는 그 말에 달린 것이 아니라 사람에게 달려 있는 것 아닌가? 그러니 어서 길을 가르쳐주게."

노인들은 안 되는 일이라고 여기면서도 왕자의 말인지라 어쩔 수 없이 청계골 샘터의 위치를 알려주었다.

샘터에 다다른 단군은, 멀리 떨어진 숲 속에 몸을 숨기고 기린마가 나타나기를 기다렸다. 황혼이 깃들 무렵이 되자, 어디서 나타났는지 기린마가 그 황홀한 자태를 드러냈다. 기린마는 샘물을 마시려다 말고 어떤 낌새를 알아차렸는지, 그가 숨어 있는 곳을 힐끔 보더니 쏜살같이 달아나버렸다. 그야말로 바람같이 나타났다가 바람같이 사라지는 것 같았다.

이른 본 단군은, 저것은 힘으로 잡을 수 있는 성질의 것이 아니며 접근하는 것조차도 힘드니 분명 지혜로 다스려야 한다는 걸 금방 파악하였다. 그는 온밤을 지새며 골똘히 생각에 잠겼다. 그런 후에야 마침내 묘안을 떠올릴 수 있었다.

그 길로 단군은 근처 마을로 내려가 어른 옷을 한 벌 구해다가 샘터 옆 나뭇가지에 걸어놓았다. 그리고 먼발치에 숨어서 지켜보았다. 다음날 동이 틀 무렵, 샘터에 나타난 기린마는 나뭇가지에 걸려 있는 옷가지를 보고는 후다닥 놀라 달아나버렸다. 그러고는 며칠이 지나도 다시 나타나지 않았다. 여러 날이 흐르면서 단군도 기다림에 지칠 대로 지쳐 있었다.

그러던 어느 날 황혼이 깃들 쯤 드디어 기다리던 기린마가 나타났다. 그런데 그것은 옷가지를 보자마자 다시 달아나버리는 것이었다.

'조금만 이상한 낌새를 비쳐도 도망치고 마는구나. 네가 그렇게 경계심을 내보인다 해도 내 끝끝내 너를 기다리고 말 것이다.'

참을성 있게 기다린 단군의 예측은 결국 틀리지 않았다. 다시 나타난 기린마는 걸려 있는 옷가지를 보고는 이번엔 도망가지 않았다. 한껏 샘물을 마시며 젖은 주둥이를 그 옷가지에 비비기도 하고 흔들어보기도 하다가 유유히 사라지는 것이었다.

단군은 그제야 회심의 미소를 지으며 자신이 걸어놓았던 옷을 입고는 나뭇가지 위에 엎드려 숨었다. 어린 체구에 어른 옷을 걸친 탓에 소매와 바짓가랑이는, 마치 그가 처음 옷을 걸어놓은 모양처럼 퍼덕거렸다. 나뭇잎으로 얼굴까지 가린 단군은 날이 밝기를 기다렸다.

드디어 동틀 무렵이 되자 이번에도 기린마가 나타났다. 그것은 역시 지난번에 그랬던 것처럼 맘껏 물을 마시고 난 다음 주둥이를 옷에 대고 비비려고 하였다. 바로 이 순간을 노리고 있던 단군은 날랜 동작으로 기린마의 목을 끌어안으면서 잔등에 올라탔다. 엉겁결에 당한 일이라 깜짝 놀랐는지, 기린마는 골짜기가 떠나가도록 크게 소리 지르며 앞발을 높이 들기도 하고 뒷발질을 하기도 하면서 어린 단군을 떨어뜨리려고 길길이 날뛰었다. 하지만 목을 꽉 끌어안고 잔등에 바싹 달라붙어 있는 그를 끝내 떨쳐내지 못했다. 그러자 마지막 발악처럼 히이잉 울음소리를 내고는 하늘 높이 솟구쳐올랐다.

이른 새벽에 별안간 하늘에서 울려오는 말 울음소리에 놀란 사람들은 무슨 일인가 하고 밖으로 나와 하늘을 쳐다보았다. 그들은 어린 단군이 기린마 잔등에 올라탄 채 하늘을 날고 있는 것을 보고는 아연실색했다. 단군을 태운 그 기린마가 하늘 높이 사라져버렸던 것이다. 이를 보고 마을 사람들은 크게 한탄했다.

"하늘에서 내린 말이니 잡지 못할 것이라고 그렇게 말해주었는데…… 왕자께서 그걸 듣지 않고 끝내 일을 내고 말았구나. 불쌍해서 이를 어쩌누!"

이렇게 그들이 한참 한숨을 토해내고 있을 때, 언제 나타났는지 푸른 하늘에 한 점의 구름이 날아오는 듯 기린마가 황홀한 자태를 다시 드러내보였다. 그러고는 마을 하늘을 한 바퀴 돌더니 사람들이 있는 곳으로 사뿐히 내려오는 것이었다. 꿈에서나 볼 수 있을 법한 광경에 잠시 사람들은 넋을 잃고 바라보았다. 그들은 이내 정신을 차리고 궁금해하며 물었다.

"왕자님, 도대체 어떻게 된 일입니까?"

"그저 마을 하늘을 한 바퀴 돌아봤을 뿐이오."

단군은 마치 아무 일도 없었다는 듯 대답하였다. 사람들은 그 짧은 시간에 단군이 기린마를 길들였다는 사실에 놀라워했다. 어린 단군은 그저 빙긋 웃으며 기린마에서 내려 궁으로 향했다. 그런데 더욱 놀라운 것은 그 다음 광경이었다. 굴레를 씌우지도 않았는데 기린마가 어린 단군의 뒤를 고분고분 따르는 것이었다.

이 모습을 본 사람들은 놀라움을 감추지 못하며 소리 높여 외쳤다.

"역시 왕자님은 하늘이 점지해주어 태어나신 게 틀림없어. 과연 우리들과 다르기는 다른 모양이야. 그러니 하늘에서도 저렇게 훌륭한 기린마를 딸려서 내려보낸 것이 아닌가?" 그때부터 그들은 단군을 추앙하며 왕검이라 호칭하게 된 것이었다.

하지만 사람들이 왕자를 왕검으로 신성하게 떠받들수록, 거불단은 자신의 아들을 더욱 엄하게 대했다. 그러고는 단군이 열 살이 될 무렵부터는 아예 궁을 떠나 산에서 수련하도록 명했다.

"장차 우리 천신족의 나라(박달 나라)를 이끌어가고 새 세상을 펼쳐나가야 할 네가 이렇게 좁디좁은 궁 안에서만 무술을 닦아서야 되겠느냐? 지금 당장 산으로 들어가 1년이건 10년이건 세상을 호령할 힘이 생길 때까지 심신을 닦아라. 만약 네 무예 솜씨가 내 마음에 들지 않는다면, 다시 궁으로 돌아올 생각은 꿈에도 말아야 할 것이야!"

거불단은 단군에게 단단히 다짐까지 받아두었다.

단군도 아버지의 뜻을 받들어 무예 수련에 전심전력을 기울였다. 그때까지 산새 소리만이 간간이 들리던 산골짜기에서는 말발굽 소리가 쩌렁쩌렁 울리기 시작했다. 또 무술을 익히는 단군의 외침이 날씨가 궂든 말든 밤이나 낮이나 멀리멀리 메아리쳤다.

어느덧 봄, 여름이 지나고 가을이 찾아들었다. 그날도 무술 훈련으로 땀을 흘리던 소년 단군은 자기를 지켜보고 있던 군사에게 자신의 무술 솜씨가 어느 정도냐고 넌지시 물었다. 아버지가 만족할 만한 수준이 되는가를 알아보기 위함이었다. 이에 군사는, 아마 무술을 한다하는 고수들도 왕자님 실력까지는 되지 못할 것이라고 대답해주었다.

그 말을 들은 단군은 흡족한 마음에 발걸음도 가볍게 집으로 돌아왔다. 싱글벙글 웃으며 들어서는 단군을 본 거불단은 크게 꾸짖으며 말했다.

"네 무술이 내 마음에 들기 전까지는 절대 집에 돌아오지 말라고 했거늘, 어찌 내 말을 거역하려 드느냐!"

그러나 소년 단군은 이에 굽히지 않고 당차게 반문했다.

"마음에 들지, 들지 않을지는 직접 가늠해봐야 알 수 있는 것이 아닙니까?"

거불단은 아들의 그런 모습이 맘에 들기보다는 오히려 어이가 없었다.

"산에서 닦은 무술 실력이라는 것이 고작 이 궁 안에서 보일 만한 것뿐이더냐?"

아버지가 되묻자 소년 단군은 말문이 막혔다. 자신의 실력도 봐주지 않고 내치는 아버지가 원망스럽기도 했지만, 그 말이 옳다는 것을 인정할 수밖에 없었다. 단군은 입술을 지그시 깨물고 그 자리를 물러나왔다.

이로부터 며칠이 지난 어느 날, 드디어 거불단 환웅은 아들의 무술 실력이 어느 정도 되었는지 파악하고자 호위 군사를 대동하고 수련장을 찾았다. 수련장을 유심히 살펴본 거불단은 감회에 젖은 듯 잠시 발걸음을 떼지 못했다. 그럴 수밖에 없는 게 이곳은 이른 봄만 해도 사나운 산짐승들마저 저어하는 우거진 삼림이었는데, 그 사이에 그것은 어디로 다 사라졌는지 말발굽에 짓밟힌 풀과 칼부림에 잘리고 창에 찢긴 앙상한 나무들만이 듬성듬성 박혀 있었던 것이다.

그동안 어린 아들이 무술을 연마한 흔적들을 살펴보던 거불단은 마음속으로 감탄했지만, 힘껏 안아주고 싶은 마음을 끝내 억누르며 짐짓 다시 크게 꾸짖었다.

"풀대보다 못한 녀석! 너는 어째서 그동안 훈련을 게을리했느냐? 내 집에 돌아오지 않을 각오를 하고 무술에 전념하라고 했건만!"

아버지의 청천벽력 같은 꾸짖음에 단군은 한동안 말을 잇지 못했다. 그러나 자신을 알아주지 않는 아버지에 대해 서운함을 느끼며 대꾸했다.

"아버님, 저기 보십시오. 성한 나무가 하나도 없는 것이 보이지 않으시옵니까?"

"아무렴. 보고 있고말고. 저것은 네가 적으로 삼고 칼을 휘두르고 창질을 하고 활촉을 박았던 나무가 아니더냐? 그런데 어째서 끝까지 죽이지 못했느냐?"

의미심장한 거불단의 말에 단군은 얼굴을 붉혔고, 그런 그를 보고 거불단이 다시 훈계하였다.

"나무는 그렇다 치고 이 풀을 보아라. 내가 어째서 너에게 풀대보다 못하다고 말하는지 알겠느냐? 이 풀대는 너의 말발굽에 짓밟히고 또 짓밟혔는데도 이렇게 자라서 씨앗을 맺었다. 정녕 네가 무술 닦기에 게을리하지 않았더라면, 어찌 이렇게 풀이 성성하게 자랄 수가 있겠느냐?"

소년 단군은 더 이상 변명할 말이 없었다. 하지만 그동안에 갈고닦은 무술 실력을 아버지에게 보이고 싶은 마음 또한 사실이었다.

"하지만 잠시 틈을 내주신다면 말타기, 창 쓰기, 활쏘기 등 어느 것 하나 막힘이 없이 보여드릴 수 있습니다."

단군의 간곡한 청에도 거불단은 그것마저 단호히 거부했다.

"그럴 필요 없느니라. 너에게 무술 실력을 닦으라고 한 것은, 무예도 무예이거니와 바위처럼 굳센 의지를 키우라는 뜻도 있었다. 그런데 풀대보다 못한 의지를 가지고서 무슨 낯으로 나에게 보여줄 것이 있다고 하느냐? 가루는 칠수록 고와지고 칼은 벼릴수록 날카로워지는 법이니라. 앞으로 더욱 단단히 마음먹고 수련에 정진토록 해라."

그날 밤 단군은 잠을 이루지 못했다. 풀대보다 못하다는 말을 생각하면 생각할수록, 타오르는 불덩어리를 뒤집어쓴 것처럼 얼굴이 확 달아올랐던 것이다.

그 이튿날 새벽녘부터 소년 단군은 무술 훈련에 더욱 열을 올렸다. 그는 앙상하게 변해버린 나무를 향해 말을 몰았다. 처음에는 나무 중동을, 다음엔 나무 밑동을 단칼에 쳐서 날렸다. 잽싸게 던지는 창은 어김없이 나뭇등걸에 맞았는데, 그 힘이 어찌나 셌던지 뿌리까지 뽑혀나왔다. 이런 훈련은 눈보라 치는 혹독한 추위에 박달나무가 얼어 터질 정도가 되었어도 중단되지 않았다. 한겨울이 다 가는 동안에 산판의 나무들은 그 뿌리까지 찾아보기 어려울 지경이 되었다. 새봄을 맞이해서도 매주 밟듯 훈련을 해대니, 그 산판은 풀 한 포기 돋아날 사이가 없었다. 이미 그곳은 풀 한 포기 없는 홍산紅山으로 변해버렸던 것이다.

어느덧 봄도 지나고 여름이 돌아왔다. 뙤약볕이 내리쬐는 무더운 날에도 소년 단군은 어김없이 무술 수련에 한창이었다. 그가 얼마나 땀과 먼지에 그을리며 훈련을 했는지, 쏜살같이 달리는 말발굽에서 풀썩풀썩 붉은 흙먼지가 피어올랐다. 사람들이 그것을 뭉게뭉게 피어오르는 산불 연기로 착각할 정도였다. 실로 강인한 의지, 아니 집념이 아니고서는 이룰 수 없는 일이었다.

이런 혹독한 수련 과정을 통과한 단군을 보고, 아버지는 이제 세상을 경륜할 이치를 터득하도록 요구했다. 아니, 단군이 스스로 알아서 해나갔다고 하는 편이 옳았다. 아버지가 요구한 과정을 통해 자신이 무엇을 해야 하는가를 스스로 깨달았으니 말이다. 그는 그 이후 무예는 물론이고 지금까지 고래로부터 내려오는 경전과 세상을 구할 경륜을 찾기 위해 밤낮없이 뛰어다녔다. 그런 노력의 결과로 그의 실력은 하루가 다르게 일취월장했고, 어느덧 열서너 살에 이르러서는 세상에 대한 큰 뜻을 품을 정도가 되었던 것이다.

'내 그토록 혹독한 과정을 통과하였건만, 이런 꼴을 보이고 있으니 아버지께 뭐라 한단 말인가? 이대로 있을 수는 없어. 뭔가 대책을 세워 활로를 찾아야 해. 다시 불끈 주먹을 쥐고 일어서자.'

아버지에 대한 죄스러움에 단군은 이대로 그냥 넋 놓고 있을 수 없다고 생각했다. 그만큼 그는 아버지가 요구한 수련 과정을 통해, 그어떤 시련 앞에서도 불굴의 의지로 일어설 만큼 강인해져 있었던 것이다.

어떻게든 해결책을 찾아야 한다는 결심 때문인지, 불현듯 그의 뇌리에 방금 전에 꾼 꿈이 떠올랐다. 그게 무엇을 의미하는지 분명하게는 몰라도 사람이 조화를 부리는 것, 바로 이것이 하늘의 뜻이라고 하는 소리만큼은 뚜렷하게 떠올랐다.

'하늘의 뜻이라. 그래, 그래! 밖으로 나가 세상과 직접 맞부딪쳐보는 거야. 이렇게 궁성에서 자리다툼만 하고 있어서야 미래가 있을 수 없지.'

단군은 이번 도둑의 창궐을 계기로 바깥세상으로 나가봐야겠다는 결심을 굳혔다. 그러자 갑자기 몸에서는 힘이 솟는 것 같았다. 마침내 단군은 자리에서 몸을 일으켰다.

"웅지백 수장님이 나를 찾는다고 하니, 가봐야지."

"어찌하시려고……."

단군이 뭔가 결심을 내렸다는 것을 눈치챈 발구루가 조심스럽게 물었다.

"이번 도적 문제를 내 직접 해결할 생각이오."

"네에? 그럼 직접 군사를 이끌고 가시겠다는 말씀이옵니까? 만약에 실패하시기라도 하는 날에는……. 이번의 도적 떼들은 다른 패거리와 달리 흔적도 없이 사라지기에 그 종적을 알 길이 없다고 하는데……."

"아무렴 그들도 사람일진대 어찌 흔적이 없겠소이까? 아무튼 내 지금 수장님을 뵙고 그리 주청할 것이니 준비를 해주시오."

"알겠사옵니다."

발구루의 대답을 뒤로하고 단군은 밖으로 나왔다. 9월의 하늘에는 엷은 구름이 하얀 꽃송이처럼 가볍게 휘날리고 있었고, 그 사이로 아직은 따갑게 느껴지는 햇볕이 내리쬐고 있었다. 사람들이 서로 아웅다웅하며 싸우지만 않는다면, 그야말로 자연의 풍요로움을 만끽하고 살 수 있는 환경이었다. 그럴수록 단군은 이번에 자신이 직접 나서기로 마음먹은 것이 잘한 일이라 생각했다.

얼마 걷지 않아 벌써 웅씨족 수장이 웅거하고 있는 궁전이 보였다. 단군이 비왕으로서 직무를 보고 있는 곳과 궁전은 멀리 떨어져 있지 않았다.

궁전은 역시 웅장했다. 그 크기도 크기이지만 하늘 높이 치솟듯 우뚝 자리 잡은 궁전은 여느 사람들이 범접하기 어려울 정도의 위용을 뽐냈다. 그럴 수밖에 없는 게 웅씨족이 어떤 나라인가? 여러 나라들 중에서 바로 천신족, 범씨족과 자웅을 겨룰 수 있는 몇 안 되는 나라였다. 그러니 그 나라의 위상에 걸맞으려면 이런 정도는 되어야 할지도 모른다. 그러나 단군은 아직도 많은 백성들이 거의 토굴과 같은 곳에서 살고 있다고 사실을 생각하며 이것이 과연 옳은 것인지 답답했다. 차라리 이런 데 재정을 지출하지 않고 백성들을 위해 사용했다면 오늘날 여기저기서 도적 떼가 창궐하지는 않았을 것이다.

쓸쓸한 마음으로 궁전으로 들어가자 웅씨족 수장의 시중을 드는 수하가 그를 곧 알아보고 안내하였다. 안으로 들어가니 그 안에는 웅지백 수장은 물론이고 그의 부인까지 자리하고 있었다. 사실 웅지백 수장은 거불단 환웅에 대한 충성심이 남달랐고, 그런 만큼 단군에 대한 신임도 두터웠다. 단군은 곧 예를 갖추고 그의 하명을 기다렸다.

웅지백은 초조한 듯 말을 돌리지 않고 도적들 문제를 직접적으로 꺼냈다. 웅지백에 있어서 단군은 신하이기도 했지만 아들 같은 존재이기도 했던 것이다.

"또 도적 떼들이 들고일어났다는 소식을 들었을 것이네만, 내 그 때문에 그대를 불렀네. 이번 도적 떼들은 예사 무리와 다르다고 하는데, 무슨 대책이 없을까 해서 말이네."

"도적 떼들의 횡포가 이런 지경에 이르렀으니, 그저 면목 없을 따름이옵니다."

"아닐세. 내 자네를 탓하고자 꺼낸 말이 아니네. 도적들이 한두 번 나타나는 것이야 으레 있을 수 있는 일이 아닌가? 허나 이렇게 하루가 다르게 도적들이 일어나고 있으니, 뭔가 근본적인 대책을 마련해야 하지 않겠는가?"

"너무 심려하지 마시옵소서. 이번에는 소신이 직접 나서서 처리하여 수장님의 우려를 말끔히 씻어드리겠사옵니다. 그러니 소신의 출정을 윤허해주시옵소서."

"윤허라니, 그건 아니지. 차라리 내가 부탁해야 할 일인데. 비왕이 그리해준다니 내 두 다리 뻗을 수 있겠구먼. 사실 난 이 문제를 시급히 잠재우지 못해 큰 문젯거리로까지 불거지면 어찌 될까 염려하느라 잠도 못 잘 지경이었네. 그로 미칠 파장이 얼마나 크겠는가? 물론 자네가 나보다 더 잘 알겠지만 한번 생각해보게. 이렇게 도적들이 길길이 날뛰어 나라가 불안하게 된다면 어찌 될까? 이게 어찌 단순히 도적들의 문제로만 한정시켜 볼 문제인가? 아니지. 지금 범씨족이 주위 나라들을 삼키려고 호시탐탐 기회만 엿보고 있다는 것은 다 아는 바가 아닌가. 그들은 분명 침략의 마수를 뻗칠 것이야. 그럼, 제국들 간의 관계는 전쟁의 소용돌이에 휘말리고 말 것이고. 그러니 그걸 막아야 하네. 우리 웅씨족의 내정이 속히 안정되어야 천신족과 힘을 합쳐 범씨족의 경거망동을 막을 수가 있어. 그러니 불행한 사태를 미연에 방지하자면 이번에 꼭 발본색원해야 되네. 그리해주게."

"꼭 그리하겠사옵니다. 그럼, 신은 이 길로 곧장 떠나도록 하겠사옵니다."

단군이 자리에서 일어서려고 하자, 웅지백이 그를 잠시 제지시키면서 부인의 얼굴을 바라보았다. 뭔가 할 얘기가 있으면 하라는 투였다.

"글쎄, 내가 이 얘기를 하면 어떻게 생각하려는지 모르겠네만, 이제 비왕의 나이도 스물한 살이고 하니 장가를 가야 할 것 같은데……. 어디 따로 맘에 두고 있는 규수라도 있는가?"

"그건 아니지만, 아직까지 혼인에 대해 딱히 생각해보지 않아서……."

"하긴 그렇겠지. 지금까지 자네가 이 나라를 위해 얼마나 뛰어다녔는데, 어디 그런 생각을 할 겨를이 있었겠는가? 허나 이제 나이가 되었으니 한 번쯤은 생각해봐야지. 아니지, 그런 일이야 어찌 제 발로 나설 수 있겠어? 옆에 있는 사람이 나서야지."

웅지백이 거들고 나서며 부인의 말에 힘을 실어주었다.

"그렇다면 내 말 에두르지 않고 직접 말하겠네. 혹시 우리 딸 가희는 어떤가? 내 딸이어서 하는 말은 아니지만 그만 하면 인물도 그렇고 인품 또한 갖추었으니 비왕의 아내로 적격이라고 보는데……."

"소신을 그리 보아주시니 황공할 따름이옵니다. 하지만 아직 생각해보지 않은 문제인지라……."

"어허, 그리만 말하지 말고 잘 생각해보게. 내 보기에 두 사람이 잘 어울릴 것으로 보이는구먼. 아마 두 사람이 서로 혼례를 올린다면 천신족이나 우리 웅씨족에겐 더 없이 큰 경사가 될 것이야. 아니, 제국의 경사이지. 더욱이 내 자식들하고 서로 다툼하는 일도 없어질 것이니 이보다 좋은 일이 어디 있겠어."

웅지백 수장과 부인은 단군과 가희를 맺어주려고 하는 의도가 명백했다. 사실 웅지백은 단군과 그의 왕자들과의 사이가 좋지 않다는 것을 알고 그들 사이를 융합시킬 방안을 찾고자 했다. 그러다가 그의 부인이 딸 가희와의 혼인 문제를 꺼냈고 그게 좋겠다고 생각하였던 것이다. 더욱이 혼사가 맺어지면 천신족과 웅씨족 간의 동맹이 더욱 공고해질 것이니 더할 나위 없이 좋은 일이기도 했다.

"한번 생각해보도록 하겠사옵니다. 하오나 지금은 도적들의 창궐을 막는 것이 시급하온지라 그 일을 먼저 해결한 다음 답을 드리도록 하겠사옵니다."

"허허! 알겠네. 내 어찌 그 마음을 모르겠어. 그러니 그대를 신임할 수밖에. 어쨌든 빠른 시일 안에 좋은 대답을 주기 바라네."

웅지백의 요청을 뒤로 미루며 단군은 궁전을 물러나왔다. 그 호의를 무시하고 싶지는 않지만, 단군의 머릿속에는 세상에 나가 맘껏 그 기운을 들이마시며 새로운 웅지를 세워보려는 생각만이 가득했던 것이다. 그럴수록 그의 발걸음은 힘차고 바쁘게 움직였다.

2

도처에 창궐한 도적들

웅씨족의 중심지에서는 완전히 벗어나 있는 마을의 들녘이었다. 창공 아래에는 낮은 구릉지대가 무슨 귀중한 보물을 간직하기라도 한 것처럼 멀리서부터 에워싸듯 감쌌고, 그 안에는 눈이 부실 정도로 누렇게 익은 산벼(야생벼)가 쏟아지듯 열매를 매단 채 고개를 숙이고 있었다. 따갑게 내리쬐는 햇살을 받아 건실하게 살진 낟알들이 가볍게 부는 바람에도 툭툭 터질 것처럼 스스슥 소리를 내며 흔들거렸다. 그 모습이 꼭, 마지막 사람의 손길을 부르는 듯한 몸짓 같았다.

"이곳은 완전히 대풍작이옵니다."

"그러게 말이오. 그런데 조금 전에 본 곳과 이곳이 어찌 이렇게 다른지 모르겠구려. 산벼가 아무리 물이 없는 곳에서도 잘 자란다지만, 그곳 땅은 완전히 말라버려 갈라 터질 정도인 데다가 도무지 알곡인지 잡초인지 분간도 안 되고 쭉정이만 있는 것처럼 보였소. 그런데 저 알곡을 보시오. 속이 꽉 찬 것 같지 않소?"

"정말 그렇사옵니다. 이곳 땅이 기름지다는 소리는 들었는데, 이 정도일 줄은 몰랐습니다. 지형만 봐도 그리 보이고요."

"그리 생각되오? 그런데 나는 이게 다 비옥한 땅 때문이라고 보이질 않으니……. 땅이란 게 원래 농군이 어떻게 가꾸느냐에 따라 달라지지 않소?"

"하기야 이곳 백성들이 부지런한 게 맞는 모양이옵니다. 개간도 척척 잘 되어 있는 것을 봐도 그렇고……. 그러한 백성들의 품성 때문에 이리된 것 아니겠사옵니까? 그런데 이렇게 열심히 일해 수확한 것을 도적 떼들이 약탈하려 하다니. 그놈들을 꼭 잡아야 할 것이옵니다."

"두말하면 잔소리지요. 계속 돌아다니다보면 뭔가 나오겠지요."

세 사람의 일행이 길을 가며 주고받는 소리였다. 풍채도 좋고 고급스런 옷차림을 한 두 사람이 앞서 걸었고, 그보다 차림새가 좀 떨어지는 이는 시중꾼인 듯 그 뒤를 따랐다. 이들은 단군 일행이었다. 단군은 웅지백 수장을 알현하고 나온 이후 그 길로 부관 발구루 및 수하 한명과 함께 먼저 도둑이 창궐한 방향으로 암행에 나선 것이었다. 물론자신의 직속 부대장인 소우리 상장(上將)에게는, 자기가 먼저 갈 터이니나중에 군사를 은밀하게 이끌고 뒤따라오라고 이미 명을 내려놓은 상태였다. 그는 비왕으로서 자신의 직속 부대를 이끌면서 수장을 옆에서 보좌하는 위치에 있었던 것이다. 그가 이렇게 한 것에는 그만한 이유가 있었다. 이번에 창궐한 도적 무리들이 그 종적을 알 수 없을 정도로 치밀하게 행동하는 것으로 미루어, 군사와 함께 출동했다가는 낭패를 볼 것 같아 먼저 그 행적부터 찾고자 함이었다.

그들 일행이 한참을 더 걸어들어가자 알곡을 거둬들이는 농군들의 모습이 나타났다. 농군들은 수확기를 놓치지 않으려고 들녘 곳곳에서 분주하게 일손을 놀리고 있었다. 노래를 부르며 일하는 모습이 멀리서 보기에는 마치 가락에 맞춰 춤을 추는 것처럼 보였다. 노랫소리 때문인지, 아니면 풍년이라는 기쁨 때문인지 누가 그리하자고 하지도 않았는데, 들뜬 기분에 세 사람의 걸음걸이는 자연스레 그 장단에 맞춰지고 있었다. 잠시나마 세상의 시름을 잊고 수확의 풍요로움을 만끽하는 기분이었다.

하지만 세 사람이 가까이 다가왔을 때 그 가락은 멈춰버렸고, 그 순간 세상은 고요한 정경 속으로 빠져드는 것 같았다. 농군들은 자신들과 전혀 다른 차림새를 하고 나타난 그들을 힐끔힐끔 쳐다보며 뭔가 경계하는 빛을 내보였다.

단군은 농군들의 행동을 이상하게 여기며 그들과 자신들의 모습을 비교해보았다. 자신들은 호사스런 금錦 비단에 야들야들 부드러운 가죽신까지 몸에 걸치고 있는 반면에 저들은 간신히 몸만 가릴 정도로 듬성듬성 성기게 짠 베옷을 입고 있었는데, 그나마 그것도 얼마나 오래 입었는지 허름하게 닳아 여기저기가 떨어져 있었다.

이들의 싸늘한 태도에 단군은 가까이 간 이미 글렀다고 생각하고 그냥 지나치려 했다. 그런데 농군들이 자기들끼리 뭐라고 속닥거리더니 아무 일 없다는 듯 어떤 물건 주위로 하나둘씩 빙 둘러앉기 시작했다. 마침 오후 새참 시간이라 준비해온 것을 먹으려 하는 모양이었다.

'아무리 그래도 농군의 인심은 후한 법인데, 설마하니 매정하게 내칠까? 정히 안 된다면 그야 어쩔 수 없다.'

이런 생각으로 단군은 농군들 쪽으로 걸어가며 말을 건넸다.

"이 보시구려. 지나가는 과객이오만 목이 말라 그러는데 물을 좀 얻어먹을 수 있을까요?"

농군들은 고개를 돌려 그들 일행을 보더니만 가타부타 대답을 하지 않았다. 그러는 중에 그들 사이에서 제일 연장자인 듯한 사람이 마지못해 허락하며 대답했다.

"그러시구려."

그때였다. 다가오는 단군 일행을 훑어보더니 자리를 비켜주며, 그들 중 한 사람이 불편한 심기를 내보이듯 한마디 꺼냈다. 아무리 봐도 자신들과는 처지가 다른 고관귀족 같은 모습에 심사가 뒤틀린 모양이었다.

"허허! 오늘 무슨 일이라도 있나? 오늘 따라 왜 이렇게 외지 사람이 드나드는지 말이야."

"우리 말고도 또 다른 사람들이 지나간 모양인가 보죠?"

단군 일행이 미안해하며 자리에 앉았다. 이들의 새참은 별다른 것이 없었다. 그저 기장을 버무려서 만든 주먹밥으로 한 입 거리밖에 안 되어 보였다. 그것을 농군들은 맛있는 듯 입에 넣고 있었다.

"사람들이 나다니는 게 뭐가 문제겠소? 그게 다 요즘 시절이 하도 수상해서 그런 게지요. 그건 그렇고 어디 귀하신 분들이 먼 길을 가시는 것 같은데. 입에 맞을지는 모르겠지만 이거라도 좀 드시지요."

그는 그래도 연장자답게 인정을 베풀며 주먹밥 한 덩어리를 나눠주려 했다.

"아닙니다. 여기 있는 분들이 드시기에도 부족한 것 같은데."

"콩 한 조각이 있어도 같이 나눠 먹는 것이 우리네 인심이지요. 사양하지 마시고 어서 받으세요."

"이거 미안해서……. 그럼, 감사합니다."

연장자가 건네주는 것을 받아 한입 베어 물면서, 단군은 도적들의 행적에 대해 뭐라도 알아낼 심산으로 다시 입을 열었다.

"요즘 이곳저곳에서 도적들이 나타났다는 소문이 많이 나돌고 있던데, 여기는 어떻습니까?"

"그게 걱정이지요. 그 횡포가 얼마나 흉악하다고 하는지 소문만 들어도 겁이 날 지경이니까요. 재물과 식량만 빼앗아가는 게 아니라 사람까지 해코지하고 심지어는 사람까지 잡아먹는다고 하니 말입니다."

"네에? 사람을 잡아먹어요?"

발구루가 놀라서 묻자, 농군 중에 한 사람이 열을 올렸다.

"그렇다니까요. 그걸 분명 보았다는 사람이 있다고 하니 하는 말이지요. 인두겁을 쓰고는 그리 못한다는 거예요. 한마디로 그놈들은 사람들이 아니라는 거지요. 사람이라면 어디 할 짓이 없어서 그런 짓을 하겠소? 암, 그리는 못하지요."

분노에 떨며 얘기하는 농군들의 표정에는 알 수 없는 두려움이 스며들어 있었다. 이때, 연장자 격인 사람이 한숨을 길게 내쉬었다.

"그놈들이 우리라고 봐줄 리는 없고. 보시다시피 올해 우리 농사가 풍년이 들지 않았소이까. 춤이라도 추고 싶은 마당에 도적놈들 무서워 그러지도 못하고. 그놈들이 몰려올 빌미가 될 지도 모르니, 그럴 바에는 흉년이 든 게 차라리 마음 편할 것 같습니다. 이거야 원, 세상 꼴이 어찌 되어 갈는지……."

농군들의 얼굴은 한결같이 어두웠다. 이런 처지라면 외지 사람 모두가 혹시 자신들을 해하러 오는 도둑으로 보일 것도 같았다. 언제 당할지 몰라 벌벌 떨고 살아야만 하는 이들의 심정이 딱하게만 여겨졌다.

발구루가 단군을 보기에 민망했는지 다시 조심스럽게 입을 열었다.

"그렇게 걱정되면 미리 관가에 도움을 요청하시면 되지 않겠습니까? 관에서 군사를 파견해서 보호한다면, 제아무리 흉악한 놈들이라고 할지라도 그렇게 쉽게 노략질하러 들어오지는 못할 것이니까요."

"허허! 참, 그런 한심한 소리 작작하시구려. 관에서 그렇게 해줄 것 같으면 뭣 때문에 우리가 이렇게 한숨 쉬며 애태우겠소."

"아니, 그럼 관에서는 이런 일을 나 몰라라 한단 말입니까? 아무리 그래도 그렇지 어찌 그럴 수가 있겠습니까?"

"관을 그렇게 믿고 있다니 참으로 세상 돌아가는 것을 몰라도 너무 모르는구먼. 그들은 우리가 죽든 말든 아무런 신경도 안 쓴단 말이오."

"설마하니 그러려구요?"

"허허! 거짓 시늉이라도 하면 내 더 말하지 않겠소이다. 그들이 어떤지 아시오? 도적놈들이 쳐들어왔다고 그렇게 요청을 해도 꿈짝 않고 있다가, 도적놈이 다 노략질해서 사라지고 나면 그 뒤에 나타나서 오히려 이것 내놔라 저것 내놔라 사람을 들들 볶는단 말이오. 도와주지는 못할망정 왜 힘든 사람 괴롭히느냐 말이오."

"관 얘기는 그만하시구려. 내 그 얘기만 나오면 밥맛이 뚝 떨어지니 말이오. 아아, 그 뭐냐, 세금을 받아낼 때 보면 그런 찰거머리가 없다니까. 사실 칼만 들지 않았지 도적놈이나 매한가지요. 차라리 관에서 오지나 않았으면 좋겠소. 그 흉한 꼴 보지 않으면 마음이라도 편하니 말이오."

이들이 열을 내며 관을 비방하던 중에, 갑자기 말 두 마리가 먼지를 일으키며 이쪽을 향해 달려오고 있었다.

"허허! 호랑이도 제 말하면 온다더니. 에이 참."

한 농군이 비꼬는 투로 얘기하면서 일어섰고, 나머지 사람들도 모두들 따라 일어났다. 그들의 얼굴에는, 이번엔 또 무슨 시달림을 당할까 하는 근심의 빛이 어려 있었다.

이윽고 그들이 다가오더니 말에서 내리지도 않은 채로 연장자 격인 사람을 다짜고짜 불렀다.

"공동 경작지를 수확할 것이니 여기 마을 장정들을 모두 하나도 빠짐없이 보내도록 하거라!"

그들은 고압적으로 한마디를 던지고는 그대로 돌아갔다.

"또 사람을 차출한다고? 이놈의 세상 내 언제 이 꼴을 보지 않고 살꼬. 세상이나 한번 확 엎어져버렸으면 좋겠구먼."

농군들이 쏟아놓는 관에 대한 불신과 원망을 듣다보니, 단군은 어디 쥐구멍이라도 들어가고 싶은 심정이 되었다. 죄책감에 그는 어떤 위로의 말이라도 건네고 싶었다.

"언젠가는 좋은 세상이 오지 않겠습니까? 언제까지 이러겠습니까? 부디 힘내고 사십시오."

"댁네들도 몸조심하구려."

농군들은 생전 처음 마주친 사람이었음에도, 단지 새참을 같이 먹었다는 이유만으로 진심 어린 걱정을 전했다. 그런 그들을 뒤로하고 세 사람은 그곳을 떠났다.

하늘의 태양은 수레바퀴 굴러가듯 유유히 서편으로 넘어가고 있었다. 언제 세상에 대해 한탄하고 분노했는가 싶게, 농군들 사이에서는 선창자의 가락 매기는 소리가 다시 들려오면서 일이 시작되었다. 나무에 싹이 트고 열매가 맺히는 일처럼 세상사는 언제나 그랬듯이 묵묵히 흘러가는 것 같았다.

단군 일행도 바람 따라 가듯 걸었다. 어떤 방향을 정하고 걷는 게 아니라 그저 길이 펼쳐진 대로 따라 걸을 뿐이었다. 그러던 중에 발구루가 단군의 침울한 안색을 보고 조심스럽게 입을 열었다.

"비왕님, 지금은 백성들이 저래도 도적 떼를 소탕한다면 달라질 것이옵니다. 그러니 너무 상심하지 마시옵소서."

"그건 아니오. 부관도 그들이 하는 말을 다 듣지 않았소이까? 세상이 확 엎어져버렸으면 좋겠다는 말 말이오. 도적이 문제가 아니라 민심이 이미 떠나버린 것이오. 관에 대한 미련이 털끝만큼도 남아 있지 않다는 것을 아직도 모르겠소?"

자신의 마음을 위로하기 위한 말이라는 것을 알면서도, 단군은 비통한 듯 말을 내뱉었다. 단군에게는 지금 모든 것이 부정적으로만 보였던 것이다. 그 모든 사정을 쏟아내듯 단군의 말이 다시 이어졌다.

"내 좀 전에 본 두 곳의 알곡이 왜 이렇게 달라 보일까 그게 의문이었는데, 이제야 그 이유를 알 것 같소. 관을 불신하고 있는 마당에 무슨 일을 성심성의껏 할 수 있었겠소. 그저 형식적으로 농사짓는 시늉만 내었던 게요. 그러니 그렇게 작황에 차이가 날 수밖에. 이게 다 무엇 때문이겠소? 다 내가 잘못 다스려서 그런 것이오. 앞으로 어찌해야 할지 모르겠소. 희망이 보이질 않으니."

"어찌 그것이 비왕님의 잘못이옵니까? 그렇지 않사옵니다. 비왕님의 참뜻을 이해한다면 분명 저들의 마음도 돌아설 것이옵니다. 그러니 우선 도적들을 잡아 백성들의 생활을 안정시키고……."

"내 부관의 맘을 모르는 것은 아니나, 그게 어디 그렇게 해서 풀리는 문제입니까?"

"아니옵니다. 길은 분명 있사옵니다. 이런 때일수록 더욱 힘을 내셔야 하옵니다."

"그대의 뜻은 내 알겠소. 그러니 이제 그만 얘기하시구려."

천근만근이나 되는 몸을 이끌고 힘겹게 걸어가는 단군의 모습을 지켜보는 발구루의 마음은 착잡하기만 했다. 단군의 말이 틀리지는 않았으나 그의 입지를 세우기 위해서는 우선 이번 도적들을 일괄 소탕해야 했다. 직접 출전해서 해결하지 못한다면 웅씨족 왕자들이 단군을 몰아낼 절호의 기회로 삼을지도 모를 일이었다. 더욱이 단군은 하루빨리 이곳에서 터를 잡은 다음 천신족으로 돌아가 거불단 환웅의 뒤를 이어야 하는데, 계속 이러고 있으니 앞날이 난감하기만 했던 것이다. 그렇다고 발구루 자신도 지금 단군을 설득할 그 어떤 묘책도 가지지 못한 상태였다.

얼마나 걸었는지 몰랐다. 호젓한 산 밑에 이르자 양지 바른 쪽에 인가가 하나둘 눈에 띄기 시작했다. 조금 전에 만났던 사람들의 마을인 것 같았다. 그냥 지나칠까 하는데 갑자기 저 멀리 앞쪽에서 젊은이 두 사람이 앞서 걸어가고 있는 것이 보였다. 그런데 집집마다 기웃거리며 걸어가고 있는 그들의 모양새가 뭔가 수상쩍었다.

"저들이 혹시 염탐꾼이 아닐까요?"

"수상하군. 모른 척하고 저들을 좀 더 지켜보세."

그들의 몸놀림이 제법 민첩해 보이기 했으나 그것 외에 다른 이상한 행동은 없었다. 그저 지나가면서 주위를 훑어보는 정도였다.

"오늘은 여기서 쉬어가면 어떻겠사옵니까? 얼마 안 있으면 해가 저물 것 같사온데, 미리 여기서 자리를 잡고 오늘은 좀 쉬시는 것이 좋을 듯싶사옵니다."

발구루가 여기서 하루를 묵어가자고 하는 데에는 이유가 있었다. 아무래도 앞서 가는 두 사람의 행동이 수상하게 보였기 때문이었다.

"글쎄. 아직도 해가 떨어지려면 한참은 있어야 할 것 같은데. 좀 더 길을 나서도 되지 않겠나?"

단군은 백성들에게 좋은 인상을 심어주지 못한 데다, 혹여 피해라도 줄 것 같은 생각에 얼른 이곳을 피하고만 싶었다.

"아니, 그런데 저들이 어디로 갔지? 제가 저들을 뒤쫓아보겠사옵니다."

얘기를 주고받는 사이에 갑자기 두 젊은이가 사라져버린 것을 알아차린 발구루가 뒤쫓아갈 태세로 말했다.

"아닐세. 그만 놔두게."

"왜 그러시옵니까? 저들의 행적이 수상하옵니다. 그렇지 않고서야 어찌 감쪽같이 사라진단 말이옵니까? 우리가 오는 것을 보고 숨은 것이 분명하옵니다. 뭔가 찔리는 것이 있으니 그런 겁니다. 저들을 잡아 문초하면 그들의 소굴을 알아낼 수 있을지도 모르옵니다."

"저리 숨어버린 사람을 어떻게 찾는단 말이오. 설사 저들을 잡았다고 칩시다. 저들이 스스로 염탐꾼이라고 순순히 자백할 것 같습니까?

그럴 리도 없겠지만, 도리어 그 무리들이 다른 데로 숨어버리면 어쩐 단 말이오. 그러니 놔두세요. 멀리서 우리를 지켜보고 있을지도 모르니 그냥 아무것도 모르는 척 걸으세요."

단군도 저들을 수상하게 여긴 것은 마찬가지였다. 단정할 수는 없으나, 대풍작이 도리어 더 걱정이라는 농군의 말을 생각하면 그냥 넘길 수 없는 문제라고 판단되었다. 도적들이라면 이곳에 침을 흘리지 않을 턱이 없을 것 같았다.

이들은 조금 전처럼 그냥 걸으면서 마을을 지나쳤다. 그러나 어느 순간부터 뭔가 할 일을 찾는 것처럼 발걸음이 빠르게 움직이기 시작했다.

이로부터 이틀이 지나고 밤이 되자, 마을 쪽에서 고요한 정적을 깨뜨리며 소란이 일었다. 산속에서 숙영하며 잠을 청하던 단군은 요란한 소리에 놀라 눈을 떴다. 나머지 일행도 거의 동시에 자리에서 일어났다. 모두의 눈동자는 일제히 마을로 향했다. 그들은 마을을 벗어났다가 그 동네가 내려다보이는 산골짜기 쪽으로 다시 되돌아왔던 것이다.

민심이 떠나는 이유는 나중에 따지더라도, 며칠 전에 본 수상쩍은 사람의 모습이나 근래에 일어난 도적들의 동태를 보았을 때 아무래도 조만간 이 부근의 마을이 화를 당할 듯했다. 그래서 단군 일행은 며칠이 되더라도 이곳에서 기다릴 작정을 하고 숙영했다.

도적들을 소탕해야 하는 것은 분명했지만, 내심 한편에서는 자신들의 예측이 빗나가기를 바랐다. 피땀 흘려 농사지은 것을 빼앗기는 것 자체가 불행이고, 나아가 무고한 사람들이 살상당하는 건 더욱 큰 비극이었기 때문이었다. 하지만 그 소망을 깨버리기라도 하듯 들려오는 소란한 소리와 부산스러운 사람들의 움직임으로 보아 그리 단순한 사건은 아닌 듯싶었다.

"제가 살펴보고 오겠사옵니다."

발구루가 적극 나섰다. 그는 이 문제를 처리하여 어떻게든 단군의 흐트러진 마음이 바로잡아지기를 바랐던 것이다.

"아닐세. 같이 내려가보세."

세 사람은 조심스럽게 마을 쪽으로 내려와서는 숨을 죽이며 눈빛을 빛냈다. 어둠 속에서 희미한 그림자의 정체가 점점 그 모습을 드러내었다. 일단의 사람들이 날이 번뜩이는 돌검과 돌창 등 갖가지 무기들로 무장하고 있었다. 이들의 두목으로 보이는 자는 말까지 타고 있었고, 그가 들고 휘두르는 검은 예사 것들과는 달리 달빛 속에서 빛이 번쩍거릴 정도로 날카로워 보였다. 그 주위에는 우락부락한 사람들이 눈을 부릅뜨고 호위하는 듯 딱 버티고 서 있었는데, 그들에게서는 알 수 없는 공포가 흘러나왔다.

두목의 명령에 따라 무장한 자들이 일사불란하게 움직이는 것으로 보아, 그것은 어디 한두 번 해본 솜씨가 아닌 듯 보였다. 마을을 경계하기 위해 자체 무장하고 있었던 사람들은 이미 제압당한 듯 아무런 저항도 못하고 있었고, 계속해서 마을 사람들이 남녀노소 할 것 없이 끌려나왔다. 이런 와중에 두목인 듯한 사람을 옆에서 보좌하는 자의 목소리가 거칠게 들려왔다.

"너희들도 우리의 소문을 들어서 잘 알고 있을 것이다. 이분이 바로 그 유명한 우 대장님이시다. 모두들 이분을 엎드려 맞이하도록 하라."

"목숨만 살려주신다면 무엇이든 다 하겠습니다. 살려만 주십시오."

마을 사람들은 지레 겁을 먹었는지 싸울 생각은 하지 않고 오로지 빌면서 목숨만 살려달라고 흐느꼈다.

"어허! 조용히 하지 못할까! 언제 너희들을 죽인다고 했느냐? 우리 말만 잘 듣는다면 결코 해치지는 않을 것이다. 허나 딴 뜻을 품은 자는 결코 살아나지 못할 것이다. 그러니 우리 대장님의 말씀을 잘 듣고 협조하기 바란다. 알아들었느냐?"

두목의 말 한마디에 목숨이 달린 농군들은, 놀란 토끼 눈을 하고서 그의 입에서 무슨 말이 떨어질지 숨을 죽이며 지켜보았다.

"우리가 여러분의 재산을 뺏는 것을 미안하게 생각한다. 허나 여러분은 얼마 뺏겼다고 해도 목숨을 연명하는 데 크게 지장은 없을 것이다. 여러분들은 땅이 있지 않은가? 이 세상에는 땅 한 뼘도 가지지 못하고 그저 굶주림 앞에 어쩔 수 없이 죽어가는 자가 많이 있다. 그러니 좀 나눠 갖자는 것이다. 성심성의껏 재산을 가져오기 바란다."

"우리네 같은 사람들이 무슨 재물이 있다고 그러십니까? 우리도 먹고살아야 할 것 아닙니까?"

"뭐야? 가지고 오지 않겠다고? 가진 것을 좀 나누자고 하는 것인데, 그걸 못하겠다고? 그럼, 한 사람씩 험한 꼴을 당하고 나서 할 테냐? 내 분명 말하건대, 우리 대장님께서 너희들을 해치지 않고 해결하려고 할 때 좋게 받아들이는 게 나을 것이다. 대장님의 비위를 건드렸다간 어느 누구도 여기서 살아남지 못해, 알겠어! 정녕 너희들이 그리할 뜻이 없다면 좋다. 내 직접 본을 보여주지. 너 이리 나와 봐."

곧 죽일 듯한 기세로 그가 한 사람을 지목하며 끌어내리 하자, 사람들은 얼어붙은 듯 벌벌 떨었다.

"아닙니다요. 한 번만 봐주십시오. 지금 당장 따르겠습니다."

"진작 그럴 것이지. 지금이라도 누구든지 따르지 않겠다는 자는 당장 나와라. 맛을 봐야 따르겠다면 그리해줄 테니 말이다. 자, 어서 나와라. 누구 나올 자 없느냐!"

당장이라도 돌창을 내려찍을 듯이 위협하는 목소리에서 죽음의 공포가 몰려오는지 모두들 숨소리조차 내지 못했다.

"자, 그럼 지금부터 모두 각자 자기 집으로 가서 재물이 될 만한 것을 성심성의껏 가져오기 바란다. 다시 한 번 말하건대 우리의 말을 어길 시에는 용서가 없을 것이다. 우리는 말로 하지 않는다. 곧바로 행동으로 보여준다는 것을 명심해라."

도적들의 횡포를 지켜보던 발구르는 치미는 분노에 주먹을 부르르 떨었다.

"아니, 저런 날강도 같은 놈들을 봤나? 내 이놈들을!"

"나서지 말게. 저들은 예사 도적 무리들이 아닐세."

단군은 발구루가 뛰쳐나려 하는 것을 급히 제지했다. 저 많은 무리들을 상대로 싸울 수는 없었던 이유도 있지만, 한편에서 단군은 이상한 생각이 들었던 것이다. 농군들의 말에 의하면, 도적들은 흉악하기 그지없어 마구잡이로 사람을 죽인다고 하였는데, 저들은 포악하게 구는 듯 보여도 실상 인명을 해칠 것 같지는 않았던 것이다.

도적 무리들이 식량과 재물을 빨리 가져오라고 재촉하자 마을 사람들은 마지못한 듯 움직이기 있었다. 잠시 후 하나둘씩 양곡을 가져오기 시작했고 그것들이 차곡차곡 쌓이자 일부가 운반하기 쉽게 챙기고 있었다. 우선은 말이나 소 등에 짐을 실었고, 나머지는 야무지게 새끼줄로 양곡이며 옷감 등을 잘 묶고 있었다. 그런 후에 두목인 자가 다시 나섰다.

"전부 가져가지는 말고 일부는 그대로 남겨둬라."

두목은 그렇게 지시한 뒤에, 아직도 공포에 젖어 두려움에 떨고 있는 농군들을 향해 말했다.

"고맙소이다. 거듭 말하건대 여러분이 바치는 재물은 가난하고 불쌍한 사람들을 위해 유용하게 사용될 것이니 너무 아까워하지는 마시오. 우리도 이러고 싶어서 이런 것이 아니오. 그래도 정녕 억울하거든 이 세상을 탓해야지 그 무엇을 탓할 수 있겠소?"

두목은 말을 끝내더니 곧 마을을 떠날 것을 지시했다. 그 무리들은 일사불란하게 움직였다. 그렇다고 도망치듯 빠져나가는 것은 아니었다. 어디서 그런 배짱이 나왔는지 모르게 유유히 떠나는 모습이었다.

"따라갈까요?"

발구루의 물음에도 단군은 대답이 없었다. 이 세상을 탓하라고 하는 두목의 말이 그의 귓가에 계속 맴돌면서 잠시 큰 충격에 빠져 있던 것이다. 발구루가 단군의 어깨를 흔들면서 어찌할까를 다시 물어왔을 때야 그는 정신을 차렸다.

"음, 그러세. 너는 이 길로 곧 소우리 상장께 이쪽으로 오시라고 전하라."

단군의 명을 받은 수하는 곧 바람처럼 길을 달려 사라졌고, 단군과 발구루는 도적들의 뒤를 밟았다.

도적들은 배짱도 좋게 한길을 택해 한참을 걸었다. 그러나 어느 지점쯤에 이르러 잠시 주춤대더니 순식간에 산길로 쑥 빠져나가는 것이었다. 그들의 뒤를 바짝 쫓으며 한나절을 따라가니 산속에 널따란 분지가 나타났는데 그곳에는 여러 민가가 자리하고 있었다. 주위의 땅을 개간했는지 여러 가지 곡식이 심어져 있었다. 모여 사는 행색으로 보아 이들 또한 처자식을 데리고 사는 보통 백성이나 다름없어 보였다.

그들이 돌아오는 것을 보고는 사람들이 큰 소리로 환영했다. 그곳은 곧 흥청거리는 잔치 분위기로 변했다. 그런데 좀 특이한 것은 그들 중에는 유독 몸이 불편한 자가 많이 보인다는 점이었다. 그들은 오히려 두목 일행에 더 열광하는 것 같았다. 많은 사람들이 분주하게 움직이는 것으로 보아 이번 일의 성공을 계기로 곧 축제를 벌일 것처럼 보였다. 이윽고 준비가 다 되었는지 모두들 하나로 어우러져 재물을 올려놓고 무슨 의식을 거행하는가 싶더니, 어느새 서로 춤을 추며 놀이를 즐겼다.

"아니, 저런 도적놈들을 봤나? 남의 피 같은 재물을 약탈해놓고 그것을 잘했다고 춤추고 즐기다니."

"그만 가세나."

"가자니오? 저놈들이 도망갈지도 모르는데 지켜보며 감시해야 하지 않겠사옵니까? 소우리 장군께서 오려면 아직은 더 기다려야 할 것 같사온데……."

"여기가 저들의 근거지인 것을 알았는데 뭐가 더 급할 게 있다고."

"그럼 지금 저들을 공격하지 않을 작정이시옵니까?"

"그리하자면 내려가서 준비를 해야 할 것 아닌가?"

발구루는 단군이 돌아가자고 재촉하는 것이 선뜻 이해되지 않는다는 표정을 지었다. 발구루는 마을 쪽을 좀 더 지켜보다가 몸을 돌렸다.

단군 일행은 다시 노략질을 당한 마을로 되돌아왔다. 그곳은 싸늘한 바람이 휩쓸고 지나간 듯 황량해 보였다. 마을 사람들은 집 안에 꼭꼭 틀어박혀 아무도 밖으로 나올 생각조차 않는 모양이었다.

"사람들을 불러 모을까요?"

"내버려두시게. 부관도 다 봤지 않는가? 아무도 다친 사람이 없는데."

아무도 나다니지 않는 마을 한 귀퉁이에서 그들은 군사들이 도착하기를 기다리며 각기 깊은 상념에 빠져들었다. 단군 역시 지금의 상황을 받아들이는 데 혼란스러운 듯 머릿속이 어지러웠다.

'도대체 어디서부터 무엇이 잘못되었단 말인가? 이 세상을 탓하라니……. 저 도적들도 일반 백성이 아닌가. 저 도적들이야 소탕할 수 있다고 하지만 또 다른 도적이 나타나지 않으리라는 보장도 없고, 그때마다 군사를 풀어 해결하려 한다면 이 악순환의 고리를 어떻게 끊을 수 있겠는가? 도대체 이 세상은 어떤 세상인가? 이 세상 또한 사람들이 만든 것이 아닌가?'

아무리 고민해보아도 어찌해야 하는지, 무엇이 가장 좋은 해결책인지 명확하게 떠오르지 않았다.

단군 일행이 이것저것 생각하며 한참을 모대기고 있을 때, 마침내 소우리 장군이 군사를 이끌고 마을로 들어섰다. 관에서 군사들이 나왔음에도 사람들은 집 안에서 힐끔힐끔 살펴보기만 할 뿐 밖으로 나오지 않았다. 군사들이 집집마다 돌아다니며 모이라고 통보하고 나서야 하나둘씩 얼굴을 내밀기 시작했다.

마을 사람들의 표정은 하나같이 뭔가에 단단히 혼이 난 듯 얼이 나가 있었다. 자신들을 도와주려는 군사들을 보고서도 두려운 듯 가까이 오지 않으려 했다. 오히려 군사들이 자신들에게 무엇을 또 요구할까 눈치를 보는 기색들이었다.

'무엇이 저들을 저토록 두렵고 비굴하게 만들었을까? 세상이 험악해서일까?'

단군으로서는 정말 이해할 수 없는 상황이었다. 이런 그들에게 무엇을 기대할 수 있을 것 같지가 않았다. 단군은 마을 사람들을 향해 말했다.

"도적들을 오늘부로 일망타진할 것이니 이제 안심하고 살 수 있을 것이오. 그러니 모두들 마음을 다독이고 집으로 돌아가시오."

그런 다음 그는, 소우리 장군에게 도적들의 소굴이 있는 지점을 명확하게 알려주고는 그곳을 사면으로 포위해 들어갈 것을 명했다. 그의 명을 받은 소우리가 곧 군사들을 네 방면으로 나누어 진격하도록 지시하자, 그 신호에 따라 군사들은 곧장 이동하기 시작했다.단군은 말에 올라타고 소우리 장군과 부관을 대동한 채 도적들의 소굴로 향했다.

단군과 군사들이 다시 그곳에 도착했을 때, 좀전에 떠들썩했던 분위기는 온데간데없이 조용하기만 했다. 무장한 군사들이 사면에서 들이닥치는 것을 보고야 이에 대응하려는 듯 도적의 무리들이 부산하게 움직였다. 그러나 이미 자신들의 근거지가 포위됐음을 알았는지 엄폐물 뒤로 몸을 숨기며 군사들의 동태를 살피는 것 같았다.

"네놈들은 완전히 포위되었다. 모두들 무기를 버리고 투항하라."

소우리 장군의 거듭된 투항 권고에도 저쪽에서는 아무런 반응을 보이지 않았다. 결사적으로 대항해 싸우려고 작정한 듯했다. 소우리는 단군에게 저들은 항복할 뜻이 없으니 진격을 명해 제압하려는 뜻을 밝혔다. 이에 단군이 고개를 저으며 막고 나섰다. 단군은 도적의 무리들을 향해 소리쳤다.

"나는 비왕이다. 너희들은 이미 포위되어 여기서 한 사람도 빠져나갈 수 없다. 스스로 무기를 버리고 투항하라. 그러면 내 비왕으로서 너희들의 목숨은 물론이고 그 죄에 대해서도 선처할 것을 약속한다."

하지만 도적 떼들은 쉽사리 단군의 말에 응하지 않았다.

"비왕이라고? 그런 말 같지 않은 소리로 우릴 속이려 들지 마라. 비왕이 뭐하려 여기까지 내려오겠느냐? 그건 소가 웃을 일이다. 잔소리 그만하고 어서 덤벼라! 어차피 우리는 여기서 살아나지 못하는 몸이라는 걸 잘 알고 있다. 더는 우리를 기만하지 말고 죽일 테면 어서 죽여 보아라. 그러나 너희들 맘처럼 우리가 그렇게 쉽게 당하지는 않을 것이다."

단군은 안타까운 마음에 앞으로 불쑥 나서며 말했다.

"내가 비왕이라는데 왜 믿지 못하겠다는 것이냐? 자, 이 검을 봐라."

단군은 그들이 훤히 볼 수 있도록 검을 뽑아 휘둘렀다.

"이미 싸움의 승패가 불을 보듯 뻔하거늘, 어찌 하나밖에 없는 목숨을 버리려 드느냐? 그런 어리석은 생각일랑 아예 버려라."

그래도 저편에서 반응이 없자, 단군은 저들의 두목의 이름을 직접 거론하며 다시 입을 열었다.

"우 두목은 들어라. 내 어젯밤에 네가 재물을 약탈하는 것을 직접 두 눈으로 목격했다. 마치 네가 대장부인 양 행동하던데, 네가 진정한 대장부라면 내가 선처할 것이라는 약속을 믿고 어서 무기를 버리고 항복해라. 네 한 목숨 유지하고자 부하들의 수많은 목숨을 저버리는 것은 사내대장부로서 할 짓이 아니다. 도리어 네 목숨을 희생해서라도 부하들의 목숨을 살리는 것이 올바른 처신일 것이다. 너도 그렇다고 생각지 않느냐?"

단군의 말에 마음이 흔들렸는지 마침내 우 두목이 나서며 말했다.

"내 목숨이 두려운 것은 아니요. 하지만 선처해준다는 약속을 어찌 믿을 수 있겠소?"

"내 비왕의 이름를 걸고 약속하겠다. 대체 뭘 못 믿겠다는 것이냐?"

"좋소. 그럼, 한쪽 길을 터주시오. 무장을 하고 있지 않는 이곳 대부분의 사람들은 이번 일과 아무런 관계가 없소이다. 죄가 없는 사람들이 이곳을 빠져나가게 해주겠다는 보장을 하라는 말이오."

"그럼, 무장을 한 너희들은 우리와 맞서겠다는 것이냐?"

"그렇소이다."

"허허! 그게 말이나 되는 소리냐. 우리가 길을 내주면 너희들이 그 틈을 이용해 도주하겠다는 속셈이 아니고 무엇이겠느냐? 만약 너희들이 무장을 해제하고 투항할 것을 약속하면 내 기꺼이 그리할 것이다. 내 말에 따르겠다고 약속할 수 있느냐?"

"제법 그럴 듯한 소리요. 허나 우리가 어찌 그 말을 믿을 수가 있겠소? 우리가 무장을 해제하면 그때 다 잡아가려고 하는 것이 아니요?"

"서로 상응하는 조치를 취하는 것이 이치에 맞거늘, 어찌 못 믿겠다고 우기며 너희들 유리한 대로만 하려고 드느냐? 그건 받아들일 수 없으니 먼저 투항하겠다고 약속해라."

"믿을 수가 있어야 믿는 게지요. 지금까지 우리가 당해온 것을 안다면 결코 그런 말은 하지 못할 것이외다. 지금도 나는 이 길을 택한 것이 결코 후회스럽지 않소."

단군의 계속되는 설득에도 우 두목은 쉽사리 투항할 뜻을 내비치지 않았다.

"이치를 논하면서 어찌 말도 되지 않는 소리를 한단 말이냐? 자기힘으로 일해 먹고사는 것이 당연하거늘, 남을 못살게 굴며 약탈이나하면서 그게 어찌 옳다고 항변하느냐. 참으로 적반하장도 유분수구나! 너희의 행동이 너무 파렴치하다고 생각하지 않느냐? 내 나라를다스리는 사람으로서 너희들이 이제부터라도 지난날의 잘못을 뉘우치고 떳떳하게 살기를 권하는 바다."

"도대체 나라가 우리에게 무엇 하나라도 해준 것이 있소이까? 농사를 지으려고 해도 땅이 없고, 어쩌다 개간이나 해 조금이나마 부쳐먹을 것 같으면 이것 내놔라 저것 내놔라 하면서 뺏어가지 않았소? 먹고살기 위해 몸부림치는 사람들을 도적으로 몰아놓고 죽이려고만 들고 있으니, 그게 나라를 이끌고 있는 사람으로서 할 짓이오? 비왕이라고 해서 뭐 좀 다른가 했더니 역시 똑같군. 내 잠시 거짓된 말에 속아 넘어갈 뻔했는데, 이젠 어림없소."

"참으로 당돌하게 말은 잘 하는구나. 네가 말을 그리해도 너 또한스스로의 욕심을 채우고자 하는 것뿐이다. 만약 네가 정말 그런 뜻이 없다고 하늘에 대고 맹세할 수 있다면 나하고 약속하자. 네 말처럼 이곳 사람들에게 먹고살 땅을 내 권한으로 마련해줄 것이니 자진해서 투항하겠다고 약속해라."

단군이 마지막으로 엄포를 놓자, 우 두목은 잠시 생각에 잠긴 듯 머뭇거렸다.

"정말 땅과 집을 주겠다고 약속하실 수 있습니까?"

"내 모든 것을 걸고 보장하겠다."

"좋소이다. 그럼, 비왕님의 약속을 믿고 항복하겠소이다."

"좋다. 어서 무기를 내려놓아라."

단군과 우 두목 사이에 설전이 오가면서 큰 싸움 없이 상황이 정리되는 분위기였다. 그런데 갑자기 저편에서 소란이 일었다.

"아무리 비왕의 인물됨에 대해 믿을 수 있다고 해도 어떻게 말만으로 그것을 담보할 수 있겠소? 게다가 저들은 분명 우리들의 두목을 해치고 말 것이니 그 꼬임에 넘어가서는 안 될 것이오. 차라리 우리들이 결사적으로 두목을 옹위해 여기서 빠져나가도록 합시다."

도적들 사이에서는 끝까지 맞서 싸우려는 의지가 넘쳐나고 있었다.

이에 두목인 우가 부하들을 막아 나섰다.

"어찌해서 생목숨을 끊으려 하느냐? 나 혼자 살자고 너희들을 다치게 할 수는 없다. 차라리 내 한 목숨 희생해 너희들이 무사할 수 있다면 이보다 더 큰 보람이 어디 있겠느냐. 저 비왕의 인물됨은 믿어도 되니 그만 무기를 거두고 내 말을 들어라!"

우 두목은 당장이라도 싸울 기세로 덤벼드는 부하들을 설득했다. 하지만 그들은 쉽사리 두목의 말에 수긍하지 않았다.

"지금까지 이렇게 행복하게 살 수 있었던 것이 다 대장님의 덕분인데, 이제 와서 우리만 살자고 대장님을 배반할 수는 없습니다."

그들은 두목의 말을 듣지 않으려 했다. 지루한 설득과 반문 끝에, 마침내 어떤 한 사람이 그들 무리를 향해 소리쳤다.

"우리가 대장님을 버리고 어디 가서 이런 사람 대접을 받고 살 수 있겠소이까? 그럴 바에는 차라리 대장님과 함께 죽는 것이 마음 편하지 않겠소이까? 모두들 그렇게들 생각지 않습니까?"

"물론이오."

도적 떼들은 무기를 높이 쳐들고 소리를 질러댔다. 이에 놀란 우 두목은 황급히 부하들을 제지시켰다.

"허허! 무기를 내려놓으라고 하는데도."

"지금껏 대장님의 명을 다 따랐으나 이것만은 들을 수 없구먼요. 자, 여러분 우리 무기를 들고 대장님을 살려냅시다."

누군가의 외침에 따라 도적 무리들은 함성을 지르며 싸울 기세를 더욱 돋우었다. 삽시간에 양편에 전운이 감돌았다. 이젠 어쩔 수 없이 힘으로 제압할 수밖에 없는 상황으로 치달은 것이다.

단군은 이런 상황을 눈으로 지켜보고서도 도대체 믿을 수가 없었다.

'무엇이 저들로 하여금 죽음까지 불사하게 만들까? 저 우라는 두목이 도대체 어떤 놈이기에 모두가 저리 죽을 줄 알면서도 기꺼이 나설 수 있단 말인가?

이런 생각이 들수록 단군은 힘으로 저들을 제압하고 싶지 않았다. 단군은 계속 상황을 지켜보았다.

그런 중에 두목 우가 다시 부하들을 설득하기 위해 나섰다.

"여러분이 나를 위해서 이리하니, 내 참으로 오늘 죽는다고 해도 여한이 없소. 허나 이미 싸움의 승패가 명확한 바 여러분께 제안을 하나 하겠소. 정말 비왕의 인물됨을 믿을 수 있을지 시험해보겠소이다. 만약 믿을 수 있는 인물이라는 것이 확인된다면 굳이 인명 피해를 보지 않아도 될 것이니 그의 말을 따르면 될 것이고, 거짓으로 확인된다면 죽음을 불사하고 싸우도록 합시다. 알겠소이까?"

두목 우의 말에 그제야 모두들 마지못한 듯 고개를 끄덕였다. 그는 다시 단군을 향해 입을 열었다.

"여기 있는 모든 사람들은 구차하게 목숨을 구걸하지 않겠다고 하오이다. 죽을 각오가 되어 있다는 것이지요. 항복할 뜻이 없다는 말이오. 대신 인명 피해가 우려 되는 바, 서로 일대일로 겨뤄 오늘의 싸움을 결정짓는 것이 어떻겠소? 우리가 이기면 여기 모두를 순순히 풀어주고, 진다면 우리 모두 항복하겠소."

도적 무리의 우두머리 얘기에 군사들 쪽에서는, 저들과 얘기하는 것은 입만 아프니 어서 진압 명령을 내리기를 바라는 눈치였다. 그러나 단군은 잠시 대답하지 않았다. 그로서도 난감했던 것이다. 도적과 협상한다는 것은 있을 수 없는 일이었다. 하지만 두목의 말처럼 오늘

이들을 제압할 수는 있으나 또 다른 도적이 나타나는 것을 막을 수는 없는 노릇이었다. 단군이 잠시 대답이 없는 것을 보자 우가 다시 입을 열었다.

"선처해준다고 자신만만하게 나오더니만 무술로 겨뤄 결정짓자고 하니 대답을 못하는군요. 보아하니 지금까지 한 얘기가 다 허풍에 지나지 않았던 모양입니다. 그렇다면 우리도 어쩔 수 없소."

도둑의 무리에서 단군과 군사들을 향해 겁먹었다며 비웃는 소리가 새어나왔다.

마침내 단군은 그의 제안에 응하기로 결심을 굳혔다. 도적만 처리하는 것이 해결책이 아니라는 것, 또 저들을 순화한다면 새로 흥기하는 도적을 없앨 수 있는 좋은 효과를 줄 것이라고 타산한 것이었다. 아니, 어쩌면 저들의 비웃음에 기가 꺾여서는 결코 이번 일을 처리할 수 없다는 판단을 내린 것이 더 큰 이유였을 것이다. 단군은 굳은 결심이 담긴 눈빛으로 말했다.

"좋다. 얼마나 무술에 자신이 있는가는 모르겠지만 내 약속한다. 그러면 그쪽에서는 누가 나올 것이냐?"

"약속해주시니 고맙소이다. 이쪽에서는 제가 나가겠소이다. 가급적 조무래기는 보내지 마시고 큰 물건으로 보내주시구려."

두목 우가 기세 좋게 걸어나오는데, 그 위풍이 당당한 것이 어지간한 병사들은 감히 상대가 되지 않을 것 같았다. 도적이어서 그렇지 억센 기운이 감도는 골격이나 풍채로 보아 군사에 몸을 담았다면 장군

이상의 인물은 되었을 것 같았다. 더욱이 그가 들고 있는 검은 비파처럼 생겼는데, 광석도 아닌 것이 그 날이 어찌나 날카롭게 섰는지 모든 걸 단칼에 베어버릴 것만 같았다. 두목의 날카로운 검이 공포감을 주어서인지 군사들 쪽에서는 숨을 죽인 듯 조용했다.

"여봐라. 저 자를 대적할 자가 없느냐?"

단군의 명에도 누구도 선뜻 나서는 자가 없자 소우리가 직접 청했다.

"소장이 나서겠사옵니다."

고작 도적놈 하나를 군사가 상대하지 못한다면 말이 안 되었던 것이다. 단군도 고개를 끄덕였다.

"고작 도적놈의 조무래기 주제에 뭐가 그리 대단하다고 나서느냐. 내 우리 군사의 무예 실력이 얼마나 대단한지 똑똑히 가르쳐주겠다. 자, 오거라."

두 사람은 서로를 노려보며 한참 동안이나 상대를 가늠하기만 했다. 상대가 빈틈을 하나도 보이지 않는 것을 보고는, 그들은 벌써 서로가 만만치 않은 무술의 고수라는 사실을 알아보았다. 그러기에 먼저 쉽사리 움직여 자신의 허점을 보일 수 없었던 것이다.

마침내 두 사람은 조심스럽게 발걸음을 떼며 움직이기 시작하더니 일전을 겨루었다. 그러나 대결은 참으로 싱겁게 끝나버렸다. 아니, 그야말로 놀라운 광경이 벌어졌던 것이다. 두목 우의 검이 얼마나 강한지 소우리가 가지고 있는 검이 단 한 번에 두 동강이 나버렸던 것이다.

도대체 어떤 검이기에 이런 일이 벌어질 수 있단 말인가? 소우리의 검도 일개 병사의 검과 같은 종류가 아니었다. 비왕의 직속 부대 지휘관인 만큼 특별히 단단하게 주조된 검이었다. 그런 검이 저 정도라면 두목 우가 가지고 있는 검이 얼마나 강한지 상상하고도 남을 일이었다.

소우리는 흙빛으로 사색이 되어서도 몸을 굴러 이리저리 피하면서 우의 급소를 겨냥했다. 하지만 우의 무술 실력은 그런 만만한 정도가 아니었으니, 무기가 있고 없음은 큰 차이를 가져왔다. 소우리는 계속 수세로 몰렸다.

"됐다. 그만 멈춰라."

"아니옵니다. 비록 무기가 없다고 해도 싸울 수 있사옵니다. 계속 싸우게 해주시옵소서."

소우리는 물러서려고 하지 않았다. 아무리 그래도 그렇지 한 나라의 장군이 일개 도적놈에게 지는 수치를 당한 채로 싸움을 끝낼 수는 없었던 것이다.

단군이 물러서라고 재차 명했다. 이미 단군은 그들의 겨루기를 통해서도 두목 우의 무술 실력이 대단히 고강하며 그것도 실전 속에서 단련된 것임을 한눈에 알아보았던 것이다. 단군은 어려서부터 무성한 수림이 풀 한 포기 자라지 못할 정도로 혹독한 수련 과정을 밟아왔던 사람이었기에 당연히 그의 실력을 알아볼 수 있었다.

"네가 이겼다. 모든 병사는 퇴각하라."

그러자 도적 무리들 쪽에서 승리의 함성이 울려나왔다. 그 모습을 지켜보며 단군은 다시 말을 이었다.

"내 약속했으니 지키도록 하겠다. 너희들이 내 말을 들어도 좋고 이대로 떠나도 좋다. 그러나 진정 너희들이 도적질을 하지 않고 성실하게 살아가려 한다면, 내 그대들에게 집터와 토지를 내어줄 것이다. 만약 그렇게 한다면 이곳에서 내려와 살겠느냐?"

잠시 그들끼리 소곤거리더니 환호하는 소리들이 흘러나왔다. 자신들을 풀어주기로 한 약조를 지키는 것을 보고 단군을 믿을 수 있다고 판단한 모양이었다. 서로 적으로 싸웠다가 화해하여 한편이 되니 그 기쁨은 더욱 배가 되었다.

모처럼 환한 웃음을 보이며 단군이 두목 우에게 말을 건넸다.

"앞으로 내려와서는 잘 살아보시게."

"비왕님께서 이렇게 선처해주시니 황공하기 그지없사옵니다. 하오나 저는 가지 않을 것이옵니다."

"그럼 그대를 위해 저토록 목숨을 바치려고 하는 사람들을 버리고 떠나간단 말이오?"

"제가 없는 것이 저들에게는 더 큰 도움이 될 것이옵니다. 비왕님께도 제가 도리어 걸림돌만 될 것이옵니다."

"무슨 말인지 알겠소. 더는 권하지 않겠소. 허나 이렇게 헤어진다는 게 섭섭하구려. 대장부다운 사람을 만났다고 생각했는데……."

"저를 그리 보아주시니 몸 둘 바를 모르겠사옵니다. 하오나 사나이 대장부로서 이 점만은 맹세하겠사옵니다. 언젠가 이 은혜를 갚을 수만 있다면 기꺼이 목숨을 바칠 것이라는 것을 말이옵니다."

두 사람은 서운함을 달래며 헤어졌다.

단군은 군사들과 이곳 백성들을 데리고 그곳을 빠져나왔다. 이윽고 대로에 이른 단군은 소우리 장군에게 명했다.

"나는 아직 할 일이 있어 그 일을 마저 처리하고 돌아갈 것이니, 약조한 대로 이들을 데리고 가 집터를 마련해주고 땅을 배분해주시오."

사람들은 단군이 같이 가지 않는다는 사실에 불안해하며 웅성거렸으나 그가 거듭 확약해주자 다시 움직이기 시작했다. 단군은 웅씨족의 도읍을 향해 가는 그들의 뒷모습을 오랫동안 지켜보았다.

3

태고의 전설

"그것은 천부인天符印?"

"이제 때가 되었소이다."

"그러면 새 세상이 열릴 것이라는 말씀이시온지······."

그에 응답이라도 하듯, 하늘에서 광채를 드러낸 노인이 지팡이를 휘둘러 순식간에 수십 번의 획을 그었다. 그러자 천부인天符印 세 개가 그 동작에 맞추어 너울너울 춤을 추는 듯싶더니, 어느새 유성처럼 불꽃을 튀기며 날았다. 한 줄로 쭉 이어진 그 불꽃은 새벽하늘을 환하게 수놓듯 속도를 높이며 더욱 커졌고, 그것이 부딪치는 소리가 더욱 요란해지며 어느 지점을 향해 치달았다. 그러다가 신단이 모셔진 지점 위에 멈추더니 빙빙 돌며 엄청난 회오리바람을 일으켰다. 그 위력으로 거대한 돌기둥 같은 것을 땅으로 내리꽂음과 동시에 천지를 울리는 듯한 뇌성벽력을 터뜨렸다.

"으으음!"

거불단이 크게 놀라며 잠자리에서 일어났다. 얼굴에는 식은땀이 줄줄 흘러내리고 있었다.

"밖에 누구 게 없느냐?"

"무슨 일이 있으시옵니까?"

밖에서 대기하고 있던 시중이 급히 안으로 들어왔다. 그의 얼굴에도 뭔가에 깜짝 놀란 듯한 기색이 역력했다.

"너도 무슨 소리를 들었느냐?"

"방금 전에 하늘에서 크게 울려왔던 소리 말씀이옵니까? 그 소리라면 아마 모든 사람들이 다 들었을 것이옵니다. 어찌나 요란하게 울리던지 소신은 너무 놀라 간이 떨어질 뻔했사옵니다. 그런데 무슨 일 때문에 그러시온지?"

"분명 그 소리를 들었단 말이지. 이건 꿈이 아니구나. 필시……."

거불단이 혼자 중얼거리듯 얘기하다가 다시 되물었다.

"혹시 그곳이 어딘지 가늠이 되느냐? 그것이 떨어진 곳 말이다."

"떨어졌다니 무엇이 떨어졌다는 말씀이옵니까? 소리는 들었사오나 무엇이 떨어졌는지는 아직 모르겠사옵니다."

"떨어지는 것을 못 보았다고? 그럼, 그 소리가 어느 쪽에서 들리는 것 같더냐?"

"소신이 듣기로는 신단 쪽에서 들려오는 것 같았는데……."

"그래, 맞아. 신단이었어. 내가 왜 그것을 몰라봤을까?"

고개를 갸우뚱하던 거불단이 자리에서 벌떡 일어나려 했다. 그러나 쉬 몸을 일으키지 못했다. 그는 이미 노쇠해 있었고, 얼굴에는 귀 밑에서부터 턱 밑으로 하얀 서리가 깔리듯 흰 수염이 무성하게 자라 있었다. 그렇더라도 천신족 수장으로서의 위풍을 잃지는 않고 있었다.

"왜 그러시옵니까?"

시중이 거불단을 부축하며 여쭈었다.

"그곳에 가봐야겠다. 너는 조용히 나를 따르라."

"아니, 이 새벽에 말이옵니까? 옥체를 생각하시어 날이 밝은 다음에 가보시는 것이 좋을 듯싶사옵니다."

만류에도 불구하고 거불단이 방을 나서자 시중은 하는 수 없이 그 뒤를 따랐다. 아직도 어둠이 채 가시지 않은 궁은 조용하기만 했다. 경계를 서던 병사들이 거불단을 알아보고 예를 올렸으나, 그에는 관심이 없는 듯 그는 곧장 궁을 빠져나왔다.

대로는 아직도 옛날의 화려했던 영광을 보여주듯 사방으로 막힘이 없이, 그것도 여러 대의 수레가 한꺼번에 다닐 수 있도록 쭉 뻗어나 있었다. 하지만 그건 겉모양만 그러했지 자세히 살펴보면 벌써 잡초가 군데군데 자라나고 가장자리는 일부 허물어져 있었다. 지금의 천신족의 위상을 단적으로 대변해주는 꼴이었다.

거불단은 회한에 잠긴 듯 소리 없이 걸었다. 길가에는 밖으로 나와 있는 사람들이 간혹 있었지만, 아직 확연하게 사물을 분간할 수 없는 시간이라 거불단이 지나가는 것조차 제대로 알아보지 못했다. 그도 이에 개의치 않고 신단이 있는 곳으로 향했다.

신단은 궁궐에서 조금 떨어진 조그만 산등성이에 자리 잡고 있었다. 산 초입에 들어서자 상서로운 기운을 감지한 듯 거불단은 순간 멈칫거렸다. 예전에는 느껴보지 못한 강렬한 기운이 신단 쪽에서 뻗어 나오고 있었던 것이다.

'뭔가 일어난 게 틀림없어. 꿈이 정말 사실일까?'

이런 생각에 그는 앞뒤 재지 않고 곧장 앞으로 나아갔다. 어디서 힘이 솟았는지 시중이 뒤따르기가 벅찰 정도였다.

신단에 이르자 벌써 공기부터 다른지 온몸의 감각이 곤두섰다. 제를 올려 하늘과 소통하는 신성한 장소였으니 충분히 그럴 만도 했다. 온 세상이 한눈에 내려다보이는 바람 잘 통하는 곳이었던 것이다. 그때였다. 신단 바로 옆에서 거대하게 생긴 무언가가 빛을 반짝이며 기운을 발산하고 있었다.

거불단이 그 쪽으로 바짝 다가가 살펴보니 그것은 처음에는 거대한 바위 같아 보였다. 그러나 차차 단순한 바위가 아니라 사각 기둥처럼 생긴 무슨 희한한 광석으로 보였다. 그 중심 언저리에서는 눈이 부실 정도로 광채가 흘러나와 그 물체 전체를 휘감아내고 있었다.

'이럴 수가!'

꿈과 하나도 다르지 않았던 것이다.

'꿈속에서 노인이 분명 때가 되었다고 말했는데. 저게 천부인으로

열어야 하는 하늘의 경이라고 한다면 새 세상을 열 주인의 징표라는 것일 게다. 그렇다면…….'

순간 거불단의 뇌리를 스치고 지나가는 것이 있었다. 지금껏 보관해왔던 천부인을 직접 확인해보면 이 모든 것이 확연해질 것이었다.

거불단이 그곳을 빠져나오려고 몸을 돌리자, 그 주위에는 자신을 따른 시중 외에도 수많은 사람들이 어느새 모여들어 이 광경을 지켜보고 있었다. 이들 또한 새벽녘의 요란한 소리를 듣고 그 정체가 궁금해 길가로 나왔다가 소리 나는 쪽으로 이끌려온 모양이었다. 모두들 그 묘한 기운에 흠뻑 빠져 두려움과 흥분이 서린 눈으로 바라보고 있었던 것이다.

그제야 거불단의 모습을 알아본 사람들은 일제히 예를 올렸다. 그중에 제법 나이 들어 보이는 한 노인이 거불단에게 물었다.

"거불단 환웅님, 소신이 하늘을 살펴보았는데, 우리의 보물인 천부인이 유성처럼 불꽃을 튀기며 이리로 떨어진 것 같았사옵니다. 천부인은 우리 천신족의 귀한 보물이 아니오니까? 그런데 어찌하여 그것이 이리로 떨어지는 것인지, 심히 우려스럽기만 하옵니다. 어찌된 영문이온지 말씀해주시옵소서."

거불단은 잠시 머뭇거렸다. 이들 또한 벌써 천부인이 움직이는 것을 보았다고 말하고 있으니 어찌 대답해야 할지 몰랐던 것이다.

"하늘이 우리에게 뭔가 징조를 보인 것만은 분명한 듯하오. 허나 다른 곳도 아니고 바로 이곳에 저리 빛을 내는 귀중한 물건을 보내시어 우리 신단을 환하게 밝혀주지 않소. 아무리 봐도 나쁜 징조는 아니니 염려하지 않아도 될 것 같소이다."

거불단의 희망적인 해석에 사람들이 환호성을 질렀다. 하지만 그런 중에도 이를 석연치 않게 여긴 한 사람이 다시 나서서 물었다.

"그러시오면 천부인은 거불단 환웅님께서 잘 보관하고 계신 것이옵니까? 그것만 확인해주신다면 우려가 말끔히 씻길 것 같사옵니다."

"허허! 어찌 내게 있던 것이 갑자기 사라질 수 있단 말이오. 그런 일은 있을 수 없소. 내 다시 말하지만 이것은 우리에게 좋은 징조를 하늘이 보이고자 하는 것일 뿐이오. 그러니 다른 허튼 생각일랑 하지 말고 곧장 집으로 돌아가서 몸을 정갈히 하고 자기 생업에 종사하면서 기다리기 바라오. 그러면 하늘은 우리에게 크게 감읍하여 앞으로 좋은 징험을 보여주실 것이오."

거불단이 확약하며 사람들에게 빨리 집으로 돌아갈 것을 지시했다. 하지만 그들은 곧장 돌아가지 않고 서로 모여서 웅성거리기만 했다. 그런 그들을 뒤로하고 거불단은 곧장 궁궐로 돌아왔다. 그러고는 곧바로 아무도 모르게 지금껏 귀중한 보물을 보관해두던 방으로 향했다.

그곳은 삼중 장치로 보안이 되어 있었는데, 환웅을 제외하고는 어느 누구도 들어가는 것은 물론이고 접근조차도 할 수 없었다. 거불단 환웅도 그의 아버지 혁다세로부터 환웅의 자리를 물려받을 때가 되어서야 들어갈 수 있었을 정도였다.

세 개의 문을 열고 나서야 마지막 방에 다다른 거불단의 눈에 상자한 개가 들어왔다. 곧 그의 눈은 놀라움에 휘둥그레졌다. 금빛 찬란하게 빛을 발해야 할 상자가 바윗덩어리 위에 덩그러니 놓여 있었던 것이다.

그는 떨리는 손으로 여러 겹의 비단으로 에워싸인 상자를 열었다. 그러나 거기에는 아무것도 들어 있지 않았다.

'아니, 어떻게 이런 일이!'

거불단은 빈 상자에서 눈을 떼지 못했다. 도무지 있을 수 없는 일이 일어났던 것이다. 여기에는 지금껏 초대 환웅 거발한이 환인으로부터 물려받은 천부인이 분명 들어 있어야 했는데, 그것이 감쪽같이 사라져버린 것이다.

'이 일을 어찌할 것인가? 나에 이르러 우리 천신족의 대가 끊어지게 되었으니. 이 일을 어찌할꼬!'

거불단이 망연자실한 것은 천부인의 징표 때문이었다. 천부인이야말로 천신족이 세상의 중심임을 선포하면서 제국을 통치할 수 있는 근거였다. 그런데 그것이 사라져버렸으니 무엇으로 나라를 다스릴지 암담하기만 했다. 더욱이 지금 범씨족의 수장이 호시탐탐 다른 나라를 침략할 기회만 엿보고 있는 상황이었으니, 이를 계기로 천하가 혼란에 빠질 수도 있는 일이었다. 만약 천부인이 사라진 것을 알게 되면 다른 여러 나라들도 더 이상 자신의 말을 듣지 않을 것은 불을 보듯 뻔한 일이었다.

이런 혼란을 막기 위해 거불단은 이 사실을 어느 누구도 알게 해서는 안 된다고 생각했다. 그는 재빨리 그 자리를 빠져나와 아무 일도 없다는 듯 태연하게 행동했다. 그리고 자신의 집무실로 돌아와서는 평상시처럼 나랏일을 보았다.

그로부터 이틀이 지났다. 그동안 거불단은 아무 일도 없었다고 스스로에게 되뇌이며 그 사실로부터 벗어나려고 하였다. 그러나 한번 일어난 일은 없었던 것처럼 덮어지지가 않았다. 자리에 앉아 있어도 머릿속은 온통 그 생각으로 가득 찼다. 종시 불안해지기만 했다.

그는 다시 밖으로 나와 궁전의 뜰을 거닐었다. 바람이 코끝으로 불자 흰 수염이 가볍게 휘날렸다.

'노인이 때가 왔다고 분명 말했는데.'

거불단은 꿈속에서 했던 노인의 말이 종시 머릿속에서 떠나지 않았다. 때가 되었다고 한다면 그것은 다름 아닌 태고의 전설에서 말하는 새 세상을 의미하는 것이었다. 이것은 결코 좋은 일이지 나쁜 일이 될 수는 없었다. 그럴 수밖에 없는 게 태고의 전설에서 말하는 새 세상은 인간의 모든 꿈이 담긴 천지개벽의 세상이었던 것이다.

태고의 전설에 의하면 원래 태초에 인류가 등장하였는데, 이를 아반(那般, 아버지의 어원)과 아만(阿曼, 어머니의 어원)이라 하기도 하고, 또 마고麻姑라 하기도 하였다. 어쨌든 마고의 뒤를 이어 궁희穹姫와 소희巢姫가 나오고, 그 뒤로 네 천인과 네 천녀가 나왔다. 이들이 각각 삼남삼녀를 낳아 그 뒤로 몇 대를 거치는 사이 족속이 불어나 삼천에 이르렀다.

여기서 네 천인은 첫째가 황궁黃穹씨였고, 둘째가 백소白巢씨, 셋째가 청궁靑穹씨, 넷째가 흑소黑巢씨였다. 이들은 마고성麻姑城에서 지유地乳를 먹고 그야말로 아무런 고통도 모르고 복을 누리며 살았다. 그런데 백소씨 족의 지소씨가 젖을 마시려고 유천乳泉에 갔는데, 사람은 많고 샘이 작아 양보하다가 다섯 차례나 마시지 못하였다. 집에 돌아와 너무나 배고픈 나머지 집 난간의 넝쿨에 달린 포도를 따먹게 되었는데, 이 오미(五味, 포도)의 맛을 보고는 사람들이 오욕칠정에 사로잡혀 그만 천상의 세계인 마고성이 깨지게 되었다. 일명 '오미의 변變'을 겪게 되었던 것이다. 이에 가장 연장자인 황궁黃穹씨가 천부天符를 징표로 삼아 이를 극복하고자 복본複本을 수행했으나 다 이루지 못하고 그 뒤를 유인有因씨가 이어받았다. 그러나 아직 때가 되지 아니하여 해결하지 못하고 환인桓因씨가 또 그 뒤를 잇게 되었다.

이런 과정에서 환인의 아들이자 서자庶子였던 첫 환웅桓雄 거발한은 전통을 이어받고 그것을 성취하려는 웅지를 품었다. 이에 환인은 거발한 환웅의 뜻을 알고 지금까지 황궁씨 이래로 공력을 쌓아왔던 힘을 바탕으로 청동검과 동경, 그리고 거울 등의 천부인天符印 세 개를 만들어주며 그에게 뜻을 실현하라고 보냈다.

거발한 환웅은 천부인을 징표로 삼아 삼위태백三危太伯에서 홍익인간의 세상을 개척하기 위해 신시神市를 열었다. 신시는 지금껏 인류가 살아야 할 이상향을 담고 있는 곳이었다. 자연의 해악도 없고, 사람과 짐승이 평화롭게 뛰노는 곳이었다. 자연의 공포나 추위, 굶주림이나 질병 등으로부터 벗어난 지상의 낙원을 추구하는 곳이었다.

　그러나 그 세상은 완전히 실현되지는 못했다. 세 개로 만들었던 천부인으로 하늘의 경을 열어야만 하나로 된 세상의 낙원이 이루어질 수 있었던 것이다. 이것은 더 많은 공업功業을 쌓아야만 가능했는데, 그러자면 신시의 규칙을 지키면서 홍익인간과 이화세계의 뜻을 더욱 넓은 세상에 확산시켜야 했다.

　이리하여 환인, 환웅의 후손들은 그 업을 쌓기 위해 여러 갈래로 퍼져나갔다. 9황皇 64민民이 세계 각지로 퍼져나갔듯이, 환인은 오가五加와 12개 씨족연합국가를 세워 번성하여 나갔다. 환웅의 후손들 또한 한반도에서부터 만주, 요하, 난하 등의 대륙에 걸쳐 홍익인간의 세상을 찾아나섰다. 이렇듯 그 후손들은 모두 어디에 가든지 새로운 인간 세상을 염원하며 그것을 실현하려는 노력을 게을리하지 않았다.

　이 가운데 환웅의 후예들은 크게 번창했는데 이들 중에도 고시, 신지, 치우 등은 특히 그 세력이 막강했다. 여러 후손들이 퍼져나가던 중 거불단은 밝산 지역에 자리를 잡았다. 그는 첫 거발한 환웅으로부터 18대에 이른 사람이었다. 그는 밝산이 인간의 염원을 실현할 수 있는 적합한 곳이라고 여기고, 이곳에서 그것을 적극적으로 실현하고자 하는 뜻을 품었다. 그렇게 생각한 까닭은, 이 지역의 산천이 수려한 데에다 기후가 따뜻하고 뭇짐승들이 뛰어노는 드넓은 벌이 펼쳐져 있어 오곡이 풍성하게 열리는 등 사람이 살기에 적합했기 때문이었다.

하지만 아직까지 천부인의 조화란 것이 무엇인지, 그리고 어떻게 이루어낼 수 있는지 아무것도 모르는 상태였다. 단지 천부인을 잘 보관하고 업業을 오랫동안 쌓아 세상을 감읍시킬 때 하늘이 그 징조를 보여주고, 그에 맞추어 신인이 나타나 천부인으로 하늘의 경을 열어 그토록 염원해왔던 새로운 인간 세상을 열어나간다는 것만 전설로 내려오고 있었다. 그러니 때가 되었다고 하는 것은, 그렇게 바라던 인간의 염원이 실현된다는 것을 의미하였으니 기뻐해야 마땅할 일이었다.

그러나 거불단은 그렇게만 생각할 수 없었다. 그 세상을 실현할 징표인 천부인이 감쪽같이 사라져버렸으니 그것이 더욱 큰일이었던 것이다. 이것은 천신족의 대가 끊어진 것을 의미하는 동시에 앞으로 새로운 지도자가 나타나리라는 것을 암시했다. 그가 우려하는 것은 바로 이것이었다.

물론 자신이야 이미 살 만큼 살았으니 여한은 없었다. 그가 안절부절못하는 것은 사실 단군 때문이었다. 그도 지금의 혼란한 상황을 끝내기 위해서는 새로운 세상이 와야 한다고 생각했고, 또 조만간에 그날이 올 것이라고 예견했다. 그래서 단군을 어렸을 때부터 혹독하게 단련시켜 온 그였다. 단군이 이 일을 맡아 하기를 바라고 있었던 것이다. 그런데 천부인이 사라져버렸다는 것은 그것을 이룰 사람이 천신족이 아님을 뜻하는 것과 마찬가지였기에, 단군 또한 그 적임자가 아님을 은연중에 암시하고 있다고 볼 수밖에 없었다.

아들 단군을 생각하니 그가 그리워지며 보고 싶어졌다. 열네 살의 나이에 웅씨족으로 떠나보낸 뒤로 한 번도 보지 못한 아들이었다. 조금이나마 위안을 삼아보고자 그는 궁궐의 망루로 올라갔다. 세상이 한아름에 안겨오는 것을 보니 감회가 새롭기도 했다.

그러나 그의 눈은 이내 저 멀리 웅씨족의 나라에 머물렀다. 혼자 스스로 서겠다고 자청하며 떠난 그날이 엊그제 같았는데, 벌써 10여 년의 세월이 흘렀으니 이제 완전히 대장부로 섰을 나이였다. 그러나 들려오는 소식에 의하면 안타깝게도 아직도 자기 자리를 완전히 잡지 못하고 있다는 것이었다. 천지의 정기를 받아 태어났고, 기린마를 사로잡으며 세상 사람들에게 하늘의 후손임을 증명하였던 단군이었는데, 이리된 것은 다 자신이 잘못한 탓으로만 여겨졌다. 그럴수록 그는 어떻게든 단군을 지켜주어야 한다는 생각이 들었다. 이 일을 숨기면 가능할 것이라고……. 아니, 어떤 일이 있어도 아들을 위해서 그리해야겠다고 더더욱 결심을 굳혔다.

그러나 그의 이런 생각은 처음부터 어긋나기 시작했다. 갑자기 범씨족의 사신이 왔다는 전갈을 전해받은 것이다. 거불단은 풍백, 운사, 우사 등 360여 가지 일을 맡아보는 대신들을 모아놓고 사신을 맞아들였다. 범씨족 사신은 천신족의 여러 대신들 앞에서도 전혀 기죽지 않고 당당하게 걸어 들어왔다. 도리어 그의 옷차림에 천신족 사람들이 깜짝 놀랄 정도였다. 그의 복장은 사신의 차림새라기보다는 무사의 전투복에 가까웠다. 짐승의 뼛조각을 여러 겹의 호피로 이어서 만들어 입고는 투구까지 쓴 차림이었던 것이다.

대신들의 좌장 격인 풍백이 사신을 보고 눈살을 찌푸리며 호령했다.

"어찌 사신으로 온 자가 이리 무례하기 짝이 없소. 어서 투구를 벗으시오."

"이것은 우리 범씨족의 예복인데, 어찌 이를 트집 잡으십니까? 제국 간에 각 나라의 법도를 인정해주는 것이 지금까지 상례가 아니었습니까?"

"상례라니? 지금껏 언제 범씨족이 이런 차림을 하고 환웅님께 예를 행했다고 그리 말하는 것이오? 아직껏 그런 예는 없었으니 두말 말고 어서 투구를 벗고 예를 갖추시오."

"이전에 왔을 때는 지난날의 예복을 입었던 것이고, 이제는 예복이 달라졌습니다. 새로 등극하신 호한 수장께서는 모든 예복을 이리 갖추도록 하셨습니다. 그러니 예에 어긋나는 것은 아니지요."

서로 물러서지 않고 설전이 오가면서 처음부터 분위기는 자연 긴장되었다. 새로 등극한 범씨족 수장의 호전적인 성격을 여지없이 보여주고도 남음이었다.

"그만 됐소이다. 자, 어서 사신은 무엇 때문에 왔는지 말하시구려."

거불단이 더 이상 충돌은 원치 않는다는 뜻으로 말하자, 사신은 이에 황송함을 표했다. 그러고는 범씨족 수장의 전언이라면서 입을 열었다.

"거불단 환웅님, 우리 호한 수장께서는 천부인의 징표가 사라졌다는 괴이한 소문을 들으시고는 크게 분개하시면서 거불단의 환웅님이 얼마나 괴로워하실지 염려하셨사옵니다. 어찌 보관하고 있던 천부인이 사라질 수 있겠사옵니까? 그런 일은 있을 수 없는 일일 것이옵니다. 그래서 이건 누군가 천부인을 도둑질하려는 야심을 품고 그런 유언비어를 퍼뜨리고 있는 것이 분명하다 하시면서, 그런 괴상한 소문을 잠재우기 위해 천부인을 직접 확인하라 하셨습니다. 만약 천부인이 그대로 있다는 사실이 분명하게 확인된다면 어느 누구도 그것을 감히 탐내지 못하도록 군사를 파견하여 방비하도록 하겠다고 말씀하셨사옵니다. 이를 허락하여 주시옵소서."

"이거 보자 보자 하니까 못하는 말이 없구먼. 천부인이라면 우리 천신족의 보물이고 하늘의 징표이거늘, 어찌 일개 사신 나부랭이가 그것을 입에 올리며 마음대로 지껄인단 말이냐? 당장 그 입을 다물지 못할까?"

운사가 더 이상 못 참겠다는 듯 나섰다. 아무리 천신족의 위력이 약화되었다고 해도 범씨족 사신에게 이런 수모까지 당할 수는 없었던 것이다. 그러나 범씨족 사신 역시 이에 조금도 물러서지 않았다.

"지금 천부인이 사라졌다는 소문이 나돌고 있는데, 천신족에서는 그것을 듣지 못했단 말입니까? 혹시 정말 천부인이 사라졌기에 제 입을 막으려고 하시는 것은 아닙니까? 그것이 사실이 아니라고 한다면 확인시켜주면 그만인 것을, 왜 이리 역정부터 내신단 말입니까? 더욱이 지금 곳곳에서 도적들이 들끓고 있는 바, 그것을 염려하여 방비하는 데 도움을 주기 위해 호의를 베풀고자 하는 것인데, 무엇이 잘못되었다고 그러시는 것입니까?"

"아니, 이놈이 뭐라고? 그 주둥이를 함부로 나불댔다가는 내 가만히 놔두지 않을 테다."

"지금 저를 협박하시는 것입니까? 나는 호한 수장님의 특명을 받고 온 사신이오이다. 그런데 어찌 사신에게 이리 대할 수 있단 말이오?"

"이놈이 그래도……."

"그만하시구려."

운사가 당장이라도 뛰쳐나가 내려칠 듯하자, 거불단이 부르르 떨리는 손으로 이를 제지했다. 그러나 눈을 부릅뜬 운사는 분을 참지 못하고 거불단에 청했다.

"지금껏 이렇게 오만방자하고 무례한 자는 일찍이 보지 못했사옵니다. 이자를 당장 능지처참하여 천신족의 위엄을 보여주시옵소서."

"허허! 일개 사신에게 그리 대해서 뭐가 이득이 되겠소? 따지려면 범씨족 수장에게 따져야지. 내 범씨족 수장의 말을 알아들었으니 그대는 그만 물러가라."

"알겠사옵니다. 그럼, 신은 거불단 환웅님의 대답을 기다리고 있겠사옵니다."

사신은 물러가면서도 천부인의 행방에 대한 확인을 분명히 하려는 의지를 내보였다. 이것은 이번에 범씨족이 결코 호락호락 넘어가지 않겠다는 뜻을 내보인 것이나 다름없었다. 그런 만큼 천신족에서도 분명한 결단을 내려야 했다.

사신이 물러간 뒤, 거불단은 걱정스러운 표정으로 대신들에게 말했다.

"그대들은 이 일을 어찌하면 좋겠습니까?"

"신 운사 아뢰옵니다. 이런 일은 결단코 있을 수 없는 일이옵니다. 그러니 이번에 사신으로 온 자의 목을 베어 범씨족에게 우리의 단호한 입장을 보여주어야 할 것이옵니다."

"맞사옵니다. 방금 전에 범씨족 사신이 행한 것을 보면 저들은 어떻게든 트집을 잡아 싸움을 걸고자 하는 것이옵니다. 아니, 그 정도가 아니옵니다. 그들이 천부인을 지키겠다고 하는 것은 그것을 빼앗아 아예 천신족을 통치하겠다고 선포하는 것이나 다름없사옵니다. 이제 그들과 싸움을 피하려고 해도 어쩔 수 없게 되었사옵니다. 그러니 단호하게 대처하여야 하옵니다. 만약 여기서 물러서게 된다면 저들은 더욱 기고만장해질 것이 불을 보듯 뻔하오니 오늘을 계기로 저들의 오만 방자한 콧대를 꺾어놓아야 하옵니다."

주명主命을 담당하는 명걸 대신이 맞장구를 치면서 자연 일전불사의 입장이 우세해졌다. 어느 누구도 치욕을 감내하자고 말하기는 어려웠던 것이다. 하지만 이것은 명분을 가지고 나선 입장일 뿐 현실을 면밀하게 고려한 것은 아니었다. 그래서 다른 대부분의 대신들은 입을 다물고 있었다. 이에 거불단이 다시 되물었다.

"다른 대신들의 의견은 없소이까?"

"신 우사, 아뢰옵기 황공하옵니다만, 저들과 지금 일전을 겨루는 것은 심사숙고해야 할 줄로 사료되옵니다. 저들이 지금 이리 무례하게 나오는 것은 이미 싸울 준비가 다 되었다는 의미이옵니다. 우리가 이에 응한다면 꼼짝없이 저들의 술수에 당하고 말 것이옵니다. 지금 저들은 우리에게 도전할 명분을 찾고 있사옵니다. 그러니 그 명분을 만들어주어서는 아니되옵니다."

"저들은 꼬투리를 잡기 위해 저리 나오고 있는데, 어떻게 빌미를 주지 않는단 말이오? 그럼 천부인을 우리가 저들 앞에 내보여야 한단 말이오? 그건 있을 수 없어요. 결단코 있을 수 없는 일이지요."

"범씨족 사신이 하는 소리를 듣지 못했습니까? 천부인이 사라졌다는 괴이한 소문 말이오. 이것은 범씨족만이 아니라 다른 나라들도 그걸 의심하고 있다는 뜻입니다. 그래서 지금 범씨족이 저리 나오고 있는 것이지요. 거불단 환웅님, 아뢰옵기 황공하오나 신은 그러한 소문을 잠재워야 한다고 사료되옵니다. 만약 우리가 범씨족 수장의 제의를 무조건 묵살한다면 다른 나라들도 우리의 말을 더 이상 따르려들지 않을 것이옵니다. 신은 그것이 우려되옵니다. 신 감히 요청하옵건대, 이번 10월 상달에 천신제를 지낼 때 여러 나라의 수장들을 초청하여 그걸 증명해주시옵기를 청하옵니다. 그리하오면 범씨족은 더 이상 시빗거리를 찾지 못하고 거불단 환웅님의 통치를 받아들일 것이옵니다."

우사가 직접 기이한 소문까지 거론하며 얘기하자 신료들의 눈은 일제히 거불단에게로 향했다. 정말 그들로서도 그게 궁금했던 것이다. 거불단은 서둘러 말을 맺었다.

"그래요? 내 잘 들었소이다. 깊이 생각해본 후에 이번 일을 결정하도록 하겠소이다. 그러니 대신들도 그만 물러가시구려."

거불단은 대신들을 보내놓고 밤잠을 이루지 못했다. 어떻게든 단군에게 자기 자리를 물려주어야 하는데, 지금의 상황은 그렇게 흘러가지 않고 있었다. 아들을 지키는 일은 범씨족과의 일전을 불사해야 하는 일임이 명확해지고 있었다.

이런 곤경에 빠지게 되자 지난날의 일들이 후회스러웠다. 처음에 자신이 즉위했을 때 단호하게 대처했다면 이런 일이 발생하지 않을 수도 있었던 것이다. 그러나 그때는 인간을 이롭게 하려는 홍익인간의 기치를 내걸고 다스려야 할 천신족의 이상에 맞지 않다고 생각했다. 이후 거불단은 모든 것을 평화적으로 해결하려는 입장을 견지해왔던 것이다. 후회스러울수록 어떻게 해서든 단군에게 자신의 대를 잇게 해야겠다는 생각이 더더욱 강해졌다. 하늘이 자신을 벌한다면 달게 받겠으나 그것이 하필이면 단군에게 시련을 안겨주는 것이었으니, 거불단은 그 사실이 참기 힘들었다.

온밤을 뜬눈으로 보낸 거불단은 이른 아침부터 풍백을 불렀다. 좌장 격인 풍백은 언제나 도리를 지키면서도 신료들의 의견을 하나로 통일시켜 문제를 풀어나가려고 했다. 더욱이 그의 생활 또한 검소한 데다 청렴결백하기까지 했기에 신료들은 누구보다 그의 말을 잘 따랐다. 따라서 풍백의 의견을 경청하면 모든 것을 판단할 수 있었다.

"어찌했으면 좋겠는지 대신의 의견을 듣고 싶구려. 가감 없이 솔직하게 말씀해주시구려."

"소신이 어찌 이런 중대한 일에 왈가왈부하겠사옵니까? 거불단 환웅님의 결심에 따를 것이오니 소신의 생각은 괘념치 마시고 하명하여 주시옵소서."

"그렇다면 내 단도직입적으로 물어보겠소이다. 만약 일전을 겨룬다면 승산이 있겠소, 없겠소?"

"그럼, 일전을 불사하시겠다는 말씀이시옵니까?"

"승산을 따져보려고 하는 것이오. 내 그래서 하는 말인데, 웅씨족의 군사까지 대동한다면 어떻겠소?"

"그리한다면 나라 간에 전쟁을 초래하게 되는 것인데, 그것까지 감수하시겠다는 말씀이온지……."

풍백이 반문하다가 입을 다물었다. 거불단의 의지를 읽을 수 있는 말이었던 것이다. 그런데 그로서는 이해가 되지 않는 부분이 있었다. 지금껏 거불단은 서로 간의 전쟁을 피하기 위해 다 참아왔는데, 왜 이렇게 단호한 결단을 내리는지 이해가 되지 않았던 것이다. 그래서 다시 물었다.

"그리 결정하신 이유라도 있으시옵니까?"

"대신은 달리 생각하신다는 말씀인가요?"

"그것이 아니오라 지금은 때가 좋지 않아서 그러하옵니다."

"때가 좋지 않다니요?"

"새로 등극한 범씨족 수장의 기고만장한 행태는 언젠가 손을 봐야 할 것이옵니다. 하오나 지금 범씨족이 제기한 문제에 대해서는 다른 여러 나라들도 우리가 어찌 대응할지 지켜보고 있사옵니다. 단순히 무시할 수 있는 성질의 것만은 아니라는 것이옵니다. 우리는 여러 나라들에게 천신족의 위상을 분명하게 보여주어야 하옵니다. 그것이 바로 여러 나라를 통솔할 수 있는 통치권을 인정받는 길이고, 그런 후에 그 힘으로 범씨족을 제압하여야 할 것이옵니다."

"그러니까 결국 천부인을 보여주어야 한다는 말씀이 아니오?"

"황공하오나 지금 상황에서 만약 그렇게 하지 않으면 여러 나라는 서로 나뉘어 싸우게 될 것이옵니다. 게다가 지금 우리의 상황 또한 결코 좋지 않사옵니다."

"좋지 않다니 그것은 또 무슨 말씀이오?"

"범씨족은 전비를 충분히 마련하였사오나 우리는 그것 또한 충분치 않사옵니다. 게다가 지금 많은 나라들이 공물을 바치지 않은 지가 이미 오래되었사옵니다. 다른 나라를 움직이고자 해도 그것이 만만치 않고 또 전비로 충당할 재정을 확보하자고 해도 시간이 필요하옵니다."

거불단은 더 대꾸하지 않았다. 이치로 따진다면 자신이 벌써 이런 상황을 잘 알고 있었다. 이미 중앙의 재정은 거의 바닥나 있었던 것이다. 이렇게 된 것은 재정의 기반이 되는 공동 경작지의 소출이 크게 줄어든 데에 있었다. 물론 농경 기구의 발달과 오곡의 풍작으로 가족 성원만으로도 농경의 일을 충분히 도맡아 할 수 있을 정도였기에 소출은 끊임없이 늘어나고 있었다. 하지만 힘 있는 자들은 계속해서 개인 소유의 농토를 넓혀갔고, 게다가 세금마저 내지 않았던 것이다. 이에 대해 한쪽에서는 사적 소유를 기정사실화하고 이에 맞게 정책을 펴자고 주장하였으나, 환웅은 공동 소유의 원칙을 견지하고자 고집했던 것이다. 그러니 나라의 재정 수입은 계속 줄어들 수밖에 없었다.

더욱이 지난날 각 나라에서 바치던 공물도 이제 거의 끊어지다시피 했다. 천신족의 힘이 약화되면서 나라마다 공물을 바치지 않으려는 현상 때문이었다. 도리어 그들은 자신들의 힘을 키우는 데 그것을 사용했고, 그 기반으로 천신족에 대항하려는 기미까지 보이고 있었다. 그 대표적인 주자는 바로 범씨족이었다. 심지어 범씨족은 주위의 나라에게 동맹을 맺는 대가로 자신들에게 공물을 바치도록 요구하기까지 했다. 그러면서 범씨족의 힘은 막강하게 커졌고, 다른 나라들도 그들의 말 한마디에 눈치를 보게 되는 상황이 되었던 것이다. 갈수록 천신족의 지배력은 약화되고 그 권위가 추락하고 있었다.

"거불단 환웅님, 신 차마 아뢰옵기 황송하오나 조금만 참으시옵소서. 그러면 신이 기필코 범씨족을 응징하여 우리의 위엄을 세우겠사옵니다. 신을 믿어주시옵소서."

"알겠소이다. 내 알아들었으니 이만 물러가시구려."

풍백을 돌려보낸 거불단은 망연자실했다. 풍백의 얘기를 듣고 나니 그가 일전까지 불사하며 단군을 지켜주려 하는 일도 불가능하다는 것을 알게 되었던 것이다.

그럴수록 단군이 그립고 보고 싶었다. 얼마나 자랐을까? 탄탄한 기반이 되어주어야 하는데, 오히려 지켜주지 못한 아비라는 자책감에 고개를 들 수가 없었다. 그러나 이제 결정을 내려야 했다. 하지만 천신족의 정통이 사라지게 되었음을 선포하게 되는 꼴이었으니 두 눈에서는 뜨거운 눈물이 쏟아졌다.

'새 세상이 열릴 때가 왔다더니, 이것이 세상의 뜻이란 말인가? 하늘은 나를 버린 것도 모자라 아들마저 지키지 못한 못난 아비로 만들려는 것인가?'

거불단은 어쩔 수 없이 결정을 내렸다. 하늘의 뜻이었으니 모든 것을 하늘에 맡길 수밖에 없었다.

마침내 거불단의 명이 하달되었다. 그것은 올 10월에 천신제를 거국적으로 지낼 것이니 각 나라에 모든 수장들을 비롯한 대신들에게 참석하라는 지시였다. 이에 파발을 받은 연락병들이 신속히 각 나라로 떠났고, 천신족은 천신제를 지내기 위한 준비에 들어갔다.

4

흔들리는 천신족의 권위

웅씨족의 조정은 시끄러웠다. 이것은 단군의 직속 부대장인 소우리 장군이 도적들을 끌고 오면서 파생되었다. 처음에 도적 떼를 진압했다는 소식을 듣고는 모두들 한시름 놓게 되었다고 좋아했으나, 그들에게 삶의 터전을 마련해주겠다는 것에 대해서는 반대의 목소리가 높았던 것이다. 여기에는 웅갈과 웅도리 등 두 왕자가 앞장서고 있었다. 물론 셋째 왕자인 웅달과 공주인 가희는 여기에 참여하고 있지는 않았다. 그들은 두 왕자와 달리 단군에게 호감을 가지고 있었던 것이다. 어쨌든 웅갈과 웅도리는 대신들까지 이끌고 웅지백을 찾아가 목소리를 높였다.

"대역 죄인들에게 그 죄를 묻지 않다니, 이것은 도저히 있을 수 없는 일이옵니다. 일벌백계로 다스려 그들을 모두 노예로 삼으시옵소서."

"그리하시옵소서. 만약 죄를 묻지 않는다면 어떻게 백성들을 다스릴 수 있겠사옵니까? 더구나 죄를 엄하게 다스려도 시원찮을 마당에 땅까지 떼어준다면 누가 선하게 일하려 하겠사옵니까? 너도나도 모두들 도적 떼가 되어 들고일어날 것이옵니다. 이러면 어찌 나라가 유지될 수 있겠사옵니까? 그들의 죄를 준엄하게 물으시옵소서."

웅지백은 두 아들을 진정시키며 말했다.

"그들이 죄를 지었다고는 하나 인명을 크게 해하지도 않았고, 또 지난날의 일을 반성하고 이제 선량하게 살고자 하지 않는가. 어찌 그렇게 죄만 물으려고 그러느냐. 그들에게 살 길을 열어주는 것도 나쁠 것 같지 않구나."

웅지백이 이들의 의견을 물리치며 얘기했으나 그들은 쉽사리 자신들의 뜻을 굽히려 하지 않았다. 도리어 단군이 도적 떼를 제압한다고 나섰다가 그들에게 항복한 것이나 다름없다면서 그에 대한 문책까지 거론하고 나섰다.

"비왕은 수장님의 명을 받들고 출전하여 죄인들을 포위하고서도 공격하기는커녕 땅까지 주겠다고 덜컥 약속했사옵니다. 어찌 이런 일이 있을 수 있사옵니까? 이것은 자기 직분을 망각하고 그들과 한통속이 된 것이나 다름없사옵니다. 이건 결코 그냥 넘어갈 수가 없는 문제이옵니다."

"비왕이 없다고 어찌 이렇게 함부로 음해하려고 하시오? 그만들 물러가시오."

"천부당만부당 하옵니다. 어찌 신들이 수장님께 거짓으로 고하겠
사옵니까? 정히 믿지 못하겠다면 소우리 장군을 불러서 직접 하문하
여 주시옵소서."

이리하여 소우리 장군까지 웅지백의 앞에 불려오게 되었다. 여기에
단군의 뜻에 찬성하는 다른 대신들도 참여하게 되었다. 먼저 소우리
는, 선하게 살도록 하라는 단군의 설득에 도적들이 그들 스스로 항복
한 것이라고 설명을 덧붙였다.

"지금 이 나라에는 도적들이 들끓은 지가 오래되었사온데, 그 원인
이 어디 있겠사옵니까? 백성들에게 살 길을 열어주지 못해서 그리된
것이옵니다. 그런데 이를 저버리고 힘으로만 막으려고 한다면 어찌
또 도적들이 나타나지 않는다고 보장할 수 있겠사옵니까? 더욱이 여
기에 온 자들은 한때 잘못을 저질렀지만 지난날을 반성하고 새롭게
선하게 살고자 하는 사람들이옵니다. 그들에게 살 길을 열어주시옵
소서. 그러면 수장님의 은혜는 하늘에 닿을 것이고, 도적들에게도 좋
은 감화 효과를 발휘하여 자연스럽게 도적의 문제가 해결될 것이옵니
다. 거듭 청하오니 이들에게 살길을 열어주시옵소서."

그러자 단군에 반대하는 대신들이 앞을 가로막고 나섰다.

"어찌 그렇게 죄인들을 두둔하는 말을 할 수 있소이까? 그러고 보
니 장군 또한 의심스럽기 짝이 없소. 혹시 장군도 도적과 한 패거리가
된 게 아니오?"

"한 패거리라니, 그 무슨 망발을 하는 거요?"

"그렇지 않고서야 어찌 죄인들에게 땅을 주라고 말할 수 있겠소이까? 도대체 어느 나라 국법에 그런 것이 있답니까? 그건 있을 수 없는 일이지요."

"이 나라는 수장님의 나라이옵고, 또 이 나라의 백성들에게 땅을 나눠주어 경작하게 하는 것이 맞는 이치이거늘, 어찌 생트집을 잡으려고 하십니까? 오히려 백성들이 경작할 땅까지 모조리 빼앗아 자기 땅인 양 행세하는 것부터 바로잡아야지요."

"어느 누가 백성들이 경작할 땅을 뺏어 함부로 자신이 소유한다는 말이오? 그거야 도적놈들이 지껄이는 소리가 아니오? 정녕 그리 말하는 것을 보면 아무래도 수상쩍소. 그렇지 않다면 왜 괴수의 두목을 체포해오지 않았소? 항복했다면 왜 그자는 오지 않았느냐는 말이오. 내통을 하지 않고서야 어찌 그런 일이 있을 수 있단 말이오. 어디 그 점을 속 시원히 해명해보시오."

"그건……."

소우리가 말을 더듬거렸다. 사실 이런 문제가 생길 줄 알고 우 두목은 이곳에 오지 않겠다고 했고, 단군도 그리하도록 허락했던 것이다.

"대답을 못하는 것을 보니 이제야 그 속내가 들어났구먼. 보시옵소서. 수장님, 저자는 도적과 한통속이 된 것이 분명하옵니다. 그러하오니 저자부터 죄를 물으시어 국법이 준엄하게 살아 있음을 보여주시옵소서."

대신들이 거듭 주청하면서 웅지백은 난처한 상황에 빠졌다. 이들의 청을 들어줄 수도 없는 노릇이지만 무조건 외면할 수도 없었다. 이들의 요청대로 한다면 그것은 곧 천신족과 대립해서 싸워야 한다는 것을 의미했고, 그렇지 않는다면 신료들의 반발을 누그러뜨릴 수 있는 방안이 있어야 했다. 이런 가운데 웅지백이 결론적으로 입을 열었다.

"내 대신들의 말을 잘 들었소이다. 허나 이 문제는 신중히 판단해야 할 것이오. 그래서 내 좀 더 시간을 갖고 직접 웅갈, 웅도리 왕자와 상의해서 해결할 것인 바 그만 경들은 물러가도록 하시오."

웅지백의 말에 대신들은 어쩔 수 없다는 듯 물러났다. 웅지백은 두 왕자를 가까이 불러 말했다.

"두 왕자는 왜 이리도 나를 곤란하게 만드느냐? 분명히 내 뜻을 알고 있을 것인데."

"아버님께서 계속 비왕을 감싸고도신다면 아버님에 대한 충성은 물론이고 이 나라의 앞날에도 큰 해가 될 것이옵니다. 그래서 저희들은 아버님과 이 나라의 백년대계를 위해서 그리한 것이옵니다. 통촉하시옵소서."

"너희들이 나를 위하고 나라를 위해서 그리한다고? 만약 너희들처럼 그리한다면 우리는 천신족과 등을 지게 된다. 지금 우리는 천신족과 동맹을 더욱 공고히 하고 범씨족에 대항해야 하거늘, 어찌 분란을 일으켜 우리 웅씨족을 고립시키려 드느냐?"

웅지백이 화가 난 듯 꾸짖었으나 도리어 웅갈은 웅지백의 생각이 틀렸다며 반박하고 나섰다.

"아버님, 언제까지 우리 웅씨족이 천신족의 눈치나 보아야 하옵니까? 이제 시대는 변했습니다. 우리 웅씨족도 기반을 확고히 다져 세상에 우뚝 서기 위해 나서야 할 것이옵니다."

웅지백은 자리에서 벌떡 일어나 소리쳤다.

"세상을 호령하자면 천부인이 있어야 하는 것이다. 아무리 천신족의 힘이 약화되었다고 해도 천부인의 위력은 너희들이 상상조차 할 수 없는 것이다. 그건 곧 멸족을 의미하는 것이야."

"아버님은 요즘 천부인이 사라졌다는 소문을 듣지 못했사옵니까? 이제 세상은 천신족을 대신할 새로운 나라를 요구하고 있는 것이옵니다. 그런데 어찌 우물 안의 개구리처럼 현재 상황에 안주하려고만 하시옵니까?"

"허허! 그런 소문을 믿는단 말이냐? 그게 다 범씨족이 꾸며대서 하는 말이야, 그걸 몰라? 너희들이 나라를 강국으로 만든다는데, 그리하자면 이 나라의 백성부터 안착을 시켜야 할 것이 아니냐?"

"이 나라 백성들을 안정시키고 국법의 준엄함을 세우고자 비왕의 책임을 물으려고 하는 것이옵니다. 이것은 결코 그냥 넘어갈 문제가 아니옵니다. 저 죄인들을 노예로 삼고 비왕과 소우리 장군을 문책하여 국법의 준엄함을 만방에 보여주어야 하옵니다."

두 왕자는 젊은 혈기만 앞세웠지 도무지 상황 판단을 제대로 내리지 못하고 있었다. 하지만 웅지백은 이런 상황에서 아들들을 다독거려야 했다.

"내 너희들의 뜻은 알겠다. 허나 그렇게 혈기만 내세운다고 되는 것이 아니다. 어차피 비왕은 천신족으로 돌아가 거불단 환웅의 뒤를 이을 것이고, 너희들은 내 뒤를 이을 것이란 사실이다. 그렇다면 너희들이 웅지를 펴고자 하는 데 있어 비왕과 거리를 둘 이유가 없다. 그것은 천신족과 적대적 관계를 만들려는 것이나 다름이 없으니, 결국 우리의 목을 조르게 될 것이다."

"그럼, 아버님께서는 우리에게 자리를 물려주겠다는 것이옵니까? 비왕이 아니라 정말 우리에게 말이옵니까?"

"그럼 내가 너희들에게 물려주지 않고 비왕에게 물려줄 거라 생각했다는 말이냐? 이런 어리석은 놈들……."

웅지백은 한숨을 내쉬었다.

"아버님께서 우리에게 자리를 물려주시겠다고 확답을 하신다면, 저희들도 이번만큼은 물러설 것이옵니다."

웅갈과 웅도리는 회심의 미소를 지었다. 일이 이렇게 되니 얻을 수 있는 것은 다 얻었다고 판단하고 만족해했다.

웅지백이 타협안을 내놓으면서 이번 문제가 해결되어가려고 할 때, 갑자기 급한 파발이 대전으로 전해지면서 상황은 또다시 급반전되었다. 그것은 비왕이 데려온 사람들의 움직임이 심상치 않다는 것이었다.

"심상치 않다니, 그게 무슨 말이냐? 자세히 말해보거라."

"노예로 삼을 것이라는 소식을 듣고서는 자신들이 비왕에게 속았다면서 이대로 여기서 도망가든지 그렇지 않으면 결사항전하겠다며 대항하려는 움직임을 보이고 있사옵니다."

"그 보십시오. 저들은 믿을 수가 없는 놈들이었습니다. 그런 그들에게 애초에 땅을 떼주고 삶의 터전을 마련해준다고 하는 것부터가 잘못된 것이옵니다. 이제라도 저들을 단호하게 제압해야 하옵니다."

"그리하시옵소서. 아버님께서 그리 말씀하셔서 그냥 넘어가려 했사온데, 이제는 그럴 수가 없게 되지 않았사옵니까? 감히 이 나라에 대항하려고 하는 자들을 어찌 용서할 수가 있겠사옵니까?"

웅지백은 스르르 눈을 감았다. 이제 어쩔 수 없이 그들을 제압해야 하는 상황이었던 것이다. 두 왕자는 다시 웅지백을 재촉했다.

"아버님, 저들이 저리 나오는데, 이제 봐줄 수 없게 되었사옵니다. 만약 저들이 저렇게 나오는데도 그냥 놔둔다면 이 나라의 기강은 걷잡을 수 없이 문란해질 것이옵니다."

"어서 명을 내려주시옵소서. 저들은 분명 폭동을 일으키려 하고 있사옵니다. 시간이 급하옵니다. 여기서 더 미적대면 일이 더 커질 것이옵니다. 한시바삐 진압해야 하옵니다. 물론 아버님께서 비왕을 문책하지 말라는 뜻은 알겠사오니 그것은 그리 처리할 것이옵니다. 그러니 천신족과 문제될 것은 없사옵니다. 반란을 획책하고자 하는 저들에 대한 처분은 우리의 문제이옵니다. 어서 결단을 내려주시옵소서."

결국 웅지백은 하는 수 없이 바바라 장군을 불러 그들을 체포하라고 명을 내릴 수밖에 없었다. 하지만 가급적 불상사가 없도록 처리하라는 명을 덧붙였다.

이에 바바라는 군사를 이끌고 달려 비왕의 직할지로 가 죄인들을 내놓으라고 요구했다. 이것을 본 소우리 장군이 거부하고 나섰다. 순순히 들어줄 문제가 아니었던 것이다. 비왕이 직접 약속한 문제를 지키지 못한다면 누가 비왕의 말을 들을 것인가. 아니, 그보다는 이들이 죄인이라는 것을 인정하면 다음 번에는 결국 자신과 비왕을 향해 칼날이 날아올 것은 불을 보듯 뻔한 이치였기 때문이었다.

"죄인들이라니, 여기에 어찌 죄인이 있다고 그러십니까? 설사 지난날에 죄를 지었다고 하더라도 그것을 뉘우치고 선하게 살려고 하는 사람밖에는 없소이다. 이것은 분명 잘못 알고 있는 것입니다."

"지금 도적 떼들이 폭동을 일으키려 한다는 급보가 입수되었소이다. 그들이 일을 도모하기 전에 일망타진해야 하지 않겠소?"

"폭동이라니, 누가 폭동을 일으키려 한다는 말입니까? 그것은 있지도 않는 터무니없는 얘기이오이다. 솔직히 이들에게 새 삶을 살아갈 터전을 준다고 해놓고 죄인이라고 밀어붙이려 하니 어찌 불만이 나오지 않겠소이까? 허나 그것이야 한두 마디 불평에 지나지 않는 것입니다. 어찌 폭동을 일으키려 한다고 그렇게 말도 되지 않는 소리를 하십니까?"

소우리는 바바라 장군의 마음을 돌리기 위해 안간힘을 썼다. 그러나 옹지백 수장의 명을 받은 바바라 장군 역시 조금도 물러서려 하지 않았다.

"허허! 어찌 이리 딴청을 피우고 그러십니까? 내 비왕을 생각해서

부딪치려고 하지 않는 것인데, 이리 나온다면 나도 어쩔 수 없소. 힘으로 나서는 수밖에."

"비왕의 영지를 어찌 군사가 함부로 들어선다는 말이오? 이것은 지금껏 일찍이 없었던 일이오. 우리는 군사가 여기에 들어오는 것을 허용할 수가 없소."

"나도 그러고 싶지는 않소. 허나 이것은 웅지백 수장의 명이오. 우리도 부딪치는 것을 원하지 않으니 죄인들을 순순히 내놓기 바라오."

"어찌 웅지백 수장께서 그런 명령을 내렸다고 그러십니까? 그럴 리는 없을 것이오. 우리는 믿지 못하겠소이다."

"왜 믿지 못하겠다는 소리요? 정녕 그리 나온다면 할 수 없소. 나를 원망하지 마시구려."

바바라는 말로 해서는 안 된다고 생각하고 군사들에게 명을 내리려 했다. 피할 수 없는 일전을 할 것인가, 말 것인가의 기로에 선 소우리는 진퇴양난에 빠지고 말았다. 여기에서 빠져나올 수 있는 길은 오직 수장에게 청원하는 길밖에 없었다. 만약 그것이 안 된다고 한다면 단군과 자신이 살길을 찾기 위해서 싸울 수밖에 없는 처지였다.

"잠깐만 기다려보시구려. 이건 분명 잘못 알고 그리한 것일 터이니, 내 이를 직접 수장님께 고해 올리겠소이다. 그러니 내 돌아올 때까지 보류해주시구려."

"좋소이다. 그리한다면 내 그때까지 기다려주도록 하겠소."

바바라가 요구를 수용하자 소우리는 그에게 고마움을 표시했다. 그러고는 자신의 부하에게 명령했다.

"만약 내가 돌아오지 못하거나 자리를 비운 사이에 군사가 투입된다면 결단코 막아야 한다. 그러고는 비왕을 찾아라. 이것이 우리가 해야 할 임무이다."

소우리는 그곳을 나와 곧장 대전으로 향해 웅지백을 알현했다. 그와 때를 같이해 어디서 그 소식을 들었는지 신료들도 다시 모여들었다. 먼저 소우리가 입을 열었다.

"수장님, 저들은 이제 지난날의 일을 뉘우치고 살아가고자 하는 이 나라의 백성들이옵니다. 저들에게 은혜를 베풀어 제발 살길을 열어주시옵소서. 그리하면 이 나라의 백성들은 수장님의 은혜에 감복할 것이오며, 나라 또한 더욱 안정될 것이옵니다. 선처해주시옵소서."

그때 신료들이 소우리의 말에 반대하며 나섰다.

"수장님께서 우리의 거듭된 상소도 물리치시고 그들에게 살 길을 열어주려 했으나 그 은혜도 몰라보고 폭동을 일으키려 한다고 하지 않습니까? 그런 자들을 어찌 용서할 수 있다고 그러시는 게요?"

"맞소이다. 폭동을 일으키려 한 자들을 그대로 놔두는 것은 화근을 키우는 일이오이다. 그래서 그들을 엄하게 다스려야 한다고 주장한 것이오. 수장님께서 은혜를 베풀려 하시기에 그냥 물러났으나 일이 이리된 상황에서는 결단코 봐줄 수 없소이다."

"폭동이라니요? 그것은 잘못 아신 겁니다. 그런 일은 있지 않았소이다. 우리가 그들을 데리고 있는데, 어찌 그들이 폭동을 일으키겠사옵니까? 만약 그들이 그리한다면 어찌 우리가 모를 것이오며, 우린들 가만히 있겠사옵니까? 선하게 살려고 하는데 그것을 받아들이지 않고 내치시려 하니, 오히려 그들이 불만을 표시하는 것이오. 또 이를 기화로 잡아들이려 하니 이것이 바로 저들을 폭동으로 내모는 것이 아니고 그 무엇이겠사옵니까?"

"그 무슨 망발이오. 우리가 그들을 폭동으로 내몬다고요? 원래 품성이 그런 자들인데 어찌 그렇게 감싸고만 도는 것이오? 더욱이 장군은 수장님의 명이라고 하는데도 그것을 듣지 아니하고 군사들을 들어오지 못하게 가로막고 맞서려고 하였다니요! 그게 신하로서 있을 수 있는 일이오? 그대의 충심이 의심스럽소이다."

"맞소이다. 그대가 반역할 생각이 없다면 어찌 그런 일을 벌일 수 있단 말이오. 수장님, 이자를 징계하시옵소서. 그리하여 이 나라의 국법이 살아 있음을 만방에 드러내시고 그 권위를 세우시옵소서."

"어찌 사람을 이리 중상모략할 수 있단 말이오. 수장님의 명을 거역할 것 같았으면 어찌 여기에 왔겠소이까? 그런 억지는 그만 부리시지요. 원래 폭동이 일어나지도 않았는데, 그렇다고 허위 보고한 게 잘못 아닙니까? 수장님, 전혀 그런 일은 없사옵니다. 거듭 청하오니 비왕을 생각해서라도 그들을 선처해주시옵소서. 정히 봐주지 못하시겠다면 비왕이 돌아올 때까지 만이라도 그 처리를 연기해주시옵소서."

"참으로 가관이구려. 어찌 그대는 수장님보다도 비왕을 먼저 생각한단 말이오? 아무리 봐도 그대의 충심이 의심스럽소. 아버님, 이자를 봐주어서는 아니 될 것이옵니다. 아무리 해도 그렇지 어찌 아버님의 명마저 거역하고 군사에 맞서려 한다는 게 있을 수 있는 일이란 말입니까? 이것은 가벼이 넘어갈 수 있는 문제가 아니옵니다. 엄히 징계를 내려 아버님의 위엄을 세우시옵소서."

"그만들 얘기하시구려. 내 그대에게 묻겠다. 그대는 그들을 책임질 수 있는가? 만약 그들이 폭동을 일으키려 한다거나 무슨 반역의 일을 꾸민다면 그대의 목을 내놓을 수 있느냐 말이다."

"물론이옵니다."

"그래. 그럼 너의 목숨을 담보로 비왕이 돌아올 때까지 그 처리를 유예하도록 하겠다. 모두들 그만 물러가라."

웅지백이 명을 내리면서 이 문제는 그렇게 일단락되었다. 그러나 그것은 갈등을 임시로 봉합한 것일 뿐 근본적인 해결책은 아니었다. 그 자리를 나오면서 대신들은 서로를 노려보며 각기 자기들끼리 모여 웅성거렸다.

그런 그들을 뒤로하며 소우리는 영지로 돌아왔다. 그런데 영지로 돌아오니 그들과 함께 온 백성들이 소란스러웠다. 단군이 지키지도 못할 약속을 자신들과 했다면서 원망하는 분위기였다.

소우리는 술렁이는 그들을 진정시키며 말했다.

"아무 일 없을 터이니 염려하지 마십시오. 비왕이 돌아오시면 약조를 이행할 것이니 마음 놓고 기다리십시오."

"무조건 기다려달라고만 하시는데, 우리로서는 약조를 지킬 수 있는 것인지 아닌지가 궁금합니다. 더욱이 지금 우리는 죄인으로 끌려가 노예가 되느냐 마느냐 하는 절박한 상황에 처해 있습니다. 만약 한 가지만 약조한다면 우리도 믿고 기다려보도록 하겠습니다."

"무엇을 약조해달라는 것이오? 말씀해보구려."

"만약 저들이 군사를 보내 우리를 체포하겠다고 한다면 우리를 지켜주실 겁니까 말 겁니까? 우리를 위해 싸워줄 수 있느냐 이 말입니다."

"좋소이다. 내 약조하겠소이다. 만에 하나 당신들을 체포하여 노예로 삼고자 한다면 내 여러분을 위해서 싸울 것이며, 여러분이 여기서 빠져나가도록 돕겠습니다. 내 목을 걸고 약속하겠습니다. 그러니 그만 어서 돌아가십시오."

소우리의 거듭된 설득 끝에 마침내 그들은 모두 제자리로 돌아갔다. 소우리는 그들이 떠나간 자리에서 망연자실한 채로 서 있었다. 한쪽에서는 도적들이 폭동을 일으키려 한다고 하고, 이에 다른 편에서는 저들이 자신들을 노예로 삼고자 한다고 하며 대책을 세우라는 것이었다.

소우리는 답답한 처지에 빠져 전전긍긍했다. 양쪽 어딘가에서 작은 불씨만 튀어도 일은 수습할 수 없을 지경으로 치달을 수밖에 없었다. 그저 어떤 일도 일어나지 않고 한시바삐 비왕이 돌아오기를 바라는 마음뿐이었다.

그러던 어느 날, 갑자기 웅지백 수장이 모든 대신들을 부른다는 소식을 알려왔다. 소우리는 이제 올 것이 왔다고 생각하며 대전으로 들어갔다. 천신족과의 관계가 있으니 웅지백 수장이 함부로 결정하지는 않았을 것이라고 보았으나, 모든 신료들을 한데 부른 것을 보면 모종의 결단을 내렸다는 의미라는 것을 짐작했다. 그런데 웅지백의 얘기는 전혀 뜻밖이었다.

"천신족에서 사신이 왔는데, 이번 10월에 있을 천신제를 다른 때와는 달리 성대하게 치를 예정이라고 하오. 우리 웅씨족에서도 수장들은 물론이고 대신들까지도 적극적으로 참여해달라고 요청하여 왔소이다. 대신들도 알다시피 요즘 세상의 민심이 흉흉하지 않소? 하필 이런 때에 천신제를 성대하게 지내겠다고 하니, 뭔가 좀 석연치 않다는 생각이 드오이다. 이에 대해 대신들의 의견을 듣고자 이리 불렀소이다."

"소신도 그리 생각하옵니다. 지금 항간에는 태고의 전설에서 얘기한 것처럼 새 세상의 주인이 나타날 것이라는 등 여러 가지 소문이 무성하게 퍼지고 있사옵니다. 혹시 그게 사실이어서 그런 것은 아닌가 하는 생각도 되옵니다. 만에 하나 그렇다고 한다면 우리도 그에 대비하고 가야 하지 않겠사옵니까?"

"대비라니? 무엇을 대비하자는 것입니까?"

"지금 세상 사람들이 말하는 것을 몰라서 묻소? 정말 천부인이 사라졌다면 천신족의 정통이 끊어진 바나 다름없는 것 아니겠소. 그러면 그 다음의 후계자를 뽑아야 할 것이니, 그것에 대비해야지요."

"그런 괴소문을 진짜로 믿는단 말입니까? 어찌 그런 일이 있을 수 있다고……"

"그거야 모를 일이지요. 그렇지 않다면 어찌 범씨족의 일개 사자가 천부인을 보여달라고 강박했는데도 천신족에서 잠자코 있었겠소? 그건 있을 수 없는 일이지요. 그냥 대수롭게 넘길 문제가 아니에요."

"그래서 천신족에서 이번 천신제를 크게 치르려고 하는지도 모를 일이지요. 천부인에 대한 오해를 여러 나라들 앞에서 씻어내겠다는 뜻일 수도 있다는 것이지요."

"그럴 수도 있겠지요. 허나 이미 천신족은 옛날의 천신족이 아니에요. 더욱이 범씨족이 주변의 다른 세력들을 넘보고 있는 상황에서 나라의 평화를 지키기 위해 나설 세력은 우리밖에 없지 않습니까? 우리라고 여러 나라를 통솔하지 말라는 법도 없는 게지요."

"맞는 말씀입니다. 이번 기회에 우리의 위력을 똑똑히 보여주어야 합니다. 그렇지 않는다면 범씨족은 더욱 기고만장해져 여러 나라들 앞에서 자신들의 힘을 과시하며 그들 맘대로 좌지우지하려는 뜻을 대놓고 드러낼 것이 분명하옵니다. 그러니 우리도 당당하게 맞서야 하옵니다."

대신들은 이번 천신제에 관한 제반 문제들을 놓고 계속해서 설전을 벌였다.

"그렇다면 이번 천신제는 웅갈 왕자께서 모든 것을 책임지시고 이끄는 것이 마땅할 것으로 사료되옵니다."

"너무 그렇게 속단해서는 안 될 것입니다. 만약 이번 천신제를 계기로 그 다음 자리를 비왕에게 물려주려는 뜻이 있다고 한다면 어찌하겠습니까? 아무리 천신족의 힘이 약화되었다고 하더라도 천부인이 있는 한 결코 함부로 대할 수는 없습니다. 그렇다면 차라리 비왕이 책임지고 이끌게 하는 것이 더욱 그럴 듯해 보일 것이옵니다. 그게 천신족과의 동맹 관계를 공고히 하는 데나 우리의 입지를 세우는 데에 더욱 도움이 될 것입니다."

"그것은 너무 안일한 처사입니다. 지금 분명한 것은 기이한 소문이 사실이든 아니든, 혹은 비왕에게 그 자리를 물려주든 아니든 이번 천신제는 나라 간에 또 다른 틀을 가져올 것이라는 겁니다. 세력 간에 힘겨루기가 진행될 것이 너무나 명백한데, 그리 소심하게 대한다면 우리는 다른 나라들에게 얕잡아 보일 것입니다. 당당하게 우리의 강력한 힘을 보여주어야 합니다. 그러니 비왕이 가더라도 우리의 책임자는 웅갈 왕자께서 맡는 것이 옳은 줄로 사료되옵니다."

"맞사옵니다. 더욱이 지금 비왕은 어디 있는지도 모르옵니다. 다행히 그가 천신제 전에 온다면 몰라도 그렇지 않다면 우리 일정에 차질이 빚어질 수 있사옵니다. 그러니 웅갈 왕자께서 책임지고 맡으시는 것이 현실적으로 맞사옵니다."

대신들의 의견이 서로 오가는 가운데 웅지백은 결론적으로 말을 매듭지었다.

"대신들의 뜻을 잘 알았소이다. 그러면 이번의 일은 웅갈 왕자가 책임지고 진행하여 만반의 상황에 대비하도록 하라. 그리고 곧장 비왕의 행방을 찾도록 하라."

웅지백의 명이 내려지면서 웅씨족의 조정은 새롭게 움직이기 시작했다. 서로 말들은 많이 하지 않았지만, 이번 천신제를 계기로 분명 나라 간에 힘겨루기가 진행되면서 새로운 제국의 틀을 보여줄 것이라고 보았다. 모두가 이것에 공감했기에 다른 무엇보다도 웅씨족의 힘을 보여주는 것이 급선무라고 여겼다. 결국 비왕을 몰아내고자 하는 일은 잠시 뒷전으로 밀려나게 되었다.

웅갈은 각 관청으로 파발을 띄워보냈다. 출중한 무예 솜씨를 가진 자들을 선발하여 보내라는 것이었다. 이번 천신제에 뛰어난 군사들을 많이 몰고 가 자신의 위엄을 보여주며 지배권을 공고히 할 수 있는 절호의 기회를 놓칠 수 없다고 생각한 것이다. 이것은 비단 웅씨족의 문제만이 아니라 나라들 간의 관계까지 포함하는 문제였기에, 만약 여기서 자신의 힘을 보여준다면 제국을 통솔하는 것도 결코 헛된 망상에만 그치지 않을 것이라는 계산이었다.

그의 지시에 무장을 한 군사들이 웅씨족의 수도로 속속 모여들었다. 상황이 이렇게 되다보니 지금까지, 수확을 하고 난 다음 추수의 기쁨을 노래하기 위해 마시고 춤을 추며 그 감사의 마음을 담아 하늘에 제를 올리던 것과는 달리, 이번 천신제는 처음부터 지배권을 놓고 다투는 이상야릇한 상황으로 치달아갔다. 이에 사람들 사이에서는 이번 천신제에서 새로운 패권자가 탄생할 것이라는 소문이 퍼지면서 그 사람이 누구일지 하는 것에 이목이 집중되었다.

5

고행

　단군 일행은 계속 서북 방향을 향해 걸었다. 처음에는 어떤 목적지를 정한 것이 아니었다. 우의 도적 무리들을 진압하려고 왔을 때만 해도 단순히 백성들의 삶을 살펴보자는 생각에서였다. 하지만 세상이 바뀌지 않는 한 계속 도적들이 등장할 것이라는 우의 말을 듣고서는 세상의 이치를 찾고 싶어졌다. 그래서 두루 세상의 여러 곳을 섭렵해 보려는 생각에 웅씨족에게서 멀리 벗어나고자 했을 뿐이었다. 그러다가 문득 단군은 해안가로 나가봐야겠다고 생각했다. 사람들이 살아가는 데는 오곡의 재배와 같은 농경이나 짐승을 사냥하는 수렵·채취 등도 필요했지만 생선과 같은 어류의 포획도 필수 불가결이었다. 따라서 단군은 이번에는 물가에서 사는 사람들의 생활을 엿보고 싶었던 것이다.

저 멀리 푸른 하늘과 하얀 구름 떼는 드넓은 해수와 맞물려, 지금껏 보지도 못한 기이한 형상들을 그리며 그에게 어서 오라고 손짓하는 것만 같았다. 그런 그와 달리 발구루와 다른 수하들은 뭉그적거리며 마지못해 따라오고 있었다. 단군은 이런 그들을 돌아보며 말했다.

"여기서 좀 쉬어가자. 그리고 너희들은 이곳이 어떤 곳인지 미리 가서 알아보고 오너라."

발구루와 수하들은 각기 민가를 찾아 떠나갔고, 단군은 홀로 남아 굳어진 장딴지를 주무르며 쉴 생각에 작은 길을 따라 이어져 있는 숲가에 자리를 잡았다.

그때 어디선가 시원한 바람 소리와 함께 찰랑거리는 물소리가 들려왔다. 단군은 시원한 물에 몸이라도 담그면 개운해질 것 같아 소리가 나는 쪽으로 향했다. 아무 생각 없이 물가로 나가며 손을 담그려고 하는데, 갑자기 처녀들이 놀라 소리치는 것이 들렸다. 단군도 깜짝 놀라 주위를 살펴보니, 그곳에서는 물살을 가르며 목욕하던 두 여인이 난데없이 나타난 그를 보고는 잔뜩 몸을 움츠러뜨리고 있었다. 짧은 순간이었지만, 단군은 그중 한 여인의 아리따운 몸매에 생전 처음 이상야릇한 감정을 느끼게 되었다. 여인들은 놀란 표정으로 단군에게 소리쳤다.

"무엄하오. 어찌 아녀자가 목욕하는 것을 몰래 훔쳐본단 말이오? 어서 물러나지 못하겠소?"

갑자기 호통 치는 소리에, 단군은 자신이 아직도 그 여인에게서 시선을 떼지 못하고 있었다는 것을 깨닫고는 얼굴을 붉혔다.

"미안하게 되었소. 몰래 훔쳐보려고 한 것이 아닌데, 어쩌다보니 이리되었구려."

단군이 황급히 자리를 피하자, 두 여인은 재빨리 물에서 나와 옷을 입고 그곳을 떠나려 하였다. 그들은 누가 봐도 하늘에서 내려온 선녀 같았다. 이 모습에 반한 단군은 자신도 알 수 없는 묘한 기분에 이끌려 곧장 그 여인의 앞으로 나섰다.

"내 의도는 그게 아니었으나 미안하게 되었소. 허나 내 처자를 한번 보고 나니 어찌 이리 마음이 설레는지 나도 잘 모르겠소이다. 내 처자의 이름이라도 알고 싶으니 그것만이라도 알려주시구려."

"아니, 이런 무례한 사람을 보았나. 몰래 훔쳐보는 것도 모자라 이제 길까지 막으면서 이름을 가르쳐달라고 하다니. 어서 물러서지 못하겠소? 이분이 어느 분이신지도 모르고. 목숨이라도 보전하고 싶으면 어서 길을 비켜 서시오."

시종인 듯한 여인이 윽박지르자 귀족으로 보이는 여인이 그만하라고 제지했다. 그런데도 시종은 조금 전 단군의 행동이 괘씸한 듯 흥분을 감추지 못했다.

"아닙니다요. 이런 자는 따끔하게 혼을 내줘도 시원치 않사옵니다. 어디서 온지도 모를 놈이 언감생심 딴 마음을 품고 그러는 모양인데, 어찌 이런 자를 봐주려고 그러시옵니까?"

"어허! 그만하래도."

시종을 혼내고 난 뒤, 그 여인은 단군의 용모를 이리저리 훑어보았다. 비록 행색은 밖에서 오랫동안 노숙한 듯 초췌해 보였지만, 준수한 얼굴 생김에서 어딘지 모르게 배어나오는 기백만큼은 결코 예사롭지가 않았다.

"어찌하여 소녀의 이름을 알고자 하는지는 모르겠으나, 저는 하백녀라고 합니다. 그러면 용무가 끝났으니 그만 길을 비키시지요."

"하백녀?"

단군은 입속으로 여인의 이름을 되뇌이며, 떠나가는 그들의 모습이 보이지 않을 때까지 그 뒤를 바라보았다. 그 여인의 모습이 머릿속에 뚜렷이 새겨지면서 계속 맴돌았다. 그는 벌써 그 여인을 찾아가리라 작정하고 있었다.

단군이 이런 생각을 하고 있는 사이에, 이곳의 상황을 살펴보려 떠났던 발구루와 수하들이 돌아왔다. 그들이 보고하기를 이곳은 비서갑의 나라인데, 그 수장은 하백이라 한다고 하였다. 그리고 이곳 사람들은 물속에 산다는 무슨 귀신 같은 것들을 섬기고 있었으며, 그것이 하늘에서 비를 내리는 등 사람들에게 살 길을 열어준다고 믿고 있다는 것이었다. 그래서 그런 것인지 이곳 사람들은 농사짓는 데 필요한 치수에 능숙해서 백성들의 삶도 넉넉해 보인다는 것이었다.

발구루와 수하들이 각기 살펴보고 온 것을 애기하는 동안에도 단군의 귀에는 그것이 제대로 들리지 않았다. 대신 이곳 수장이 하백이라는 말만 머릿속에 또렷할 뿐이었다. 분명 시종이 말하는 투로 봐서 그 여인이 굉장한 고관 귀족의 딸이라는 것은 짐작했지만, 수장의 딸이라고는 생각지 못했던 것이다. 아무래도 상대가 만만치 않게 나올 것이라 짐작되었다.

"이곳 수장이 하백이라 했지요? 오늘은 그 사람을 찾아가봅시다. 여기서 멀지는 않은 것 같으니, 오늘은 그곳에서 보내도록 합시다."

발구루와 수하들은 영문을 모르겠다는 듯 단군을 쳐다보았다. 지금껏 단군은 백성들의 삶을 살피면서 노숙을 일삼아왔지, 고관 귀족 같은 이들의 집을 찾지는 않았던 것이다. 그런데 갑자기 이곳 수장의 거처로 가자고 하니 이상할 수밖에 없었던 것이다.

"길을 안내하라고 하는데, 왜 그러느냐?"

"아니옵니다. 진작부터 이리했으면 큰 고생은 하지 않았을 것인데……. 좋사옵니다. 어서 가시지요."

지금까지 제대로 먹지도 못했는데, 오늘은 이것저것 먹을 수 있을 거란 생각에, 벌써 수하들의 얼굴에서는 웃음꽃이 피어나고 있었다.

그들이 대략 5리 정도를 지나자, 마치 거대한 성과 같은 마을의 모습이 나타나기 시작했다. 그 크기만 보더라도 비서갑의 나라가 얼마나 강력한지 짐작할 만했다. 웅씨족과 비교해도 결코 뒤질 것 같지는 않아 보였다. 그중에서도 우뚝 솟은 건물 하나가 유독 눈에 띄었는데, 그것은 웅씨족의 궁궐에 버금갈 정도로 수려했다. 그곳엔 이곳 수장이 거처하고 있음이 분명했다.

그들은 곧장 그 건물 안으로 들어가려고 했다. 그러자 그곳을 경계하는 군사가 가로막고 나섰다. 이에 발구루가 나서서 그들을 꾸짖었다.

"이분이 어떤 분인 줄 알고 냉대하느냐? 이분은 바로 천신족 거불단 환웅의 아들 왕검이시며, 지금 웅씨족의 비왕인 분이시다. 이곳 수장을 만나러 왔으니 어서 고하지 못할까?"

발구루의 호통에 그들은 단군 일행의 행색을 살피더니 그제야 기다려보라고 하며 안으로 들어갔다. 이들로서도 천신족의 왕자라고 주장하는 이들을 함부로 대할 수 없었던 것이다.

이윽고 앞에 있던 군사가 무슨 지시를 받았는지 정중히 모시며 안으로 들어오라고 했다. 얼마간 그들을 따라가자 수장인 듯한 사람이 여러 사람을 대동하며 나타났다. 이를 본 단군이 자신의 신분을 밝히며 그 징표로 비왕의 검을 보여주었다. 비왕의 검을 알아본 수장은 황급히 머리를 숙이며 말했다.

"제 수하들이 잘 몰라보고 무례를 범한 점 너그럽게 용서하시고 어서 안으로 드시지요."

"아닙니다. 내 세상의 이치를 구하고자 여러 곳을 돌아다니다보니 이리되었지요. 이런 차림으로 나타나니 몰라본 것도 당연하지요. 괘념치 마시지요."

단군은 안으로 따라 들어가 하백과 자리를 같이했다. 먼저 하백은 거불단 환웅의 안부를 의례적으로 물어왔다.

"거불단 환웅께서는 여전하신지요?"

"아마, 그럴 것입니다. 저도 웅씨족의 비왕의 자리에 있다보니 소식만 간간히 듣고 있지요."

"그럼, 이번 천신제에 대해서도 잘 모르겠네요. 하긴 우리에게도 아직 연락이 오지 않았으니. 허나 뭐 예전과 특별하게 다를 것이 없을 터이니 그거야 옛날처럼 준비하면 될 것이고……. 어쨌든 왕자께서도 이번 천신제에는 참여하셔야지요."

아직 비서갑의 나라는 천신족으로부터 천신제에 대한 파발을 받지 않은 상태였고, 단군 역시 그에 대한 소식을 전혀 모르고 있었다.

"그렇게 하려고 합니다만, 일정이 있어서 어떻게 될지……. 어쨌든 수장님께서 이렇게 우리 천신족을 믿고 따라주시니 아버님과 천신족 백성을 대신해 사의를 표합니다. 아마 아버님이신 거불단 환웅께서도 수장님께서 우리 천신족을 깊이 생각하고 있다는 것을 알면 매우 기뻐하실 것입니다."

단군은 감사의 마음을 표하면서 한편으로는 하백의 환심을 사기 위해 그를 치켜세우는 말까지 덧붙였다.

"여기 와서 보니 백성들이 별다른 근심 없이 살아가고 있더군요. 정말 수장님의 덕이 크십니다. 이렇게만 살 수 있다면 백성들이 무슨 걱정이 있겠습니까? 백성들의 홍복이지요."

"그거야 뭐, 나라를 다스리는 사람이라면 으레 그래야 하는 것이 아니겠습니까? 그런 것을 이렇게까지 좋게 말씀하시니……."

하백은 겸손하게 말을 받았지만, 내심 기분이 좋은 듯 수염을 손으로 쓰다듬으며 은연중에 자부심을 드러내었다.

의례적인 인사가 서로 오가자 두 사람은 처음의 어색함을 다소나마 풀 수 있었다. 그때 언제 준비했는지 푸짐한 음식상이 차려져나왔다. 둘은 차려진 음식들을 기분 좋게 들면서 계속 얘기를 나누게 되었다. 마침내 하백이 단군의 방문 목적이 무엇인지를 묻게 되었다.

"천신제에 관한 것도 아니고……. 좀 미리 소식이라도 주었으면 만반의 준비를 했을 텐데, 이렇게 갑자기 오셔서 준비가 허술하기만 합니다. 혹시 따로 무슨 부탁할 일이라도 있으신지……. 만약 그런 것이 있다면 서슴없이 얘기하시지요. 우리가 해줄 것이 있다면 성심성의껏 처리해드리겠습니다."

"그리 말씀하시니, 뭐라 감사해야 할지 모르겠습니다. 그런데 이야기해도 괜찮을는지……."

단군은 쉽게 말을 꺼내지 못하고 뜸을 들였다. 그러자 하백이 약간 긴장하며 물었다. 그렇게 쉽게 꺼낼 수 없을 정도의 얘기라면 심각한 문제라고 판단한 것이었다.

"뭔데 그러십니까? 혹시 범씨족과 관련된 문제인가요? 요즘 세상이 하도 어수선해서 드리는 말씀입니다만……."

사실 범씨족이 강성해져 주위 나라를 넘보고 있었기 때문에 모든 나라의 이목들은 여기에 집중되고 있었다. 벌써 세상이 전란의 소용돌이에 휩싸이게 될 것이라는 등 여러 소문이 나라들 사이에서 나돌고 있는 상황이었던 것이다.

"그런 문제는 아닙니다만, 어떻게 말해야 할지……."

"그 문제만 아니라면 무슨 걱정이 있겠습니까? 얘기하시지요. 기꺼이 들어드릴 터이니 허심탄회하게 말씀하시지요."

"그리 말씀하시니 염치 불구하고 말씀드리겠습니다. 수장님의 따님을 제게 주십시오."

하백이 도무지 알 수 없다는 듯 눈을 동그랗게 뜨고는 단군을 바라보았다. 단군은 좀 전에 물가에서 있었던 일을 전해주면서, 하백녀를 마음에 두고 있으니 자신의 청을 들어달라고 말했다.

하백은 난감하기 짝이 없었다. 범씨족과 관련된 문제가 아니라고 했지만, 따지고 보면 그것과도 결부된 문제였던 것이다. 그로서는 이미 예전의 힘을 잃어버린 천신족과 가까이 하기보다는 강성한 범씨족과 어울리는 편이 더 낫다고 판단하고 있었다. 그런데 천신족의 후계자가 딸을 달라고 하니 이것은 내놓고 천신족과 함께하겠다는 것을 선언하라는 것이나 다름없었던 것이다. 만약 범씨족이 이것을 천신족과 함께하는 의미로 받아들인다면 껄끄러운 일이 생길 테고 자신은 환란의 중심에 설 수밖에 없었다. 그렇다고 해서 무턱대고 단군의 요구를 거절해 척을 지게 된다면 천신족은 물론이고 웅씨족과도 사이가 틀어질 테니, 이 또한 바라지 않는 바라 매몰차게 대할 수도 없는 노릇이었던 것이다.

"불민한 제 여식을 그리 생각하신다니 말씀은 고맙습니다만, 제가 섣불리 판단할 수는 없는 문제인 것 같습니다. 또 하백녀의 생각도 들어봐야 하고……."

"그렇지요. 따님의 의견을 들어봐야 하겠지요. 물론 싫다고 한다면 어쩔 수 없는 일이겠지요. 그렇다면 서로 만나는 것만이라도 허락해 주십시오."

하백은 선뜻 대답을 하지 않았다. 그로서는 어떻게든 이 일에 반대할 명분을 찾으려고 했던 것이다. 이런 하백을 보고 단군이 결단을 요구하듯 말을 덧붙였다.

"수장님께서 저를 탐탁지 않게 생각해서 그러신다면, 어찌하면 저를 받아들이겠습니까? 만약 저를 시험하고 싶다면 그리해도 좋습니다."

"어찌 저더러 시험하라고 그러십니까? 그럴 수는 없는 일이지요."

"아닙니다. 그리하는 것이 좋겠습니다. 그게 서로의 마음을 홀가분하게 하는 것 아니겠습니까? 시험에서 제가 진다면 포기할 것이고, 이긴다면 수장님께서 허락하시는 거고요."

"허허! 이것 참 난감합니다. 허나 그리 원한다면 그렇게 내기를 하는 것도 가히 나쁘지는 않다고 생각됩니다. 그러면 어떤 시합이 좋겠습니까?"

"제가 허락을 받아야 하니 수장님께서 정하시는 게 좋겠습니다."

"그러시다면 서로의 기량을 겨루는 것으로 하는 게 어떻겠습니까?"

하백은 난감한 기색을 보이면서도 자신이 빠져나갈 수 있는 길이 생겼다는 데 내심 만족했다. 기량이라면 결코 자신도 단군에게 뒤진다고 생각하지 않았던 것이다. 그의 둔갑술은 가히 어느 누구도 따라올 수 없을 정도의 수준을 갖추고 있었다. 합리적으로 단군의 요청을 거부할 명분이 생겼으니 그도 마음이 한결 가벼웠다.

　마침내 하백과 단군은 서로의 기량을 겨루게 되었다.

　"인정사정을 봐주지 않을 것이니 양해하시지요. 그럼, 시작하도록
하겠습니다."

　말을 마치자마자 하백은 단판에 시합을 끝낼 심산에, 거대한 바람
을 일으켜 물을 용솟음치게 하는 동시에 자신이 거대한 뱀으로 변신
하여 단군을 집어삼키려 하였다. 그 순간 단군은 몸을 정좌하여 주문
을 외웠고 그와 동시에 가시가 달린 고슴도치로 변하였다. 그러자 거
대한 뱀은 고슴도치를 입에 물었다가 피를 흘리며 다시 토해냈다. 그
러고는 뱀으로는 안 되겠다 싶었는지 이번에는 거북의 단단한 등껍질
로 변해 고슴도치의 가시를 문지르기 시작했다. 가시를 쓸모없게 만
들려는 심산이었다. 이에 단군은 봉황으로 변하여 거북이의 등을 타
고 앉았다. 이것은 누가 보아도 단군이 하백보다 한 수 우위임을 입증
하는 것이었다. 이에 하백은 얼굴이 빨개지면서 다른 것으로 변신을
시도했다. 하지만 봉황의 발톱 힘이 어찌나 센지 꼼짝달싹할 수 없었
다. 마침내 하백은 자기 힘으로는 단군을 이길 수 없다는 것을 인정하
고 항복하게 되었다. 하백은 탐탁지 않았지만 이미 약속한지라 두 사
람의 사귐을 허락할 수밖에 없었다.

　이리하여 단군은 하백녀를 다시 만나게 되었다. 머리를 길게 늘어
뜨린 하백녀는 마치 선녀의 모습과도 같았다. 단군은 가슴이 용솟음
치듯 불타오르는 것을 느끼며 자신의 속마음을 솔직하게 표현했다.

하백녀는 한편 마음이 끌리면서도 그것을 쉬이 내색하지 않았다. 도리어 천신족의 왕자로서 단군이 앞으로 모든 제국을 이끌 수 있는 그릇이 되는지 떠보고자 했다. 그래서 단군의 요청에 응하지 않고 도리어 비서갑의 나라를 구경시켜주겠다고 했다.

단군이 돌아다니면서 살펴본 비서갑의 나라는, 웅씨족의 나라와 비교가 되지 않을 정도로 물자가 풍부했다. 그 요인은 치수가 잘 되어 있는 것에 기인했다. 오곡이 재배되는 곳에는 어떻게 공사를 하였는지 물길이 쫙 뻗어나가고 있었다.

'이곳이 수신水神의 나라라고 하더니 과연 그렇구나!'

감탄하며 바라보는 단군에게 하백녀가 자부심 어린 눈으로 한마디 꺼냈다.

"이 수로 공사를 하던 당시엔 참으로 대단했지요. 모든 사람들이 하나같이 나서서 일하던 그때를 생각하면 지금도 가슴이 뭉클해지곤 합니다."

"그럴 만도 하겠습니다. 헌데 혹시 백성들 간에 분쟁은 없습니까? 우리 웅씨족에서도 지난날보다 수확이 늘어났지만 그로 인해 싸움이 더 빈번해져서 말입니다."

"없기는요? 그래서 아버님께서는 그것 때문에 걱정을 많이 하십니다. 이런 것을 생각하면 지난날이 더 그리워질 때가 있습니다."

"혹시 이곳에도 도적 떼들이 나타나고 있습니까?"

"그런 정도는 아니지만 그렇다고 분쟁이 아예 없지도 않지요. 지난날에는 물고기나 잡고 산열매나 따먹고 살자니 먹을 것이 항상 부족했죠. 배고픈 게 유일한 걱정거리였지만, 그래도 지금처럼 탐욕스럽지는 않았죠. 헌데 지금은 물자가 풍족해졌는데도 도리어 사람들이 재물을 탐내고 있지요. 사치스러워지는 것도 모자라 서로 돕고 사는 전통도 사라지고, 그저 자기 욕심만 채우려고 하니 민심이 흉흉해져버린 것이죠. 그 여파로 공유지 경작은 그 소출이 형편없어져 버렸지요."

"그렇다면 재정이 넉넉지 못할 터인데, 제 보기엔 그런 것 같지는 않고……. 궁궐만 보더라도 여간 화려하고 웅장한 것이 아니던데……."

"그거요? 공유지에서 나온 소출로 재정이 충당되고 있지 않으니까요. 그렇게 해서는 도저히 유지가 안 되니 그 땅을 아예 분배해버려 세금으로 내게 하고 있지요. 이게 옳은 것인지 아닌지 알 수는 없지만 사람들이 그렇게 하길 바라니 어쩔 수 없이 그리하고 있지요. 어쨌든 그래서 재정은 충분한 편이고 사람들도 넉넉하게 살고 있으니 그걸로 족한 것 아닐까요? 물론 더 많이 가지려고 다투는 것이야 결코 좋은 건 아니겠지만요."

"하긴 그런 문제가 여기만 있는 것은 아니겠지요. 내 오면서 보니 다른 나라도 역시 그런 것 같았습니다. 한 인간의 탐욕이 서로의 싸움을 부채질하고, 그것은 결국 나라 간에 다툼의 원인이 되고 있지 않습니까? 실상 범씨족이 주위의 나라를 넘보는 것도 그 때문이 아니겠습니까?"

서로의 얘기에 공감하면서 두 사람은 더 마음을 열게 되었다. 시간이 흐르면서, 두 사람은 세상의 변화나 태고의 전설, 백성들의 삶이나 도적들을 소탕하려다가 겪은 일 등 수많은 얘기를 나누게 되었다. 자연스럽게 두 사람은 이 세상의 모든 갈등과 다툼이 사라지고 모두가 이롭게 살 수 있는 그런 세상이 왔으면 좋겠다는 데 뜻을 같이하게 되었다.

단군은 하백녀와의 만남을 통해 꼭 동지 하나를 얻은 것 같은 기분이었다. 단군은, 지금의 세상에 결코 안주하지 않고 새로운 인간 세상을 어떻게든지 열어나가야 한다는 자신의 뜻을 피력했다. 이를 계기로 하백녀는 단군을 마음에 품게 되었다. 하백녀는 모름지기 사내대장부라면 일신의 영달에 개의치 않고 큰 뜻을 품어야 한다고 여기고 있었던 것이다.

그렇다고 해서 단군이 하백녀의 마음을 사로잡기 위해 거짓을 말한 것은 아니었다.

"이것은 내 마음일 뿐이지, 현실에서는 천신족의 왕자로서의 역할은 고사하고 웅씨족의 비왕으로서도 그 역할을 제대로 수행하지 못하고 있는 처지입니다. 또 여기 비서갑의 나라에서 수로 공사를 하여 백성들이 넉넉하게 사는 것을 보면 사람의 힘이라는 것이 참으로 대단함을 확인할 수 있지만, 그러더라도 끝없는 탐욕을 추구하려는 그들에 대해 지금은 마땅한 대책도 없습니다. 하지만 어떻게 하든지 그 대책을 찾을 생각입니다."

단군의 이런 솔직한 모습에 하백녀는 도리어 더욱 그에게 푹 빠져

들었다. 큰 뜻을 품었으면서도 결코 자만하지 않고 노력하려는 태도
가, 그를 더 뛰어난 인물로 보이게 만들었던 것이다. 하백녀는 단군이
꼭 그 뜻을 이루도록 자신의 모든 것을 다 바쳐서라도 도와주고 싶었
다. 이 인물이야말로 그런 세상을 만들 수 있을 것처럼 느껴졌다. 이
에 하백녀는 단군을 더는 붙잡아서는 안 된다고 생각하고는 큰 뜻을
이루기 위해 어서 길을 떠나라고 요구하였다.

이에 단군은 하백녀의 두 손을 꼭 잡았다. 하백녀의 마음을 알았기
때문이었다. 이미 두 사람은 서로를 동지이자 연인으로 받아들이고
있었다. 결국 단군은 하백녀의 권유를 받아들여 기필코 답을 찾아 돌
아올 것이니 기다려달라고 추후를 기약하였고, 하백녀도 언제든지
맞이할 준비가 되어 있다고 확약하였다.

결국 단군은 하백녀를 떠나 새로운 답을 찾으러 나서게 되었다. 하
지만 막상 어디로 가야 할지 모르는 정처 없는 발길이었다. 단군 일행
은 수많은 산천과 골을 넘었다. 그들이 지나친 소국만 해도 벌써 여러
나라가 되었다. 이들 중에는 사슴, 소, 돼지 등의 동물은 물론이고 심
지어 바위나 나무 같은 것들을 신령스럽게 섬기는 나라도 있었다. 처
음에는 이상하고 신기해 보였지만 그것은 곧 웅씨족에서 곰을 신으로
삼는 것이나 비서갑이 수신을 수호신으로 여기는 것과 별반 다르지
않았다. 곳곳의 산천과 들녘에는 오곡들이 재배되고 있었고, 게다가
사람들 사이에서는 그 양식을 두고 서로 간에 다툼이 벌어지는 것 또
한 마찬가지였기 때문이다.

그런데 이상하게도 여러 곳을 돌아볼수록 단군은 더욱 허기가 지듯 공허하기만 하였다. 그가 찾고자 하는 이치와는 다르게 호랑이가 멧돼지를 사냥하여 잡아먹듯 서로 물고 물리는 먹이사슬의 고리처럼 맞물려 돌아가는 것이 세상사의 흐름으로 보였던 것이다. 만약 이를 인정한다면 힘 있는 자가 약한 자를 강탈하고, 또 도적들이 날뛰는 것 또한 수레바퀴처럼 돌고 도는 당연한 일이 되는 셈이었다. 그 고리를 끊는 방안을 찾고자 했는데 그것은 보이지 않고, 도리어 세상은 절대 변하지 않는다고 말하는 것 같으니 답답하기만 하였다.

그들은 계속 북쪽을 향하여 올라갔다. 그러나 그것은 어디로 항해하는지 모르는 배처럼 바람과 구름을 벗 삼아 가는 길에 지나지 않았다. 오랫동안 걸어서 힘들다기보다 어디서 그 해답을 찾아야 하는지 모르는 것이 그들을 더욱 지치게 만들었다. 그렇다고 아무런 소득도 없이 돌아갈 수도 없는 노릇이었다. 단군 일행은 아무런 대책도 없이 앞을 향해 나아갔다. 그래서인지 발구루와 수하들의 발걸음은 한없이 더디기만 했다. 아니, 꼭 그런 것만은 아니었다. 어떤 목적도 없이 걷는 단군의 행동에 조정에서의 일이 걱정되기 시작한 것이었다.

자꾸만 뒤처지는 수하들을 돌아본 단군은 좀 쉬어가야겠다는 생각에 주위를 살펴보았다. 저편에서 거대한 암석들이 여러 기이한 형상으로 자신들에게 어서 오라고 손짓하는 것처럼 보였다.

"저쪽으로 건너가 쉬기로 하세."

단군 일행이 그곳에 도착하여 자리를 잡고 앉으려고 하는 순간, 그들의 눈동자가 갑자기 커졌다. 이상한 광경이 그들의 눈에 띈 것이었다. 누가 만들었는지 알 수 없었지만, 각 나라들이 조상신으로 모시고 있는 곰, 호랑이, 사슴, 말, 돼지, 소 등 수많은 형상이 돌로 조각되어 놓여 있었다. 그리고 한쪽에서는 어떤 사람이 그것을 부수고 있었다. 그는 처음에는 무슨 커다란 돌창 같은 것으로 내려치다가, 잘 깨지지 않는지 정좌하며 자세를 바로잡고 주문 같은 것을 외우기 시작했다. 그러자 그의 머리에서 광선 같은 것이 뻗어나가 차례차례 그것들을 꿰뚫어버렸다. 멀쩡하던 형상들은 한순간에 가루가 되어 바삭 주저앉았다. 그것은 지금까지 듣지도 보지도 못한 무예였다.

"세상에 저런 기인이 있다니!"

발구루와 수하들이 놀라움에 입을 다물지 못하고 있는 사이, 단군은 그 사람에게로 다가가 물었다. 그는 흰머리가 희끗희끗 묻어나는 것이 꽤나 나이가 들어 보였다.

"대단하십니다. 그런데 어찌하여 저 형상을 부수시는 것입니까?"

"저것이 바로 요물이니, 없애버려야지요."

"요물이라니요? 저것은 각 나라 백성들이 자신들의 조상신이나 수호신으로 여기는 신상들이 아닙니까? 만약 다른 나라 사람들이 보기라도 한다면 큰 화를 당하실 터인데……. 물론 지금 보이신 실력으로는 쉽게 당하진 않을 것으로 여겨지지만……. 그래도 그런 생각을 가진 사람들과는 함께 살 수 없을 것 같군요."

"바로 그리 생각하니 더욱 깨버려야지요. 저것이 무엇이라고? 하나의 돌멩이에 지나는 않는 것이 아니요. 그런데 저것 때문에 사람들이 하나로 단합하지 못하고 있어요. 저것이 바로 사람들 간에 장벽을 만들고 있으니까요. 저것들을 깨버려야 사람들이 하나로 화합할 수 있는 것이지요."

"저것을 깨버린다고 그 믿음까지 없어지겠습니까? 더욱이 사람들이 하나로 화합하게 만들다니 도대체 무슨 말씀을 하시는지……. 저리한다고 그리되겠습니까?"

"하긴 그런다고 해서 그렇게 갑자기 되는 것은 아니겠지요. 허나 이제 때가 되었으니 그리해야지요. 아니, 그렇게 될 것입니다."

단군은 꼭 선인처럼 보이는 그가 쏟아내는 말들을 도통 이해하기 힘들었다. 지금껏 각 나라들은 자신들의 수호신을 내세우면서 거기에 정령이 들어 있다고 여기고 그것을 받들어오고 있었다. 그런데 이 사람은 그런 것을 깨부숴야 한다고 주장하고 있는 것이다. 어쨌든 분명한 것은 그가 이런 짓을 했어도 아무런 해악을 입지도 않았다는 점이었다.

가만히 살펴보니 그 사람은 오랫동안 수양을 하고 학문을 크게 깨친 듯한 모습을 하고 있었다. 더욱이 여러 형상들로 보아 어디 한두 곳도 아니고 여러 곳을 다니면서 각 나라들이 섬기고 있는 수호신에 대해 많은 공부를 한 것 같았다.

"이해는 잘 되지 않지만 어쨌든 대단하십니다. 아무도 생각할 수도 없는 일을 하시니 말입니다. 더욱이 장벽을 제거하고 모든 인간이 하나로 모여 살아야 한다고 생각하시니 말입니다."

"그게 뭐 대단하다고 그리 말하는 것이오? 넓은 세상을 주유하다 보면 자연스럽게 다 알 수 있는 사실인 것을. 각 나라들이 각기 자기네 신상들을 모시는데 만약 그것을 다 따르자고 한다면, 인간이 제대로 유익하게 쓸 수 있는 것은 결국 아무것도 없을 게 아니오?"

"듣고 보니 그러하네요. 헌데 저것들을 부숴버린다고 인간이 하나로 화합하여 살아갈 수 있는 것입니까?"

"그건 알 수 없지요. 허나 태초에 인간이 태어나 마고성에 살 때는 아무런 장벽이 없었지 않습니까? 비록 지금 복본複本하자고 길을 떠났지만 너무 오랜 시간이 흐른 까닭에 도리어 자신들의 두꺼운 벽에 갇혀 서로를 갈라보고 있단 말이오. 그러니 그 장벽을 제거해버려야지요. 그래야 원래 처음의 마음으로 돌아가지 않겠소?"

그는 회한에 잠기듯 먼 산을 바라보았다. 그건 꼭 뭔가 큰 것을 기대하고 있는 모습 같아 보이기도 했다. 그 모습을 지켜보며 단군이 물었다.

"처음의 마음으로 돌아간다고 말씀하셨는데, 과연 그게 되겠습니까? 모든 인간이 고통도 없이 살았다는, 그런 세상에서도 '오미의 변'을 겪었지 않습니까? 그래서 황궁씨가 복본을 수행하려고 했지만 결국 그것을 이루지 못했고, 그 뒤를 유인씨가 이었지만 마찬가지였지요. 마침내 그것은 환인, 환웅으로 이어져왔지만 당신 말대로 이렇게 각기 자기만의 신을 수호신으로 믿는 결과를 낳았지 않습니까? 그런 사람들이 어찌 그것을 쉽게 포기하겠습니까? 더욱이 그 사람들에게서 나타나는 탐욕은 어찌하고요. 그것을 보지 않았으니 그리 말씀하시는 게지요."

"알고도 남지요. 내가 돌아다닌 곳만 해도 아마 당신은 상상도 하지 못할 것이오."

그가 자신이 지나온 과정을 회상하듯 말하자, 단군은 호기심이 동해 이것저것 물었다. 그러자 그는 단군을 뚫어지게 살펴보더니 "주신의 상인데"라고 혼잣말처럼 중얼거리며 이야기를 시작했다. 그것은 실로 엄청난 이야기였다. 그가 돌아다닌 곳은 이곳 한반도만이 아니라, 저 멀리 북만주를 넘어 대륙에까지 이른 수만 리 장정에 해당하는 거리였다. 그 대륙 너머에는 우리의 생활과는 전혀 다른 새로운 문명이 있지만, 우리보다는 훨씬 못한 상태에 있다는 것도 알려주었다. 그러면서 덧붙였다.

"어쨌든 만주와 대륙, 그리고 한반도 지역에 있는 나라는 그 차이가 좀 있지만, 대부분 비슷한 문제들이 나타나고 있어요. 그러니 당신이 말하는 것도 일리가 있지요. 나도 처음엔 믿지를 않았으니까. 하지만 반드시 그런 것은 아니오. 하늘의 뜻이 땅에서 실현되는, 그런 세상의 기운이 꿈틀거리며 퍼져가고 있으니 말이오."

"기운이 퍼지다니 그게 무슨 말씀입니까?"

"천기를 보면 그 태고의 전설이 사실로 드러나고 있단 말이지요. 벌써 큰곰별자리가 움직이기 시작했단 말이오."

천기까지 거론하며 자신의 말을 확신하는 그를 단군은 유심히 바라보았다. 그는 단군의 얼굴을 다시 한 번 유심히 살펴보더니 말을 이었다.

"나와 함께 남쪽으로 가보는 게 어떻겠소?"

"남쪽으로요? 왜 하필 남쪽입니까?"

"글쎄, 큰곰별자리의 움직임이 어디를 지시하고 있는지 그것은 분명하지 않지만, 남쪽을 향하고 있는 것만은 분명하니까요. 내 그래서 그 쪽으로 가려고 하는데 같이 가면 서로 도움이 될 것 같군요. 어떻소이까? 같이 가지 않겠소이까?"

단군은 잠시 대답을 하지 못했다. 이 사람은 뭔가 확신에 차 있는 것처럼 보이는 데다가 옆에 있으면서 많은 것을 배울 수 있을 것 같기도 했다. 하지만 남쪽이라면 자신이 지나온 길로 되돌아가는 셈이었다. 아무것도 찾지 못하고 다시 돌아간다는 것은 뭔가 마음에 걸렸다.

"그리 권하니 길동무라도 하고 싶긴 하지만, 지금 남쪽으로 내려갈 처지가 아닌지라……."

"그래요? 아쉽소이다. 같이 가면 좋은 것을 볼 수 있을 텐데. 어쨌든 시일이 촉박하니 나는 이만 일어나봐야겠소."

"뭐가 그리 급해서 그러십니까? 좀 더 앉아서 많은 얘기를 들려주시지 그러십니까?"

"허허! 별자리가 움직이기 시작했다고 하지 않았소. 그런데 우연인지는 몰라도 이번 천신제가 대대적으로 열린다고 하는 소문이 나돌고 있소. 뭔가 조짐이 보인단 말이오. 어쨌든 내 그것을 놓칠 수 없으니 일정에 맞추려면 빨리 떠나야지요."

그는 바빠서 곧장 떠나야 하는 듯 급하게 몸을 일으켰다. 단군은 뭐라고 단정할 수 없었지만, 그가 자신의 생각에 확신을 가지는 모습이 부럽기만 했다.

"떠나실 때 떠나시더라도 함자만이라도 가르쳐주시지요."

"그런 것은 알아서 뭐 하겠소이까?"

그렇게 얘기하고 그는 발길을 재촉했다. 그런데 갑자기 무슨 생각이 들었는지 도중에 그가 뒤돌아서서 말했다.

"나는 신지라고 하오."

신지가 떠나는 모습을 보면서 단군은 멍하니 앉아 있었다.

'천신제를 대대적으로 연다고 하고, 그게 무슨 조짐 같다고 하니…… 아버님께 무슨 일이 생긴 것은 아닌가?'

단군은 한편으로 걱정이 되었다. 허나 곧 그는 고개를 가로저었다. 지금껏 아무것도 하지 못한 자신을 보고 아버님께서 실망하시는 모습이 먼저 떠올랐던 것이다. 여기서 돌아간다면 더 우스운 꼴만 당할 뿐이었다. 뭔가를 찾아야 한다는 생각에 자신이 초라하게만 느껴졌다. 그런 자신과 대비되어 세상이 얼마나 넓으며 뛰어난 재주를 지닌 기인 또한 얼마나 많은지 실감할 수 있었다. 자신은 우물 안의 개구리처럼 살아온 것뿐이었다.

이런 생각이 들자 갑자기 그의 가슴에서는 지금까지와 다른 투지가 솟구치기 시작했다. 도전해보고 싶고, 실행해보고 싶고, 찾아보고 싶은 그 무엇이 자기 가슴을 사로잡는 것 같은 기분이었다. 그것은 신지라는 사람과 얘기하면서 은연중에 든 생각이었다. 처음으로 돌아가야 하는 것이 아니냐는 말이 계속 그의 귓가에 맴돌았다. 처음이란 바로 복본을 수행한 결과로 첫 환웅인 거발한께서 천부인을 가지고 신시神市의 세상을 열었던 곳에 가보아야겠다는 것이었다. 거기에 가면 뭔가 얻을 수 있을 거라는 생각에, 알 수 없는 느낌이 몸에서 새록새록 돋아나는 기분이었다. 왜 그런지 몰라도 지금의 이 기분은 마치 언젠가 자신이 느껴본 것 같기도 했다. 곰곰이 생각하는 중에 문득 그것이 자신이 꿈을 꾸면서 느꼈던 그 느낌이라는 것을 깨달았다. 사실 그가 여기에 오게 된 계기가 된 것도 바로 그 꿈이었다.

단군은 마침내 목표를 정하고 힘차게 몸을 일으켰다. 그런데 지금껏 묵묵히 그를 따랐던 발구루와 수하들이 멈칫거렸다. 단군은 이런 그들을 못마땅해하며 재촉했다.

"빨리 갑시다."

"비왕님!"

"왜 그러시오?"

"그만 돌아가시는 것이 어떻겠사옵니까?"

단군은 발구루와 수하들을 번갈아 쳐다보았다. 그들의 얼굴은 많이 지쳐보였다. 그럴 수밖에 없는 게, 그들은 잠시 비서갑에서 지낸 것을 제외하고는 달포가량 거의 대부분을 풍찬노숙하며 왔던 것이다.

"왜 많이 힘드시오?"

"어찌 힘들어서 그러겠사옵니까? 다만 걱정이 앞선지라……. 지금까지 너무나 오랫동안 자리를 비우지 않았사옵니까? 백성들에게 약조까지 했는데, 그것은 어찌 처리되었을지……. 더욱이 조금 전 신지라는 사람도 이번 천신제에서 무슨 조짐이 보일 것이라고 하였는데, 그게 계속 마음에 걸리옵니다. 그러니 이만 돌아가시는 게 좋을 듯하옵니다."

"나도 걱정이 안 되는 것은 아니지만, 그렇더라도 무슨 별일이야 있겠소?"

"거불단 환웅님께서는 이미 연세도 많이 드셨사옵니다. 그냥 넘길 수 없는 일이옵니다. 만에 하나라도 일이 생긴다면……. 더욱이 웅씨족에서 비왕님이 자리를 비운 동안에 웅갈과 웅도리 왕자들이 일을 저지른다면 어찌 되겠사옵니까? 예감이 불길하옵니다. 만약 그들이 그리하려고 마음을 먹는다면 어느 누가 그것을 막을 것이옵니까? 돌아가셔야 하옵니다."

"어찌 그런 불길한 말을 입에 담는가? 그런 일은 있을 수 없네. 더욱이 내가 이대로 돌아간다면 무엇이 달라지겠는가? 아무것도 달라질 것이 없네. 아니, 난 아무것도 할 수 없어. 이런 나를 보고 아버님께서 무어라고 하겠는가? 더욱이 자네 또한 우라는 자가 하는 말을 듣지 않았는가? 자신들을 진압할 수는 있어도 또 다른 도적 떼들이 나타나는 것을 막을 수는 없을 것이라고 말하는 소리 말일세. 이렇게 가면 우리는 또다시 그 옛날 생활로 돌아가고 말 것이네."

"비왕님의 마음을 왜 제가 모르겠사옵니까? 하오나 비왕님께서는 충분히 하실 수 있사옵니다. 도적들도 설득시켜 투항시키지 않으셨사옵니까? 비왕님은 하실 수 있사옵니다. 그러니 돌아가셔서 맞서십시오. 이제 거불단 환웅께서도 나이가 드셨으니 천신족을 이어야 하지 않겠사옵니까? 그걸 준비하기 위해서도 이리하시면 아니 되옵니다. 조정에서 이 일을 해결해야지 대체 어디서 해결할 수 있겠사옵니까? 비왕님께서 이리하시는 것은 소신이 아무리 좋게 보려 한다 해도 회피하시는 것으로밖에 보이지 않사옵니다."

"새로운 방안을 찾기 위해서 나서는 것을 회피라고 본단 말인가? 그건 아니네. 아까 신지라는 사람이 말하는 것을 자네도 듣지 않았는가? 새 세상이 오고 있다는 것 말이네. 그런데 그것이 어찌 저절로 되겠는가? 그걸 찾아야 하네. 그것이 내가 아버님께 드릴 선물이네. 그것을 빼고 무엇이 있단 말인가? 그것을 찾기 전까지는 난 돌아가지 않을 것일세. 그러니 정 가고 싶거든 자네나 가게. 아니, 그리하는 것이 좋겠네. 자네가 돌아가서 내 소식도 전하게나."

"비왕님, 어찌 저의 충정을 그리 몰라주십니까? 저는 비왕님을 버리고 떠나지 않을 것이옵니다. 하지만 문제를 해결하려면 비왕님이 직접 그 자리에 가셔야 하지 않습니까? 어찌 다른 곳에서 해결책이 나오겠사옵니까? 저의 충정을 받아들이시어 다시 한 번만 더 생각해 보시는 것이 어떻겠사옵니까?"

발구루의 계속된 요청에도 불구하고 단군은 그것을 받아들이지 않았다. 단군은 지난날처럼 해서는 더 이상 백성들을 행복하게 다스릴 수 없다고 판단하고 있었다. 그 옛날의 통치방법으로 해결되지 않는다는 사실을 그는 잘 알고 있었고, 그래서 비왕 자리를 내팽개치다시피 하고 그곳을 떠나온 것이었다. 그런데 이제 뭔가 해결책을 찾을 수 있다고 여겨지는 마당에 그냥 물러설 수는 없었던 것이다.

단군이 확고한 입장을 보이자 발구루와 수하들은 하는 수 없이 다시 함께 앞으로 나아갔다. 그러나 그것은 이전의 길과는 달랐다. 그것은 바로 신시개천神市開天의 옛 지역을 찾아가려는 확고한 목표가 자리 잡고 있었던 것이다. 태고의 전설이 실현되는 조짐이 보인다고 예견하는 사람이 나타났고 천신제가 대대적으로 열리려는 시점에, 그들은 바로 그 전설을 실현하려고 했던 태초의 발아 지점을 향해 나아가고 있었던 것이다.

6

밝산에 모여든 각국의 수호신들

천신족의 중심지 밝산에는 각 나라의 수장들은 물론이고 그 측근들까지 대거 모여든 까닭에 인산인해를 이루었다. 각국은 많은 군사를 대동하고 왔음에도 호위 군사들을 제외하고는 수도성까지 들어오지 못하게 하고 변방에 주둔시켰다. 천신족의 입장에서 군사들을 몰고 입성하는 것까지는 허용할 수 없었던 것이다.

이들이 군사까지 몰고 온 것은 다른 천신제와 달리 이번에는 대대적으로 열겠다는 천명이 있었던지라, 모두들 뭔가 일이 생길 것이라고 짐작했기 때문이었다. 더욱이 사람들 사이에서는 천부인이 사라졌다는 것에서부터 태고의 전설이 실현되어 새 세상의 주인이 나타날 것이라는 등 무성한 소문이 일파만파로 퍼지고 있었다. 이것은 곧 앞으로 권력의 향배가 어떻게 정리될 것인가를 의미했고, 그래서 각국은 여기서 밀려나지 않으려고 너도나도 군사를 대동한 것이었다.

그것만이 아니었다. 각국은 자신들의 힘을 과시하기 위해 자신들의 수호신까지 모시고 왔다. 그 종류도 곰, 호랑이, 사슴, 말, 소, 양, 뱀, 등 참여하는 나라들만큼이나 많아, 밝산은 그야말로 수많은 토템들의 전시장이 될 정도였다. 모두들 자신의 수호신이 최고라 여기며 은근히 힘을 과시하려고 했다.

천신족 측에서는 각국의 움직임에 촉각을 곤두세우고 경계령을 하달하고 있었다. 언제 어디서 불상사가 일어날지 알 수 없는 일이었던 것이다. 그러나 이미 권위를 잃어버린 천신족의 명령은 잘 먹혀들지 않고 있었다.

각국의 관심은 이번 천신제를 계기로 단군이 거불단 환웅의 자리를 잇느냐, 아니면 범씨족의 수장 호한이 새롭게 등장하느냐에 모아졌다. 만약 천부인이 사라지지 않았다면 이렇게 대대적으로 천신제를 진행하는 목적은 아들에게 물려주기 위해서라고 보았다. 그렇지 않고 새로운 수장이 그 자리를 잇는다면 여러 나라들 중에서 가장 위용을 자랑하는 범씨족을 빼고 생각할 수는 없었다.

어수선한 분위기 속에서 범씨족 수장 호한은 거드름을 피우며 거불단을 찾아나섰다. 사람들의 이목은 그의 움직임에 집중되었다.

거불단은 호한의 방문을 정중하게 맞아들였다. 호한은 범의 발톱과 같은 날카로운 눈길로 거불단을 쏘아보며 냄새를 맡듯 코를 킁킁거렸다. 그러면서 거불단은 이제 늙어빠진 노인네에 지나지 않는다는 듯 거들먹거렸다.

"제 요청을 받아들여 천신제를 이리 대대적으로 시행해주시니 감사하기 짝이 없습니다."

호한은 마치 자신의 요청에 의해 이번 천신제가 시행된 것처럼 자랑했다. 이에 거불단이 약간 거슬리는 듯 반박하고 나섰다. 두 사람은 처음 대면에서부터 묘한 신경전을 벌이게 된 것이다.

"감사하다니요? 아니지요. 이렇게 참여해주시니 내가 더 고맙지요. 그리고 천신제는 원래 이렇게 하는 것이거늘 새삼 달라진 게 뭐 있겠습니까? 그렇지 않습니까?"

기싸움이 펼쳐지면서 서로 양보하지 않으려 하는 가운데 웅씨족 수장 웅지백이 거불단을 찾아왔다. 세 수장이 한자리에 모이면서 더욱 분위기는 팽팽해졌다. 그럴 수밖에 없는 게 여러 나라들로 구성된 제국은 제각각 독립적으로 다스려지고 있었다. 그중에서도 실상 이들 세 나라가 가장 강력했기에 거의 이들에 의해서 제국을 이끌어가는 것이나 다름없었다. 그러니 이들의 결단과 판단이야말로 제국의 향방에 지대한 영향을 미칠 수밖에 없었다.

세 수장의 화제는 자연스레 제국의 앞날에 대한 얘기로 옮겨졌다. 호한이 먼저 입을 열었다.

"지금 각 나라가 흥하였다고는 하나 사방에서 도적들이 들끓고 있어 어디 조용한 나라가 없을 지경이오이다. 이런 상황을 오래도록 놔두게 되면 필시 온 제국이 혼란에 빠질 터 특단의 조치를 취해야 하지 않겠소이까?"

"특단의 조치라니? 무엇을 두고 하는 말이오이까?"

웅씨족 수장 웅지백이 호한의 의중을 따지듯 물었다.

"도적들을 퇴치하자면 아무래도 한 나라의 힘으로는 안 될 것 같으니 제국의 힘으로 다스리자는 것이지요. 그러자면 강력하고 힘이 있는 나라가 중심이 되어서 해결해야 하지 않겠습니까?"

"지금 무슨 소리를 하시는 겁니까? 지금껏 각 나라는 각기 독자적인 수호신을 모시며 살아왔고, 또 그 중심을 천신족이 이끌고 온 것은 세상이 다 아는 것이거늘! 지금 그것을 부정하는 것입니까?"

"그럼, 도적들이 들끓고 있는 것을 그대로 보고만 있자는 겁니까? 그래서는 안 되지요. 이건 혼란이에요. 제국의 혼란이라는 말입니다. 지금과 같은 상황으로서는 안 되니 모든 제국을 하나로 합쳐 강력하게 다스려야지요. 사실 도적들이 날뛰고 있는 것도 강력하게 통치하지 못하니까 그런 것이지, 그들을 단호하게 대하여 통제한다면 과연 저렇게 나올 수가 있겠습니까?"

"도적들의 문제야 각 나라의 내부 문제가 아니요. 그런데 그것을 가지고 어찌 내정을 간섭하려고 하시는 게요? 더욱이 천신족을 중심으로 그 지휘를 받는 것은 모든 나라가 서로 합의한 것이거늘, 어찌 이에 상반되는 말을 하실 수 있단 말이오? 정말 이 합의를 깨려고 작정한 거요?"

"합의를 깨자는 것이 아니라 지금의 시대적 상황에 맞게 대처하자는 것이지요. 이게 뭐가 틀렸다고 그리 말씀하시는 겁니까?"

웅지백 수장은 잠시 흥분을 가라앉히고 다시 차분히 말을 꺼냈다.

"그럼 좋소이다. 한 가지만 물어봅시다. 강력하고 힘이 있는 나라가 중심이 되어서 여러 나라를 통치해야 한다고 했는데, 도대체 그 나라가 어디라고 생각하시는 게요."

"그거야 웅씨족 수장도 생각해보면 잘 아실 게 아니요? 여러 나라를 통치하고 도적들까지 응징하고자 한다면 당연히 그 힘이 강력해야할 테지요. 그러자면 어느 나라가 가장 위엄이 서고 막강한지를 따져보면 그거야 쉽게 결정할 수 있을 것이 아니오."

"허허! 그러니까 결국 호한 수장은 이런저런 구실을 대며 얘기하고는 있지만, 실상은 범씨족이 제일 세니 자신이 여러 나라를 통치하겠다는 속셈이 아니오? 참으로 가관이구려. 허나 그럴 수는 없소이다."

"그럴 수 없다니? 세상의 혼란을 없애고 편안함을 도모하자고 하는것이 뭐가 틀렸단 말이오? 그리고 그런 일을 하는 데 있어서 누구는되고 누구는 안 된다는 게 말이나 되오? 그 일을 잘 수행할 수 있는 사람이 하는 것이지요. 더욱이 지금 백성들 속에서 새 세상의 주인이 나올 것이라는 말들이 나돌고 있는 것을 웅지백 수장은 아직 알지도 못했단 말이오? 이제 세상은 변해야 하오. 아니, 벌써 변하고 있다는 것을 알아야 할 것이오."

범씨족의 수장은 서서히 자신의 본심을 드러내기 시작했다. 이에 웅지백은 한층 더 곤두선 말들로 따져 물었다.

"새 세상의 주인이라니? 천부인이 있고, 그에 의해 제국이 다스려지고 있거늘, 어찌 천신제를 맞이하는 이 마당에 그런 망발을 입에 담을 수 있단 말이오."

"천부인, 그 말씀 한번 잘 하셨소이다. 지금 세상에선 천부인이 사라졌다는 말들이 돌고 있소이다. 이미 하늘의 별자리가 그 조짐을 보였다는 소리도 있고요. 아무튼 이것이 사실인지, 아닌지는 아무도 모르지만 한 가지 분명한 건 아무런 근거도 없이 그런 소문이 나돌 수 있느냐 말이오. 아닌 땐 굴뚝에 연기가 날 리 없잖소? 그래서 지난번에 그 사실을 확인해줄 것을 거불단 환웅님께 요청했는데, 아무런 대답을 하지 않았소이다. 내 이번엔 그게 사실인지 아닌지 확인하기 위해서라도 천부인을 두 눈으로 직접 봐야 하겠소이다. 이번에 그것을 보여줄 수 있겠지요?"

천부인 얘기까지 나오자 분위기는 더욱 험악해졌고, 웅지백은 거불단을 바라보았다. 그 사실을 자신도 잘 알지 못했기에 거불단의 대답을 듣고 싶었던 것이다.

"우리가 보관하고 있는 천부인이라면 당연히 여기에 있지요. 그것이 갑자기 어디로 사라졌겠소이까?"

"그래요? 정말 천부인을 보관하고 있다는 말인가요?"

순간 호한의 눈동자가 빛났다. 그가 지금까지 파악해온 첩보에 의하면 별자리가 움직인 이후 거불단이 놀라며 허겁지겁 천제단을 찾아가 천부인의 상태를 살펴보았다는 것이었다. 이것은 뭔가 하나의 큰 변고를 의미하는 것이었고, 그래서 특사를 파견하여 그 내막을 알아보고자 했다. 그런데 거불단은 뭔가 켕기는 게 있는지 강하게 나오지 못했다고 보고를 받았던 것이다.

"그럼, 그게 이 나라에 있지 어디에 있겠소이까? 어쨌든 천신제 때 보면 자연 알게 될 것이니 그때까지 기다려보시구려."

"잘 들었지요. 호한 수장도 잘 아시겠지만 천부인은 제국을 다스릴 수 있는 징표요. 그것이 천신족에 있는 이상 이제 망발은 삼가시기 바라오. 그리고 내 이 말을 안 하려고 했지만 제국을 통치하고자 한다면 그게 어찌 힘만으로 되겠소이까? 그만한 연륜과 경륜이 있어야 할 것이고, 특히 중요한 것은 여러 사람들로부터 존경받을 만한 인품이 있어야 하지요. 그렇지 않소이까?"

"지금 누굴 훈계하려고 하는 것이오? 어쨌든 좋소이다. 허나 만에 하나 천부인을 직접 보여주지 못하고 우리를 속이려 든다면 그땐 우리가 가만히 있지 않을 것이오. 이 말을 명심해주시구려."

호한은 이 말을 끝으로 자리를 박차고 나가버렸다. 그런 그의 뒷모습을 보며 웅지백이 근심스럽게 얘기했다.

"아무래도 호한 수장이 무슨 일을 낼까봐 걱정입니다. 오늘 말하는 것을 보면 뭔가 큰일을 저지를 것 같아요."

"아직 젊으니까 그런 게지요. 엄밀히 따져보면 그가 한 말도 틀린 것은 아니지요. 세상이 지금 얼마나 혼란스럽습니까? 그걸 바로잡자고 하는 것인데."

"아무리 그래도 그렇지, 어디서 감히 이 제국을 지배하려는 야심을 노골적으로 드러낼 수 있단 말입니까? 내 제 아비를 죽일 정도로 흉악하다는 소리를 들었어도 그래도 일국의 수장이니 설마 그러겠느냐고 믿지는 않았는데, 오늘 보니 그게 아닌 것 같습니다. 이에 대비를 해야지, 방심했다가는 그자로 인해 온 제국이 전란에 휩싸이고 말 것 같습니다."

"그게 걱정입니다. 허나 그것이 인력으로 막는다고 해서 어찌 그리 되겠습니까? 다 하늘의 뜻대로 되는 것을. 그리고 보면 지금 새 세상의 주인이라는 말이 나오고 있는 것이 하늘의 뜻인지도 모르지요."

"네에? 지금 무슨 말씀을 하시는지……."

"웅지백 수장께서도 지금까지 내려왔던 태고의 전설을 아시겠지요. 그러니까 그게 실현되는 날도 올 거라는 얘기지요."

"그거야 먼 훗날의 얘기지, 어디 지금 상황을 두고 말하는 것이겠습니까? 그럼, 혹시 지금 세상에서 말하는 소문들을 정말로 믿는다는 말씀이십니까?"

"그거야 모르지요. 때가 되면 하늘이 그것을 예시해주고 모든 일이 그 뜻대로 움직이는 것을요."

웅지백이 놀라며 거불단을 오랫동안 쳐다보았다. 세상을 초월한 듯한 그의 말투에서 뭔가 큰 변고가 일어난 것이 분명함을 즉감할 수 있었다. 그리고 보니 조금 전 호한이 그렇게 자신만만하게 천부인까지 거론하며 얘기한 것이라든가, 그리고 이에 대해 거불단이 자신이 가지고 있다고 분명하게 말하지 않고 여기에 있다고만 얘기하는 것도 이상하게 여겨졌다. 분명 뭔가 있다고는 생각되었으나 그게 무엇인지 자세히 알 수는 없는 노릇이었다. 하지만 천부인도 있다고 하고, 그리고 새 세상의 주인을 거론하고 있다면 그것은 자신의 새로운 후계자를 뽑겠다는 것 이외에 다른 것이 될 수 없었다. 이를 확인하고자 웅지백이 조심스럽게 입을 열었다.

"혹시 이번에 왕검 왕자님을 후계자로 뽑으려고 그러시는 것인지……. 물론 우리야 거불단 환웅님께서 어떻게 결심하시더라도 적극 후원하겠지만요."

"후계자를 뽑다니요? 그것은 천부당만부당한 말씀입니다. 그런 것이라면 벌써 웅지백 수장께 얘기했겠지요. 허나 이번에 그런 일은 없을 겁니다. 그건 그렇고 이번에 단군은 함께 오지 않았습니까? 소식이 없어서."

"아니, 여기서도 그 소식을 모른다는 말씀이십니까? 천신제가 열리는 것을 알 터이니 이쪽에 소식을 주었을 것이라고 생각했는데."

"그럼, 웅지백 수장과 같이 오지 않았다는 말씀이신가요? 혹시 단군에게 무슨 일이 생긴 것입니까?"

"무슨 일이 생긴 것은 아닙니다만……. 사실은 우리 웅씨족에 하루가 멀다 하고 도적 떼가 창궐하는 바람에 그들을 진압하기 위해 직접 출전하였다가 여러 곳을 돌아보겠다며 소식만 보내고 돌아오지 않고 있는 상태입니다. 이번 천신제를 맞아 함께 오려고 백방으로 수소문해 찾아보았지만 그 행방이 묘연한지라 같이 오지 못했습니다. 그래도 이곳에는 소식을 띄울 줄 알았는데."

웅지백이 미안해하며 어쩔 줄 몰라했다. 그러면서도 그의 생각은 더욱 안개 속으로 헤매는 듯했다. 거불단이 단군을 내세울 생각이 아니라면 도대체 무슨 의중을 품고 있는 것인지 오리무중이었고, 도통 헷갈리기만 했다.

"무슨 일이야 있겠습니까? 어쩌면 오지 않은 게 더 나을지도 모르지요. 어쨌든 많은 관심과 배려를 해주고 있다는 것을 잘 알고 있습니다. 그 점 아들을 대신해 감사를 드립니다."

"무슨 말씀을요. 감사하다는 말은 제가 해야지요. 그는 우리 웅씨족의 기둥이고, 그로 인해 우리 웅씨족이 이리 막강한 힘을 유지하고 있으니 말입니다."

"무슨 겸손의 말씀이십니까. 어쨌든 이번 천신제에 대해 말들이 많다는 것은 수장께서도 잘 알고 있을 터이니, 이런 상황에서 만일의 경우에라도 불상사가 일어나지 않도록 최선을 다해야지 않겠소? 내 그래서 부탁인데 어떤 일이 있어도 우리 천신족을 많이 도와주셨으면 하는데, 그리해주시겠지요?"

"여부가 있겠습니까. 우리 웅씨족은 항상 천신족과 함께했고 그 충의를 잊지 않고 있으니 그것은 염려하지 마시지요. 더욱이 왕자님께서 비왕으로 있는데, 어찌 우리가 모른 척하겠습니까?"

"고맙습니다. 그런데 한 가지 꼭 부탁하고 싶은 것은……. 물론 지금도 잘해주고 있다는 것을 알고 있지만 앞으로도 내 아들 왕검을 많이 도와주셨으면 합니다. 그리해주시겠죠?"

"그거야 당연한 일이지요. 그리 말씀하시지 않으셔도 그리할 터이니 마음 놓으시지요."

"그리 말씀해주시니 내 쌓였던 시름이 한꺼번에 사라지는 것 같습니다."

웅지백은 거불단이 단군을 염려하고 있다는 것을 느낄 수 있었다. 그런데 왜 그런 것인지 그로서는 이해할 수가 없었다.

'단군은 웅씨족의 비왕으로 있는 데다가 천신족의 왕자이기까지 하니 그것은 전혀 걱정거리가 되지 않을 터인데. 혹시 내 아들들과 사이가 좋지 않다는 것을 알고서 저리 말씀하시는가?'

어쨌든 웅지백은 무슨 일이 벌어졌다는 것은 분명하게 느끼면서도 그것이 도대체 무엇인지 알 수 없어 고개를 갸웃거리며 그곳을 떠나갔다.

그 뒤를 이어 수신족 수장 하백이 거불단을 찾아왔다. 하백은 거불단에게 단군의 소식을 아느냐고 물었다. 거불단이 알지 못한다고 대답하자 단군이 자신을 찾아왔던 얘기를 들려주었다. 거불단은 반가운 듯 놀라 물었다.

"그런 일이 있었단 말입니까? 그러고 보면 두 아이가 식을 올리지 않았지만, 이제 하백 수장과는 사돈지간이 되겠습니다그려. 이리 반가울 수가!"

"이렇게 환대해주시니 제가 몸 둘 바를 모르겠습니다. 두 아이가 맺어지게 된다면 우리로서야 경사 중의 경사가 될 것이지요. 어쨌든 우리는 그리만 된다면 더 바랄 게 없습니다."

"그리되어야지요. 두 아이가 그리 맘을 먹었다면 그리되지 않겠습니까? 우리로서도 큰 경사이지요. 그런데 그 이후의 행방은 어떻게 된 건가요?"

"사실 그것까지는 모르겠습니다. 세상의 이치를 깨우치겠다고 하면서 더 여러 곳을 순례하겠다고 했을 뿐, 그 정확한 목적지를 말하지는 않았으니까요. 하지만 돌아올 때 다시 들린다고 했으니 조만간 소식이 꼭 올 것이라고 생각합니다. 소식이 오면 곧장 알려드릴 터이니 염려 놓으십시오."

"어허, 이거 정말 고맙소이다."

"고맙기는요. 당연히 그리해야 할 것인데. 어쨌든 거불단 환웅께서 그리 생각하신다면 우리 수신족과 천신족 간에는 공고한 동맹이 형성된 것이나 다름이 없겠습니다. 그리 생각해도 되겠는지요?"

"당연한 말씀입니다. 우리로서야 크나큰 우군을 얻게 되었으니 더할 나위 없이 기쁜 일이지요."

"그렇게 말씀하시니 우리가 뭘 망설이겠습니까? 우리 수신족은 지금까지도 그래왔지만 앞으로는 더욱더 공고한 동맹을 맺어 천신족에 모든 충성을 다 바칠 것입니다. 지금이라도 우리의 도움이 필요하면 언제든지 말씀하시지요. 모든 성의를 다 바칠 터이니까요."

하백은 이번 천신제를 두고 여러 말이 오가는 것을 알기에 기꺼이 천신족 편에 서겠다는 뜻을 밝혔다. 사실 그는 범씨족과 척을 지지 않기 위해 고심했지만, 자기 딸 하백녀가 단군을 사모하는 것을 알고는 마음을 돌렸다. 자신이 막으려고 해도 둘이 결혼하게 된다면 어차피 천신족 편에 서서 범씨족과 대립할 수밖에 없는 처지였던 것이다. 그렇다면 처음부터 천신족과 돈독한 관계를 만들어두는 것이 필요했다. 사실 범씨족이 아무리 강력하다고 해도 웅씨족이 천신족 편에 서고 자신들도 그에 합류한다면, 결코 범씨족도 함부로 나서지 못할 것이라는 판단도 섰던 것이다.

"말씀만으로도 고맙습니다. 하지만 천신제는 하늘의 뜻에 따르면 되지 않겠습니까? 그러니 새삼스레 무슨 준비는 필요할 것 같지는 않고……. 다만, 물론 앞으로 사위가 될 것이니 잘 알아서 하시겠지만 왕검을 많이 도와주셨으면 합니다. 그것을 부탁하고 싶습니다. 그리 해주시겠지요?"

"그거야 말씀하지 않으셔도 그리해야지요. 그것 말고 다른 도움은 필요하지 않으신지……."

하백은 분명 거불단이 자신의 도움을 필요로 할 것이라고 생각했다. 그런데 거불단이 단지 단군만을 부탁하니 하백은 도무지 영문을 모르겠다는 얼굴로 거불단을 쳐다보았다. 거불단은 그에 대해 가타부타 말하지 않고 거듭 단군을 부탁하는 말로 두 사람의 대화를 매듭지었다. 하백은 그러겠다고 대답하긴 했지만 뭔가 석연치 않아하며 그 자리를 떠났다.

수신족 이후에도 녹씨족과 마씨족, 그리고 사씨족 등 천신제에 참여한 여러 나라의 수장들이 거불단을 방문하고 갔다. 하지만 그들 모두는 이번 천신제에서 무슨 변고가 있을지도 모른다는 암시를 어렴풋이나마 받았다. 거불단은 천부인이 있으니 자신을 따르라고 확고히 말하지도 않았고 도리어 무슨 새 세상의 주인이 나타날 것이라는 소문을 거론했던 것이다. 그들은 뭔가 말하지 못할 속사정이 있다고 여겼다. 더욱이 모든 말의 끝에 단군을 걱정하며 당부하는 말을 덧붙였으니, 이건 거불단의 몸에 이상이 있다는 뜻으로 받아들일 수도 있는 일이었다.

이에 각 나라의 수장들은 뭔가 있다는 느낌을 받았지만 그게 무엇인지 도통 감을 잡을 수가 없었다. 거불단의 몸에 이상이 있다고 한다면 천신족 신료들의 움직임에서도 뭔가 이상한 조짐이라도 발견되었을 텐데 전혀 그런 기미가 보이지 않았던 것이다. 어쨌든 그들은 거불단의 움직임에 신경을 곤두세우면서도, 이번 천신제야말로 권력의 향배에 큰 영향을 미칠 것이 분명하다고 보고 만반의 준비를 갖추기 위해 부산하게 움직였다.

거불단은 각 나라들의 방문이 끝나자 조용히 혼자만의 사색에 잠기었다. 천부인이 사라졌다는 사실을 어느 누구에게도 알리지 않았지만, 이제 더는 숨길 수가 없게 되었으니 가부간에 어떤 결정을 내려야 했던 것이다. 그러나 무엇보다 그의 마음에 걸리는 것은 단군이었다.

한편으로는, 그에게 천부인을 물려주지 않을 바에는 차라리 그가 오지 않는 것이 더 나은지도 몰랐다. 선대의 뜻을 이어가기는커녕 도리어 새로운 주인에게 자리를 내주어야 하게 되었으니 그것은 크나큰 죄였다. 그중에서도 자기 아들 왕검에 대한 죄책감이 가장 컸다. 아무리 변명한다 해도 수장의 자리를 물려줄 책임은 바로 자기 자신에게 있었던 것이다.

이제 와서 무엇을 어찌하겠는가? 바로 이것이 하늘의 뜻인 것을. 하늘의 뜻이 아니라면 지금껏 대대로 물려왔던 천부인이 그렇게 감쪽같이 사라질 수는 없는 일이었다.

하늘의 뜻을 무조건 받아들여야만 하는 상황에서, 지난날 단군을 혹독하게 훈육시키던 일들이 떠오르며 만감이 교차했다. 거불단도 새 세상이 펼쳐질 것을 예감하며 그 준비를 하도록 단군을 단련시키고자 했던 것이다.

오랜 생각 끝에 마음을 정한 듯 거불단은 풍백을 찾았다. 그렇지 않아도 풍백 역시 거불단을 알현하려던 참이었다. 풍백은 거불단에게 천신제 준비 상황을 보고하였다. 사실 거불단은 이번 천신제 준비에 관한 모든 일들을 풍백에게 일임하고 있었던 것이다.

"모든 준비가 다 되었사옵니다. 하오나 무성한 소문들이 나돌고 있어 아무런 사고 없이 천신제를 치를 수 있을지 걱정되기도 하옵니다. 특히 범씨족 수장은 아무래도 이번 천신제에서도 승복할 생각이 없는 듯 하온지라 그게 마음에 걸립니다."

"그래요. 대신도 그리 걱정을 하는 마당에 어느 누군들 그렇지 않겠습니까? 만약 걱정스럽지 않다면 그게 더 이상하지요. 허나 웅씨족과 수신족의 도움을 받는다면 그리 큰일은 없을 것입니다."

"그렇지 않아도 웅씨족과 수신족에 미리 연통하여 일을 처리하였사옵니다. 이제 어떤 일에도 대응할 수 있도록 만반의 대비를 갖추어 놓았으니 심려 놓으시옵소서. 이미 각국들의 움직임은 물론이고 주변에 주둔하고 있는 군사들까지 물샐틈없이 대비하도록 비상한 조치를 취하였사옵니다."

"대신께서 고생이 많습니다. 내 그런 일은 그대가 잘 알아서 처리할 거라 믿는 바 달리 걱정하지 않습니다. 내가 대신을 보고자 한 것은 그런 일이 아니라, 긴히 할 얘기가 있어서였습니다."

"분부만 하시옵소서. 명을 받들 것이옵니다."

풍백은 평상시와 다름없이 대답하긴 했지만, 얼굴에서는 긴장한 빛이 역력했다. 범씨족의 특사가 올 때부터 거불단의 행동이 이상하다고 생각하고 있던 참이었다.

"그게……. 내가 어떻게 말해야 할지……."

거불단은 말을 더듬고 있었다. 풍백은 아예 눈을 감았다. 천신제를 지내는 것을 그렇게 망설였던 거불단이었으니, 지금부터 그가 하려는 이야기는 바로 천부인에 관련된 것임을 직감했던 것이다. 이런 풍백의 모습을 보고는 마침내 거불단이 힘겹게 입을 열었다.

"대신도 대략 눈치채고 있는 모양이구려. 그래요. 범씨족 특사가 말했던 것처럼 천부인이 감쪽같이 사라져버렸소이다."

천부인과 관련된 얘기라고 짐작은 했지만, 막상 그것이 사라져버렸다는 말을 듣고는 풍백 자신도 도무지 믿을 수가 없었다.

망연자실해하는 풍백에게, 거불단은 하늘의 별자리가 움직이던 날 바로 자신이 꿨던 꿈과 그날 천제단에 갔다가 천부인을 보관해두었던 함까지 직접 살펴본 일을 얘기해주었다. 풍백은 얼굴이 새파랗게 질려 말했다.

"어떻게 그런 일이 일어날 수가 있단 말이옵니까? 거불단 환웅님! 이 일을 어찌하면 좋겠사옵니까? 그렇지 않아도 우리 천신족을 불신하는 무리들이 뭔가 꼬투리를 잡으려고 난리법석을 피우고 있는데."

"그게 걱정되기는 하지만 하늘의 뜻인 것을……. 그러면 따라야지 어찌하겠습니까? 그러고 보면 지금의 상황을 나쁘게만 볼 것도 아니지요. 새 세상을 바란 것이야 우리 선조들 대대로 염원해왔던 바가 아니오? 그러니 기쁘게 생각할 수도 있는 일이지요."

"그렇다면 소신이 한 가지 묻겠사옵니다. 그렇게 하늘이 예언하셨다면 새 세상의 주인이 누구이옵니까? 그것을 말씀하여 주시옵소서."

"아쉽게도 나도 그것까지는 모르네."

"그렇다면 지금 물러나서는 아니 되옵니다. 모든 것이 분명하지도 않은데 그렇게 해서는 아니 될 줄 아옵니다. 최소한 그 주인이 나타날 때까지는 자리를 지키고 계셔야 하옵니다. 만약 환웅님께서 자리를 비운다면 세상은 엄청난 전쟁의 회오리에 휘말려들고 말 것이 불을 보듯 뻔합니다. 그렇다면 지금 세상에 누가 있어 이 혼란을 막을 것이옵니까? 거불단 환웅님께서 이 일을 맡으셔야 하옵니다."

"백성을 생각하는 그대의 마음을 모르는 바는 아니나, 이것은 사람의 힘으로 하려고 해서 될 일이 아니오. 그것은 앞으로 새 세상의 주인이 될 사람이 할 일이라는 것이지요. 아니, 그보다는 내가 해야 할 일은 따로 있단 말이 되겠지요. 이번 천신제의 첫째 날을 대신께서 주관해주셔야 할 것 같소. 둘째 날에는 내 직접 참여할 것이니 그리 알고 준비해주시구려. 내 그것을 부탁하고자 그대를 불렀음이오."

"다른 것도 아닌 천신제를 어찌 신이 맡아 처리할 수 있겠사옵니까?"

"그 모든 것은 둘째 날에 밝혀지게 될 것이니 그리 알고 준비해주시구려."

풍백은 거불단의 결심이 결코 돌이킬 수 없는 것임을 알고 그 뜻을 마지못해 받아들였다.

풍백이 물러가자 거불단은 목욕재계에 들어갔다. 우선은 자신의 몸을 깨끗이 씻어내야 했다. 그것은 비단 몸의 더러움이 아니라 자신 안에 있는 온갖 사심을 깨끗이 던져버리는 계행의 시작이었다.

목욕을 끝낸 거불단은 모든 사념을 털어버리듯 가부좌를 틀었다. 그의 몸은 그대로 굳어버리기라도 한 듯 작은 미동조차 없었다. 호흡도 정지한 듯 조용하기만 했다. 단전에 힘이 실리면서 그의 머릿속에는 알지 못할 거대한 바람이 불어왔고, 그것은 점차 하늘과 땅과 하나를 이루며 움직여나갔다. 입에서는 천지의 기운이 하나로 모여들 듯 침이 고여들었다. 그러면서 수많은 시간이, 아니 영겁의 세월이 갑자기 한순간에 모여서 멈춰버렸고, 그와 동시에 그의 입에서는 알지 못할 주문이 밤새 읊어나오기 시작했다.

일시무시일一始無始一

석삼극무진본析三極無盡本

천일일지일이인일삼天——地一二人一三

일적십거무궤화삼一積十鉅無櫃化三

천이삼지이삼인이삼天二三地二三人二三

대삼합육생칠팔구大三合六生七八九

운삼사성환오칠일묘연運三四成環五七一妙衍

만왕만래용변부동본萬往萬來用變不動本

본심본태양앙명本心本太陽昻明

인중천지일人中天地一

일종무종일一終無終一

7

새 세상의 주인이 나타나리라

　마침내 천신제를 지내는 날이 밝아왔다. 하늘은 화창하기만 했다. 구름 한 점 없고 바람 한 점 불지 않는 것이 조용하다 못해 엄숙한 분위기까지 자아냈다. 이것이 천신제 때 나타날 하늘의 징조일지도 모른다는 생각에 사람들의 행동은 조심스러웠다. 다른 날은 몰라도 이 날만큼은 하늘에 복을 비는 날이자 점을 치며 미래를 예언하는 날이었던 것이다. 함부로 잘못 처신했다가는 큰 재앙이 내릴 수도 있었다.

　이른 아침부터 수많은 사람들이 부산하게 움직였다. 그들의 행색은 가지각색으로 달랐지만 색깔만은 모두 하나같이 흰색 차림을 하고 있었다. 흰옷이야말로 밝음과 광명을 상징하는 태양에 가까웠고, 하늘과 가장 잘 소통할 수 있는 색깔의 옷이었던 것이다. 옷 색깔만큼이나 그들의 몸가짐도 경건해 보였는데, 그들의 행렬은 하나의 거대한 물줄기처럼 이어지고 있었다.

그들이 향한 곳은 다름 아닌 천신제를 지내기로 한 천제단이었다. 대형 제단이 설치된 천제단은 하늘의 기운을 가장 잘 받을 수 있고 또 그 힘이 멀리까지 퍼져나갈 수 있도록 탁 트인 곳이었다. 그곳은 햇볕이 잘 들면서도 먼 곳까지 내다볼 수 있는 곳이기도 했다. 땅을 단단히 다져 밑바탕으로 삼고 그 위에 잘 다듬어진 화강암으로 제단을 만들었으며 제단 주위는 돌무지로 단장해두었다. 하늘을 받들어 섬기기 위한 제단과 함께 그 밑으로는 많은 사람들이 제를 올릴 수 있는 공간이 널찍이 확보되어 있었다. 물론 그 위치도 하늘과 땅, 그리고 사람이 교합하기에 가장 적합한 곳으로 신성한 기가 흘렀다.

날도 날이지만 천제단에 이르러 그 기운을 받아서인지 사람들의 몸동작이 더욱 조심스러웠다. 사람들이 제를 올릴 공간에는 각 나라를 상징하는 수호신들의 깃발이 휘날리고 있었다. 누구의 지시도 없었지만 각기 알아서 자신들의 깃발이 꽂아져 있는 곳에 자리를 잡았다. 물론 그들의 형상은 자신의 수호신을 따라 다양한 모습을 하고 있었다. 그것은 곰, 범, 말, 소 등의 형상으로 여기에 참여하고 있는 나라들만큼이나 그 종류가 다양했다.

처음부터 여러 나라들이 이런 것은 아니었다. 원래 이들은 마고로부터 궁희, 소희, 그리고 그 뒤를 이어 황궁씨, 유인씨, 환인, 환웅 등으로 이어져온 것을 보더라도 알 수 있듯, 모두 한 뿌리를 지니고 있었기에 그런 차이가 없었다. 하지만 오랜 세월에 걸쳐 각기 여러 지역에 흩어져 살아오다보니 점차 자신들만의 특성을 갖추게 되었던 것이다. 물론 그렇다고 자신들의 뿌리가 다르다고 여기는 나라는 없었다. 자신들이 섬기고 있는 수호신이 다르다고 하더라도 천신제에 모두가 함께 참여하고 있는 것을 보면 알 수 있는 일이었다.

천신제는 10월 추수를 끝내고 그 수확의 기쁨을 노래하는 축제이면서, 그 뿌리의 기초가 되는 천신을 받들어 모시며 복을 비는 제사이기도 했다. 그래서 천신제는 다른 어느 장소에서나 마음대로 할 수 있는 것이 아니라, 오직 그 뿌리의 전통을 면면히 이어온 천신족에서만 거행할 수 있는 행사였던 것이다. 어쨌든 천신제가 처음 시행될 때 사람들은, 탐욕이 무엇인지도 모르고 자연과 일체가 되어 모든 근심 없이 영생토록 살 수 있기를 바라는 염원만을 표출할 뿐이었다.

그러나 어느 순간 처음의 그것은 잊혀져버리고 탐욕의 불길만이 점차 치솟기 시작했다. 이것은 그들이 각자의 삶을 개척하다가 하나둘씩 세상에 대해 깨닫기 시작하면서부터 자연스럽게 나타나는 현상이었다. 이들은 맨 처음 만물에는 모두 영혼이 있어 형체는 달라도 그 본질은 똑같다고 생각하였으나 점차 그렇지만은 않다는 것을 깨닫게 되었다. 각자의 생활 속에서 차이가 있다는 사실을 깨닫게 되었던 것이다. 그중에서도 영생한 것, 힘이 센 것 등이 훨씬 우월하다는 사실을 알고 그것들을 각기 섬기게 된 것이다. 범, 곰, 소, 말, 사슴, 뱀, 수신 등이 다 그런 것들에 속했다. 사람들은 거기에 멈추지 않고 각기 자신의 수호신이 더 우월하다고 강조하기에 이르렀다.

각 나라의 수장들은 서로 상대방의 역량을 가늠하면서도 그것을 내색하지 않았다. 도리어 자기 수호신들의 기운에 힘입어 대열 맨 앞에서 대신들과 함께 당당하게 자리를 잡고는 자신만만해했다. 천신족에서도 풍백, 운사, 우사는 물론이고 주곡, 주명, 주병, 주형 등 360여 가지 일을 주관하는 대신들도 빠짐없이 참여하였다.

모든 대열이 각기 자리를 잡으면서 사람들은 모두 거불단 환웅이 나오기만을 기다렸다. 그러나 거불단은 나타나지 않고 대신 풍백이 나섰고 일시에 사람들의 이목이 그에게 쏠렸다. 풍백은 곧바로 입을 열지 않고 여러 수장들을 한 사람씩 쭉 훑어보았다. 특히 범씨족과 웅씨족, 수신족은 여러 번에 걸쳐 번갈아 바라보았다. 이윽고 풍백이 뭔가 결심한 듯 자신을 소개한 후 말을 이었다.

"오늘의 천신제는 거불단 환웅님의 명을 받들어 천신족 신료들의 좌장 격인 제가 진행할 것입니다. 그리 알고 저의 말을 따라주시기 바랍니다."

"아니, 지금 뭔 소리를 하는 거요?"

삽시간에 긴장이 풀린 듯 범씨족 수장 호한의 목소리가 날카롭게 터져나왔고, 그와 동시에 여러 곳곳에서 웅성거리는 소리들이 들렸다. 그럴 수밖에 없는 게 지금까지 천신제는 천신족의 환웅이 직접 주관해왔지, 어느 누가 대신한 적이 없었다. 그런데다 천신족의 환웅이 등장할 때에는 여러 나라를 통치할 징표가 되는 천부인을 보여야 하고, 그 주위를 풍백과 운사, 그리고 우사 등이 에워싸며 호위하여 그 위엄을 드러내왔다. 그런데 위엄은커녕 천부인조차 내보이지 않으니 이들로서는 도무지 납득할 수 없었던 것이다.

풍백은 다시 한 번 여러 수장들을 둘러보며 말을 이었다.

"무슨 말인지 알아듣지 못했다고 하니 다시 얘기하겠습니다. 오늘의 천신제는 거불단 환웅님의 명을 받들어 제가 진행할 것입니다."

"누가 말을 알아듣지 못했다고 하는 거요. 우리가 귀머거리인 줄 아시오. 도대체 말이 되는 소리를 해야지. 어서 거불단 환웅을 모셔오도록 하시오. 우리를 무슨 바보로 알아! 아무리 그래도 그렇지 최소한 천부인을 보여주어야 할 것이 아니오? 그렇지 않고서야 우리가 무얼 믿고 천신족을 따를 수 있단 말이오? 내 더는 두말하고 싶지 않으니 천부인을 보여주시오. 그렇지 않으면 우리는 그대를 따를 수 없소이다."

지난번의 천신제와 달리 이번엔 뭔가 이상하다는 생각이 들긴 했지만, 그래도 천부인이 정말 사라졌다고까지 여긴 사람은 별로 없었다. 그런데 거불단이 참석하지 못하고 풍백이 천신제를 진행하는 것으로 보아 그런 소문이 사실로 드러나는 것만 같아 모두들 아연실색한 채 풍백이 입을 열기만을 기다렸다. 그의 대답 한마디에 이번 천신제의 운명이 결정되는 순간인지라 모두들 두려움과 호기심, 긴장감에 숨을 죽였다.

"천부인을 보여달라니, 그것이 어찌 제가 할 수 있는 일입니까? 다 아시는 바처럼 천부인은 오직 천신족의 환웅만이 지닐 수 있는 것인데, 고작 명을 받들어 천신제의 진행을 대행하는 제가 그것을 가져와서 여러분에게 보여줄 수 있다는 말입니까?"

"그런 잔소리는 그만하고! 보여주겠다는 것인지, 못 보여주겠다는 것인지 그것만 말해 달라는 거요. 있다고 한다면 굳이 못 보여줄 이유가 없지 않소이까? 어디 내 말이 틀렸소?"

여러 수장들이 따져 묻는 통에 풍백은 긴장한 듯 계속 말을 이었다.

"좋소이다. 그럼 단도직입적으로 말하겠습니다. 제가 여러분에게 천부인을 보여줄 수는 없으나 거불단 환웅께서는 보여줄 수 있소이다. 그래서 거불단 환웅께서는 내일 둘째 날 천신제에 직접 참여하셔서 천부인의 징표를 명백히 보여주겠다고 말씀하셨습니다."

"그 말을 정말 믿어도 된단 말이오?"

"그렇습니다."

"다시 묻겠는데 정녕 그렇게 확약할 수 있다는 말이오? 그렇다면 어째서 오늘은 안 되고 내일은 된다는 말씀이오. 그게 이상하지 않소이까?"

"거불단 환웅님께서 오늘은 따로 해야 할 일이 있다고 하셨습니다. 그래서 여기 참여하지 못하시고 불가피하게 내일 오시겠다고 하신 것입니다. 어쨌든 이것은 저의 목을 걸고 확약하는 바이니 그리 믿어도 됩니다."

풍백이 자신의 목숨까지 걸며 맞서자 사람들의 웅성거림이 잦아들었다. 그의 행동으로 보아 거짓말은 아니라고 보았던 것이다. 그러나 왜 그러는 것인지, 뭔가 있기는 한데 그것이 종내 무엇인지 알 수 없는 의문 때문에 그들의 불만이 완전히 사라진 것은 아니었다. 그렇다고 천신제 자체를 깨버리는 것은 서로에게 큰 부담이 되었기에 범씨 족을 제외하고는 대체로 지켜보자는 분위기였다. 이런 가운데 풍백의 말이 다시 이어졌다.

"그러면 모두들 천부인에 대한 의문이 해소된 것으로 알고, 거불단 환웅님의 명을 받들어 오늘의 천신제를 거행하도록 하겠습니다."

우여곡절 끝에 마침내 풍백이 천신제의 개시를 선언하였다. 그러나 전반적인 분위기는 침잠했다. 거불단 환웅이 참여한 것도 아니고, 또 여러 가지 소란 속에 천신제가 열리게 되었으니 모두들 그저 관망하는 자세였던 것이다.

천신제는 먼저 흰 소의 머리를 비롯해 푸짐하게 마련한 제물을 향해 삼육대례를 올리는 것으로 시작되었다. 그러고는 점술을 통해 하늘의 뜻을 묻고자 그것을 담당하는 자에게 곧바로 점술을 행하라고 명했다. 점술을 관장하는 자는 미래의 운명을 점칠 때 쓰는 소 발굽을 조심스럽게 다루며 그것을 불 위에 올렸다. 점술은 불에 그을릴 때 소 발굽이 어떻게 금이 가느냐에 따라 길흉을 판단하는 것이었다.

얼마간의 시간이 지나자 점복술을 행하는 자는 불에 그을린 소 발굽을 살펴보았고, 사람들은 그 모습을 내심 무심한 척하면서도 가슴 졸이는 심정으로 지켜보았다. 터부시하려고 해도 하늘의 뜻이자 예언을 가르쳐주는 점괘 자체를 무시할 수는 없었던 것이다. 점괘를 한참 살펴보던 그는, 소 발굽이 하나로 모아져 있음을 보이며 길조라고 알려왔다. 이에 풍백이 사람들에게 이 소식을 크게 알리며 소리쳤다.

"길조라고 합니다. 하늘이 예언하여 가르쳐주기를 새 세상이 열리도록 우리를 돌봐주신다고 합니다. 모두들 이를 기쁨으로 받아들이며 축복합시다."

풍백의 힘찬 외침에 사람들도 덩달아 함성을 질렀다. 사실 시작부터 안 좋았던 터라 사람들은 이번 점괘가 길하게 나올 것으로 생각하지 않았었다. 그런데 그것이 길조라고 하니 액운이 닥치지 않게 된다는 걸 확인하게 되어 기쁘지 않을 리가 없었던 것이다. 흉조가 아니라는 사실만으로도 천신제의 분위기는 그제야 제 모습을 찾아가는 것 같았다.

하지만 여전히 한편에서는 그것마저 못마땅해했다. 특히 범씨족은 저들 말대로 천신제를 진행해나간다고 투덜거렸다. 그렇게 생각하는 것도 일리가 있는 게 원래 점괘를 해석할 수 있는 권한이 있는 사람은 천신제의 제사장이기도 한 환웅이었던 것이다. 그런데 고작 그 옆에서 보좌 역할이나 하던 자가 감히 점괘를 해석하는 꼴을 보고 있자니 영 탐탁치가 않았던 것이다.

한편에서 이런 움직임이 있음에도 풍백은 분위기가 되살아나는 여세를 몰아 계속 천신제를 이끌고 나갔다. 그리고 마침내 죄수를 단죄하는 의식을 진행하는 대목에 이르러서는 새로운 제안을 내놓았다.

"오늘 우리는 점괘를 통해 희망적인 하늘의 계시를 받았습니다. 이런 기쁜 날을 맞아 사람들을 벌주는 것은 아무래도 맞지 않을 것 같습니다. 차라리 죄수들을 처벌하기보다는 그들을 석방하는 것이 도리에 맞을 것 같습니다. 그래서 감히 제안하는데 각 나라의 죄수들을 모두 석방하는 것이 어떻겠습니까?"

뜻하지 않은 풍백의 제안에 사람들은 술렁이기 시작했다.

"보자보자 하니까 무슨 진행을 그 따위로 하오? 어째서 일을 그대 맘대로 처리하느냔 말이오! 그동안 천신제 때 나라의 중대사를 비롯해 중요한 죄수들을 처벌하는 의식을 진행해왔는데, 왜 그 관례를 깨려드는 것이오. 다른 잡다한 것은 다 집어치우고 원칙대로 진행하란 말이오."

또다시 범씨족 수장 호한이 나서서 강박하였다. 이에 풍백도 지지 않고 맞섰다.

"뭐가 원칙에 벗어났다는 겁니까? 상벌을 행하는 것이 관례인데, 오늘은 하늘의 큰 복을 받았으니 가급적 궂은일을 삼가고 선처를 베풀자고 하는 것인데, 그것이 틀렸다는 말입니까? 무엇이 도리에 어긋났다는 말입니까?"

"열린 입이라고 아무렇게나 둘러대면 되는 줄 아는 모양인데, 그리하다간 큰 코를 다칠 것이오. 자, 생각해보시오. 천신제야말로 우리 모두가 축복하고 기뻐하는 날이오. 언제 슬픈 때가 있었느냔 말이오. 그런데도 천신제 때 죄인들을 엄히 다스리는 것은 나라의 기강을 바로세우고 제국의 질서를 유지하기 위해서였소. 그런데 죄를 진 자들을 무조건 석방하자고 하니 그렇게 해서 어찌 기강이 확립되겠으며 여러 나라들이 유지될 수 있겠소."

"누가 죄인들을 무조건 석방하자고 했습니까? 그들에게 선처를 베풀어 참된 삶을 살 수 있도록 다시 한 번 기회를 주자고 한 것이지요. 그리고 오늘의 점괘는 앞으로 새 세상이 열린다는 것을 계시해주는 크나큰 대경사였습니다. 모두들 알고 있는 바와 같이 첫 환웅인 거발한께서는 홍익인간과 이화세계의 뜻을 품고서 신시개천을 하였습니다. 모든 사람이 더불어 이롭게 살아가자는 뜻에 비추어서도 그렇고, 새 세상을 계시해주는 대경사를 맞아서도 모든 사람이 기쁨을 노래하도록 선처를 베푸는 것이 더 도리에 합당할 것입니다."

"계속 점괘를 중언부언하며 운운하는구려. 내 나서지 않고 참으려 했지만 하는 꼴을 보아하니 도저히 못 참겠구먼. 내 묻겠는데 세상천지 어디에 대제사장의 시중이나 드는 자 따위가 점괘를 해석하는 법이 있느냔 말이오! 그런 일은 이전에도 없었고, 앞으로도 있을 수 없는 일인 것이오."

"어떻게든 트집을 잡을 구실만 찾으시는 모양인데, 그리하면 안 되지요. 이치에 맞는지 그른지를 놓고 올바르게 판단해야지요. 어쨌든 제가 처음에 명백히 밝혔듯이 천부인을 지니고 계신 거불단 환웅님의 명을 받들어 천신제를 진행할 것입니다. 그러니 그 명을 대행한 저에게 모든 권한이 있는 게지요. 내 그래서 목숨까지 걸고 약조한 것인데, 이제 와서 감히 그것을 부정하겠다는 말씀입니까?"

"좋소. 진정 내일 천부인을 보여주지 못한다면 내 그대의 목을 칠 것이오. 그것만 명심하시오."

대놓고 천부인을 부정하지 못하는 상황에서 범씨족 수장 호한은 분만 삭히며 씩씩거릴 수밖에 없었다. 마음 같아서는 당장 뛰쳐나가 풍백의 목을 베고 싶었다. 그만큼 천부인의 권위는 무섭고도 막강했다. 만약 그것을 부정했다간 범씨족은 전체 제국을 상대로 전쟁을 벌이는 것이나 다름없었다. 결국 호한은 눈꼴사나운 모양새를 보고도 참을 수밖에 없었던 것이다. 속으로 그는 내일 끝장을 봐야겠다고 벼르고 별렀다.

범씨족이 이런 상황이었으니 다른 나라들은 그저 조용히 풍백이 하는 대로 따를 수밖에 없었다. 어쩌면 이해 관계에 있어서도 그들은 범씨족과는 다른 측면이 있었다. 범씨족은 여타의 나라들과는 달리 철권통치를 지향하고 있었다. 막강한 군사력을 키워가면서 백성들을 엄하게 다스리며 조금만 죄를 지어도 가차 없이 잡아들였던 것이다. 그러니 범씨족 사회에서는 죄인들이 많을 수밖에 없었다. 반면 다른 나라는 범씨족만큼 죄인이 많은 것은 아니었던 것이다.

비록 여러 측면에서 천신족의 권위가 실추되었다고는 하나 풍백의 의견이 관철되면서 아직도 그 위력이 엄연히 존재하고 있음을 확인하는 계기가 되었다. 그 과정에서 천신족 측의 기세가 돋보였다. 그 의기양양함을 등에 업고 풍백이 더욱 힘차게 외쳤다.

"자, 그러면 오늘의 이 기쁨을 모두가 노래하며 축복하는 장을 만들어봅시다!"

풍백이 천신족의 부하들에게 모든 나라들에게 뭔가를 나눠주도록 지시하자, 천신족 사람들이 분주하게 움직이며 준비했던 음식과 과일들을 나눠주었다. 그것들은 모두 올해 갓 수확한 햇곡식과 햇과일로 만들어진 것이었다. 그 종류도 떡이나 부침개, 나물에 이르기까지 다양하고 푸짐했다. 천신족에서 이번 천신제를 얼마나 신경 써서 준비했는지 대략 짐작할 수 있는 정도였다.

준비한 음식들을 함께 들면서 천신제의 분위기는 단번에 반전되었다. 천신제가 우역곡절 끝에 거행되었다는 사실을 잊어버릴 정도로 사람들은 흥에 들뜨기 시작했다. 특히 일반 백성들은 더욱 그러했다. 그들은 배불리 먹어보지 못했던 음식들을 맘껏 들면서 얼굴에 웃음꽃을 피웠다. 어쩌면 천신제라는 것은 이런 백성들을 위해 존재하는지도 몰랐다.

흥에 취한 사람들이 하나둘 늘어나면서 자연스레 한쪽에서는 노래와 춤이 이어졌고 다른 쪽에서도 이에 질세라 가세하고 나섰다. 시간이 흐르면서 사람들은 자연스럽게 서로 섞이기 시작했고, 그것은 지금껏 다른 나라 사람이라 여기고 거리를 두었던 서로의 생각을 바꿔주었다. 어느새 사람들 사이의 벽은 사라지고 친근한 이웃사촌이 되어 그들은 서로 어울리기 시작했다. 어쩌면 이렇게 배불리 먹고 너나 구별 없이 서로 어울려 사는 것이 새 세상을 알리는 조짐인지도 몰랐다. 그러는 사이에 사람들은 그 어떤 말보다도 이런 기쁨을 누리는 것이야말로 복된 세상이라고 생각하게 되었다. 그들은 천신족에서 그것을 위해 뭔가 할 것이라는 기대를 갖게 되었다.

한편 각 나라의 수장들과 대신들은 이들과 달리 얼마간 자리를 함께하다가 슬금슬금 그곳을 떠나갔다. 그러고는 자기들끼리 모여 대책을 강구하고자 했다. 이들에게는 내일의 천신제가 어떻게 결말이 날 것인지 그 귀추가 궁금하고 두렵기도 하여 긴장의 끈을 놓을 수가 없었던 것이다. 오늘 진행되는 양태로 보아 분명 뭔가 큰 사건이 벌어질 것이라고 예상하게 되었던 것이다.

하지만 아무리 이해하려고 해도 그들로서는 납득되지 않는 측면이 많았다. 천신족이 저리 강력하게 나오는 것을 보면 그의 아들에게 환웅의 자리를 물려주려고 하는 것이라고밖에는 판단되지 않는데, 이곳에서 단군을 보았다는 사람이 나타나지 않고 있었던 것이다. 도대체 무슨 일을 벌이려고 하는지 이해되지 않아 머리만 굴리다가, 결국 그들은 내일을 지켜보아야 할 것이라며 밤하늘을 쳐다보았다. 반면에 백성들은 밤새도록 천신제의 흥을 이어나갔다.

마침내 어스름한 새벽하늘을 태양이 비추기 시작하면서 천제단에 사람들의 발길이 이어졌다. 그 전보다 더 많은 인원이었다. 천신제의 둘째 날인 오늘이야말로 모든 사건의 진상이 밝혀지는 날이었기에 그 관심이 집중되어 너나없이 참여하게 된 것이다. 그뿐만이 아니라 각 나라의 수장들과 대신들도 일찍부터 자리를 잡고 거불단을 기다렸다. 그러나 천신족의 자리에는 부하들과 백성들만 있을 뿐 대신이나 관료들은 보이지 않았다.

이윽고 천제단의 밑에서 요란한 소리가 들리는가 싶더니 북소리가 울리면서 장엄한 행렬이 나타났다. 풍백, 운사, 우사 등 대신 관료들이 거불단 환웅을 에워싸며 등장하고 있었다. 가히 천신족 환웅의 위엄을 짐작할 만한 광경이었다. 그런데 이상한 것은 거불단이 천부인을 가지고 있지 않다는 것이었다.

사람들은 고개를 갸웃거리면서도 감히 그 사실을 입 밖에 내지 못했다. 거불단의 위엄 있는 모습이 그들을 그만 얼어붙게 만든 것이었다. 거불단이 차려 입은 흰옷은 백발의 머리와 흰 수염과 어울려 신령스러운 기운마저 자아내고 있었던 것이다. 얼굴에는 윤기가 흐르는 것 같았는데, 자세히 살펴보니 그것은 그의 몸 둘레로 무슨 원광 같은 형체가 빛을 발하고 있는 것이었다. 더욱 놀라운 것은 그가 등장하면서 지금까지 환했던 천제단의 주변이 삽시간에 어두워지는가 싶더니 다시 밝아지는 것이었다. 그것은 그의 몸에서 발산되어 나온 광채가 밝혀주는 빛 때문이었다. 사람들은 놀라움에 입을 다물지 못하고 그의 행동을 주시했다.

하지만 거불단은 그대로 서 있기만 할 뿐 아무런 미동조차도 하지 않았다. 그 순간 사람들은 자신들의 귀를 의심할 수밖에 없었다. 어디에선가 쩌렁쩌렁한 울림의 소리가 들려왔던 것이다.

"그토록 태고의 전설이 실현되기를 염원하여왔던 사람들이여! 이제 그 때가 다가왔느니라. 이제 새 세상의 주인이 나타나 새 세상을 열 것이니라. 내 새 세상의 주인을 위해 그 징표로 천부인을 여기에 남기고 가노니, 그 주인은 천부인이자 하늘의 경을 열어 새 세상을 열도록 하라."

사람들은 고개를 돌려 소리가 나는 곳을 찾아 여기저기를 둘러보았다. 분명 그 목소리는 거불단 환웅의 목소리였는데, 그가 입을 열어 말하는 것을 보지 못했기에 혹시 잘못 안 것이 아닌가 하고 다른 곳을 둘러보았던 것이다. 그러나 알고 보니 그 소리는 외부에서 들려오는 것이 아니라 바로 자신의 머릿속에서 들려오고 있었다. 거불단이 염력술을 발휘해 사람들의 귓가에 자신의 목소리를 들려주고 있었던 것이다.

사람들은 두려움에 휩싸였다. 무슨 조화가 일어날지 그들로서는 감히 상상할 수가 없었던 것이다. 할 말을 끝냈는지 갑자기 거불단의 입에서 무슨 주문 같은 것이 새어나왔다.

"일시무시일始無始— 석삼극무진본析三極無盡本……."

이것은 황궁씨 이래로 유인씨, 환인씨, 환웅으로 이어져오면서 복본의 공업功業이 쌓여 형성된 채 구전으로만 내려오는 천부경天符經의 구절이었다. 말로만 듣던 태고의 전설이 실현된다는 것을 보여주는 행위 같았다.

계속해서 주문을 외우자 거불단을 휩싸고 있던 원광의 광채가 하늘로 오르면서 동시에 그의 몸도 둥둥 떠올랐다. 그러다가 다시 강렬한 빛줄기를 품고 어딘가를 향해 뻗어나갔다. 그곳은 신단 옆 거대한 암석이 있는 곳이었다. 아니, 그냥 암석이라기보다는 무슨 광석 같은 것이었는데, 거불단의 몸에서 나온 빛줄기를 받더니 그 광석 안에서 뭔가가 물결치듯 움직이기 시작했다. 그것은 다름 아닌 천부인이었다. 빛이 강렬해질수록 무슨 조화를 부리듯 천부인의 움직임은 급격히 빨라졌다. 마침내 그 기운에 거대한 회오리바람이 일어나더니 모든 것을 삼켜버릴 것 같은 기세로 거세게 끓어올랐다. 급기야 그것은 거불단을 휩쓸 듯 다가오더니 그를 싣고 하늘로 두둥실 치솟았는데, 그 모습은 마치 신선이 구름이 타고 하늘을 날아가는 것과도 같았다. 그의 모습이 하늘로 높이 사라지는 가운데 다시 한 번 귓전을 울리는 소리가 들려왔다.

"내 여기에 천부인을 두고 가노니, 앞으로 이 천부인이자 하늘의 경을 여는 자가 새 세상의 주인이 될 것이니라. 이를 여는 자가 나타나거든 모두는 그를 맞아 새 주인으로 받들도록 하라."

거불단의 모습이 시야에서 멀어졌건만 사람들은 넋을 잃은 채 오래도록 하늘만 쳐다보았다. 하늘이 조화를 펼치듯 벌어지는 광경 앞에서 그들로서는 도저히 정신을 차릴 수 없었다. 그런 가운데 누군가 거불단 환웅을 연호하며 무릎을 꿇고 머리를 조아리자 모두들 그 모습을 차례차례 따라하기 시작했다. 그들이 얼마간 연달아 합창하자 어두웠던 천제단이 다시 서서히 밝아지며 조금 전의 모습을 되찾았다. 신묘한 하늘의 조화가 펼쳐지는 것에 모두들 놀랍고 두려워서 함부로 입을 열지 못했다.

그때 풍백이 다시 나섰다.

"모두들 보셨지요. 천부인의 징표를 말입니다. 천부인은 바로 여기에 있습니다. 거불단 환웅님께서는 우리를 위해서, 곧 새 세상의 주인을 찾으려는 징표를 남기기 위해서 그것을 이곳에 남겨두고 떠나셨습니다. 그러니 앞으로 이곳의 천부인이자 하늘의 경을 여는 자가 바로 새 세상의 주인이 될 것입니다."

풍백의 말은 지금껏 전설로만 여겼던 태고의 전설이 사실로 실현되고 있다는 것을 의미했다. 태고의 전설은 이러했다. 복본의 계행을 오랫동안 수행하여 그 기운이 세상에 차오르면 하늘의 이치가 땅에서 실현되는 때가 오는데, 그 세상은 지금까지와는 전혀 다른 새로운 세상이라는 것이었다. 이런 세상을 위해 마고 이래로 환인, 환웅에 이르기까지 지금껏 선대의 조상들은 오랫동안 계행의 길을 걸어왔다고 했다. 하지만 그 새로운 세상이라는 것이 도대체 무엇인지 아무도 말해주지 못했다. 어쨌든 그 세상은 때가 되면 하늘이 그 조짐을 예시하고, 그 뒤를 이어 새 세상을 열어나갈 운명을 짊어진 자가 돌연 세상에 나타난다는 것이었다. 여기서 분명한 것은 거불단 환웅이 하늘의 뜻을 예시해주고 갔다는 점이었다.

새 세상의 주인이라는 말이 귀에 들어오지 않는지 사람들은 아무런 대꾸가 없었다. 아직도 많은 사람들은 무서운 공포의 분위기에서 헤어나지 못하고 있었던 것이다. 천부인의 그 가공할 만한 위력을 직접 눈으로 보고서는, 감히 그것을 가지고자 하는 엄두를 내지 못했다. 도리어 왜 적통자에게만 그것이 이어져왔으며, 그것을 지닌 자에게 왜 승복해야 하는지를 깨닫게 될 뿐이었다. 그러니 신기한 물건이라고 좋아하기보다는 두려움 그 자체가 되고 말았으니 감히 도전할 엄두가 나지 않았던 것이다. 더욱이 그 위력을 단지 한 번만 보았을 뿐이지 그 힘을 다 상용한다면 어떤 조화를 이루어낼 수 있는지에 대해서는 아무것도 모르는 상태였다. 잘못 덤벼들었다가는 어떤 화를 당할지 모르는 일이었다.

하지만 새 세상을 열어나갈 자는 이 신표이자 하늘의 경을 손에 넣어야 한다는 것만은 확실했다. 아니, 이 신표가 하늘의 경인지, 아니면 이 신표를 통해 하늘의 경을 열어야 하는지 그 자체도 몰랐다. 이건 부딪쳐 보아야만 알 수 있었다. 단지 분명한 것은 하늘의 경을 열든 어찌하든 이 천부인을 손에 쥐어야 무엇이든 할 수 있다는 것이었다.

"자, 그럼 천부인이자 하늘의 경을 열 능력이 있는 자는 나서보십시오."

선뜻 나서는 사람이 없자 다시 한 번 풍백이 말을 이었다.

"새 세상의 주인을 맞이하라고……. 그래서 우리를 위해 환웅님께서 이곳에 남겨두었는데, 도전할 사람이 아무도 없다는 말입니까."

어느 정도 시간이 지나서인지 두려움에서 벗어나 조금은 안정을 되찾는 듯 범씨족 수장 호한이 먼저 나섰다.

"그러니까 저 돌덩어리인지, 광석인지 어쨌든 간에 저 안에서 천부인을 온전하게 꺼내기만 하면 된다는 것이오?"

"그렇습니다."

"그러니까 깨버리든 열든 그 방법에는 상관없이 천부인을 꺼내기만 하면 된다는 말이지요?"

"물론입니다. 누구든지 다시 천부인을 손에 넣기만 한다면 새 세상의 주인이 되는 것입니다."

"그렇다면 간단하게 부숴버리면 될 것을. 그런 것을 누가 못한단 말이오? 아무래도 먼저 한 사람 차지가 되겠소이다."

"그럼, 범씨족 수장께서 먼저 도전하겠다는 말인가요? 그럴 의향이 있으시면 어서 이리로 와서 해보십시오."

"그럴 수는 없소. 내가 먼저 도전하겠소이다."

갑자기 건장하게 생긴 한 사내가 나섰다. 범씨족 수장의 말을 듣고서 나중에 도전하려고 했다가는 자기 차례가 오지 않을 줄 알고 약삭빠르게 나선 것이었다. 호한은 기막혀하면서도 그런 자와 기량을 겨룬다는 게 자기 체면에 맞지 않았는지 선뜻 양보하였다.

그 사내가 천부인이 들어 있는 광석 앞으로 나서자 갑자기 한줄기의 빛이 새어나오더니 그의 몸을 휩쓸고 지나갔다. 그런데 어쩐 일인지 그 사내는 몸을 버티고 서 있지도 못한 채 뒤로 발랑 넘어지고 말았다. 실로 어이없는 광경이었다. 아니, 그만큼 사람들은 천부인이 강하다고 인정하며 고개를 끄덕일 수밖에 없었다.

천부인의 위력에 앞에 감히 도전할 자가 없을 것으로 여겼으나 그건 오산이었다. 야심가들은 어디에나 있는 법이었다. 한번 물꼬가 터지자 한가락 한다는 사람들은 서로 자기가 나서겠다고 야단이었다.

서로 먼저 나서려고 하는 바람에 작은 소란이 일었고, 이에 풍백이 누구에게나 기회를 주겠다고 말하고 나서야 상황이 진정되었다. 결국 차례대로 진행하게 되었다.

첫 번째 실패를 지켜본 다음에 도전에 나선 자는, 소를 수호신으로 모신 우씨족의 청년이었다. 그는 엄청난 거구였는데 근력에는 자신이 있는 듯 근육질의 몸매를 좌우로 틀며 자랑해 보였다. 그의 손에는 웬만한 바윗덩어리 정도는 쉽게 박살내버릴 것 같은 도끼가 들려 있었다. 그 크기만 봐도 보통 사람의 절반 정도가 되었으니 범인들은 그것을 들 수조차 없을 것 같았다. 그 청년은 이것저것 따질 것이 부숴버리면 될 것이라고 판단한 모양이었다. 그가 기세 좋게 다가가며 마치 검을 휘두르듯 도끼를 힘차게 내려쳤다. 사람들은 최소한 그것에 금이라도 갈 것이라고 여겼다. 그러나 그 결과는 참담했다. 흠집은 고사하고 도끼가 산산조각 나면서 거구의 그 몸뚱이마저 저 멀리 튕겨나가버렸던 것이다.

아무리 봐도 이 자리에서 저것을 차지할 수 있는 사람이 나올 수는 없을 것으로 보였다. 두 사람의 도전만 보더라도 인간의 힘으로 얻을 수 있는 성질의 것이 아니었다. 이 광경을 지켜보던 다음 사람들은 슬슬 뒷걸음질을 쳤다. 더 이상 도전하는 사람이 없을 것으로 보였는데 저 멀리서 당당하게 나서는 사람이 있었다. 그는 바로 녹씨족의 왕자였다.

"하늘의 뜻을 보여주는 천부인을 어찌 범인이 다스릴 수 있겠는가?

최소한 무예 실력은 물론이고 사슴뿔의 힘을 받아 신성한 기운을 갖추고 있는 내가 적임자일 것이오!"

녹씨족의 왕자는 자신감에 넘쳐 큰소리쳤다. 사람들은 아무래도 쉽지는 않을 것이라고 여겼으나 일국의 왕자이니 혹시나 하는 마음으로 지켜보았다.

녹씨족의 왕자는 앞선 사람들과 달리 뭔가 주문을 외우는가 싶더니 공중으로 몸을 솟구쳤다. 그러고는 사슴이 껑충 뛰어올랐다가 자신의 뿔로 상대방을 가격해 제압하듯 광석을 향해 일격을 가했다. 놀라운 것은 그 다음의 변화였다. 그의 공격이 마치 거울에 반사되어 되돌아오듯 그대로 그의 몸을 때려버린 것이다. 그는 공중에서 곤두박질치며 땅에 제대로 서지도 못하고 머리를 박고 쓰러지고 말았다.

잘못 나섰다가는 몸도 성치 못할 것이라며 사람들이 수근댔다. 그때 사씨족의 수장 사우라가 녹씨족과 싸웠던 경험이 있는지라 꼭 자신의 힘을 보여주고 싶은 마음에 나서겠다고 요청했다. 옆에서 신하들이 간곡히 말리는데도 듣지 않고 나와서는, 자신은 이 상황을 해결할 비책이 있다고 호언장담했다. 그는 앞선 사람들이 완력 같은 것으로 해결하려고 하였으나 되지 않는 것을 보고, 지혜를 동원하여 이 문제를 풀어야 한다고 생각하고 있었다.

그는 섣불리 몸을 움직이지 않고 주위를 빙빙 돌며 마치 그 열쇠를 찾으려는 듯 유심히 살펴보기 시작했다. 그러나 그것조차도 만만치 않았다. 그 광석에서 강력한 빛줄기가 날아들었던 것이다. 그는 그것과 부딪치지 않기 위해 이리저리 몸을 피하며 뱀이 혀를 날름거리며 상대의 허점을 찾는 것처럼 빈틈만을 찾아 헤맸다. 그러나 한순간의 실수로 그의 몸이 광석에 닿게 되자 몸이 으스러지는 듯 비명을 지르다가 파르르 떨며 쓰러져서는 영영 일어나지 못했다.

그 모습까지 보게 되자, 지금껏 서로 도전하려고 줄을 섰던 사람들이 슬금슬금 꽁무니를 빼고 달아났다. 도대체 저것을 어떻게 다루어야 하는지 그 실마리조차 알지 못한 상태에서 잘못 덤볐다가는 제 몸도 성치 못할 것임을 알게 되니 공포감에 휩싸인 것이다. 사람들은 웅씨족의 수장 웅지백과 범씨족의 수장 호한을 번갈아 쳐다보았다. 두사람이 아니라면 어느 누구도 해낼 수 없다고 판단한 것이다. 웅지백은 그중에서도 가장 연륜이 높고 경험이 많으면서 사람들의 신망을 받고 있는 사람이었고, 반면에 호한은 가장 막강한 군사력을 가진 실권자이자 최고의 무예 실력을 갖춘 자였다.

먼저 사람들의 시선이 웅지백에게로 쏠렸다. 그런데 웅지백은 어찌된 일인지 거불단이 선인이 되어 사라진 이후로 계속해서 정신을 추스리지 못하고 있었다. 더욱이 그의 아들 웅갈이 나서려고 하는 것조차 극구 말렸다. 웅갈은 아버지의 반대에도 불구하고 한번 시험 삼아해보는 것이기에 별 문제가 없을 것이라 여기며 기회를 보아 나가려고 마음먹고 있었다. 그런데 웅지백이 갑자기 기력을 잃었는지 몸을 비틀거리며 쓰러지는 바람에 옆에서 그를 부축해야만 했다. 결국 웅씨족 측에서는 포기할 수밖에 없는 상황이었다. 이제 범씨족 수장을 빼놓고는 아무도 없었다.

풍백은 다음 도전자를 찾았다.

"지금 당장 나오지 않는다면 도전자가 없는 것으로 알겠습니다."

아무도 나서는 자가 없자, 드디어 호한이 몸을 일으키며 도전을 청했다. 그러고는 범처럼 날쌘 동작으로 그곳에 다가갔다. 그의 몸놀림만 보아도 지금까지의 도전자와는 사뭇 달랐다. 사람들은 역시 범씨족 수장밖에는 없다고 생각했다. 그러나 한편으로는, 그의 무서운 형상을 보면서 만약 그가 새 세상의 주인이 된다면 그 흉폭한 성질을 어떻게 견딜까 걱정하였다. 그만큼 그는 예사 사람과 달리 근골격이 잘 갖추어져 있었고, 게다가 아무도 막아내지 못할 정도의 가공할 무예까지 새롭게 창안해내고 있을 정도였다. 그래서 여러 나라들은 한결같이 범씨족 수장을 무서워하며 경계하는 형편이었던 것이다.

호한은 처음에는 가볍게 몸을 풀었다. 그러다가 어느 순간 격렬하게 몸을 움직이며 전광석화처럼 날아갔다. 그 모습은 마치 범이 어슬렁거리다가 사냥감을 발견하고는 순식간에 몸을 날려 덮치는 형상이었다. 뭔가 일이 벌어질 듯 불꽃이 튀었다. 그러나 다음 순간 그의 몸을 향해 그 불꽃이 다시 날아들었다. 그는 즉각 검을 휘두르며 그것을 막아내었다. 그 격렬한 불꽃으로 보아 다른 사람들 같으면 벌써 산산조각 났을 테지만 호한은 그것을 버텨내고 있었다. 사람들은 입안에 침이 마르는 것을 느끼며 숨을 죽였다. 뭔가 이루어질 조짐이 보이는 것 같았고, 호한이라면 분명 해낼 것 같은 분위기였다. 이에 범씨족 사람들은 그들의 수장을 연호하며 힘을 북돋았다.

그에 힘을 얻은 호한은, 범이 날카로운 송곳니로 물어뜯으며 두툼한 쇠망치 같은 앞발로 후려치듯이 연신 공격을 가했다. 그러나 불꽃만 튀길 뿐 그것은 도무지 꿈쩍도 하지 않았다. 도리어 그 공격만큼이나 거세게 반격해오는 힘에 지치기만 하였다. 마침내 호한은 그만 검을 거두었다. 자신도 할 수 없다는 것을 인정한 것이었다. 어쩌면 앞선 사람들과 달리 나가떨어지지 않은 것만도 다행이다 싶었다.

호한마저 성공시키지 못하자 더 이상 덤벼드는 자가 나오지 않았다. 풍백은 더 도전할 자가 없느냐고 물었다. 그래도 누구도 앞으로 나서지 않았다. 이로써 새 세상의 주인이 나타나지 않았다는 것이 확인된 셈이었다. 아니, 어쩌면 영원히 나타날 수 없는지도 모르는 일이라고 사람들은 생각했다.

또다시 풍백이 나섰다. 어차피 거불단 환웅의 명을 받들어 천신제를 처음 주재했으니, 거불단이 떠난 상황에서 마무리도 자신이 매듭지어야 했던 것이다.

"보시다시피 우리는 새 세상의 주인을 찾고자 했으나 이를 여는 사람은 아무도 없었습니다. 어차피 새 세상의 주인이 될 자는 필시 이 징표를 얻어야 하는 것인 바, 다음의 천신제를 기약할 수밖에 없게 되었습니다."

이로써 우여곡절 많은 천신제가 막을 내리는 것 같았다. 그러나 유난히 말썽 많았던 이번의 천신제는 끝맺음도 그렇게 간단하지 않았다. 범씨족 수장이 새로운 문제를 제기하고 나섰기 때문이다.

"새 주인이 나타나지 못했으니 다음의 천신제를 기약해야 한다는 것은 옳은 말이오. 허나 그동안 그것을 누가 지키고 관리하는 것이 옳겠느냐 하는 것이오."

"천부인은 거불단께서 18대 환웅의 자리를 계승하면서 물려받으신 겁니다. 그 누구의 것이 아니라 바로 우리 천신족의 것이었다는 말입니다. 그러니 우리가 관리하는 게 당연하지요."

"천신족에서 그것을 관리하는 것은 불공평한 일이오. 새 세상의 주인을 찾는 일인데, 어찌 누구는 더 유리한 기회를 갖고, 다른 이는 더 불리한 기회를 갖게 된단 말이오? 그렇게 하는 것이 과연 공평한 일이겠소? 정말 공평하게 관리하고 싶다면 그것을 보호할 군사를 파견하겠으니 받아들이시오."

이에 웅지백이 상황의 심각성을 알아차렸는지 호한과 풍백의 논전에 가세하였다.

"만약 범씨족이 그리하겠다고 한다면 우리 웅씨족도 그리하겠소이다."

예민한 군사적 문제까지 거론되다보니 그들의 감정은 더욱 격양되어나갔다. 조금만 어긋나게 되어도 걷잡을 수 없는 파국으로 치달을 것 같은 분위기였다. 이런 가운데 수신족 수장 하백이 나섰다.

"천부인이 이곳에 있는 이상 천신족이 저것을 지키도록 하고, 또 공평성을 기한다는 점에서 각 나라의 제사장이 모두 참여하여 관리하도록 하는 것이 어떻겠소?"

"좋소이다. 그리합시다."

하백의 제안에 지금이 기회라는 듯 모든 수장들이 하나같이 찬성하고 나서니 범씨족의 호한도 수용할 수밖에 없었다.

결국 천신족이 그 주위를 지키고 여러 나라에서 파견된 제사장들이 함께 관리하여 다음 천신제가 열릴 때까지 아무도 범접하지 못하게 하는 것으로 결론 내려졌다. 하지만 이것은 '새 주인이 나타날 때까지'라는 잠정적인 합의에 불과했다. 이에 각 나라는 자신의 나라를 더욱 강력하게 만들기 위해 매진할 수밖에 없게 되었다. 어쩌면 이것은 새 주인이 되어 모든 제국을 자기 손아귀에 넣으려는 야심가들의 등장을 예고하는 시발점이 되는 것인지도 몰랐다. 서로 물고 물어뜯기는 살벌한 약육강식의 시작이었다.

8

신천지 아사달을 찾아서

단군은 달포 반이 넘는 여정을 마치고 웅씨족 나라로 다시 되돌아와 궁전을 찾았다. 거기에는 셋째 왕자 웅달만이 자리를 지키고 있었다.

"형님, 이게 어찌된 겁니까?"

첫째와 둘째 왕자와는 달리 단군을 많이 따르는 편이었던 웅달은 기뻐하는 동시에 놀라워하였다. 단군의 모습이 많이 변해 있었던 것이다. 오랜 고행으로 얼굴은 수척해 보였지만, 수정처럼 맑은 눈망울에서는 깊이를 알 수 없는 그 무언가가 활활 타오르고 있었다. 또 몸 전체에서는 오랜 수련을 통해 형성된 기가 머리 주위로 발산되어 원광을 그리고 있는 것 같은 모습이었던 것이다. 예전부터 단군이 평범한 인물은 아니라고 여기고 있었으나, 마치 살아 있는 선인을 마주 대하는 것 같은 기분은 처음이었다.

"그리되었네. 그런데 무슨 일이 있었는가? 다들 어디 가고 이렇게 혼자만 있는가?"

"천신제에 가셔서 아직 돌아오지 않는지라……."

"모두 거기에 가셨단 말인가? 대체 무슨 일이기에 그리하셨단 말인가?"

천신제는 매년 상달에 치르는 것이니 단군이 그 일정을 모르는 바는 아니었다. 그렇지만 자신의 일도 제대로 해결하지 못하고 아버님을 뵙는 것이 부끄러워 천신제에 참석하지 않고 계속 자기 길을 갔던 그였다.

"무슨 일이라기보다는 그게……. 천신족에서 이번 천신제를 대대적으로 거행할 것이라고 요청해왔는지라. 형님도 같이 갔으면 좋을 것 같아 백방으로 수소문했는데, 도무지 행적을 알 수가 있어야지요. 그런데 이제 돌아오시다니……. 이번 천신제에서는 분명 무슨 일이 일어날 것처럼 보였는데, 늦었다 해도 지금이라도 가보시는 것이 어떻겠는지요?"

"무슨 일이 있어날 것 같다니? 그게 무슨 말인가?"

아버지의 신상에 혹시 무슨 일이 생긴 것이 아닌가 해서 단군이 되물었다. 사실 그는 신시의 옛 터에서 크게 깨달음을 얻는 도중에 아버지가 선인이 되어 그에게 뭔가 말을 남기고 하늘로 떠나가는 것 같은 환상을 보았던 것이다. 원래 단군은 순행을 떠난 이래, 신지라는 사람을 만나기 전까지는 도대체 무엇을 어디서부터 찾아야 하는지 알지 못했다. 그저 지금까지 해왔던 방식으로는 안 된다고 판단하고 있었을 뿐이었다. 그런데 신지라는 사람이 여러 나라가 섬기는 호신상들을 깨버리는 것을 보고는 떠오르는 바가 있었다. 그것은 나라들 간에 벽을 허물어야 한다는 것이었는데, 그러자면 뭔가 공통점이 있어야 했던 것이다. 그게 뭘까 생각해보니 그것은 바로 사람들의 뿌리에서 찾을 수밖에 없었다. 그래서 그 길로 신시가 개척되었던 곳을 향했던 것이다.

막상 단군이 신시神市가 건설된 곳에 도착해보니, 그곳은 그가 상상한 것을 뛰어넘고 있었다. 그야말로 천지의 기운이 하나로 조화되어 세상에 그 태곳적의 뿌리를 보여주었던 것이다. 바다같이 큰 호수에서 찰랑거리는 물결은 생명의 신비를 그득 담고 있었고, 드넓게 펼쳐진 평원 위에는 짐승과 사람이 하나로 어우러져 아무런 걱정 없이 살았던 흔적을 찾아볼 수 있었다. 왜 환웅이 환인으로부터 천부인天符印을 받아 이곳에서 처음으로 신시를 열었는지 그 이유를 알 만도 했다.

그런데 단군은 이곳을 어디선가 본 듯한 느낌이 들었다. 분명 자신이 여기에 와본 적이 없었는데도 전혀 생소하지가 않았던 것이다. 문득 머리를 스치고 지나가는 것이 있었다. 바로 꿈에서 보았던 곳과 같았던 것이다. 그때부터 단군은 그 꿈이 우연이 아니라고 생각하게 되었다.

그는 꿈에서 했던 것처럼 모든 상념을 떨어버리듯 가부좌를 틀었다. 그러나 마음과 달리 온갖 잡념이 머릿속을 헤집고 다녔다. 그것을 떨쳐버리려고 해도 사라지지 않고 더욱 그를 괴롭혔다. 심지어 눈앞의 물체마저 이상야릇한 형체로 변하여 그를 공격해오는 것 같기도 했다. 그러나 그는 몸을 내맡긴 채 피하려고 하지 않았다. 아예 눈까지 감아버렸다. 그러자 심연의 바닷속으로 끝도 없이 추락한 듯하더니 그의 머릿속에 거센 바람이 불어왔다. 그러고는 그것이 차츰 고요해지며 평정이 찾아들었고, 이내 깜깜하고 답답해 보였던 그의 눈앞이 환하게 밝아지는 것이었다. 눈을 뜨지도 않았는데 앞이 더 환해 보였다.

그는 미동조차 하지 않았다. 생각 하나 떠올리지 않는 상태에 이르자 그때부터는 세상으로 몰입되어가기 시작했다. 원래부터 그 자리에 있는 듯 없는 듯, 티끌보다도 더 가볍게 세상과 하나가 되어 있었다. 천지의 기운은 넘치지도 모자라지도 않은 채 그대로 그와 함께 머물렀다.

그렇게 하기를 삼 일이 지났다. 그날은 천신제가 열리는 둘째 날이었다. 마치 태곳적의 세상을 보여주듯 붉게 빛나는 태양이 온 세상을 그 빛으로 물들이기 시작하면서, 단군의 몸뚱이는 물론이고 머릿속마저 빛으로 채워버리며 옛 이야기를 전해주기 시작했다. 단군이 미처 알지 못하는 얘기였지만 원래 그런 것처럼 자연스럽게 받아들였고, 그것에 동화되면 될수록 그의 얼굴은 더 밝은 빛으로 물들어갔다. 마침내 단군은 자신도 모르게 입안에서 태곳적부터 구전되어 내려오는 천부경의 구절을 읊어내기 시작했다. 그와 동시에 저 멀리 원광의 빛에서부터 그의 뇌리를 퍼뜩 깨우는 소리가 울려왔다.

"눈에 보이는 것이 다가 아니니라. 사람 속에 천지가 하나가 되는 것, 바로 그것이 세상을 구할 이치이니라."

날카로운 바늘로 머리를 찔린 듯 그는 큰 충격을 받았다. 그 순간 세상 일체가 빛으로 환하게 밝아 보였다. 찰나의 순간에 깨달음을 얻은 그는 퍼뜩 정신을 차렸다. 그러고는 빛에 쌓여 있는 그 뭔가를 보고 깜짝 놀랐다. 그건 분명 거불단 환웅, 바로 자기 아버지의 모습이었던 것이다. 아버지는 단군의 마음을 알았다는 듯 고개를 끄덕이더니 대꾸할 기회도 주지 않고, 하얀 구름이 하늘로 흩어지듯 흔적도 없이 사라져버렸다.

단군은 아버지가 자기에게 큰 가르침을 주기 위해 나타난 것이라고 생각하면서도 하늘로 사라져버리신 것이 영 마음에 걸렸다. 감사와 근심 어린 마음이 교차하면서 단군은 그 길로 일행과 함께 하산하여 연일 쉬지 않고 말을 달려왔던 것이다. 천신족으로 갈까도 생각했지만, 자기들이 도착했을 때는 천신제가 다 끝나는 시점인지라 웅씨족으로 돌아왔던 것이다. 그런데 웅달이 마치 무슨 일이라도 벌어진 것처럼 말하자, 그의 가슴이 철렁 내려앉았다.

"글쎄요, 소문이라서……."

웅달은 잠시 망설이다가, 천부인이 사라졌다는 말에서부터 범씨족의 행태나 태고의 전설 등 사람들 사이에서 떠도는 소문들을 얘기해주었다. 그리고 마지막으로 한 가지를 덧붙였다.

"그거야 소문이니까요. 그 때문에 말도 많았지만 어쨌든 아버님이

신천지 아사달을 찾아서 201

나 형님들이 돌아오시면 곧 알게 되겠지요."

단군이 별말 없이 고개를 끄덕이고는 자리에서 일어서려고 하자 웅달이 다시 되물었다.

"그런데 데려온 도적 떼들을 형님께서는 장차 어찌할 작정이십니까?"

단군은 원래 조정에서 반대가 있을 것이라고 예상했지만, 그 정도로 심각한 상황으로까지 이 문제가 번질 줄은 몰랐다. 웅지백 수장을 믿었던 바도 있었지만 웅갈과 웅도리가 그토록 적극적으로 나서서 반대할 것이라고는 생각하지 않았던 것이다.

"글쎄. 약조했으면 그것을 지켜야 할 게 아닌가? 그렇지 않은가?"

"하긴 그래야겠지요. 그런데 첫째 형님께서 워낙 강경한지라. 이번 일이 좀 좋게 풀어져서 우리 형님들하고 사이가 좋아졌으면 하는데……. 더 멀어지는 것만 같아 그게 걱정이 됩니다."

"그래, 그게 그렇게 걱정되는가? 그런 일은 없도록 내 노력할 터이니 염려 말게나."

"그리 말씀해주시니 맘이 놓입니다. 그런데 정말 천신족에는 안 가보실 작정이십니까?"

"언젠가는 가보아야겠지. 허나 지금은 내 할 일이 있고, 또 조만간 웅지백 수장님께서 돌아오실 터인데 그때 소식을 들어보면 되지 않겠는가?"

단군은 궁궐을 빠져나왔다. 마음 같아서는 당장 달려가 아버지의 안위를 확인하고 싶었다. 그는 분명 무슨 일이 일어났다고 판단했다.

하지만 그가 간다고 해서 달라질 것도 없으니, 여기에서의 시급한 일을 처리하는 것이 급선무였다.

단군이 비왕의 영지로 돌아오니 벌써 그가 돌아왔다는 소식을 전해 들었는지, 소우리 장군 이하 군사들은 물론이고 백성들도 우르르 몰려들었다. 그들은 철석같이 약속해놓고는 돌아오지 않고 자신들을 방치해버린 무책임한 행동에 대해 속 시원한 대답을 듣고자 했던 것이다.

단군은 직접 그들 앞에 나섰다.

"그대들에게 정말이지 미안하오. 내 모든 것을 걸고서라고 그 약조를 지키기 위한 방안을 마련할 것이니 조금만 기다려주시오."

"비왕의 약속만 철석같이 믿고 여기에 따라왔습니다. 하지만 군사까지 파견해 우리를 체포하여 노예로 삼으려 했습니다. 우리는 이대로 앉아서 당할 수 없습니다. 만약 다시 그런 경우가 발생한다면 우리가 여기를 무사히 떠날 수 있도록 보장하겠다고 약조해주십시오."

자신을 믿어달라고 호소하는데도 사람들이 곧이 듣지 않자, 단군은 결국 재차 약속할 수밖에 없었다.

이로부터 며칠 후, 웅씨족 조정에는 대신 관료들을 소집하는 웅지백의 명이 내려졌다. 천신제에 다녀온 이후, 그에 대한 대책을 마련하기 위해서였다. 단군도 천신제에서 일어났던 일들을 전해 듣고서 그곳에 참여하였다. 아버님이 세상을 떠났다는 부음에 어머니 웅녀가 겪으셨을 상심을 생각하면 당장 그곳으로 달려가고 싶은 마음만이 간절했다. 하지만 이곳의 일을 생각하면 도저히 자리를 비울 수가 없었던 것이다.

웅지백은 단군을 보자 반가움에 덥석 끌어안더니, 이내 눈물을 글썽이며 위로하였다. 그러고는 대신들을 향해 입을 열었다.

"모두들 알다시피 이제껏 제국을 이끌어오셨던 거불단 환웅께서 선인이 되셨소이다. 그래서 새 세상의 주인이 나올 때까지 공동의 의견을 모아 제국을 이끌기로 합의했으나, 과연 이것이 얼마나 오래갈지 아무도 장담할 수 없게 되었소이다. 그러하니 우리도 이에 국가적인 대책을 세워야 할 것인 바, 어찌했으면 좋을지 의견을 듣고자 하오. 기탄없이 얘기를 해주도록 하오."

"그야 천부인을 우리가 차지하면 되는 것이 아니옵니까? 그러니 그에 모든 국가적인 역량을 기울여야 할 것이옵니다."

웅갈이 생각해볼 것도 없이 당연하다는 투로 대답하자, 다른 한편에서는 신중한 반론이 제기되었다.

"웅갈 왕자님의 의견은 일리가 있는 것으로 생각되옵니다만, 보았다시피 그게 사람의 힘으로 열리는 것이었사옵니까? 그럴 바에는 차라리 다른 나라와 동맹 관계를 튼튼히 다지는 게 앞날을 위해서 더 좋을 듯하옵니다."

"우리라고 세상을 호령하고 살지 말라는 법이라도 어디 있습니까? 여러 나라들 중에서 선두를 다투고 있는 우리 웅씨족이 차지하지 못한다면, 과연 어느 나라에서 차지할 수 있겠소이까?"

모두가 어쩔 수 없이 경쟁에 나설 수 없는 마당에, 오히려 앞장서서 그것을 선점하자는 것에 자연스레 의견이 통일되었다.

그러고는 모두들 한결같이 웅갈을 적임자로 추천하였다. 하지만 웅지백은 단군이 마음에 걸렸다. 웅지백은 그의 출중한 인물됨을 알고 그 도움을 받고자 비왕으로 삼았는데, 그런 그가 자기 아들의 반대 때문에 한 번도 제대로 뜻을 펴지 못한 것이다. 결국 갈 곳 없는 부랑아 신세가 되게 만들었으니 어쩌면 이 모든 게 자신의 탓이라는 생각이 들었다.

웅지백은 모든 죄인들을 선처해달라는 단군의 요구를 받아들여 특별히 명을 내렸다. 그리고 마침내 천부인을 차지할 국가적인 대책 기관의 책임자로 웅갈을 임명함과 동시에 이에 대한 전면적인 지원을 하라고 명을 내렸다.

이후 웅씨족의 조정은 웅갈에 의해 완전히 장악되어버렸다. 웅지백이, 거불단이 사라진 것에 큰 충격을 받아서인지 시름시름 앓다가 끝내 숨을 거두었던 것이다. 그리하여 조정에서 웅신상을 만들어 국가 차원의 장례를 치렀고, 새수장으로 웅갈을 맞아들였다.

웅갈은 수장의 자리에 오르자 더욱 천부인을 차지하는 일에 열을 올렸다.

'분명 어딘가에 그 열쇠가 있을 텐데……'

그는 궁리 끝에 누가 뭐래도 천부인을 가장 잘 아는 자는 단군밖에 없다는 사실을 떠올렸다. 그는 곧바로 단군을 불러들였다.

"내가 천부인을 얻는 열쇠를 찾고자 하는데, 아무래도 그에 대해 비왕만큼 잘 아는 사람이 없지 않습니까? 그걸 도와주셨으면 합니다. 내 모든 지원을 다해 드릴 테니까요."

"도와드리고 싶은 마음은 굴뚝같습니다만, 그에 대해서는 나도 아는 바가 없고, 또 솔직히 말해 관심조차 없습니다."

단군의 분명한 거절에 웅갈은 싸늘한 시선으로 노려보면서 돌려보냈다. 그러고는 이를 갈았다. 웅갈은 마음을 벼르고 벼르며 그 책임자들을 찾았다.

"어떻게든 천부인을 얻을 열쇠를 찾아야 한다. 만약 그것을 찾지 못하면 너희들은 살아남지 못할 각오를 해야 할 것이다. 알았느냐?"

당장이라도 혼찌검을 내리려는 웅갈의 기세에 한 사람이 나서며 조심스럽게 아뢰었다.

"그 열쇠가 무엇인지 모르겠사오나, 분명한 것은 천부인이 청동검과 동경, 방울(복)과 관계되어 있다는 것이옵니다. 그러니 그것과 똑같은 것을 만들어낸다면 그 비밀을 찾을 수 있지 않을까 하옵니다."

"그것과 똑같이 만들어낸다? 그래! 그게 좋겠어. 그러면 기술이 뛰어나다 싶은 모든 장인들을 불러 이 일을 추진하도록 하라. 내 이에 대한 모든 조치를 취하도록 할 것이다."

웅갈은 장인들이 일할 수 있는 은밀한 곳까지 마련해주는 등 그에 대한 적극적인 지원을 아끼지 않았다. 하지만 얼마 지나지 않아 사람들 사이에서는 아우성이 터져나왔다. 조금만 실력 있다고 소문난 장

인이면 어김없이 나라에 차출되는가 하면, 엄청난 공출까지 강요하
게 되었으니 이래 가지고 어떻게 살겠느냐며 한탄하는 소리였다.

이것을 보다 못한 단군이 웅갈을 찾았다.

"천부인을 찾기 위해 노력하는 것을 탓하지는 않겠습니다. 허나 온
조정이 거기에 매달릴 필요는 없잖습니까? 이렇게 천부인의 일에만
매달리다간 이 나라의 앞날이 기울고 말 것입니다. 그러니 이를 바로
잡아주었으면 합니다."

단군의 말에 웅갈은 버럭 화를 내었다.

"왜 내가 하는 것을 가지고 이렇게 시시콜콜 반대하시는 겁니까?
내 아버님을 생각해 봐주려고 했는데, 안 되겠소이다. 정말 이렇게 사
사건건 내가 하는 게 못마땅하거든 스스로 이 땅을 떠나세요. 아시겠
습니까?"

단군은 이제 웅씨족을 떠날 수밖에 없었다. 웅지백 수장이 자신에게
베풀었던 정리를 생각하면 그렇게 하고 싶지는 않았으나 이제는 어쩔
수 없는 일이었다. 어쩌면 웅갈의 그런 행동이 단군으로 하여금 여기
에 더 머무를 필요가 없다는 것을 더 쉽게 결정하게도 만들었다. 하지
만 결국 천신족에게서도 버림받더니 결국 웅씨족에게서도 버림받는
꼴이 되고 말았다. 그야말로 날갯죽지 꺾어진 매와 같은 꼴이었다.

발구루는 그런 단군을 보고 이제라도 천신족으로 돌아가자고 설득
했다.

"거불단 환웅님께서 왕자님을 얼마나 아끼고 사랑하셨는지 잘 아

시지 않사옵니까? 결코 왕자님을 버리실 분이 아니옵니다. 그러니 비록 돌아가셨다고는 하나 분명 무슨 안계를 세워두셨을 것이옵니다. 천신족으로 가시옵소서. 그러면 분명 길이 있을 것이옵니다."

"그러면 저 사람들은 어찌할 것인가? 저들에게 목숨을 걸고 지켜내겠다고 약조해놓고 나 혼자 살자고 그들을 버리고 떠난단 말인가? 그럴 수는 없네. 아니, 그래서는 안 되고말고."

"지금 상황에서는 다른 방법이 없지 않사옵니까? 어디에 몸을 의탁할 곳도 없는 판국에 어찌 다른 사람을 생각할 겨를이 있사옵니까? 먼저 자리를 잡는 것이 우선이옵니다. 저들도 왕자님의 이런 처지를 다 이해할 것입니다. 다른 마음먹지 마시고 천신족으로 가시옵소서. 왕자님은 충분히 천부인을 얻을 수 있을 것이옵니다. 그것만 얻는다면 새 세상의 주인이 되는 것이니 다시 천신족을 일으켜세우실 수가 있을 것이옵니다."

"자네도 천부인 타령인가? 그런 것일랑 꿈도 꾸지 마시게. 그건 사람의 인력으로 되지 않는다고 하지 않던가? 어쨌든 나는 결심했네. 저들을 데리고 신천지를 찾아 떠날 작정이네."

"신천지라니요? 어디로 저 많은 사람들을 데리고 떠난다는 말씀이옵니까?"

사실 단군은 어디로 떠날지 많은 고심을 했다. 그러다가 문득 어릴 때 아버지가 신천지를 찾아 헤매듯 자신을 데리고 다니다가 그 어떤 장소를 가리키고는 했던 말씀이 떠올랐다.

"만약 치수治水를 할 수 있다면 저곳이 분명 새 세상의 터전이 될 것이다. 저 땅의 이름은 '새 세상이 펼쳐진 땅'이라는 뜻으로 아사달이라고 명명하겠다."

그때 단군은 새 세상을 이루는데 치수가 그렇게 중요하냐고 물었다. 단군의 물음에 아버지는 새 세상은 더욱 풍요로워야 하는데, 그러자면 물을 다스릴 수 있어야 하기 때문이라고만 대답하였다. 그는 물을 다스릴 수 있어야 가능하다는 사실을 떠올리면서도, 당장 갈 수 있는 곳이 그곳밖에 없었기에 그때의 땅을 염두에 두고 있었던 것이다. 그래서인지 단군의 대답은 확신에 차 있었다.

"아사달이네. 자네도 가서 보면 알겠지만 틀림없이 마음에 들 것이네. 우리가 저들을 데리고 그곳으로 가서 새 삶을 일궈보세. 이것이 나에게 있어서도 새 삶의 시작이 될 것이니 다른 말 말고 나를 도와주게."

단군의 간곡한 요청에 발구루는 더 이상 반대하지 못하고, 사람들에게 그의 의지를 전하기 위해 동분서주하며 뛰어다녔다.

사람들의 반응은 처음에는 엇갈렸다. 어떤 사람들은 '끈 떨어진 단군을 따라가서 뭘 하겠는가? 잘못하면 굶어죽기 십상'이라고 말하는 자가 있는가 하면, 또 어떤 이들은 '우리들을 위해 그렇게 생각해준 사람이 어디 있는가? 그가 이리해주니 우리도 의리를 지켜야 하지 않겠느냐'며 따라나설 준비를 하는 사람도 있었다. 그러나 이것 하나만큼은 쉽게 의견 일치를 보았다. '여기 있다가는 웅갈의 등쌀에 살기 힘들 것이니, 굳이 단군이 아니더라도 이곳을 떠나는 것이 좋겠다'는 것이었다.

점차 이곳만이 아니라 다른 지역에서도 그 소식을 듣고 사람들이 모여들고 있었다. 사람들이 생각보다 많이 모여들자, 웅갈은 그 상황을 그저 지켜볼 수만은 없게 되었다. 자신의 백성들을 빼가는 것이니 그로서는 타격을 받을 수밖에 없었던 것이다. 그렇다고 그들이 떠나는 것을 막고자 단군을 공격할 수도 없었다. 단군 또한 비왕으로서 상당한 정도의 독자적인 군사력을 가지고 있는 데다가 그의 뒤에 있는 천신족을 의식하지 않을 수 없었던 것이다. 거불단 환웅이 사라졌다고는 하나, 그래도 천신족은 아직까지 천부인을 지키고 있는 만만치 않은 상대였다. 더욱이 단군의 어머니 웅녀는 웅씨족 사람으로 그 영향력은 아직까지 이곳에 미치고 있었다.

이에 웅갈은 드러내놓기보다는 은밀하게 방해 공작을 하기에 이르렀다. 떠나지 않는 사람에게는 비왕이 차지하고 있던 땅을 넘겨주겠다며 꼬드겼다. 그러나 무엇보다 비왕의 군사를 돌려세우는 데 주안점을 두었다. 그에게 가장 중요한 건 단군이 지닌 강력한 군사력이었다. 웅갈이 크게 걱정한 것은, 단군이 떠나게 됨으로써 입게 될 군사적 공백이었던 것이다.

은밀한 방해 공작이 진행되는 가운데 단군 일행이 떠나기로 한 날짜가 다가왔다. 단군은 발구루에게 소우리 장군을 불러올 것을 명했다. 백성들을 데리고 떠나려면 호위할 군사부터 준비시켜야 했던 것이다.

한참 만에야 돌아온 발구루는 낭패라는 얼굴로 단군에게 아뢰었다.

"소우리 장군은 여기 오지 않을 것이옵니다."

"아니, 그 무슨 말이요? 여기에 오지 않다니, 무슨 일이 있는 게요?"

"그게……. 그자를 그만 잊어버리시옵소서. 하등 생각할 가치가 없는 자이옵니다. 그토록 잘 대해주었건만."

배신했다는 말을 차마 입밖으로 꺼내지 못하는 발구루였다. 단군을 모시는 사람으로서 그런 말을 입에 올리는 것 자체가 누를 끼치는 것이라고 생각할 정도로, 단군에 대한 그의 충심은 대단했던 것이다.

단군으로서는 걱정되지 않을 수 없었다. 자기의 직속 부대장이 떠날 정도라면, 그의 지시를 받은 많은 군사들이 움직였을 가능성이 높아 보였던 것이다. 하기야 자신의 영달을 위한 자리를 내주겠다는데, 언제 어떻게 될지도 모르는 고생을 사서 할 사람이 많지는 않을 것이었다.

"그래, 남은 군사는 얼마나 되는가?"

"대략 수백 정도밖에 되지 않아 보이옵니다."

절반 이상의 군사가 떨어져나간 것이었으니 실로 엄청난 타격이었다. 그 정도의 군사력으로서는 한 부락이나 지킬 역량밖에 되지 못했다.

"됐소이다. 내가 직접 이끌 터이니 준비시키세요."

군사들이 도열한 가운데 사람들이 모여들기 시작했다. 백성들은 군사들과 처지가 달라 여기 있기보다는 기꺼이 떠나기로 결심한 사람들이 많았다. 삼삼오오 가족 단위를 이루며 사람들은 계속 모여들었고, 급기야 그 수는 단군이 예상한 바를 훨씬 뛰어넘어 엄청난 수로 불어났다. 이 많은 수의 사람들을 그렇게 적은 군사로 호위하며 끌고 가는 것은 버거워 보였다. 그러나 그만큼 많은 백성들이 새 세상을 염원하고 있다는 사실을 표출한 것과 같았다.

이윽고 구름 떼처럼 몰려든 사람들 앞에 단군이 나섰다.

"나는 여러분께 함께 가자고 강요하지 않을 것입니다. 그와 마찬가지로 나는 여러분께 행복한 세상을 열어주겠다고 약속하지도 않을 것입니다. 아니, 할 수가 없습니다."

사람들의 표정이 묘하게 일그러지며 웅성거렸다. 자신들의 판단이 잘못된 것 아니냐는 얘기들이었다. 사람들이 그러거나 말거나 단군의 얘기는 계속되었다.

"하지만 나는 이것만은 약속 드립니다. 여러분이 원하는 세상을 여러분이 직접 만들 수 있도록 할 것을 보장하겠다고 말입니다."

사람들의 웅성거림이 잦아들더니 갑자기 환호성이 터져나왔다. 그러면서 외치는 소리도 함께 들려왔다.

"우리도 그것밖에 원하는 게 없소이다."

"그게 우리가 바라는 것의 전부이오이다."

그 소리는 절규에 가까울 정도로 애절했다. 어쩌면 그것만큼은 반드시 지켜달라는 간절한 소망이었는지도 몰랐다.

"좋습니다. 나는 이 약속을 지킬 것입니다. 다시 한 번 말하지만, 이 약속을 지키고 믿는 사람들만 따르십시오."

단군의 요구에 사람들은 함성으로 화답했다. 한번 약속한 것을 끝까지 지키려는 그의 굽힘 없는 의지, 아니 지킬 수 있는 것만 약속하는 그의 모습을 보고 사람들은 그것을 믿어 의심치 않았다. 어쩌면 이들에게 있어서 한결같은 소망이란, 자신들의 힘으로 이룩한 것을 남에게 간섭받지 않고 뺏기지 않으며 사는 것인지도 몰랐다. 그러기에 거창한 약속보다는 그 단순한 말 한마디에 감동을 받은 것이다.

"우리는 바로 그런 세상을 향해 신천지로 떠날 것입니다. 바로 우리의 새 세상을 일구기 위해서 말입니다."

사람들의 환호 속에 단군은 출발 명령을 내렸다. 그러고는 선두에 서서 군사를 이끌었다. 그 뒤에는 가족을 단위로 짐을 꾸린 수많은 백성들이 남부여대하며 뒤따랐다. 수많은 행렬이 연이어 나아가는 모습은, 마치 하나의 거센 강줄기가 흘러가는 것처럼 보였다. 광명이 비추는 곳인 아사달은 이들에게 있어서 희망의 땅이었다. 그러기에 자기 땅을 떠나, 아니 쫓겨가는 사람치고는 이들의 얼굴에서는 생기가 넘쳤고, 선두에 서서 나아가는 군사들의 대오는 너무나 위풍당당했다.

아사달로 향하는 여정은 수주일에 걸쳐 진행되었다. 힘들고 거친 여정이었지만 같은 목표를 가진 사람들이었기에 쉽게 마음이 통하고 하나가 되었다. 앞에서 잡아당기고 뒤에서 밀며 쉬지 않고 나아갔다. 군사들 또한 이들을 호위만 한 것이 아니라, 어렵고 힘든 사람들의 짐을 들어주고 부축하며 도왔다. 쓰러지려고 해도 희망의 땅이 있는 한, 그들은 결코 멈출 수 없었다.

마침내 그들이 고대하던 아사달에 이르렀다. 처음 본 그곳은 그야말로 산천이 수려한 데다 기후까지 따뜻하고 뭇짐승들이 뛰놀 수 있는 드넓은 벌이 널리 퍼져 있었다. 그러니 오곡을 풍성하게 거둬들일 수 있어서 사람이 살기에는 이상향으로 보였다. 하지만 그것뿐이었다. 아직 사람들의 손길이 전혀 미치지 않는 곳이었던 것이다.

그들의 눈은 곧 실망으로 가득 찼다. 아니, 암담함 그 자체였다. 희망의 땅이라고 하여 꿀과 열매가 가득 차 있어 그것을 맘 놓고 따먹을 수 있을 것이라고 막연히 동경해왔던 그들로서는, 눈앞에 펼쳐진 환경을 보고는 그저 앞날이 막막했던 것이다. 자연스럽게 사람들 사이에서 불평불만이 쏟아져나왔다.

"아무리 그래도 그렇지. 이렇게 아무것도 없는 곳에 우리를 데려오다니, 도대체 뭘 먹고살라고 그래?"

"걱정일세. 올 겨울을 어찌 보낸단 말인가? 꼼짝없이 우리는 굶어 죽게 되었네그려."

모두들 한마디씩 구시렁거리는 속에서도 단군은 나서지 않았다. 원래부터 그는 기름진 농토를 주겠다고 약속한 적이 없었다. 그런데도 사람들은 그가 애초에 말한 것을 까맣게 잊어버리고 그의 탓만 하고 있으니 특별히 할 말도 없었던 것이다.

그런데 이런 사람들과 달리, 저 너머로 넓게 펼쳐진 벌판을 바라보고 있는 한 사람이 있었다. 단군은 그를 유심히 지켜보았다. 중년의 사나이였지만 다부진 체격에 손은 어찌나 큰지 솥뚜껑만 할 정도였고, 얼마나 많은 일을 해왔는지를 보여주듯 굵직굵직한 손가락마디에는 굳은살이 단단히 박여 있었다. 그런 그가 갑자기 벅차오르는 가습을 주체하지 못한 듯, 넋 놓고 주저앉아 한숨 쉬고 있는 사람들을 향해 소리쳤다.

"여보게들, 저기 좀 보게나!"

사람들은 무슨 일인가 싶어 모두들 자리에서 일어나 그가 가리키는 곳을 바라보았다. 바로 그때 그 남자가 얘기했다.

"저 광활하게 펼쳐진 벌판이 보이지요. 저게 다 우리의 땅이라고 하지 않소. 우리 땅이라고 생각하니 정말 믿어지지가 않소이다."

"눈이 있으면 봐보시오. 맨몸으로 그냥 헤쳐나가기도 어려울 것 같은 저 곳에다 어찌 씨 뿌리고 곡식을 심을 수 있단 말이오?"

사람들은 그의 말을 허무맹랑한 소리로만 여기고 콧방귀 뀌며 넘어갔다. 그러자 안 되겠다 싶었는지 그 사람은 사람들을 향해 큰 소리로 다시 외쳤다.

"우리는 농군입니다. 농사꾼이 농토를 만들 땅을 놔두고 어디로 갈 겁니까? 도대체 우리가 왜 이곳으로 왔습니까? 우리의 손으로 우리의 세상을 만들어보자고 온 게 아닙니까? 그런데 왜 우리가 눈앞에 펼쳐진 땅을 놔두고 한숨을 쉬어야 합니까?"

삽시간에 사위는 얼어붙은 듯 조용해졌다. 그의 말은 농군들의 가슴속에 쌓인 한을 한꺼번에 토해내는 절규 같았던 것이다. 막바지로 쫓겨온 사람들로서 더 이상 더 도망칠 곳도 없는 그들의 처지를 반영한 것이었다.

"보시다시피 나도 여러분처럼 흙을 파먹고 사는 농군이올시다. 우리는 농토를 일구기 위해 잡초를 베어내고 또 나무뿌리를 뽑아내고, 그것도 모자라 땅을 갈아엎으며 큰 돌과 자갈을 골라내고 거름을 주어 끝내 농토로 만들어왔지 않습니까? 땅은 한 치의 거짓도 보여주지 않습니다. 우리가 조금씩 열심히만 일해 나간다면, 언젠간 저 광활하게 펼쳐진 벌판은 전부 옥토로 변할 것입니다."

그가 말을 마칠 무렵, 사람들은 서로 뜻을 같이하는 차원을 넘어, 벌써 저곳이 모두 옥토로 변한 것처럼 마음까지 설레고 있었다.

"좋습니다. 한번 해봅시다. 지금껏 우리는 뼈 빠지게 일해놓고 다 뺏겨왔으면서도 우리의 천직인 양 땅을 파왔지 않습니까?"

사람들이 호응하자, 그는 단군을 향해 입을 열었다.

"단군님! 소인은 팽우라고 하옵니다. 한평생 땅을 일구고 살아온 사람이옵니다. 그런데 저는 다른 것은 몰라도 우리가 원하는 세상을 우리가 직접 만드는 것을 도와주겠다고 하신 말씀만은 지금도 생생하게 기억하고 있사옵니다. 단군님, 우리를 도와주시옵소서. 그런 약조를 하신 분이야말로 우리를 이끌 분이라고 믿고 있사옵니다. 감히 청하옵건대 우리를 이끌어주시옵소서."

그때서야 사람들은 단군의 존재를 생각하게 되었다. 실질적으로 그들이 여기에 오게 된 것도 다 단군의 덕택이었음에도, 그들은 그의 존재를 까맣게 잊어버리고 있었다. 그 정도가 아니었다. 군사들을 동원해 이곳을 안내하고 지켜주며 도와주기까지 했으니 고마움을 표시해도 시원치 않을 정도였다. 그런데도 사람들은 도리어 왜 이런 삭막한 곳으로 데려왔느냐는 등 단군을 힐난했던 것이다.

이런 생각이 들수록 그들은 단군에게 미안해했다. 아니, 더욱더 그의 존재를 실감할 수밖에 없었다. 이렇게 그들이 스스로의 의견을 얘기하며 직접 판단할 수 있는 건 바로 그가 있었기 때문이었다. 다른 수장이나 관리들 같았으면 벌써 그들에게 이런저런 명령을 내렸을 것이 틀림없었다. 그럴수록 그들에겐 자기들이 원하던 세상을 직접 자기들의 손으로 만들어보라고 얘기한 단군의 존재가 더욱 우러러보였다.

이런 마음이 서로 통했는지 무리 중에서 누군가가 팽우의 말을 좇아 "우리를 이끌어주시옵소서."라고 소리쳤고, 다른 사람들도 동시에 그 말을 따라했다. 모처럼 한마음 한뜻으로 사람들의 목소리가 하나로 합해졌다.

결국 단군은 그들의 거듭된 요청에 나설 수밖에 없었다. 어쩌면 이것은 이곳으로 떠나올 때부터 이렇게 정해진 것인지도 몰랐다. 어차피 사람이 집단을 이루어서 살아가자면 모두를 이끌어가는 지휘자가 필요했다. 이 중에서 실질적으로 그런 지위에 있는 사람은 그밖에 없었던 것이다. 마침내 단군이 입을 열었다.

"글쎄요. 내가 어찌해야 할지 잘 모르겠습니다. 마음이야 여러분의 진심을 알기에 덥석 받아들이고 싶습니다만 내게 그럴 능력이 있는지 의심스럽습니다. 솔직해 말해 나는 여러분에게 미래의 행복을 보장해드리겠다고 장담할 수도 없으니 말입니다. 이런데도 내가 여러분을 이끌어야 한다고 생각하십니까?"

분위기는 순식간에 찬물을 끼얹은 듯 싹 가라앉았다. 그들로서는 단군의 말을 전혀 예상하지 못했던 것이다. 지금껏 그들이 보아온 바로는 능력에 관계없이 서로 윗자리를 차지하기 위해 다투는 것이 관료들이었다. 따라서 단군 또한 그들의 요청을 자연스럽게 받아들일 것으로만 판단했던 것이다. 그런데 그 자리를 주겠다고 하는데도 능력을 핑계 삼아 거절하니 그들로서는 알다가도 모를 일이었다.

"도무지 무슨 말씀을 하시는지 이해할 수가 없습니다. 새 세상을 꿈꾸고 그것을 만들기 위해서는 이끌어주는 사람이 필요하지 않습니까?"

도무지 알아들을 수 없다는 사람들의 태도에 단군이 다시 말을 이었다.

"조금 전에 팽우라는 분이 말씀하셨지요. 저 잡초로 우거진 곳을 옥토로 만들자고 말입니다. 자, 그러면 저곳을 그렇게 만들 자는 누구입니까? 바로 여러분이 아닙니까? 바로 여러분이 이곳의 주인인 것입니다. 여러분이 스스로 할 수 있으면서 왜 그렇게 남에게 의지하고 이끌어달라고만 하시는 것입니까? 그래서야 과연 우리가 꿈꾸는 새 세상이 건설되겠습니까?"

"좋습니다. 그렇다면 여러분이 주인이니 여러분의 뜻을 나에게 받들어달라고 감히 얘기하십시오. 그것이 새 세상을 꿈꾸는 사람들의 도리에 맞지 않겠습니까?"

"그러면 우리를 이끌어달라고 말할 것이 아니라 우리의 뜻을 받들라고 말한다면, 우리의 청을 받아들이겠다는 뜻입니까?"

"그렇습니다."

그들의 질문에 단군이 분명하게 확답하자 사람들은 환호성을 질렀다. 그런 상황에서 단군이 당장 무슨 일을 어떻게 풀어가야 할지에 대해 다시 말을 이었다.

"우선 올 겨울을 보내기 위해 식량도 마련해야 하고, 삶의 터전을 일구자면 집도 지어야 하고 땅도 개간해야 할 것입니다. 이런 것이야 여러분이 더 잘 알 것이라 생각합니다. 식량을 마련하는 것과 땅을 개간하고 가옥을 짓는 것에 대해 서로 역할을 나누고 그 책임자를 뽑아보십시오. 이 일을 가장 잘해나갈 적임자가 누구인가를 여러분이 가장 잘 알고 있을 터이니, 그 책임자를 스스로 뽑아보십시오."

사람들은 고개를 끄덕이면서 서로 조를 짜면서 책임자를 뽑고자 웅성거렸다. 자신들이 직접 조를 짜고 사람을 추천하면서 이것이 바로 자신들의 일이고, 바로 자신들이 하고 있다는 사실을 어느 순간 느끼게 되었다.

단군은 이런 모습을 지켜보기만 했다. 조금은 답답하고 또 까다로운 길이라는 것을 느꼈지만 지금 이 상황에서는 이들이 직접 나서도록 하면서도 그 힘을 하나로 모아내는 것이 그의 역할이었던 것이다.

마침내 어수선한 과정을 겪으며 서로 조를 짜고 엉성하게나마 그 체계가 세워졌다. 이것은 누가 지시해서 만든 것이 아니라 그들 스스로가 만든 것이었다. 그런 만큼 그들의 의지가 그대로 반영된 것이었다. 여러 사람의 추천을 받아 세 사람의 조장을 뽑았다. 그들은 팽우와 성조, 그리고 고시라는 사람이었는데 하나같이 그들과 같은 평범한 모습이었다.

팽우는 처음 사람들에게 땅을 개척하자고 했던 사람으로서 그 책임자로 뽑혔고, 성조는 건축을 짓는 데에 일가견이 있다는 것을 인정받아 가옥을 짓는 담당자로 뽑혔다. 고시라는 사람은 오곡은 물론이고 동식물이나 사람들의 먹을거리에 대해 모르는 것이 없을 정도로 박학다식해서 식량을 마련하는 책임자로 추천되었다. 이들 세 사람의 책임자가 하나같이 자신들과 같아서인지 사람들은 이들을 웃음으로 맞이하였다. 물론 이들은 각기 자신의 일에 관해서는 일가견이 있을 정도로 그들의 몸에서는 근면 성실함이 그대로 배어나왔다.

단군은 사람들의 추천을 받아들여 그대로 이들을 책임자로 임명하였다. 그들은 사람들 앞에 각기 차례대로 나서서 자기 역할을 다하겠다고 다짐을 표명했다. 그때마다 사람들은 환호로 화답했다. 어느새 분위기는 자연스럽게 새로이 살아나고 있었다. 마지막으로 단군이 나서서 정리했다.

"세 사람의 의지가 이러하고 여러분의 뜻이 그러한데 안 되는 일이 어디 있겠습니까? 가옥도 짓고, 땅도 개간하고 식량도 마련하여 우리 삶의 터전을 일구어봅시다. 우리의 정성이 지극하다면 하늘도 감동하여 우리의 뜻을 들어줄 것이라고 나는 믿습니다. 자, 그럼 우리의 꿈과 희망의 싹을 심기 위해 출발합시다."

단군이 항해의 시작을 알리자 사람들은 힘찬 함성을 질렀다. 그것은 열렬했다. 그저 형식적으로 외치는 소리가 아니었다. 어찌 보면 자신들의 세상을 만들어보겠다는 의지의 표명 같기도 했다. 어쩌면 가슴속에 남아 있는 마지막 찌꺼기를 토해내는 듯한 함성인지도 몰랐다.

조용했던 아사달이 순식간에 들썩거렸다. 전에 느끼지 못했던 활력이 사람들의 가슴속에 불끈 솟아나고, 조금 전까지 막막했던 삶도 갑작스레 환해진 것만 같았다. 사실 아무것도 변한 것은 없었지만, 자신들이 서로 조를 짜고 직접 사람을 추천하면서 이렇게 갑자기 바뀐 것이었다.

이런 갑작스런 상황의 변화에 단군도 놀랐지만 무엇보다도 그들 스스로가 더 놀랐다. 이토록 희망의 끈을 놓지 않으려는, 아니 자신들의 세상을 만들어보려는 열렬한 의지가 서로에게 잠재되어 있었는지 어느 누구도 미처 몰랐던 것이다. 그런 만큼 아사달에는 지금까지와는 전혀 다른 새 세상의 기운이 아무도 모르는 사이에 조금씩 형성되기 시작했다.

9

또 다른 선택

범씨족의 연무장에서 외마디 비명소리가 하늘을 갈랐다. 서로 무술을 대련하던 중 한 사람이 상대방의 철추에 맞아 머리가 으깨어 쓰러졌던 것이다.

"이보게, 정신 차리게!"

피를 줄줄 흘리던 사람은 아무 말도 못하고 그저 몇 마디 신음소리만 내더니 곧바로 숨을 거두었다.

"여봐라, 당장 이놈을 치워라."

그곳의 책임자 채무가 쓰러진 사람을 힐끔 쳐다보더니 명령했다. 그러자 어디서 나타났는지 들것을 가지고 온 사람들이 시체를 들고는 그곳을 곧장 나갔다. 그런데도 그곳 사람들은 아무 일 없다는 듯 다시 무술 수련에 전념하였다. 이런 일이 한두 번도 아니니 새삼스러울 것도 없었던 것이다.

사실 범씨족의 무예 훈련은 항상 실전을 예상하고 진행되었기에 혹독하다 못해 살벌하기까지 했다. 오직 강한 자만이 살아남는 지독한 훈련이었다. 그러니 내로라하는 사람들도 수시로 부상을 입거나 아예 시체가 되어 그곳을 떠나는 경우가 하나둘이 아니었다. 그만큼 그들은 한 사람의 전사를 키워도 강인하게 키우려고 하였다. 이것이 여러 나라들 중에서 범씨족이 강한 군사력을 가지게 된 근간이었다. 더욱이 호한이 범씨족 수장으로 등극하고 나서부터는 더욱 그러한 경향이 강화되었다.

범씨족이 원래 다른 여타의 나라들보다는 무예를 크게 숭상하기는 했다. 그렇더라도 훈련을 실전처럼 진행해 죽어나가도록 하지는 않았다. 하지만 호한은 군사 훈련은 실질적으로 싸우기 위해서 하는 것이지 멋으로 하는 것이 아니라면서 모든 훈련을 실전처럼 하도록 지시하였던 것이다. 그의 지시가 있은 뒤로는 무예 수련에 약육강식의 원리가 그대로 적용되었다.

또한 호한은 무예 수련에 대한 국가적 지원을 획기적으로 늘렸다. 원래부터 범씨족의 훈련장은 다른 나라의 것보다 더 웅장하고 잘 갖추어져 있었는데, 실전처럼 진행하기 위해 그것을 획기적으로 확충시켰던 것이다. 이곳의 훈련장 하나가 다른 나라의 여러 훈련장을 합친 크기와 맞먹을 정도였다. 그것을 한두 개가 아니라 대여섯 개로 늘리고, 무예 도구에서도 기마 수련장, 과녁 맞히기, 짚단 베기, 수도치기 등 전문적인 기술을 습득하기 위한 기구들까지 두루 갖추어놓았다. 그것만이 아니었다. 힘깨나 쓰는 젊은 장사들을 전국에서 뽑아올렸고, 심지어는 무술 실력이 뛰어나다고 하면 다른 나라의 사람이라 해도 가리지 않고 채용하였다. 오직 무예가 얼마나 뛰어나는가가 범씨족에서는 출세의 등용문이었다.

그들은 사용하는 무기에 있어서도 일반인의 것들과 확연히 달랐다. 검과 창, 그리고 봉 등의 기본 무기도 그 모양새나 크기가 한번에 큰 타격을 줄 수 있는 목적으로 개조되었다. 하지만 이것은 약과에 불과했다. 삼지창, 도끼, 갈고리, 도리깨 등은 단 한 번의 가격으로도 아예 사람을 죽음으로 몰아갈 수 있을 정도였다. 이런 무기들을 가지고 씽씽 바람을 일으키며 서로 대련하는 것을 보면, 웬만큼 대담한 사람이라고 해도 몸을 으스스 떨 수밖에 없었다.

한순간도 방심할 수 없는 훈련인지라 옆에서 누가 쓰러지고 죽어나가도 신경을 쓸 여력이 없었다. 오직 강해져야만 살아남을 수 있었고 남을 짓밟고 넘어서야만 했다. 물론 여기서 일인자로 뽑히게 되면 모든 영광을 누릴 수 있는 최고의 대우가 기다리고 있었다. 그게 단 한 명뿐이라고 해도 그 사람들은 모두 그것이 자기 차지라고 생각하는 바, 그 옆의 동료가 쓰러지면 그건 자신의 적수가 한 명 더 사라지는 것을 의미할 뿐이었다.

피 튀기는 싸움이 여전히 계속되는 중에 갑자기 훈련 중지를 알리며 집결하라는 소리가 들렸다. 이내 사람들이 연무장 중심으로 하나

224 🦋 단군왕검

둘씩 모여들었다. 그들의 얼굴은 무표정하다 못해 표정이 아예 없는 것 같았다. 그러면서도 지금껏 이런 일은 거의 없던 일인지라 무슨 재미있는 일이 생기기라도 한 양 묘한 웃음을 입가에 흘리고 있었다. 이들이 하는 일이라곤 전투 훈련, 그것도 살인 훈련이 전부였던 것이다. 이들 또한 그것을 알고 이곳으로 들어온 자들이었다.

사나운 맹수들이 한자리에 모이면 으르렁거리듯, 그들은 모여들면서도 번뜩이는 눈빛으로 상대방을 노려보았다. 자기 이외의 모든 사람은 적이라고 여기게끔 길들여진 그들이었다. 하나같이 살벌한 기운을 내뿜는 가운데에서도 서로 기죽지 않으려고 입가에는 더욱 잔인한 웃음을 띠었다. 서로를 꺾고 살아남으려면 결코 약한 모습을 보여주지 않는 것이 그들의 생리였다. 만약 약자라는 허점이 발견되면 그 자부터 사라져야 하는 것이 이곳의 법칙이자 철칙이었던 것이다.

"모두들 모였느냐?"

"예, 그런 줄로 아옵니다."

채무는 수하의 대답을 듣고서 한데 모인 무사들을 쭉 훑어보고는 다시 말을 이었다.

"지금까지 지옥 훈련을 잘 버텨온 것을 축하한다. 여기에 있는 사람들은 모두 일당백의 용사로 성장했다. 이것을 호한 수장께서는 크게 칭찬하셨으며, 내일 이곳을 친히 참관하시겠다고 하였다."

갑자기 와와 함성이 쏟아졌다. 내일 어떻게 하느냐에 따라 출세의 가도를 달릴 수도 있는 핵심적 내용이 담겨 있었다. 지금껏 이들은 오직 그것만을 위해 묵묵히 이 고통스러운 길을 걸어왔던 것이다.

"여러분들은 그 뜻을 잘 알 것이라고 믿는다. 하지만 혹시나 하는 마음에서 분명하게 밝힌다. 내일 우승을 한 자는 모든 영예를 한몸에 걸머지게 될 것이다. 이것은 호한 수장께서 직접 엄명하신 바다. 이를 잘 알았다면 지금까지 닦은 실력을 내일 유감없이 발휘하기를 바란다. 그런 의미에서 오늘은 이만 훈련을 중지할 것이니 한 치의 착오도 없이 내일을 준비하도록 하라."

채무의 얘기가 끝나자 그곳에 모인 무사들은 서로 거리를 두며 하나둘씩 자리를 떴다. 내일의 대결을 위해 자신만의 정리가 필요했던 것이다. 어차피 서로 웃으며 지낼 수는 없었다. 어느 누가 내일 자신의 적수가 될지 모르는 자리였던 것이다. 결국 최후의 영예는 이 많은 사람들 중에서 한 사람에게만 주어지는 것이었다.

내일의 살벌한 대결을 알기라도 하는지 차고 건조한 바람이 그곳에 휘몰아쳤다. 그런데도 마타리는 쉽게 자리를 뜨지 못했다. 그것을 본 채무가 그를 불러세웠다.

"왜 무슨 문제가 있느냐?"

"아니옵니다."

"내일의 대련이 어떤 의미를 가지고 있는지 너도 잘 알고 있을 터, 그러면 가서 준비를 해야지. 왜, 자신이 없어서 그러느냐?"

"자신이 있고 없고가 어디 있겠사옵니까? 그저 이 한몸 바칠 각오가 되어 있사옵니다."

"암, 그래야지. 내 기대하겠네. 한번 실력을 보여주게나."

채무가 떠나고 나서도 마타리는 그 자리를 쉽사리 떠나지 못했다. 그러다가 천천히 발걸음을 옮겼다. 여기에 들어온 지도 벌써 3년의 세월이 흐르고 있었다. 그동안 여기서 어떻게 살아남았는지 그도 잘 몰랐다. 오로지 살기 위해 몸부림쳤고, 세상을 향해 복수하고 싶을 뿐이었다. 얼음덩이처럼 차가워진 가슴이었지만, 바로 그 기회가 내일로 다가왔다고 생각하니 자신도 모르게 차디찬 가슴은 파문이 일듯 일렁거렸다. 물론 얼굴에는 아무런 표정도 없었다.

터벅터벅 걸음을 옮기던 마타리는 숙소를 지나 조용한 빈터로 향했다. 그곳은 지금껏 그의 마음을 풀어주던 유일한 곳이었고, 말벗이 되어주는 곳이기도 했다. 언제나 그랬던 것처럼 편안함을 가져다주는 그곳에서, 그는 깊은 숨을 몰아쉬었다. 내일이 바로 그가 그토록 기다려왔던 그날이라는 것이 그의 차디찬 가슴을 흔드는 원인이었다.

이곳에 들어오기 전만 해도 그는 그야말로 세상에서 천대받는 존재였다. 부모가 누구인지도 몰랐고 오직 생존을 위해 몸부림쳤다. 동냥질도 하고 남에게 의지하여 생계를 해결하기도 하였다. 그런데 세상 사람들은 조롱하는 투로 그를 어버리라고 부르면서 어디 꾸어놓은 보릿자루마냥 생각하며 짐승 다루듯 부려먹었다. 그가 조금만 잘못해도 가차 없이 체벌을 가했다. 그래서 그의 이름이 어버리가 되었는데, 그는 어떤 처벌을 당해도 어디에 하소연도 못하고 그것이 자기 운명이라고 여기며 살았다.

그러던 어느 날 지나가는 과객이 그의 골격을 찬찬히 훑어보고는 그의 처지를 물었다. 그의 손길은 지금껏 자신을 놀려먹거나 부려먹으려고 하는 자들의 그것과는 달리 처음으로 자신을 동정하는 손길이었다. 그래서 그는 그 과객에게 자신의 처지를 하소연하였다. 그런 그가 하도 딱해 보였는지 과객은 나라에서 무술 실력이 뛰어난 자를 뽑고 있으니 거기에 응시해보라고 알려주었다. 사실 그의 근골은 무술을 하는 데 있어 세기에 한 번 나올까 말까 할 정도로 탁월했던 것이다. 그런데다 어찌나 어려서부터 맞고 살았는지 맷집 또한 대단했다.

어쨌든 갖은 고생을 다해서 올라왔지만 그는 무술을 한 번도 배워본 적이 없는지라 대결에서 번번이 질 수밖에 없었다. 그래서 그는 그곳마저 들어가지 못했다. 그러나 여기서 포기할 수 없어 직접 그의 책임자인 채무를 찾아가 다른 허드렛일을 해도 좋으니 기회만 달라고 호소했다. 더 이상 그는 갈 데가 없었으므로 마지막으로 한 번 부딪쳐 본 것이었다. 그런 그의 행동이 강단 있어 보였는지 채무는 그곳에 머무르는 것을 허락해주었다.

어버리는 그곳에서 허드렛일을 하는 것에서부터 시작했다. 그는 다른 사람들이 무술을 수련하는 모습을 곁에서 훔쳐보며 몰래 혼자 수련하곤 했다. 처음에는 더디었으나 그의 골격이 무술에 적합했기 때문인지 다른 사람이 수십 년 걸릴 과정을, 그는 눈으로 보고 따라하며 상당한 정도에까지 이르게 되었다.

일년의 시간이 흐른 뒤, 어떻게 그것을 알았는지 채무가 그를 불러

시험해보고는 놀라워하면서 그에 대해 물었다. 어버리는 자신이 살아온 지난 과정을 이야기해주었다. 채무는 한참을 망설이더니 마침내 그의 이름을 마타리라고 지어주었다. 그러고는 이제 직접 훈련에 참여해 새로운 인생을 살아가도록 도와주었다. 마타리는 그때부터 본격적인 훈련을 시작하게 되었고 얼마 지나지 않아 그의 실력은 일취월장했다.

처음에는 그저 자신의 처지를 벗어나고자 하는 마음에서 시작했지만, 경쟁 속에서 이겨야만 살아남는 혹독한 수련 과정을 거치며 차츰 그는 복수를 위해 이를 갈았다. 아니, 그것조차도 잊어버리고 생존을 위해 몸부림쳤다는 것이 옳을 것이다. 그의 강인한 맷집과 더 이상 갈 데가 없다는 절실함이 그를 지금까지 버티게 해주었던 힘인지도 몰랐다. 그런 과정에서 그는 오로지 사람을 보면 죽여야만 하는 야수로 변했다. 호한 수장의 명령에 따라 초개와 같이 목숨을 바쳐야 한다는 생각으로 무장되어 있었다. 그의 상대들은 처음에는 무술도 할 줄 모르는 사람이라며 마타리를 깔보다가 점차 그의 잔인함과 강인함에 그를 두려운 상대로 인식하기에 이르렀다.

그는 깊은 숨을 몰아쉬고는 뜰을 조심조심 걸었다. 함부로 움직이지 않는 것을 습득한 맹수의 몸짓이었다. 사냥감을 보기 전까지는 뱃심 좋게 돌아다니는 그런 여유로움이었다. 날카로운 발톱과 이빨이 있을 것이라고는 전혀 예상치 못하게 하는 모습이었다. 그는 돌아다니면서 내일의 승부에 자신의 전부를 걸어야 한다고 결심하고 있었다. 호한의 눈에 들지 못할 바에는 차라리 그 자리에서 죽어야 한다는 극단적인 결심이었다. 이미 자신의 몸은 자기 것이 아니라는 철저한 훈련이 있었고, 자신의 처지를 벗어나는 길은 그 길밖에 없다는 냉혹한 결론만이 남았다.

그는 몇 바퀴 돌다가 자기 침실로 돌아와 잠을 청했다. 최상의 몸 상태를 만들기 위해서는 푹 자둬야만 했다. 그러나 쉬 잠이 오지 않아 몸을 여러 번 뒤치다 보니 벌써 날은 밝아오고 있었다. 이른 아침부터 부스럭거리는 소리에 벌써부터 신경이 곤두섰다. 그는 몸을 이리저리 뒤적거리다 못 참겠다는 듯 바람이라도 쐬고자 밖으로 나왔다.

그의 눈에 어디론가 향하는 사람들의 모습이 들어왔는데, 한눈에 봐도 그들의 몸짓은 비장한 각오로 다져진 것 같았다. 역시 그들도 오늘의 일전을 각오하고 자신의 방식으로 심신 다듬기에 들어가고자 부산을 떠는 모양이었다. 어차피 이곳의 무술 대련은 승리가 아니면 죽음이었으니 다른 선택이란 있을 수 없었던 것이다. 물론 우승한다면 창창한 미래가 보장되는 것은 말할 것도 없었다.

사람들의 움직임을 쳐다보다가 그는 다시 침실로 돌아왔다. 한편에선 몸도 좀 풀고 마음도 가다듬으려고 했으나, 다른 사람들을 보자 그런 생각이 달아나버렸다. 불현듯 목숨을 내걸고 하는 싸움인데 그런 사소한 행동들이 무슨 필요가 있겠느냐는 생각이 들었던 것이다.

그는 안으로 들어오자마자 몸을 내던져 드러눕고는 눈을 아예 감아버렸다. 어차피 이런 삶을 청산하자면 죽기 아니면 살기로 달려드는 것밖에는 없었기 때문에 더 이상 망설일 필요가 없었다. 구차한 삶을 살 바에는 차라리 죽는 것만 못했다. 죽든지 살든지, 모든 것을 하늘에 맡겨버리자고 마음먹으니 한결 초탈한 기분이 들었다.

그렇게 시간이 얼마나 흘렀는지 밖에서 시끌벅적한 소리가 들려오는 바람에 그는 깜짝 놀라 눈을 떴다. 자신도 모르는 사이에 깜빡 잠이 들었던 모양이었다. 밖에서는 호한 수장이 곧 도착할 것이니 모두 무장을 하고 집결하라는 소리가 연이어 들려왔다. 결전의 시간이 다가왔음에 사람들은 각기 나름의 무장을 하고 바삐 움직였다. 마타리 또한 군무장으로 향했다. 모두들 오늘의 자리가 어떤 자리인지를 아는지라 각오를 다지며 눈을 번뜩였다. 꼭 그 모습은 사람을 잡아먹는 악귀처럼 보기만 해도 온몸이 오싹하고 소름이 끼쳤다.

대열을 정비하고 난 후 얼마 지나지 않아, 무장한 무사들이 대열의 정면에서 하나둘씩 보이기 시작했다. 그 순간 모두들 호한 수장이 등장했음을 직감하고 일시에 시선을 그곳으로 향했다. 하지만 그들 모두는 눈을 제대로 뜰 수가 없었다. 호위 군사들의 수는 얼마 되지 않았지만, 그들의 위풍당당함과 더불어 창검으로 무장한 칼날 병기가 어찌나 예리한지 눈부셔서 볼 수가 없었던 것이다. 무시무시하게 번뜩이는 빛줄기와 섬광 앞에 그들은 섬뜩함을 느낄 수밖에 없었다. 그러나 그것도 잠시, 그들이 누구던가? 오직 살인 병기로서의 훈련을 받아온 자들이 아니던가? 그들의 마음속에는 벌써부터 저들처럼 되고 싶다는 부러움과 의욕이 넘쳐났다.

호위를 받고 등장한 호한은 대열을 정비한 훈련생들을 쭉 훑어보더니 아무 말 없이 곧장 자리에 앉아 채무에게 손짓을 했다. 형식적인 것들은 필요 없고 중요한 것은 무술 실력이니, 그것을 빨리 보고 싶다는 재촉이었다. 채무는 호한의 명을 받들고 나섰다.

"제군들은 수많은 사람들 속에서 선발된 일당백의 용사이자 자랑스러운 호한 수장님의 전사이다. 지금까지 여러분이 갈고닦은 기량을 유감없이 발휘하여 용맹무쌍함을 보여주도록 하라. 자, 그러면 시작하라."

채무의 지시가 떨어짐과 동시에 각 대오는 먼저 집단적인 군무를 선보이기 시작했다. 그러나 그것은 예사 군무와 달랐다. 처음에는 범씨족의 기본 무예인 검무가 펼쳐졌고, 이어서 각기 조를 지은 대형들이 나타나며 창술, 검술, 기마술 등을 선보였다. 여기까지는 보통의 군무와 같은 것처럼 보였다. 하지만 언제나 실전을 겸해 진행되었는지라 실질적인 싸움판을 연상하는 군무로 변해가며, 거칠다 못해 그 사나운 기세에 사람의 머리칼이 빳빳이 서고 온몸에 소름이 돋아날 정도였다. 그런데다 한 가지씩 자신들만의 살인 무기를 개발해 사용하는 부분에서는 보는 이의 간을 오그라들게 만들었다.

더욱이 집단적인 군무가 끝나자 몇몇 무사가 나와 자신들의 기량을 자랑하며 투척, 격파술, 수박치기, 과녁 맞히기 등을 선보였다. 어떤 자는 그야말로 힘이 장사여서 일반 사람들은 꿈쩍도 할 수 없는 돌을 무슨 조약돌 주무르듯 단순에 들어올려 멀리 던져버렸다. 천하에 이런 장사가 있을 수 있을까 할 정도로 모두들 놀라 눈이 휘둥그레졌다. 그 다음에는 수박치기 선수가 나타나 돌을 주먹으로 박살내고 나무토막들을 수도치기로 부셔버렸다. 그의 손에 맞기만 하면 뼈도 못 추리고 부서질 정도였다. 이에 또 다른 사람은 그것이 가소롭다는 듯 박치기로 돌을 부수어 가루로 내버렸다. 이 모습을 보면 그야말로 머리가 돌보다도 더 강한 무기임을 한눈에 알 수 있었다. 또 어떤 이는 손과 발을 사용하여 사람을 잡치기하거나 공중 돌기 등을 선보였는데, 단 일격에 사람의 급소를 공격하여 명줄을 끊어놓았다. 그 기량도 기량이지만 그 속에 담긴 가공할 힘에 모두가 입을 다물지 못했다.

그런데 그것은 여기에서 멈추지 않았다. 실전 싸움을 염두에 두고 하는 것이니만큼 무기를 가지고 하는 것들이 빠질 수 없었다. 먼저 검의 달인은 물론이고 활의 명수들도 나타났다. 검을 휘두르는 자는 눈 깜짝할 사이에 단 한 번의 춤을 전개하여 주위의 모든 사람을 제압하였고, 활을 쏘는 자는 한 화살을 이용해 수십 개의 과녁을 통과해버렸다. 신기에 가깝다기보다는 오히려 공포감을 불러일으켰다. 물론 여기서 끝나지 않았다. 지금껏 보지도 못한 가공할 무기들이 속속 등장했다. 꺾창, 삼지창, 낫, 긴 장대, 철추 등 사람을 살상하기에 적합한 날카로운 무기를 가지고 목표물을 단번에 으깨어버리는 무시무시한 무예들을 거침없이 선보였다. 그리고 마지막에는 도구를 이용한 싸움들이 등장했다. 말이나 수레 같은 것까지 사용하여 수많은 사람들을 가차 없이 제압해버리는 무서운 기량을 보였다.

이들의 기량을 지켜보던 호한은 이런 정도라면 맘에 든다는 듯 고개를 끄덕이며 만족감을 표시했다. 그러고는 이제 됐으니 본론으로 들어가라고 지시했다. 물론 여기서의 대련은 무슨 공식 같은 것이 있을 수 없었다. 그저 자신이 유리하다고 생각하는 것들을 가지고 상대를 제압하면 그만이었다.

채무는 곧장 호한의 뜻을 알아채고 지금부터 오늘의 본무대인 대련을 시작하겠다고 선언하였다. 한마디로 우승자를 가리기 위한 순서를 진행하겠다는 것이었다. 모두의 관심은 여기에 쏠려 있었다는 듯 우우 하는 우렁찬 함성이 쏟아졌다. 사실 오늘을 학수고대하고 기다려온 그들이었다. 이미 대련을 준비해온 그들이었으니 망설일 것도 없이 곧바로 대련조가 형성되고 결전이 시작되었다.

싸움은 초반부터 치열했다. 난다 긴다 하는 사람들 중에서 뽑혀온 데다가 살인 병기로 무예만을 갈고닦아온 그들이었으니, 서로 간에 우열이 없을 정도로 하나같이 가공할 무공을 지니고 있었다. 그러니 싸움은 쉽게 승패가 나지 않았다. 그들은 오직 승자가 되기 위한 일념으로 모두들 있는 힘껏 피를 튀기며 싸웠다.

시작한 지 얼마 되지도 않아 대련장은 유혈이 낭자할 정도로 피범벅이 되었다. 실상 이들이 익힌 것들은 단순한 무술이라기보다는, 곧 사람의 목숨을 단박에 끊어버리는 살수의 공격이었다. 그러니 아무리 싸움을 잘한다고 해도 피를 흘리지 않을 수 없었다. 어지간한 대담함을 가지지 않았다면 초반부터 이들의 대련을 지켜볼 수도 없을 지경이었다.

채무는 이들의 진행을 지켜보면서 역시 만족스러운 태도를 보였다. 이 정도면 어느 누가 우승자가 되든지 그자는 호한의 맘에 쏙 들 것이라고 판단했던 것이다. 그러나 그것은 오산이었다. 호한의 인상은 굳어지고 있었다. 그는 이보다 더한 살인 병기를 요구하고 있었던 것이다.

호한이 이렇게 생각하는 것은 지난 천신제 때에 겪었던 악몽 때문이었다. 실상 범씨족의 무장은 여러 나라 중에서 가장 강력했다. 만약 일대일로 맞붙어 싸운다면, 아니 최소한 두 나라 정도만 상대한다고 해도 충분히 승산이 있었다. 그래서 그는 그 힘으로 거불단 환웅을 겁박해 천부인을 빼앗아 사실상 종주국이 되고자 했다. 그러나 거불단 환웅은 끝내 그것을 주지 않았고, 도리어 천부인의 신표를 내려 그것을 폐쇄시켜버렸다. 그러고는 그것을 연 자가 새 세상의 주인이라고 선포하였던 것이다. 이에 그도 어쩔 수 없이 천부인을 얻지 못하고 그 신표를 차지하기 위해 도전했으나 실패했다. 그가 부딪쳐본 바로는, 그것은 도저히 무술이나 힘으로서는 되지 않는다는 것을 간파할 수 있었다. 그만큼 그는 초절정의 무예 실력을 갖추고 있었다. 그래서 그는 차라리 그것을 열려고 할 것이 아니라 힘으로 빼앗으면 될 것이라고 보고 도전했으나, 그것 또한 여러 나라가 강력하게 반대하는 바람에 수포로 돌아가고 말았다. 제국의 모든 세력을 상대로 하여 싸워서는 승산이 없었기에 어쩔 수 없이 그도 물러설 수밖에 없었다. 그때부터 그는 결심을 했다. 어떤 나라를 상대로 싸운다고 해도 이겨낼 수 있는 군사력을 기르겠다고. 그래서 그는 천신제에서 돌아온 날로부터 더욱 무술 훈련에 박차를 가했던 것이다.

그런데 지금 대련하는 것을 보니 아직도 그런 강인함과 처절함이 부족하다고 판단되었던 것이다. 호랑이는 아무리 작은 짐승이라 해도 그것을 잡으려 할 때는 사력을 다하는 것이거늘, 어찌 이렇게 약해빠진 대련을 하고 있는가 하고 말이다. 더 강인하고 무시무시한 정신력을 강력하게 요구하는 것이 필요하다고 판단했다.

"이게 도대체 뭐하는 짓들이냐? 내 어린애 장난을 보고자 여기 온 것이 아니니라. 고작 이리해서야 어찌 내 전사가 될 수 있겠는가? 내 직접 시범 삼아 보여줄 것이니, 이리 와 덤벼보거라."

호한이 대뜸 나서서 호통 치는 바람에 모두들 놀라 서로의 얼굴만 쳐다보았다. 지금의 대결만 봐도 그야말로 피를 튀기는 혈전이라고 할 수 있는데, 이런 정도로는 안 된다면서 직접 그가 나서서 상대하려 하고 있는 것이다. 그러나 범씨족의 수장인 그를 상대로 해서 어느 누구 하나 싸우려고 하지 않았다. 만약 잘못해서 호한이 상처라도 입는다면 그것은 곧 죽음으로 이어질 수 있었다. 그래서 서로 눈치만 보고 있었는데, 호한이 다시 호통을 쳤다.

"뭣들 하고 있느냐? 어서 덤벼보라고 하지 않느냐?"

수련병들은 더욱 기가 막혔다. 혼자도 아니고 여럿이 한꺼번에 그를 상대로 공격하라고 하니 도대체 말이 되지 않는다는 것이었다. 누가 뭐래도 그들은 일당백의 용사이거늘, 이런 그들을 혼자서 상대하겠다고 하니 가히 범씨족의 수장다운 모습이라고 생각했다. 하지만 마음속으로는 도가 너무 지나쳐 자만하고 있다고 생각하였다. 호한이 직접 공격하라고 한다고 해서 섣불리 나설 수는 없는 법이었다. 그러나 호한이 계속 명령을 내리는 바람에 여럿이 공격하지 않을 수 없었다.

처음에는 그저 시늉만 내며 공격하였다. 그러자 호한은 어디 이런 정도로 되겠느냐며 호통을 쳤다. 그러고는 이런 그들을 향해 호한의 쇠방망이가 무차별적으로 불을 뿜었고, 그 움직임에 따라 수련병들의 입에서는 비명소리가 연거푸 터져나왔다. 어떤 자는 갈비뼈가 으스러졌고, 또 어떤 자는 대갈통이 으깨져 박살이 나버리는 등 호한을 공격했던 이들은 하나같이 깊은 상처를 입고 쓰려져갔다. 그제야 그들은 혼신의 힘을 다해 호한을 공격하기 시작했다. 그것은 정말 혈전이라고 할 수밖에 없었다. 쉽게 이길 것이라고 생각했던 그들은 사생결단으로 호한을 공격했으나 도저히 그를 이기지 못했다. 착각이라 여길 만큼 너무도 쉽게 그들은 하나둘씩 나가떨어졌다. 그만큼 호한의 무예 실력이 출중했던 것이다.

한참이 지나자 호한은 움직임을 멈추고 입을 열었다.

"우리의 정령은 범이다. 호랑이는 스스로 살아남지 못한 새끼는 키우지 않는다. 어떻게든 살아남으려는 생존 본능과 강인한 투지를 가진 새끼만이 어미의 젖을 먹고 자랄 수 있다. 그런데 이런 정도를 가지고 어찌 범씨족의 후예라고 말할 수 있겠는가? 더욱이 싸움은 죽느냐 사느냐를 판가름하는 것이거늘, 어찌 인정을 두고 싸울 수 있단 말인가? 내가 죽이지 않으면 상대가 나를 죽이는 것이다. 오직 강한 자만이 나의 전사가 될 자격이 있다. 알겠느냐? 자, 그러면 범의 후예답게 호랑이의 정령으로 무장하여 다시 도전해보거라."

호한이 단상으로 올라가 자리를 잡은 후 다시 대련이 진행되었다. 역시 호한의 행동이 효과가 있었는지, 그전과는 다른 혈투가 펼쳐졌다. 처음에는 그저 창과 검을 통해서 진행되었으나 점차로 자신들만이 잘 다루는 비장의 무기가 속속 출현하기 시작하였다. 검에 창을 결합한 도구는 기본이고 삼지창을 비롯해 칼에 톱날을 붙인 것, 도끼, 도, 철추 등 급소를 일격에 겨냥해 박살내버릴 수 있는 무시무시한 무기들이 나타나기 시작했다. 그것만이 아니었다. 자신의 몸을 방어하기 위한 각질의 도구들을 부착한 것은 물론 일격에 치명상을 입히기 위해 손에 날카로운 갈고리를 무더기로 이은 것도 있고, 머리에 뿔 같은 것을 써 호신용이자 공격용으로 사용하기도 하였다. 그러니까 어떤 자는 온몸을 단단한 갑옷으로 무장하여 어떤 공격도 무용지물로 만들고 있었고, 또 어떤 자는 날카로운 발톱을 내세워 순식간에 상대를 제압하였고, 또 어떤 자는 황소 같은 근육과 골격을 자랑하며 강력한 완력으로 상대를 때려눕혔고, 또 어떤 자는 팔에 부착된 날카로운 무기로 강력하게 덥석 물어뜯었고, 또 어떤 자는 곰 같은 맷집과 쇠방망이와 같은 타격으로 상대를 으깨어버리기도 하였다.

이러다 보니 대련은 더욱 치열해졌다. 어쩌면 이것은 자연스러운 귀결이었다. 점차 승자들의 범위가 좁혀지면서 자신들만의 비장의 무기들을 가지고 무예를 전개하지 않고서는 결코 이길 수 없었던 것이다. 피 튀기는 혈전이 진행되는 가운데 승자가 마침내 네 명으로 좁혀졌다. 여기에는 마타리도 포함해 부거, 수리도, 기사마 등이 포함되어 있었다. 특이한 것은 부거와 수리도, 기사마 등은 각기 자기만의 무기와 방어망을 가지고 있었으나 마타리는 그저 검 한 자루만을 가지고 싸우고 있었다는 점이었다. 부거는 거북이의 등껍질처럼 단단한 갑옷으로 무장하고 있었고, 수리도는 독수리처럼 날카로운 발톱을 내세워 순식간에 목숨을 앗아갔고, 기사마는 사마귀처럼 긴 앞발을 이용해 눈 깜짝할 사이에 상대를 덮쳐서 제압해버렸지만 마타리는 그저 별다른 무기와 방어 도구가 없었던 것이다.

어쨌든 마지막 남은 네 명은 서로를 노려보며 자신이 최고의 우승자이며 강자라는 강렬한 눈빛을 보였다. 물론 그들의 온몸은 상처투성이였다. 여기까지 올라오기가 얼마나 치열했는가는 그들의 상처가 대변해주고 있었다. 어쨌든 사람들은 마타리가 올라온 것에 의외의 반응을 보였다. 그리고 과연 그가 결승전까지 갈 수 있을지 궁금해했다.

마침내 서로의 대진표가 결정되었다. 마타리는 수리도와, 기사마는 부거와 서로 맞붙게 되었다. 먼저 마타리와 수리도의 대련이 진행되었다. 수리도는 마타리를 날카롭게 노려보았는데 그것은 꼭 매서운 독수리가 병아리를 낚아채는 듯한 자세였다. 이것만 보더라도 마타리는 수리도의 상대가 되지 않는 것처럼 보였다. 사람들도 그렇게 생각했는데 아니나 다를까 초반부터 싸움은 수리도의 완벽한 우세로 보였다. 수리도가 숨겼던 발톱을 순식간에 날카롭게 세우고 공격하자 마타리의 몸에는 벌써 긁힌 자국이 몸에 선연히 드러났다. 아무래도 싸움은 하나 마나인 것처럼 보였다. 물론 궁지에 몰린 쥐가 고양이를 몰 듯 마타리는 눈동자를 빛내며 수리도의 억센 공격을 하나하나 반격했으나, 고양이와 쥐의 싸움은 승부가 명백하듯 마타리의 반격에도 아랑곳없이 수리도의 거센 공격이 계속되었다.

마침내 억센 발톱이 마타리의 어깻죽지를 파고들었다. 이로써 싸움은 끝이 나는 것처럼 보였다. 그러나 바로 그때였다. 마타리의 검이 그 발톱에 일격을 가했다. 실로 눈 깜짝할 사이였다. 그러자 그토록 억세게 보였던 발톱이 순식간에 꺾여버렸다. 어깻죽지를 수리도에게 넘겨주고 역으로 적의 강한 곳을 강타해버리는 전술이었다. 발톱이 꺾인 수리도는 그래도 안간힘을 쓰며 대항하려 했으나 채 몇 합도 견디지 못하고 목을 공격당했다. 이로써 사람들의 예상을 뒤엎고 마타리가 승리하게 되어 결승전에 진출하게 되었다.

이제 기사마와 부거의 차례였다. 이 결전은 창과 방패의 싸움 같았다. 온몸을 각질로 무장한 부거는 어느 곳 하나 공격할 곳이 없을 정도로 철옹성을 자랑하고 있었고, 반면 기사마는 상대를 옴짝달싹 못하게 하고선 단숨에 급소를 공격해 제압하였다. 두 사람이 서로를 노려보는 가운데 사람들은 누가 더 센가를 호기심 가득한 눈으로 바라보았다.

처음부터 기사마의 공격이 시작되었다. 상대의 빈틈을 예리하게 파악하고서 달려드는 파상적인 공격이었다. 어찌 보면 일방적인 공격 같았다. 하지만 어떻게 된 일인지 그런 공격에도 부거는 몸으로 가볍게 막아내면서 단숨에 상대의 심장을 물어뜯으려는 기회를 엿보기까지 했다. 도무지 공격이 소용없어 보였다. 아무리 공격해도 그것을 피하려 하지 않고 맞붙는 데에 기사마도 혀를 내두르는 것 같았다. 이렇게 한참의 시간이 흐르면서 이제껏 방어만 하던 부거가 목을 쭉 빼는가 싶더니 순식간에 기사마의 심장에 일격을 가했고 기사마는 몸을 비틀거렸다. 어느새 공수가 뒤바뀐 것 같았고, 그토록 강해보였던 기사마의 공격도 무디어졌다. 그래도 기사마는 공격을 늦추지 않았다. 하지만 그 공격 중에 허점이 발견되면 가차 없이 순식간에 반격해오는 부거의 공격에 기사마의 공격이 무디어질 수밖에 없었다. 그런데도 기사마는 현란하고 날렵한 동작보다는 간단한 동작으로 똑같은 공격만을 계속 해대고 있었다. 여기까지만 보면 사람들은 아무래도 공격보다 수비를 단단히 하는 것이 더 우세하다고 생각했다. 분명 사람들은 그렇게 여겼다.

하지만 어느 때인가부터 그토록 단단해 보였던 부거의 수비가 조금씩 흐트러지기 시작했다. 그것은 오직 한 곳만을 집중적으로 공격하는 기사마의 공격이 마침내 효력을 나타내기 시작한 것이었다. 부거는 처음과 달리 아주 단순한 공격에도 심하게 요동을 쳤다. 이것은 마치 계속 흘러내리던 낙수가 바위를 뚫은 격이었다. 부거가 몸을 움찔

할 때마다 기사마의 공격은 더욱 거세게 진행되었고, 마침내 강력한 타격이 가해지자 그토록 단단해 보였던 각질이 부서져버렸다. 그러자 부거는 그것을 만회하기 위해 공격으로 전환하여 진행하였으나 그럴수록 더욱 자신의 허점을 노출하게 되었고, 결국 기사마가 장기를 발휘하여 부거를 옴짝달싹 못하게 하더니 급소에 공격을 가했다. 그러자 방어보다는 공격이 범씨족의 기질에 맞다는 듯 사람들의 함성이 터져나왔다. 이에 힘을 받는 듯 기사마의 공격은 더욱 거세어졌고 부거는 항복하기에 이르렀다. 이로써 승리는 기사마와 마타리의 결승전에 달려 있게 되었다.

기사마와 마타리의 결전이 둥둥 북을 울리면서 진행되자, 마지막 결승전인 만큼 사람들은 오늘의 승자가 누구일 것인가 짐작하면서 연무대에 시선을 고정시켰다. 그러나 아무리 봐도 이 결전은 싱겁게 끝날 것으로 예측되었다. 결승전에 올라온 만큼 마타리의 실력도 만만치 않을 것이라고 생각했지만, 지금껏 그의 공격은 그렇게 예리하지도 못했고 그렇다고 부거처럼 방어가 단단하지도 못했기 때문에 마타리가 기사마의 상대가 될 것 같지는 않았다. 그만큼 사람들은 기사마의 공격을 높이 샀고, 반면에 마타리는 그렇다 할 출중한 무예 실력을 선보이지 않았던 것이다.

사람들의 예측대로 기사마의 선제공격이 시작되었다. 마타리는 처음에는 가볍게 몸을 놀리면서 기사마의 공격을 피하며 주위를 맴돌았고, 그런 그를 향해 기사마는 계속해서 공세를 취했다. 사람들은 역시 예측한 대로 진행되고 있다며 언제 마타리가 기사마의 억센 공격에 넘어질 것인가만 기다렸다. 그러나 쉽사리 마타리는 꺾이지 않았다. 그렇지만 기사마의 날쌘 공격은 벌써 마타리의 몸 여러 곳을 스쳐지나면서 상처를 내고 있었다. 그러나 승부를 결정짓는 공격은 이루어지지 못하고 있었다. 그렇게 얼마간의 시간이 흘렀다. 사람들은 목청을 돋우었다. 공격도 제대로 펼치지 못하고 피하기만 하는 마타리에게 정면으로 맞붙어 싸우라는 야유였고, 반면에 기사마에게 빨리 더 거세게 공격하여 끝장내버리라는 응원이었다.

그런 함성 때문인지 이제껏 주위를 어슬렁거리기만 하던 마타리가 기사마를 정면으로 마주하며 동작을 멈추었다. 마치 그것은 탐색전을 끝낸 호랑이가 마지막 일격을 가하려는 동작과도 같았다. 이에 기사마도 좋은 기회라는 듯 마타리를 향해 몸을 날렸다. 찰나의 순간이었다. 순간 모두들 마타리가 기사마의 공격에 그대로 꼬꾸라지는 줄 알았다. 그러나 상황은 완전히 달랐다. 공격을 그대로 맞받아쳤던 마타리의 몸은 벌써 기사마의 목줄기를 단단히 쥐고 있었다. 사람들은 자신의 눈을 의심하면서도 환호성을 질렀다. 이제야 그들은 마타리의 몸이 바로 무기라는 것을 파악했던 것이다. 지금껏 이 자리에 올라온 것 자체가 그만한 무예 실력이 있어서 올라온 것이라고는 생각했지만 그의 몸 자체가 바로 방어벽이고 무기라고까지는 생각지 못했던 것이다. 그래서 그들은 순식간에 반전되어버린 상황에 열을 올리며 흥분했다. 마타리는 무예 속에 바로 범의 사나운 기상을 담고 있었던 것이다.

모두가 놀라워하며 감탄을 금치 못하고 있는 사이에 마타리의 우승이 확정되었다. 호한 또한 무척 맘에 들어하였다. 그럴 수밖에 없는 것이 다른 무사들은 거북, 사마귀, 독수리, 황소, 뱀, 사슴 등 갖가지 다른 동물들의 모습을 담고 있었으나, 마타리는 바로 호랑이를 정령으로 삼고 있는 모습을 무예로 선보였던 것이다. 역시 범의 정령을 받들고 있는 범씨족의 우월성을 드러내 보이는 것이기도 했다.

호한이 얼마나 맘에 들어했는지 마타리를 불러 여러 가지의 상품을 내리는 은전까지 베풀더니, 그를 즉각 상장으로 임명하여 자기를 보필하라는 특명까지 내렸다. 물론 준우승자나 나머지 4강에 든 사람에게도 상을 내리면서 장군으로 임명하였다. 그러나 역시 모든 이들의 부러움을 산 이는 마타리였다. 마타리는 비로소 자신이 당하고 살았던 한을 풀 수 있는 자리에 올랐다는 사실에 지금까지 쌓여왔던 서러움의 눈물을 삼켰다. 호한이 다시 나섰다.

"이제 제군들은 나의 자랑스러운 전사가 되었다. 나는 우리 범씨족을 이 세상에 우뚝 솟은 나라로 만들 것이다. 그 어떤 나라라 해도 우리 범씨족에게 충성을 맹세하고 고개를 숙이도록 만들 것이다. 이런 범씨족의 천하를 위해 여러분은 기꺼이 목숨을 바칠 수 있겠는가?"

"명령만 내리시옵소서!"

기세 좋게 대답하는 무사들의 목소리에 흡족했는지 호한이 다시 입을 열었다.

"좋다. 그렇다면 이제 나의 명을 기다리고 있거라. 언제든 출정할 수 있는 준비를 갖추도록 하라. 자, 그러면 오늘은 맘껏 마시고 들도록 하라."

이리하여 이날 전사가 되기 위해 한길을 걸어왔던 사람들은 축배의 잔을 맘껏 들이켰다. 그러나 그것은 단순히 술을 마시는 것이 아니었다. 바로 동이채로 마시고 날카로운 송곳니로 고기를 뜯는, 그야말로 범이 짐승을 사냥하여 먹잇감을 뜯어먹는 그런 기쁨을 노래하는 것 같았다.

다음날 호한 일행은 다시 범씨족의 궁성으로 돌아가기 위해 마타리를 찾았다. 그리고 같이 올라가자고 하였다. 보필하라고 명했으니 당연한 요구이기도 했다. 그러나 마타리는 자기는 일을 처리할 것이 있으니 그 일을 처리하고 난 다음 찾아가겠다고 간절히 청하였다. 호한은 그게 무엇인지 궁금했지만 묻지 않고 흔쾌히 허락하였다. 마타리는 그 길로 혼자 그곳을 떠났고, 호한은 다시 궁으로 돌아왔다.

그리고 호한은 군사적 준비가 갖춰진 것을 계기로 참모 모사모로 하여금 군사를 동원할 명분거리를 만들라고 지시하였다. 호한의 명을 받은 모사모는, 먼저 주변의 나라들 중 국력도 약한데다 천신족에 우호적인 녹씨족을 응징하려고 마음먹고 그들에게 무조건적으로 항복하고 공물을 바쳐라, 그것도 직접 와서 배알하라고 요구하였다. 그와 동시에 녹씨족과의 국경 지대에는 연일 군사를 배치시켰다. 이로 인해 녹씨족과 범씨족의 국경에는 전에 없던 긴장감이 흘렀다. 이것은 바야흐로 거불단 환웅이, 천부인이자 하늘의 경을 여는 자가 새 세상의 주인이 될 것이라고 징표를 보여주면서 선인이 되어 하늘로 올라간 이래, 자연스럽게 발생하는 귀결점이기도 했다.

물론 천부인이자 하늘의 경을 열어 새 세상의 주인이 되고자 하는 세력도 있었다. 하지만 어찌 세상의 흐름이 그 이치만을 따진다고 되는 것이었던가? 오직 승자만이 살아남는 세상 속에서는 수단과 방법을 가리지 않고 그 목적을 달성하려고 하는 것은 어찌 보면 당연한 것이기도 했다. 여기서 범씨족은 군사력을 동원해 그 목적을 이루려고 한 것이었다.

"이제 우리 범씨족에게 복종하라. 그렇지 않으면 너희는 우리의 발에 짓밟히게 될 것이다."

그 선택은 실로 전쟁을 강요하는 것이나 다름없었다. 이런 소식은 벌써 주변 여러 나라로 퍼져나갔다. 그러다 보니 지금까지 거불단 환웅의 통치 하에 서로 독자적인 기반을 가지고 독립적으로 살아오면서도 서로 교류하며 평화롭게 살았던 여러 나라들은, 이제 선택을 강요받는 상황으로 치달았다. 이것은 세상에 진정한 우두머리가 없으면 새 우두머리가 탄생할 때까지 피를 흘리며 싸우는 이치와 같았다. 새로운 세상의 질서를 찾기 위한 과정은 어이없게도, 아니 필연적으로 범씨족과 녹씨족의 경계 지대에서부터 점차 전운이 감돌면서 시작되었다.

10

하늘의 시험

겨울이 지나가고 봄이 오면서 아사달은 더욱 분주했다. 그만큼 아사달은 다른 나라와 달리 활력이 넘치고 있었다. 이렇게 되기까지는 실로 눈물겨운 노력이 있었다. 어찌 보면 어떻게 그 겨울을 버텨왔는지가 신기할 정도였다.

처음 아사달에 도착했을 때만 하더라도 비록 황무지이기는 했으나, 큰 하천과 넓게 펼쳐진 땅을 개간하기만 한다면 사람 살 곳으로 이만한 곳이 없어 보였다. 하지만 당장 먹고살 것 없이 겨울을 난다는 건 막막하기 그지없었다. 신천지는 말 그대로 그림의 떡일 뿐이었다. 하지만 모든 것을 잃고, 아니 잃을 것조차 없는 사람들에게 자기가 일군 것을 자기가 가지게 된다는 약속은 그야말로 희망의 끈을 쥔 것이나 다름없었다. 그러한 미래가 있었기에 사람들은 그 추운 겨울에도 혹한의 추위와 배고픔을 이겨내며 땅을 개간하여 일구었고, 나무를 베어 가옥을 지었다.

이 같은 과정은 순전히 자신들의 힘으로 진행되었다. 그들 스스로가 대표를 선출하고 그 대표에 의해 일이 진행되었던 것이다. 그런데 이것은 사람의 힘을 단순히 합쳐놓은 것보다 훨씬 배가된 역량을 보여주었다. 그럴 수밖에 없는 게 자기들 스스로 대표를 뽑는 과정에서, 그 속에서 가장 능력 있다고 인정받은 사람들이 자연스럽게 선출되었기 때문이다. 그저 자리를 차지하기 위해서 권력자의 눈치를 보거나, 편의를 위해서 누군가를 지명할 필요가 없었던 것이다. 그러니 그들에 의해서 뽑힌 대표들은 그들을 지배하려고 하지 않고 그들과 서로 협의하여 문제를 풀어나가려고 하였다. 팽우와 성조, 그리고 고시 등이 그러한 인물들이었다.

팽우와 성조, 그리고 고시는 땅의 개척과 가옥의 건설, 종자 파종 등 각기 맡은 역할은 달랐으나 일을 진행하는 방식에서는 모두 같았다. 먼저 스스로 일꾼들과 함께 시범을 보여 여러 사람이 그것을 쉽게 배우도록 한 다음, 그들 각자에게 적합한 역할을 주어 진행하도록 하였다. 이것은 그들의 타고난 성품이 그러하기도 했지만, 서로가 너무도 잘 알고 있는 처지였던 것에서 기인했다. 서로를 형, 동생, 아저씨로 부르는 사이에서 지시와 통치는 그저 불필요한 군더더기에 지나지 않았던 것이다.

단군은 그들이 일하는 곳을 틈틈이 찾아보았다. 어렵고 힘든 일일

수록 그들과 함께 풀어가기 위함이었다. 그러나 그런 마음은 어찌 보면 착각에 불과했다. 단군이 상상했던 그 이상으로 일들은 착착 진행되고 있었다. 누구의 지시에 따라서가 아니라 서로의 필요에 의해서 조를 짜고 그에 따라 계획적으로 진행하고 있었던 것이다. 그리고 그들은 단군에게, 이런 일들은 자신들이 알아서 할 터이니 대신 자신들을 지켜달라고 요구했다. 자신들이 일군 것을 다시는 다른 누구에게 뺏길 수 없다는 의지의 표현이었다. 단군도 그 점을 약속했다. 하지만 맨땅에서 일어서는 일은 고단하지 않을 수 없었다. 그래서 그들에게 힘든 일이나 어려움이 있을 때면, 단군은 기꺼이 발구루에게 지시하여 군사를 동원해 그들을 도와주도록 하였다.

그렇지만 무엇보다 걱정인 것은 겨울을 날 수 있는 식량의 확보였다. 고시가 우선 들과 산에 있는 약초와 나물 등을 캐서 그 문제를 해결하겠다고 나섰다. 하지만 주곡이 전혀 없이 그것만으로 겨울을 버틴다는 것을 힘겨운 일이었다. 그들은 사냥과 어로 등을 통해 얻은 초근목피로 연명해야만 했다.

단군은 고심 끝에 수신족의 하백녀에게 사람을 보내기로 했다. 단군은 원래 신시에서 내려올 때 수신족 나라에 들르려 했는데 그렇게 못한지라, 미래를 기약했던 하백녀를 언젠가는 한번 찾아가야만 했다. 하지만 지금 상황에서 아사달을 비우고 갈 수 없는 노릇이었다. 그렇게 하백녀에게 소식을 보내는 편에 식량 지원까지 부탁하였던 것이다.

하지만 식량 문제만 급한 것이 아니었다. 당장 올 겨울에 얼어 죽지 않기 위해서도 최소한 가옥을 지어야만 했다. 성조는 수더분하게 보였지만 일을 할 때만큼은 꼼꼼하면서 간지게 처리하는 사람이었다. 그는 일꾼들을 데리고 집을 짓기 시작했는데, 그것은 지금까지와 같은 반토굴이 아니라 그것을 발전시켜 기둥을 세운 형태의 지상가옥이었다. 그가 지은 지상가옥은 살기가 매우 편하고 깨끗해 보였다. 거기에다가 실내에 화덕까지 갖추어놓으니 따뜻하기까지 해서 겨울을 지내는 데 별 걱정이 되지 않았다. 그래서 사람들은 이러한 형태를 맘에 들어하며 적극적으로 지상가옥을 지어나갔다.

가옥의 문제는 일단 첫선을 보일 때부터 사람들이 맘에 들어하였기에 큰 문제없이 진행되었으나 농토를 개간하는 문제와 관련해서는 말썽이 일었다. 땅을 개간하는 일이 만만치 않기도 하였지만 땅의 소유 문제가 관련되어 있었다. 사람들은 자신들의 세상을 만들겠다고 다짐했는지라, 그 방식을 놓고 땅을 개인의 것으로 해야 하는지, 아니면 마을 공동의 것으로 해야 하는지에 대해 의견이 분분했다. 그러다 보니 이 문제를 어떻게 해결하느냐에 따라 이곳에 정착하는 일의 성공 여부가 달려 있게 되었다. 그 책임자인 팽우도 어찌해야 할지 판단이 서지 않는지 단군을 찾아왔다.

"지금 도무지 일이 진척되지 않고 있사옵니다. 어떤 이들은 땅을 공동으로 소유하자고 하고, 또 어떤 이들은 개인이 소유하는 것이 합당하다고 주장하면서, 좋은 땅을 차지하려고 서로 다투기만 하고 있는 실정이옵니다. 해야 할 일은 산더미처럼 쌓여 있는데, 이렇게 말썽만 일어나고 있으니……. 이를 어찌해야 하는 것이옵니까?"

"나도 그 소식을 익히 들었습니다. 참 난감한 일인데……. 우선 그 문제에 대해 그대는 어찌 생각하는지 듣고 싶습니다."

"소신의 생각 말이옵니까? 그게 글쎄……. 솔직히 말해 소신도 어찌해야 할지 잘 모르겠사옵니다. 어찌 보면 각자의 주장이 다 일리가 있는 것 같기도 하고……. 땅을 공동으로 소유하게 되면 일을 하지 않고 놀고먹으려 드는 사람이 생길 테고, 개인이 소유하게 되면 땅을 많이 가진 사람과 전혀 가지지 못한 사람이 생길 테니…… 도무지……."

"그렇지요. 사실 여기에 온 사람들을 보면 충분히 이해가 되지요. 자기가 일한 것을 남에게 빼앗기지 않고, 배고픔 모르고 잘살아보겠다고 자기가 살던 곳마저 등지고 떠나온 사람들인데……. 그런데 공동으로 땅을 소유하자고 하면 누가 열심히 일을 할 것이며 또 그렇게 되면 언제 잘살 수 있는 날을 만들 수 있을까 해서 걱정하는 것이겠지요. 그렇다고 무작정 개인의 소유를 허용하면 자기 이익만 추구하며 협동도 잘 하지 않고, 결국엔 힘없는 자는 도태되어 또다시 남에게 얹혀 살게 되겠지요. 이 또한 궁극적으로 만인이 행복하게 잘살게 되는, 그런 바람이 실현되지 못한 것이니……. 참 난감한 일이긴 한데……."

단군은 한참 동안 이 문제에 대해 여러 모로 골몰했지만 좀처럼 답이 떠오르지 않았다. 그런데 팽우와 얘기를 나누는 중에 문득 수신족의 분배상이 떠올랐던 것이다. 단군이 다시 말을 이었다.

"이리하면 어떨까요? 일단 마을 단위로 영토의 범위를 정하고, 거기서 다시 몇 개의 조로 나눠 개인에게 나눠주게 하는 게지요. 물론 마을 공동의 이익이나 아사달 전체의 이익을 위해 중요한 부분은 공유지로 남겨두고요. 그리고 개인이 땅을 소유하게 하는 대신에, 수확량의 20분의 1을 조로 내야 한다는 점을 분명히 하는 거지요. 그리하면 열심히 일한 사람이 많이 가질 수 있도록 하면서도, 또 힘없는 사람들이 땅을 잃지 않을 수 있을 겁니다. 전체 이익을 위해서 땅을 사용할 수도 있으니, 이리하면 모든 사람이 행복하게 살 수 있지 않을까요?"

"듣고 보니 정말 옳으신 방안 같사옵니다. 저는 왜 그런 것을 생각하지 못했는지……. 그러면 이만 물러가겠사옵니다."

팽우는 곧장 달려가 단군의 제안을 사람들에게 설명했다. 그러자 사람들은 좋은 방안이라며 공감하면서 그것에 적극 찬동하였다. 비록 조를 낸다고 하더라도 절반 이상을 빼앗겼던 지난날에 비해 20분의 1이라는 아주 적은 양을 내는 데다, 또 개인적으로 땅을 가질 수 있으면서도 모두가 공동으로 잘살 수 있었던 것이다. 이렇게 이 문제가 해결되자 잠시 일었던 소란은 수그러들고 사람들은 더욱 일에 매달리게 되었다. 그들은 이 방안을 통해, 신천지를 찾아서 정말로 자신들의 세상을 만든다는 사실을 확인받는 것처럼 느꼈다.

개간 작업마저 활력이 붙게 되자 처음의 어수선했던 분위기는 사라지고 점차 조직적인 체계가 잡히면서 그 면모도 쇄신되었다. 그 체계는 누가 뭐래도 그들 스스로가 만든 것이었다. 그러니 그들의 마음도 더욱 한마음 한뜻으로 뭉쳐졌다. 시간이 흐를수록 그들이 일하는 기세는 더욱 가열차고, 그 속도도 빨라졌다.

하지만 모든 일이 순조롭기만 한 것은 아니었다. 미래의 희망을 보고 모든 힘을 쏟았으나 당장 끼니거리가 없어 굶어 죽어가는 판국에 이르자, 계속 그 일을 추진해야 하느냐는 반문이 터져나오게 되었던 것이다. 고시가 산과 들에 나가 약초와 나물은 물론이고 물고기 등을 잡아 식량거리를 마련한다고 해도 그것은 한계가 있기 마련이었다. 처음에는 그래도 어느 정도 가져온 식량이 있어서 서로 나눠 먹으며 버텼으나, 혹독한 추위가 몰아치는 겨울이 오니 도무지 그 끔찍한 생활을 이어나갈 엄두가 나지 않았던 것이다. 참다 못한 일부 사람들이 강력하게 주장하고 나섰다.

"일단 살아남는 것이 중요하오. 죽고 난 다음에 무슨 필요가 있겠소? 모두들 식량을 마련하기 위해 사냥을 해야 하오!"

급기야 그들은 일에는 동참하지 않고 개별적으로 먹을 것을 찾아나섰다.

그래도 팽우는 그런 사람들을 다독거렸다.

"비록 지금 힘들더라도 참고 이겨내야 내년을 기약할 수 있소. 그러니 조금만 더 참읍시다."

처음에 팽우의 이 같은 말이 효과가 있었는지 어느 정도 사람들과 같이 일을 할 수 있었다. 하지만 더는 배고픔을 참을 수 없게 되자 더 많은 사람들이 산과 들판을 찾아 헤매기 시작했고, 결국 그를 따랐던

사람들마저 떠나갔다. 팽우 옆에는 지가서 혼자만이 덩그러니 남아
넋 놓고 한숨만 푹푹 내쉬었다.

"왜 그런가? 어디 몸이 좋지 않은가?"

"그게 아니라, 이 일을 어찌해야 할지 도무지 막막하기만 해서 그러
하옵니다."

"힘을 내게. 누군가는 이 일을 해야만 내년을 버틸 수 있지 않겠는
가? 우리가 계속하면 사람들도 우리의 진심을 알고 다시 돌아올 것이
네. 그러니 참고 해보세."

"그건 알지만……. 그런데 과연 그날이 올지 그게 걱정이 되옵니다.
당장 먹을 것이 없어 굶어 죽을 판에……. 하긴 저들의 말이 꼭 틀린
것만은 아니지 않습니까? 허나 먹을 것을 마련하는 게 어디 하루이틀
에 해결될 수 있는 일도 아니고. 이러다간 올 겨울이나 넘길 수 있을
지……. 참 암담하기만 합니다."

사실 두 사람이 땅을 일구어나간다는 것은 벅찬 정도를 떠나 무모
하기까지 한 일이었다. 관목을 베어내고 수풀을 헤쳐 그 뿌리를 파내
는 것은 물론이고 돌과 자갈 등을 다 제거해야 했으니, 엄청난 노동력
이 요구될 수밖에 없었다. 하지만 당장 먹을 걸 찾아 헤매는 것도 이
해가 되었으니 그들을 탓할 수만도 없었다. 그러니 어찌하냐는 것이
었다.

"암담하다고? 자네는 정말 암담한 것이 무엇인 줄 아는가? 그것은
바로 농군에게 땅이 없어 무엇을 하려고 해도 내일을 기약할 수 없는

것일세. 농군에게 땅이 없다면 도대체 무엇을 할 수 있단 말인가? 자, 보세. 어찌 어찌 해서 올 겨울을 넘겼다고 해보세. 그러면 내년엔 어떻게 살 것인가? 기약이 없는 일이 아닌가? 그렇다면 우리가 여기에 왜 왔단 말인가? 아무리 지금 당장 어려워도 내년을 생각하자는 말이네."

"하지만 당장 사람들이 굶어 죽는 판에 저리 행동하는 것을 탓할 수만도 없는 노릇이고, 그렇다고 이렇게 두 사람이 한다고 해서 일이 진척될 것 같지도 않으니……. 이래 가지고 내년을 기약할 수 있겠사옵니까?"

"아닐세. 모든 세상일이 그러하듯 첫 삽을 뜨고 그것을 꾸준히 밀고 나가면 되는 것이네. 비록 지금은 자네와 나 둘밖에 없다지만, 우리가 이곳을 지키고 있는 한 그들은 다시 오게 되어 있네. 자, 힘들더라도 우리가 일군 이 들판에 누런 곡식이 주렁주렁 매달릴 것을 상상해보게. 상상만으로도 얼마나 배가 부른가? 그것만 생각하고 힘을 내게나."

그러고는 팽우가 지가서를 자신의 옆으로 불렀다.

"자, 농군의 힘은 손끝에 나온 것이니 그만 얘기하고, 이리 와서 이걸 좀 들어주게."

돌덩이를 같이 옮기자는 팽우의 말에 지가서는 할 말이 많았지만, 더는 따져 묻지 않고 별수 없다는 듯 팽우 옆으로 가서 일을 거들었다. 웬만한 바위 크기의 돌덩이를 옮기기 위해 두 사람은 어영차 어영차 하면서 안간힘을 썼다. 그러다 보니 조금 전까지 잔뜩 근심이 서렸던 표정은 온데간데없고 대신 이마엔 땀방울이 송골송골 맺혔다.

이때 군사 복장을 한 사람이 팽우를 찾았다. 팽우가 고개를 들어 바라보니, 그는 단군이 보낸 군사였다.

"단군께서 찾으시옵니다."

그리하여 팽우는 단군을 찾아나섰다. 실상 그는 지금의 상황을 단군과 상의하고자 하는 마음은 굴뚝같았으나 그런다 해도 뾰족한 수가 나올 것 같지 않아, 그저 속으로만 애를 태웠다. 그렇다고 땅 개간을 책임지고 있는 상황에서 자신마저 그곳을 떠날 수 없는 것이 그의 처지였다.

단군을 찾아가는 길에는 어린아이들만이 길가에 나와 마른 풀을 뜯어 입에 넣고 있었다. 팽우는 그것을 막으려다가 그만두었다. 이들의 모습은 하나같이 피골이 상접해 가시만 남은 양 말라비틀어져 있었다.

'이 일을 어떻게 할꼬? 도대체 어찌해야 한단 말인가?'

팽우는 어디 못 볼 것을 본 것처럼 고개를 돌리며 그곳을 지나쳤다. 사실 팽우도 내일을 위해 개간을 멈추지 말자고 말은 했어도 그들의 심정을 누구보다 잘 이해하고 있었다. 저런 자식들을 보고 부모로서 어찌나 몰라라 하며 앉아서 보고만 있을 수 있겠는가. 그렇다고 당장 먹을 것을 찾아나선다고 해서 해결될 일도 아니었다. 아니, 그렇게 하면 영영 문제를 근본적으로 해결할 기약이 없다는 것이 더 큰 문제였다.

답답한 마음을 가다듬고 단군을 찾으니, 벌써 그곳에는 고시와 성조가 도착해 있었다. 그들 또한 지금의 심각한 상황에 안절부절못하는 표정이었다. 특히 고시는 자신이 일을 잘 처리하지 못해서 이런 일이 발생한 것인 양 계속 죄스러워했다.

"아니지요. 어찌 그것이 고시 당신 탓이겠습니까? 도리어 지금까지 버텨온 것만 해도 모두 당신의 공입니다. 그러니 너무 자책하지 마시고 앞으로의 대책을 세워보도록 합시다."

단군이 먼저 고시를 위로하였다. 사실 단군이 이들을 부른 것은 이런 상황을 더 이상 두고 보았다가는 모든 희망이 사라질 것 같았기 때문이었다. 단군은 이미 이런 상황을 예상하고 있었던 것이다. 이번에 수신족의 비서갑 하백녀를 통해 양곡 지원을 요청했던 것도 그 때문이었다. 물론 그것은 좀 뻔뻔스러운 행동이긴 했다. 미래를 기약한 사람을 찾아보지도 않고 달랑 소식만 전하면서 대뜸 손부터 내미는 꼴이었던 것이다. 그래서 그는 소식을 전하면서 미안하다고 사과하고는 자신이 꿈꾸었던 세상을 이 아사달에서 만들어보고자 하니 꼭 도와달라고 요청하였던 것이다. 하지만 어찌된 일인지 하백녀로부터 도무지 소식이 없었다. 그렇다고 그것만 기다리면서 이런 혼란된 상황을 손 놓고 바라볼 수도 없었다. 그래서 단군은 기어이 직접 나서기로 했던 것이다.

"대책이라면, 먹을 것을 마련해야 하는 일인데……. 그런 방안이 있다는 것인지? 혹시 식량을 확보하기 위해 개간을 좀 늦추자고 말씀하시려고 그러는 것이옵니까?"

팽우가 단군의 말에 의문을 표하면서 개간을 중지하자는 것만은 결코 받아들일 수 없다는 입장을 취했다. 사실 아사 직전에 있는 상황에서 그것을 모면할 방도를 내자면 식량을 찾기 위해 나서자는 말밖에 나올 것이 없었다. 하지만 팽우는 결코 그리해서는 안 된다고 판단했던 것이다.

"소신이 먹는 문제를 해결하지 못해 이리되었사오나……, 그래도 결코 개간은 포기해서는 아니 될 것으로 사료되옵니다. 농사꾼은 죽을 때도 종자를 메고 죽는다고 하지 않사옵니까? 소신 어떻게든지 먹는 문제를 풀 것이나, 미래를 기약하자면 개간 작업을 밀고 나가야 하옵니다."

고시도 팽우의 의견에 동조하며 거들었는데 그 얼굴에는 비장감마저 감돌았다. 여기서 정착하느냐 마느냐 하는 관건이 자신에게 달려 있음을 확신하고 있는 듯했다.

"무슨 말씀을 하시는지 잘 알겠습니다. 나는 그 뜻을 존경합니다. 이런 상황에서도 희망을 잃지 않고 미래를 기약하자고 하시는 말씀에 도리어 용기백배할 수 있습니다. 하지만 두 분께서는 간과하시는 것이 있습니다. 그것은 지금 어떤 문제가 가장 절실히 해결을 요하느냐 하는 것입니다. 과연 먹을 것을 찾아 헤매는 것이 틀렸다고 말할 수 있겠습니까? 그러면 자식들이 굶어 죽어가는데 그것을 부모 된 심정으로 못 본 체 넘어가는 것이 맞겠습니까? 그건 아닐 것입니다."

단군이 말을 하다가 잠시 고시와 성조, 그리고 팽우를 한 사람씩 바라보았다. 그러자 그들은 차마 단군의 시선을 마주치지 못하겠는 듯 고개를 돌렸다. 그럴수록 단군은 이들이 얼마나 깨끗하고 순수한지,

아니 얼마나 마음이 확고하게 서 있는지 이해할 수 있었고 더욱더 믿음직하게 느꼈다. 하지만 마음의 의지와 현실은 다를 수 있는 것이었다. 그것을 알기에 단군은 가차 없이 다시 입을 열었다.

"내 솔직히 이에 대한 해답은 없습니다. 해답이 있었다면 이미 여러분이 찾았을 것 아닙니까? 그렇지 않습니까? 하지만 분명한 것은 현실을 똑바로 보아야 한다는 것입니다. 결코 외면해서는 안 된다는 겁니다. 무작정 이것이 옳으니까 밀고 나가자는 식으로 얘기하는 것은 비록 겉으로는 강해 보일지 몰라도, 이미 마음속에서는 안 된다고 자포자기하고 있는 것이나 다름없습니다."

모두들 단군이 직접 터놓고 하는 말에 얼굴을 붉혔다. 의지는 있으나, 아니 그리해서는 안 된다는 감정만 앞세웠지 실상 어떻게 풀어나가야 할 것인가에 대해 이미 해답은 없다는 부정적인 결론을 내리고 있었다. 그리고 그것이 문제라는 것을 단군은 분명하게 지적하고 있었던 것이다. 그러기에 그들 모두는 입을 다문 채 단군의 얼굴만을 바라보았다. 단군이 다시 입을 열었다.

"모두들 아시겠지만 지금 가장 큰 문제가 되고 있는 건 방법이 없을 것이라고 생각하면서도, 사람들을 하나로 모아 풀어가려고 하지 않고 그들이 제각기 뿔뿔이 흩어져서 행동하는 것을 방치하고 있다는 점입니다. 이렇게 하면 설사 올 겨울을 넘긴다고 하더라도 결국 모든 사람들은 여기서 안착하지 못하고 죄다 흩어지고 말 것입니다. 그렇게 되면 우리의 희망은 물거품이 될 것입니다. 이번 문제를 해결하는

데 있어서의 관건은 어떤 일을 하더라도 다 함께 힘을 모아 진행해야 한다는 점입니다. 보십시오. 지금껏 땅을 개간하고 집을 짓고 또 먹을거리를 마련하는 데서도 모두 힘을 합쳐나갔을 때 얼마나 큰 성과를 거둘 수 있었습니까? 또 얼마나 희망에 벅차올랐습니까? 이 모든 성과는 힘을 모아 조직적으로 문제를 풀어갔던 것에 있습니다. 그런데 지금 식량난 앞에 이 모든 성과가 다 사라지고 있단 말입니다. 단지 미래를 기약하기 위해 이것은 포기하지 말아야 한다는 당위성만을 주장하고 있다 보니 그리된 것이 아닙니까?"

"그럼, 당분간 개간 작업을 중단하고 식량 문제를 해결하기 위해 모두 나서자는 말씀이옵니까? 만약 그리한다면 땅 개간 작업은 끝내 포기하게 되고 말 것입니다. 말로는 그렇게 하지 않는다고 하지만 실제로는 그렇게 될 가능성이 많사옵니다. 식량 문제가 단시일에 해결될 문제는 아니지 않사옵니까?"

팽우가 여전히 의문을 표시했다. 팽우는 식량을 구하는 것 자체를 반대하는 것이 아니라 그로 인해 개간 작업을 포기할까봐 그걸 염려하는 것이었다.

"물론 식량 문제가 빠른 시일 내에 해결될 가능성은 없겠지요. 그렇다고 굶어 죽는 것을 방치할 수도 없지 않습니까? 그럴 바에는 조직적으로 식량을 마련하기 위해 나서자는 겁입니다. 그러면서 포기하지 말고 풀어가자고 사람들을 설득해야지요. 여러분들이 그걸 포기하려고 하지 않고 끝까지 밀고 나간다면 다른 분들도 그것을 받아들일 것입니다. 여러분이 생각하는 만큼 다른 분들도 그리 생각할 것이라는 겁니다. 우리, 사람들을 믿고 일을 풀어나가 봅시다."

단군은 확신에 찬 표정으로 그들을 바라보았다. 그들 역시 그런 단군의 의중을 이해하는 듯 고개를 끄덕였다.

"사람들을 조직해서 하자는 것인데, 어찌하면 되겠사옵니까? 무슨 좋은 대책이라도 있으시옵니까? 고시는 먹을거리를 획기적으로 늘릴 방안이 있습니까? 그것을 말해주면 그에 맞춰 해결할 부분을 찾아보시는 게 좋을 듯싶사옵니다."

성조가 단군의 말에 동의하면서 고시를 쳐다보았다. 그 방안을 말해보라는 소리에 고시는 난감해했다.

"글쎄⋯⋯. 조직적으로 일을 처리한다고 해서 없던 식량거리가 당장에 해결될 수 있는 것은 아닌 것 같고⋯⋯. 도대체 어찌해야 할지 막막하기만 합니다. 더욱이 이렇게 눈앞의 먹을거리만 해결하려고 하면 내년에 농사에 쓸 종자는 어떻게 마련해야 하는지⋯⋯. 지금 이런 것에는 전혀 신경을 쓰지 못하고 있으니⋯⋯."

고시의 얘기에 모두들 얼어붙은 듯 말을 하지 못했다. 진짜 관건은 바로 내년의 파종을 준비하는 것인데 그것에는 모두 넋 놓고 있었으니, 정말로 암담한 것은 바로 그 문제였던 것이다. 사실 개간을 진행하고 있는 것도 내년에 파종을 하기 위해서인데, 그 파종할 문제를 해결하지 못하면 지금의 것은 아무 소용이 없었다. 마침내 단군은 결심한 듯 입을 열었다.

"좋습니다. 우리가 지금 조직적으로 먹을거리를 해결하자고 하는 것은 당장 눈앞의 어려움을 극복하자는 의미도 있지만 무엇보다 미래도 기약하기 위해서가 아닙니까? 그러니 눈앞의 일만 처리하려고 하면 안 되겠지요. 앞을 보고 그것을 해결하기 위해 나서야 할 사람은 그것을 계속 준비해나가야지요. 팽우는 사람들을 조직하여 계속 개간 작업을 진행하시고, 고시는 지금 당장에 먹을거리가 아니라 내년에 파종할 것을 준비해야 할 것입니다. 그리고 성조는 가옥뿐만이 아니라 농사짓기 위한 도구들도 틈틈이 마련해주시고요."

"그러면 소신들 보고 자기가 맡은 바를 계속하라는 말씀인데, 그러면 누가 있어 당장에 먹을거리를 마련하겠사옵니까? 그러시다면 혹시……. 직접 이 일을 맡아서 하시겠다는 말씀이옵니까?"

단군이 조용히 고개를 끄덕이자 고시와 성조, 그리고 팽우는 동시에 눈을 번뜩였다. 단군이 그렇게만 해준다면 자신들은 각자 맡은 임무를 기필코 해내겠다는 결의의 표명이기도 했다.

그날부터 단군은 영내에 명을 내려 군사만이 아니라 사람들 모두가 조직적으로 사냥에 참여하도록 하였다. 우선 사냥을 통해 당장에 먹을거리를 해결하고자 하는 것이었다. 또 이것은 단순히 먹는 문제만 해결하는 것이 아니라, 단련된 군사들과 함께함으로써 군사적인 훈련을 어느 정도 담보하기 위한 조치이기도 했다. 사냥을 할 때는 원래 군사 무기를 다루기도 했기 때문이었다.

모든 사람들이 커다란 산을 에워싸 짐승들을 모는 과정은 오랜만에 사람들에게 활력을 가져다주었다. 함께 소리치고 창으로 찌르고 활로 쏘고 하는 일련의 행동이 그야말로 사람들에게 신바람을 일으켰던 것이다. 어쨌든 이렇게 사람들을 동원하여 잡은 사냥감을 골고루 나눠 당장에 필요한 식량을 일정하게 확보할 수 있었다. 다시 사람들 속에서는 일정한 질서와 체계가 세워지고 사냥을 하지 않는 날에는 땅 개간 작업이 대대적으로 진행되었다. 물론 고시는 내년 봄에 파종할 씨앗을 확보하기 위한 일에 전념하기 시작했고, 성조는 추운 겨울을 보내기 위한 가옥을 건설하면서도 고시의 요구를 받아들여 내년에 농사를 잘 짓기 위한 도구들을 만들어나갔다.

모두가 함께 해결하자고 노력하다 보니 다시 희망이 살아났고 어느 정도 혼란이 정리되었다. 하지만 이것이 얼마나 갈지 몰랐다. 지금 당장은 임시방편으로 해결하는 것이지만, 사냥으로 올 겨울을 보낼 식량을 마련하기에는 턱없이 부족했기 때문이었다. 그런데 하늘은 스스로 돕는 자를 돕는다고 하지 않던가? 바로 하백녀가 단군을 믿었고, 그 결과 비서갑의 수신족으로부터 양곡이 도착하였던 것이다.

이렇게 해서 아사달 사람들은 그 지난했던 겨울을 힘겹게나마 버틸 수 있었다. 그리고 봄이 오자, 그들은 겨울을 버텨냈고 살아남았다는 기쁨을 노래하게 되었다. 아니, 도저히 불가능하다고 여겼던 것을 자신들의 힘으로 해결해냄으로써 갖는 자부심과 긍지, 그리고 자기 자신에 대한 믿음은 그야말로 봄기운과 함께 새 세상의 기운을 몰고 오는 것처럼 엄청난 기세로 타올랐다. 사람들은 그 추운 겨울에도 아랑

곳하지 않고 개간했던 땅에 새로 파종을 할 기분으로 들떴다.

하지만 삶의 고단함은 여기서 끝나지 않았다. 봄을 맞아 씨를 뿌리자면 종자가 있어야 했던 것이다. 사람들은 한숨을 지으면서도 뭔가 기대의 끈을 놓지 않았다. 한번 호된 시련을 겪고 그것을 극복해온 경험은, 또 다른 장애 앞에서도 결과를 모르더라도 반드시 해내고야 말겠다는 의지를 가져다주었기 때문이었다.

이에 부응하듯 고시는 그 해결책을 가져왔다. 어떻게 종자를 마련했는지 산벼, 수수, 기장, 그리고 콩 등 여러 가지 씨앗들을 구해와서는 사람들에게 나눠주었던 것이다. 그러고는 제때에 맞춰 씨앗을 뿌려야 한다면서 땅을 깊게 갈아 비료를 주어 비옥하게 만들고, 직접 파종하기 좋게 손보면서 다른 사람들에게도 그리하도록 요구했다. 그 모습에 감탄해 마지않던 사람들은 너나없이 따라하기 시작했다. 그리하여 사람들은 봄이 오는 들판에서 제때에 맞춰 씨를 뿌리기 위한 일손을 바쁘게 움직였다.

새 세상에 대한 희망에 부풀어 있는 사람들의 모습은 예전과 완전히 달라 보였다. 물론 그 때문만은 아니었다. 그것은 땅의 공동 소유를 인정하는 동시에 개인적인 소유도 인정하고 있었기에, 그에 맞게 일들이 진행되고 있었기 때문이었다. 무조건 떼거리로 농사를 짓는 모습과는 확연히 달랐던 것이다. 예전에는 마을 단위로 일이 진행되었다고 한다면, 지금은 가족 단위를 기본으로 서로 품을 나누며 일하는 형태로 진행되었다. 그러다 보니 더욱 소출을 높일 수 있는 농업 형태를 그들 스스로가 적극적으로 받아들이는 셈이 되었던 것이다. 이렇게 된 것은 그만큼 농기구의 발전이 담보되었기 때문이었다. 예전에 부지깽이 같은 것으로 땅을 대충 파서 농사를 지었다고 한다면, 고시가 설계하고 성조가 만들어낸 쟁기 같은 것이 대대적으로 보급된 이후에는 갈이농사를 진행하고 있는 데다가 땅을 비옥하게 하기 위한 퇴비 같은 것도 적극적으로 활용하였다. 사람들은 이런 새로운 농기구들을 받아들이면서 고시가 식량 문제에 관한 한 천부적인 재질을 가지고 있다고 칭찬해 마지않았다.

새로운 봄기운의 등장과 함께 소유 관계의 변화와 쟁기 같은 농기구의 발전, 그리고 새로운 세상에 대한 희망 등의 반영을 통해 사람들의 자발적인 창의성이 적극 발현되었다. 이로 인해 이전에 강요된 노동과는 비교할 수 없을 정도로 파종은 신속하고도 대대적으로 진행되었다.

단군은 이런 일들이 성과적으로 진행되고 있다는 보고를 받고서도 직접 몇몇 수하들과 함께 곳곳을 돌아다니며 확인하였다. 정말 그 자신도 놀랄 지경이었다. 그는 이것을 보면서 사람들의 힘을 모아내기만 한다면 그 어떤 것도 못할 일이 없다는 사실을 깨달을 수 있었다. 그러면서 앞으로도 그 해결책을 다른 그 무엇에서 구할 것이 아니라 사람들과 직접 어울리면서 해결해나갈 것이라고 다짐하였다. 어쩌면 이런 것이 환인과 환웅의 뜻을 이어받으면서 건설해야 할 새로운 세상이 아닌가 하는 생각도 들었다. 급한 농사일을 해결했다는 마음에 단군은 매우 흡족해하면서도, 여기서 더 나아가 새 세상을 열어나가기 위한 기본 골격과 체계를 세워야겠다고 마음먹었다.

그러나 이런 단군의 바람은 바깥의 엉뚱한 사건에 의해서 흔들리게 되었다. 범씨족은, 녹씨족이 형제의 나라로 지내겠으며 매년 얼마간의 양곡을 보낼 것이니 이해해달라고 요청했는데도, 그저 약탈과 살인 자체를 목적으로 녹씨족을 침략하였던 것이다. 그 참상이 어찌나 처참하였는지, 귀신도 얼씬거리지 못할 정도였다.

녹씨족의 참상이 전해지자, 소국들은 두려움에 벌벌 떨었다. 이런 분위기에 사씨족은 범씨족에 충성을 맹세하고 함께하겠다고 선언하였다.

사씨족이 투항하면서 범씨족에게 대항해 연합 전선을 펴고자 했던 나머지 세력들은, 어느 누구도 감히 앞장서서 범씨족에게 대항하려고 하지 않았다. 도리어 자신들이 그 희생양이 되지 않기를 바랄 뿐이었다.

이러한 상황에까지 이르자, 이곳 아사달도 언제 범씨족의 잿밥이 될지 알 수 없는 일이었다. 따라서 사람들은 파종에 전념해야 할 시점에서 주변의 변화에 신경을 곤두세우지 않을 수 없었다. 단군 역시도 고심하기는 마찬가지였다. 무엇보다 중요한 것은, 지금 양곡 생산에 전력을 다하지 못한다면 앞으로의 일이 더욱 낭패라는 점이었다. 그러니 이 문제가 원만히 해결되도록 하는 것이 무엇보다 중요했다.

사실 한편에서는 천부인이자 하늘의 경을 열겠다고 나서고, 다른 한편에서 그것을 힘으로 차지하겠다고 나오는 상황에서, 과연 어떤 것이 옳은 길인지 명확히 할 필요가 있었다. 그러나 분명한 것은 두 가지 방식 다 그렇게 해서는 새 세상을 열 수 없을 것이라는 거였다. 단지 이곳 농군들의 모습을 통해 새 세상의 기운은 바로 사람에게 있다는 점만은 확실하다는 것이었다. 하지만 그것은 대체적인 방향이 었을 뿐, 그 구체적인 방법은 잡힐 것 같으면서도 좀체 잡히지 않는 신기루 같은 그 무엇과도 같았다.

단군은 이에 대해 가타부타 언급하지 않았다. 도리어 전혀 관심이 없는 것처럼 행동했다. 만약 이러한 상황에서 단군이 걱정하는 모습을 조금이라도 보이면 백성들이 흔들릴 게 틀림없었다. 그래서 그는 이 문제는 도외시한 채, 새 세상에 희망을 가질 수 있느냐의 여부는 양곡 생산을 얼마나 잘 해내느냐 하는 것에 달려 있다며 이에 만전을 기해 나갈 것을 역설했다. 세상이 술렁거림에도 상관없다는 듯 그 자신이 직접 고시와 성조, 그리고 팽우 등의 사업을 적극 도우며 나섰다.

그러자 사람들은 처음에는 두려움과 공포심에 사로잡혔지만 점차 제자리를 잡아가며 다시 일에 전념하게 되었다. 어쩌면 이것은 세상이 어떻게 변하든 관계없이 자신들의 일을 묵묵히 해나가는 농군들의 뚝심과 맞아떨어지는 것 같기도 했다. 물론 그렇다고 범씨족의 공격을 받을지 모른다는 그 두려움과 공포가 가슴속에서 완전히 사라진 것은 아니었다.

결국 언젠가 다가올 폭풍이 마침내 몰아치듯 일순간에 분위기를 깨뜨리는 사건이 발생하였다. 어디선가 이상한 노인이 나타나 올 여름에 변고가 생길 것이라며 드러내놓고 사람들을 선동하고 다녔던 것이다. 이것은 단군에게 큰 치명상을 가져다주는 일이었다. 어떻게든 전쟁의 공포를 잠재우고 사람들이 묵묵히 일해나갈 수 있게 하려고 고심하고 있는데, 그것을 방해하려 하고 있으니 이것은 결코 그로서는 간과할 수 없는 문제였던 것이다.

단군은 그 진상을 파악해 보고하라고 명하면서 그 노인을 즉시 잡아오도록 하였다. 혹세무민하며 사람들의 마음을 어지럽도록 조장하고 있으니 따끔하게 혼을 내야 한다고 판단했던 것이다. 사실 그렇지 않아도 천부인이 사라지고 새 세상의 주인이 될 사람이 그것을 열게 될 것이라고 하는 바람에, 그것을 차지하기 위한 경쟁이 일어나 대혼란에 빠져들고 있는 상황이었다. 그런데 이 판국에 변고설까지 퍼뜨리는 것은 아예 불난 곳에 기름을 들이붓는 격이었다. 이를 엄금하지 않고서는 결코 사람들의 혼란스러움을 막을 수가 없을 것이었다.

단군의 수하가 그 노인을 데려왔는데, 단군은 깜짝 놀랄 수밖에 없었다. 그 노인은 다름 아닌, 지난날 고행의 길을 떠났을 때 세상을 주유하면서 보고 느낀 점을 그에게 얘기해준 신지라는 인물이었던 것이다. 이 사람이라면 단순히 그런 괴소문을 지껄이는 사람이 아닐 텐데. 단군은 그 노인을 알아보고는 예를 취한 다음 정중히 따져 물었다.

"도대체 왜 변고설을 퍼뜨리시는 것입니까? 지금 보는 바와 같이 이제야 질서가 새롭게 잡혀나가고 오곡을 재배하며 생활의 기반을 다지고 있는 마당에……. 노인장께서는 여러 곳을 둘러보았으니 상황이 그렇지만은 않다는 것을 누구보다 잘 아시지 않습니까. 더욱이 그런 일이 있으면 그것을 막을 방책을 얘기해야지, 어찌 사람들을 선동해 이리 불안하게 만드시는 것입니까?"

"하늘의 뜻이 그러하건대 어찌 사람의 힘으로 그것을 막을 수 있겠습니까? 설사 그것을 막을 수 있다고 해도, 아니 진정 그것을 막으려고 한다면 하늘의 기운이 펼쳐지는 것을 알아야 하지 않겠습니까? 내 그것을 말해주고자 했을 따름이오."

노인의 말에 단군을 답답하다는 듯 가슴을 쳤다.

"변고가 하늘의 뜻이라고요? 허허! 어찌 그런 경우가 있다는 말입니까? 그거야말로 무지몽매한 사람들을 현혹하여 자신들의 이익을 꾀하려고 하는 사람들이나 하는 짓이지요. 그럼, 지금 범씨족이 군사를 일으켜 전쟁을 벌이는 것이 과연 하늘의 뜻이란 말입니까? 그건 단지 범씨족 수장 호한의 야심인 것이지요."

노인은 천천히 고개를 가로저으며 대답했다.

"그거야 맞는 말씀이지요. 허나 나는 그게 전쟁이라고는 말하지 않았습니다."

"뭐요? 전쟁이 변고가 아니라고요?"

단군은 신지의 말에 깜짝 놀랐다. 대뜸 지금의 상황을 염두에 두고 짐작해서 말한 것인데, 그 얘기가 아니었던 모양이었다. 진짜 하늘의 뜻을 얘기하는 것이라는 말에 단군은 의아하게 생각했다. 실상 신지는 혹세무민할 사람이 아니었다. 단군은 신지가 그런 말을 한다는 게 좀 납득이 가지 않았다. 그 의문을 풀어주듯 신지가 다시 입을 열었다.

"하긴 전쟁일지도 모르지요. 아니면 또 다른 것일지도……. 그것이 무엇인지도 나도 잘 모릅니다. 단지 분명한 건 예로부터 하늘은 사람이 잘하고 못하는 것을 경계하고 가르치기 위해 그 뜻을 보였다는 거지요. 그 어떤 형태로든 조만간 대재앙을 내릴 것이라고 말입니다."

신지의 말은 알 듯 모를 듯 미묘한 의미를 띠고 있었다. 지금 천부인을 열기 위해 온갖 나라들이 그 방법을 찾기 위해 혈안이 되어 움직이고 있는데, 마치 그러한 행동이 잘못되었으니 하늘이 재앙을 가져다 줄 거라는 소리로도 들렸다.

"대재앙을 내린다고요? 가르치고 경계하기 위해? 도대체 무엇을 어떻게 말입니까?"

단군이 놀란 눈으로 묻자 이에 신지가 다시 대답했다.

"하늘의 뜻은 무엇보다 저 높은 하늘의 별자리에게 먼저 보여주지요. 그런데 가장 중요한 큰곰별자리가 거대한 태풍의 눈에 걸쳐 있어요. 그건 곧 변화와 재앙을 의미하지요. 별자리가 어떻게 생겼는지를 안다면, 왜 그것이 인간 세상의 변화의 조짐을 먼저 보여주게 되는지 자연히 알게 되지요."

신지는 자신의 말에 확신을 가진 듯 얘기하고는, 자연스럽게 인류 출현의 유래까지 설명하기 시작했다.

"원래 천지창조는 율려(律呂, 소리)에 의해서 열렸지요. 그 율려가 몇

번 부활하여 별들이 나타나며 바다와 육지가 생겨났고, 인간의 어머니인 마고麻姑가 잉태되었던 것이지요. 그래서 마고는 율려, 즉 하늘의 본음本音에 의해 마고성麻姑城을 세우고 천상의 세계를 열었던 거고요. 허나 그렇게 평화스럽고 행복했던 그 이상 세계는 오미五味의 변變으로 깨어지게 되었지요. 우주의 원리인 율려律呂의 소리를 듣지 못하게 되었으니, 더 이상 그것이 유지될 수 없게 되었던 거지요. 그래서 그 세상을 다시 찾고자 복본複本의 길을 수행하게 된 것이지요. 황궁씨, 유인씨, 환인씨로 이어지는 그 수많은 세월이 바로 그 과정이지요."

"허나 환인씨께서는 복본의 길을 마침내 걸었고, 그 뒤를 이은 환웅이 큰 뜻을 품은 것을 아시고 직접 천부삼인天符三印을 내려주시며 그 큰 뜻을 펼쳐 보이라고 하신 것이 아닙니까? 그런데 왜 재앙을 내리신다는 것입니까?"

"하늘이 아니라 사람이 그리한 것이지요. 율려라는 것이 무엇입니까? 우주의 근본 원리이자 세상의 원리가 아닙니까? 그러니 율려에 따르면 우주와 사람이 하나가 되는 것이지요. 그런데 오미(五味, 포도)의 맛을 봄으로 해서 그 합일이 깨져버린 것이지요. 그렇듯 그 근본 원리를 담고 있는 천부삼인의 이치에 따르지 아니하고 그것을 군사적인 힘으로, 아니면 간사한 요술로 얻고자 하고 있으니 하늘은 재앙을 내려 그것을 훈계하려고 하는 것이지요. 그것을 지금 하늘의 별자리는 분명 예시하고 있소이다."

신지의 얘기를 통해 태고의 전설에서부터 별자리의 움직임 등, 그가 지닌 세상에 대한 지식이 상당하다는 것을 짐작할 수 있었다. 이것은 단순히 변고설을 퍼뜨려 혹세무민하기 위해서 그런 말을 하고 있음이 아니라는 사실을 보여주는 것이기도 했다. 어쩌면 그것을 막아야 한다는 것을 얘기하려는 것 같기도 했다. 그래서 단군이 조심스럽게 입을 열었다.

"분명 하늘의 뜻을 보이기 위해 대재앙을 보낸다고 말씀하셨지요? 하지만 그것을 막을 수 있다면 막아야지요. 그렇지 않습니까? 그러니 대체 대재앙이 무엇인지 말씀해주시지요."

"그것이 사람의 힘으로 막을 수 있는 것인지……. 하여튼 하늘이 재앙을 내린다는 것이고, 이를 통해 사람들에게 경계해야 할 것들을 가르치려고 한다는 사실이지요."

"그런 말씀 그만하시고, 어찌하면 그것을 막을 수 있을지 그것을 말씀해보세요. 별자리가 세상에 변고가 생길 것이라고 말해주고 있다고 하니, 그것을 막을 방책도 예시해주지 않겠습니까? 그것도 모르고 이러한 사실을 이야기했다고 한다면 그야말로 사람을 기만한 것일 터이고, 막을 수 없다고 한다면 차라리 말하지 않는 편이 더 낫지 않겠습니까? 천기를 누설한 것에 대해 책임을 지셔야지요."

단군의 비판에도 신지는 그저 알쏭달쏭한 소리만을 되풀이했다.

"그게 무엇인지 알면……. 단지 내가 본 하늘의 뜻은 그런 조짐을 보여주고 있다는 것입니다. 거기까지가 내 능력인 것을요……. 허나 말씀대로 대재앙의 조짐을 보여주었다는 건 어쩌면 그걸 막으라고 하

늘이 예지해주는 것일 수도 있겠지요. 그런데 글쎄······. 천부인을 열
새 세상의 주인이 될 분이라면 몰라도······."

"그런 하나 마나 하는 소리를 하고 있다니요! 그럼, 그분이 나타날
때까지 기다려야 한다는 말인가요? 참으로 무책임하시군요."

단군은 실상 하늘의 뜻이 무엇인지 신지만큼 정확히 알 수는 없었
으나, 사람이 할 수 있는 일을 단지 하늘의 뜻이라고 하며 방관적인
상태로 있고 싶지는 않았다. 환인을 이은 환웅께서 천상의 세계가 아
니라 지상의 세계에서 홍익인간의 세상을 개척하려고 한 것이나, 태
고의 전설이 오랜 동안 사람들의 입에 회자되며 내려왔던 것은, 능히
사람의 힘으로 그것을 세울 수 있기 때문이라고 생각했다.

하지만 어찌 하늘의 뜻을 사람이 막을 수 있겠느냐는 신지의 반문
에, 그 자신 또한 분명하게 대답하지 못했다. 단군은, 백성들에게 이
제야 먹고살 수 있는 공간을 마련해주었는데, 대재앙이 몰려온다고
하면 그대로 당할 수만은 없고 어떻게든 그것을 막아내야 하지 않겠
느냐며 자신의 뜻을 밝혔다. 그러자 신지는 지켜보겠다고만 대답하
였다.

단군은 재앙을 막겠다고 했으나 속으로는 막막하기만 했다. 이건
꼭 뜬구름 잡는 식이었다. 도대체 무슨 일이 어떻게 벌어지는 것인지
알아야 그 방책을 세울 수 있을 것이 아닌가? 단군은 고심 끝에, 그것
을 막으려면 그것이 무엇인지부터 알아야 한다는 단순한 이치에 따르
기로 결정하였다. 그건 하늘의 뜻을 알아야만 한다는 것이고, 그러자

면 직접 하늘의 기운과 통해야만 했다.

　마침내 단군은 복본의 수행에 들어갔다. 그가 택한 곳은 하나의 토굴이었는데, 볕이 잘 들고 바람이 잘 통하는 곳이었다. 원래 아사달이라는 지역 자체가 그러한 지형 조건을 갖추었는데, 토굴은 그런 곳들 가운데서도 하늘의 기운이 잘 통하는 산 중턱에 자리하고 있었다. 그곳에서 그는 몸과 마음을 비우고 하늘의 기운과 통하여 그 뜻을 취하고자 하였다. 이것은 몸과 마음을 수행하여 우주의 소리를 듣고 하늘과 하나가 되는 길이었다. 어쩌면 이것은 환인과 환웅께서 계속 금계를 행해왔던 것을, 지금에 이르러 단군이 그 본을 받아 수행하고자 하는 것이었다.

　그는 먼저 토굴에 쑥 같은 것으로 온갖 벌레들이 침습하지 못하도록 한 뒤에 음식을 끊고 수행에 들어갔다. 하지만 온갖 잡념들이 머릿속에 맴돌았다. 그럴수록 그것을 떨쳐버리려는 강인한 의지가 발동되었다. 그러다 보니 그의 머릿속이 혼탁해지면서 이상한 힘에 의해 이끌려갔다. 그것에서 벗어나려고 안간힘을 썼지만, 그럴수록 반인 반수의 괴물과도 같은 이상한 힘이 생겨나 온몸에 넘쳐흘렀다. 그러나 그것은 원래의 자신이 아니었다. 새로운 힘은 생겼으나 단군 자신의 의지보다는 괴물의 수하 노릇을 하는 자신을 발견하였던 것이다. 이것은 결코 단군이 바라던 바가 아니었다. 20일이 지나도록 어떤 진척도 일어나지 못했다. 매번 수행에 들어갈 때마다 그는 흠뻑 땀을 흘리며 신열에 시달렸다.

도무지 진척이 없었다. 될 듯 말 듯 하다가 어느 정도에서 딱 멈춰버리니 정말 포기하고 싶었다. 어쩌면 지금껏 마늘과 쑥으로만 연명한지라 몸에 기운이 하나도 없어서 그런지도 몰랐다. 지금껏 아사달 백성들의 희망을 놓고 싶지 않아 대재앙만은 반드시 막아야 한다는 일념이 그의 머리를 강렬하게 지배하여 왔으나, 어느덧 그의 마음은 무엇을 추구하고 있는지 그 사실조차도 모를 정도로 포기하기에 이르렀다. 아니, 포기라는 것 자체를 잃어버렸다. 그야말로 모든 것을 하늘에 맡겨버린 것이다. 무아의 경지라는 것이 바로 이런 것인가 싶었다. 그것은 한순간이었으나 동시에 무한의 시간이기도 했다. 또한, 시간이 멈춰버리는 듯했다.

바로 그 순간, 정수리를 통해 한줄기 시원한 바람이 불어오는 것 같은 기운을 느꼈는가 싶었는데, 그의 귀에 엄청난 소리의 울림이 들려오는 것이었다. 그것은 아주 작은 소리였으나 우주를 지배하는 듯 꽉 차 있는 소리였다. 천상의 세계에서 언제나 들려오는 율려의 소리였다. 원래 우주와 인간이 하나가 되는 곳에서는 언제나 이 소리에 따라 행동하여 거스름이 없었는데, 천상의 세계를 잃어버린 지금의 세상에서는 복본을 수행해야만 얻을 수 있는 소리였다. 어떤 마음이나 의지도, 그 모든 것이 스며들 곳이 없는, 그저 소리만이 있을 뿐이었다. 단군은 평화롭고 조화로운 소리에 자연스레 따르게 되었다. 그러자 자신도 모르는 사이에 온갖 몽환과 관념이 사라지고, 그토록 그를 얽매던 잡귀마저 추풍낙엽처럼 떨어져나갔다. 그와 동시에 단군의 모든 것은 하늘의 기운과 하나가 되었다. 그의 눈에 하늘의 별자리와 기운이 환하게 보였다.

다음 순간, 그 기운은 언제 그랬냐는 듯이 사라지고 거대한 회오리 바람이 일더니 엄청난 먹구름을 몰고 왔다. 순식간에 세상은 암흑천지로 변해가고 있었다. 도대체 어떻게 되는 것인지 어둠 속에서 아무 것도 분간할 수가 없었고, 그 엄청난 기세에 아무런 저항도 할 수 없었다. 그저 몸을 맡기며 지켜보는 수밖에 없었다. 세상은 어둠 속에서 엄청난 물바다로 변하여 천지를 휩쓸어가기 시작했다. 농토는 물론이고 가구와 집 등, 온갖 것을 한꺼번에 삼키며 세상을 아수라장으로 만들고 있었다. 이런 것을 보게 된 건 벌써 단군이 도통의 경지에 도달해 하늘의 기운과 통하고 있다는 사실을 의미했다. 이것은 자신의 의지로 한다고 해서 되는 것이 아니라 그야말로 저절로 이루어져버린 것이었다.

단군이 이렇게 단시간에 도통의 경지에 이른 것은 실로 그만이 가진 엄청난 자질 때문이었다. 벌써 단군은 무예에 정통해 있었으며, 어릴 때부터 수련을 해왔는지라 그 자신이 고강한 단계에 도달해 있었다. 그리고 백성들을 다스리면서 치화治化의 도를 터득했던 데다가 자신의 몸마저 수행의 경지에 도달해 있었기에, 조화造化와 교화教化의 도 역시 빠른 시일에 터득하여 궁극적으로는 하늘의 기운에 이를 수 있었던 것이다.

단군은 자신의 눈앞에 펼쳐진 끔찍한 광경에 몸을 부르르 떨었다.

꿈인지 생시인지 알 수 없는 광경이, 너무나 선명하게 그의 눈에 보였던 것이다. 그러자 그 광경은 형체도 없이 사라져버렸다.

단군은 긴 한숨을 몰아쉬었다. 이것은 분명 신지가 말한 재앙의 변고일 수 있었다. 그것은 다름이 아니라 파도처럼 몰려오는 엄청난 물이 가옥과 농토 등 삶의 터전을 완전히 휩쓸어버리는 대재앙이었다. 일찍이 오미의 변을 겪으면서 마고성이 폐쇄되자, 여기에 찌든 찌꺼기를 청소하고자 천수天水를 부었는데, 그것이 동·서에 크게 넘쳐 대재앙에 휩싸이게 되지 않았던가? 그런데 이런 재앙이 이 세상에 또 내리다니……. 새 세상을 열자면 이렇게 찌든 찌꺼기를 청소해야 한다는 게 하늘의 뜻이란 말인가? 이런 하늘의 뜻을 어찌 인력으로 막을 수 있단 말인가?

단군은 삼칠일간의 고행을 끝내고 내려온 뒤에 더욱 고뇌에 휩싸였다. 대책을 세우기 위해 사실을 알고자 하여 복본의 수행을 떠나 마침내 그것을 깨닫게 되었으나, 이제는 그것을 알고도 어떻게 해야 할지 몰라 더욱 답답하기만 했다. 어쩌면 신지는 이를 알고 자신의 능력 밖이라고 말했을지도 모를 일이었다.

결국 그는 다시 신지를 불러들였다. 신지는 그가 무엇을 보았는지 이미 알고 있는 듯했다. 단군은 다른 서두 없이 대뜸 물었다.

"어찌하면 막을 수 있겠소이까?"

"하늘의 뜻을 알았다면 그에 맞길 것이지, 어찌 그것을 거역하려 드십니까?"

"어찌 그런 말씀만 계속하십니까? 자, 저 백성들을 보시오. 새 세상의 희망을 찾아 온갖 어려움을 겪으며 그 혹한 겨울을 견뎌왔소. 이제 파종하여 그 희망의 세상을 열어가고자 하는데……. 그런데 그 희망이 모조리 산산조각 나는 것을 보고만 있을 수 있겠소? 결코 그리할 수는 없지 않습니까? 어찌하면 좋은지 얘기해주시구려."

"그것은 저의 능력을 벗어난다고 말하지 않았습니까? 하지만 하늘이 그 뜻을 보여주었다면 그에 대한 방책을 세우라고 하는 것 또한 하늘의 뜻이 될 수 있지 않겠습니까?"

단군은 신지를 빤히 바라보았다. 이것은 지난번 자신이 신지에게 대책을 말하라고 요구하면서 했던 말이었던 것이다. 실상 답은 그것밖에 없었다. 하늘이 징조를 보여주는 것은 사람으로 하여금 그것을 보고 대비하라고 한 것이지, 넋 놓고 당하라고 하는 것은 아닐 것이었다. 그러고 보면 말로는 대책을 세워야 한다고 했지만, 엄청난 재앙 앞에서 그 스스로 확신하지 못해 고통만을 되새기는 꼴이었다.

단군은 대재앙이 무엇인지는 분명히 알 수 없었지만 큰 수난을 당할 것만은 분명히 보았다. 더욱이 백성들이 먹고살 문제를 해결하자면 물을 다스리는 것이 필요했다. 어쩌면 대재앙이라는 말 또한 백성들이 먹고살 것을 우선 해결하라고 한 것인지도 몰랐다. 실질적으로 그것이 재앙으로 내릴지도 알 수 없는 일이었지만, 분명한 것은 이 나라의 백년대계를 위해서는 필요하다는 사실이었다. 그러면서 문득 아버지 거불단이, 이곳은 새로운 세상을 펼치기에 좋은 곳이지만 치

수治水를 할 수 있어야 가능하다고 말했던 일도 떠올랐다. 그렇다면 하늘이 대홍수에 대비해 물을 다스리라고 말하는 것이 분명했다.

그런데 답답한 건 자신은 이런 일에 경험이 없다는 것이었다. 재앙을 막고자 하는 마음은 간절해도, 단순한 물막이가 아닌 그야말로 천지를 암흑으로 몰아넣는 대재앙을 막는 것은 그리 간단한 일이 아니었다. 더욱이 사람들을 어떻게 설득한단 말인가? 오미의 변으로 마고성이 패쇄되고 그것을 청소하기 위해서 쏟아진 천수로 의해 대홍수가 일어난 일을 얘기해도 사람들은 믿지 않을 것이었다. 또 아직 나라의 기강도 잡히지 않는 상태에서 대수로 공사를 하는 것은 그야말로 힘에 벅찬 일일 수밖에 없었다.

그가 시름에 잠기어 그 대책을 고심하고 있을 때, 갑자기 사람들 사이에서 단군을 찾는 반가운 목소리가 들려왔다. 하백녀가 방금 아사달에 도착했던 것이다. 하백녀는 이들이 지난겨울을 보낼 수 있게 하는 데에 큰 도움을 준 은인이었다.

단군은 곧바로 하백녀를 맞이하였다. 단군이 점찍어 미래를 약속할 정도로 그녀의 모습은 그야말로 하늘의 선녀가 하강한 듯 아름다웠다. 단군은 기쁨에 겨워 그녀를 맞이하면서 수신족의 상황과 안부를 물었다. 그러고는 그녀가 지원해준 것에 대해 고마움을 표시했고, 아울러 이렇게 자신을 믿고 찾아온 것에 대해 결코 잊지 않을 것이며 여기서 새 세상을 이루어보자고 말했다. 하백녀도 그런 단군에게, 자신이 당연한 일을 했을 뿐이라며 자신도 여기서 함께하기 위해 찾아왔으니 꼭 그런 세상을 이루어보자는 당찬 의욕을 보였다.

　이렇게 서로의 안부를 물으며 얼마간 기쁨을 나눈 뒤에, 단군은 긴 한숨을 내쉬었다. 정인과 달콤한 말을 나누면서 애틋한 정을 쌓고 싶었으나 지금은 그럴 수 있는 상황이 아니었다. 그의 머릿속은 이미, 다가올 대재앙을 어떻게 막을 것인가 하는 걱정으로 가득 차 있었다.

　그러다 문득 수신족의 나라가 치수治水에 대해서는 많은 경험을 가지고 있다는 사실을 떠올렸다. 그러나 모처럼 만난 정인에게 이런 얘기부터 꺼낸다는 것이 망설여졌다. 그런 모습을 보았는지 하백녀가 조심스럽게 물었다.

　"무슨 근심이 있는 것이옵니까? 얼굴에 수심이 가득 차 보이옵니다."

　"아닙니다. 여기 오시느라 많이 피곤하실 것이니 오늘은 우선 편히 쉬도록 하십시오."

　단군이 애써 말을 삼가며 피하려 하자, 하백녀가 서운함을 표시했다. 자기를 믿고 여기까지 왔는데, 속마음을 얘기해주지 않으니 섭섭하다는 표정이었다. 이를 보자 단군은 차라리 얘기하는 것이 더 나을지도 모른다는 생각이 들었다. 사실 이곳 백성들을 떠올리면 이것저것을 따질 계제가 아니었다. 어쩌면 이런 시기에 하백녀가 찾아온 것 또한 천우신조일지도 모른다는 생각마저 들었다. 그래서 입을 열었다.

　"내 사실 한 가지 큰 근심이 있기는 한데, 그것을 말해도 될는지……. 이런 자리에서 말하는 것이 어쩐지 주저됩니다. 허나 내 기꺼이 말하겠소이다. 그대가 나를 많이 도와주었으면 합니다."

"제가 도울 일이라고요? 그래요. 어서 말씀해보시옵소서."

"수신족은 물을 다스려본 경험이 많은 걸로 알고 있어, 내 그 일을 상의하려고 하오."

"그거라면 걱정하지 마시옵소서. 치수라면 우리 수신족을 따라올 나라가 없지요. 그래서 우리의 이름 자체가 수신족이 아니옵니까. 그리고 이곳에서 안착했다는 소식을 듣고 정착을 하려면 무엇보다 물을 다스려야 한다는 생각에 그에 필요한 사람까지 데려왔습니다. 그러니 그 때문이라면 염려하지 않아도 괜찮을 것이옵니다."

"그래요? 고맙소이다. 그리 말씀하시니 내 마음이 한결 가벼운 것 같소이다. 허나 이 일은 그렇게 간단한 것이 아닙니다. 지금 사람들 사이에서는 대재앙이 내릴 것이라는 소문이 돌고 있는 것을 알고 있지요? 헌데 그것이 무엇인지 정확히는 몰라도 분명한 것은, 그 옛날의 오미의 변으로 인해 마고성이 폐쇄된 이후에 대홍수가 졌던 것처럼 지금의 잘못된 사람들의 행동 때문에 또 그런 대재앙이 온 천지를 휩쓸 거란 사실이지요. 사람들이 이 사실을 믿지 않을 수도 있겠지요. 허나 나는 분명 천기를 보았습니다. 더욱이 백성들이 앞으로 풍족하게 먹고살자면 치수는 불가피한 일이 아니겠습니까? 허나 지금 나라가 안정되어 있지 못한 상태에서 그런 큰 일을 한다는 것이……. 이곳에 정착한 지 얼마 되지도 않았는데, 만일 그런 일이 벌어진다면 백성들의 고통이 얼마나 크겠습니까? 내 이를 생각하면 잠을 이루지 못할 지경입니다. 그래서 그 방책을 세웠으면 하는 것이지요."

"그토록 엄중한 일이옵니까?"

하백녀는 심각하게 받아들이면서도 한편으로는 기쁨을 감추지 못하는 얼굴이었다. 단군에게 가장 큰 힘을 보태줄 수 있는 일을 하게 되었다는 데서 오는 즐거움이었다. 하백녀는 단군이 이렇게 고심하는 일을 자신이 직접 책임지고 풀어보겠다는 의지를 강력히 내보였다.

단군과 하백녀는 미래를 약속한 정인으로서 모처럼 만에 만났으나, 그 감정을 표현하기도 전에 대재앙을 막을 방책을 세우기 위해 고뇌하였다. 하백녀는 역시 수신족의 딸답게 관개 수로에 대해서는 정통하였다. 그녀는 벌써 함께 데려온 부하들을 대동하고 아사달의 지형을 살펴보고는 그에 대한 대책을 세워 단군에게 제시했다. 단군은 그가 며칠 동안 곳곳을 돌아다니며 그 대책을 세우려고 했으나 하지 못한 것을, 하백녀가 이렇게 빠른 시일 내에 해결하는 것에 감탄해 마지않았다. 그러면서 물었다.

"참으로 대단하오. 허나 이것으로는 부족할 것 같소. 이것은 단순한 홍수가 아니라 대재앙이라는 말이오. 그러니 어찌 단순히 비가 내리는 것을 막아내는 정도로 될 수 있겠소? 분명 며칠간의 비만 내려도 이만한 수로로는 넘치고 말 것이오."

단군의 말에 하백녀도 놀랐다. 그녀가 참고했던 것은 수신족의 관개 수로였는데, 그것은 지금까지 어떤 비에도 끄덕하지 않고 버텨내 왔다. 그런데 단군이 말하는 것은 그것을 훨씬 뛰어넘는 대공사를 하라고 요구하고 있었던 것이다.

단군의 요구에 하백녀는 다시 그 계획을 내놓았는데, 그것은 실상 인간의 힘으로 할 수 없는 것이었다. 하백녀도 대책으로 내놓기는 하였으나 그것이 가능하다고는 생각하지 않았다. 단지 단군이 요구하는 바를 충족시키자면 그렇게는 해야 방비가 될 수 있다는 계산에서였던 것이다. 단군은 그제야 만족감을 표시했다.

"이곳은 우리가 새 희망의 세상을 건설하고자 하는 곳인데, 몇 천 몇 만 년을 능히 버텨낼 수 있게 해야지요. 이것이 완성된다면 그야말로 새 세상의 터전이 갖춰지게 될 것입니다."

단군은 어쩌면 신지가 말한 대재앙을 내려 하늘의 뜻을 보여준다는 것이, 바로 희망의 세상을 이룩하기 위해서는 치산치수를 잘해야 한다는 것을 가르쳐주기 위해서가 아닌가 하는 생각마저 들었다. 도저히 인간의 힘으로는 되지 않는다고 여겼기에 신지는 자신의 능력 밖에 있는 일이라고 말했던 것인지도 몰랐다. 단군도 장담할 수 없는 일이었다. 물을 다스리는 것에 정통한 하백녀도 자신 없어 하니 더 말할 필요가 없었다. 하지만 대재앙을 막기 위해서는 올 여름이 오기 전에 한시바삐 일을 진행해야 했다. 해낼 수 있는지 없는지는 해보아야 알 수 있는 일이었다.

마침내 단군은 여러 수하들과 대표자들을 모아놓고 대재앙이 올 것임을 얘기하고 그 대책으로 하백녀가 마련한 방책을 제시하였다. 그러자 사람들은 그것이 가능하겠냐며 의문을 표시했다. 수로 사업이라고 하여 단순한 물길을 만드는 것이라고 생각했는데, 이것은 그야말로 대수로 사업이었던 것이다. 물론 이 사업만 제대로 한다면 아무리 비가 많이 온다고 해도 끄떡없을 뿐만이 아니라, 온갖 가뭄에도 농사를 짓는 데 필요한 물 걱정을 아예 하지 않을 정도였다. 그렇지만 한 개의 산도 아니고 여러 개의 산을 옮길 정도의 대공사 앞에 그들은 망설일 수밖에 없었다.

더구나 그들은 그 변고를 막는 것이 대수로 사업이라는 사실에 대해 반신반의했다. 지금처럼 땡볕이 내리쬐고 그러는데 어찌 그런 일이 생길 것이며, 아무리 단군이 뛰어나다 해도 비가 오는 것까지야 어떻게 알겠느냐는 것이었다. 더욱이 대재앙이라고 하면 지금 상황에서 전쟁일 수밖에 없는 것이었다. 그런데 이에 대한 방비는 하지 않고 당장 나라의 체계도 세워지지 않은 상황에서 그것도 단순한 비막이 공사도 아닌, 엄청난 대수로 공사를 한다는 사실을 도저히 이해할 수 없었다. 실질적으로 대재앙이 홍수가 아니라 전쟁일지도 모르는 일이었다. 하지만 단군이 지금껏 그들을 위해 온갖 성심을 다하며 이끌어주었던 것을 알았기에 차마 그렇게까지 반론을 제기하지는 못했다. 단지 그것은 인력으로 될 수 없는 일이라고만 되풀이하였다.

이에 단군은 모두들 내 말을 믿고 있지 않으나 분명한 것은 하늘의 기운과 통했다는 것이고, 그 징조를 별자리가 보여주고 있다고 역설하면서 다시금 그들에게 호소하였다.

"지금 이 일이 무척 어렵고 힘들게 느껴진다는 것을 압니다. 하지만 지난겨울에도 도저히 해낼 수 없을 것처럼 보였지만, 우리 모두가 힘을 합쳐나갔기 때문에 결국 문제를 해결하지 않았습니까? 이것도 마찬가집니다. 지금 비록 힘들지만 꼭 해내야 할 일입니다. 여기에 새 세상의 희망이 달려 있기 때문입니다. 자, 우리 모두 힘을 내어 천년 만년 살 수 있는 그런 터전을 만들어봅시다."

사람들은 반신반의하면서도 지금껏 자신들을 위해 성심껏 이끌어 준 단군인지라 마지못해 고개를 끄덕였다. 그러나 이것은 반대하지 않겠다는 뜻에 불과했지 모든 것에 적극적으로 나서서 한다는 말은 아니었다.

난관 끝에 사람들의 동의를 얻어 치수 사업이 전개되기에 이르렀다. 여기에 가장 앞장섰던 것은 단군이 이끌고 있는 군사들이었다. 그들은 하백녀의 의도에 부응하며 적극 움직였다. 하지만 이런 정도로는 대수로 공사를 하기엔 역부족이었다. 이대로는 안 되겠다고 생각한 단군은 자신도 아예 팔을 걷어붙이고 나섰다. 그러자 처음에는 농사를 지어가면서 수로 공사를 곁눈질로 지켜보기만 하던 농군들도 틈이 날 때마다 이에 적극 참여하였다. 단군이 직접 나서서 함께한 효과였다. 누구에게 시켜서 하는 대신에 그 자신이 직접 하고, 또 그것이 그들을 위한 일이었음을 알았기에 이에 감동을 받았던 것이다.

물론 한편에서는 여전히 범씨족의 침략과 전쟁의 움직임에 대해 경계를 갖추는 것이 더 바람직하지 않겠느냐며 대수로 공사를 못마땅하게 생각하는 이들도 있었다. 하지만 단군은 이런 움직임에 결코 일일이 대응하지 않았다. 치수 사업은 언젠가 반드시 해야 할 일로서 오곡을 풍요롭게 재배할 수 있도록 하는 천년만년의 대계이자, 새 세상의 희망을 건설하는 일이라고 역설하며 고집스럽게 밀고 나갔다. 그런 가운데 농군들이 하나둘씩 참여하게 되었고, 마침내 남녀노소 할 것 없이 대부분의 백성들이 참여하게 되었다. 다른 나라에서 천부인을 열어 새 세상의 주인이 되겠다며 호들갑을 떨고 있는 상황과는 정반대로, 이곳 아사달에서는 도저히 인력으로는 할 수 없다고 여겼던 치수 사업을 모든 백성이 전개하는 상황으로 흘러갔다.

11

수마가 할퀴고 간 자리

웅씨족의 수장 웅갈은 안절부절못하며 대전 안을 서성거렸다. 천부인을 열기 위해 물심양면으로 국가적 지원을 아끼지 않고 있었음에도 도무지 진척이 없었던 것이다. 몇 번에 걸쳐 그곳을 찾으며 빨리 해결할 것을 주문했으나 별반 소득이 없었다. 해결하지 못하면 목숨이 남아나지 못할 것이라고 엄포를 놓아도 소용이 없었다.

그럴수록 그는 자신이 새 세상의 주인이 되어야 한다는 욕망을 억누를 수 없었고 갈수록 초조해지기만 했다. 천신제를 지내는 날이 하루하루 다가오고 있다는 것을 생각하면, 이렇게 허송세월만 보낼 수 없다는 생각이 머릿속에 가득했다. 더욱이 지금 범씨족의 위협 앞에 다른 나라들이 숨을 죽이며 정세를 관망하고 있었기 때문에 그들이 언제 범씨족에 합류할지 알 수 없는 형국이었다. 벌써 사씨족은 범씨족에 합류하여 그 비굴함을 적나라하게 드러내고 있었다. 이것은 다른 나라들이 어떻게 움직일지를 가늠할 수 있는 하나의 본보기였다.

물론 그도 처음에는 범씨족의 행동을 보고 속으로 비웃었다. 어찌 천하의 주인이 힘만으로 되겠는가? 처음에는 범씨족의 군사적 위협 앞에 모두가 고개를 숙일지 모르겠으나, 어느 나라든 천부인을 열면 그것은 다 소용없는 짓이라고 판단했던 것이다. 그는 호한이 힘만 셌지 멍청한 놈이라고 속으로 비웃으면서, 역시 새 세상의 주인은 자기밖에 없다고 믿어 의심치 않았다. 그러나 지금 돌아가는 꼬락서니를 보니 그게 아니었다. 설사 천부인을 연다고 하더라도 범씨족이 여러 나라를 제압하여 강력한 힘을 형성한다면, 자신을 새 세상의 주인으로 인정하지 않을 수도 있는 일이었다. 그러니 범씨족이 다른 나라들을 제압하는 것을 견제하면서도 하루빨리 천부인을 열 대책을 찾아야 했다.

웅갈은 밖에 있는 수하를 향해 소리쳤다.

"동차산에서는 아직 소식이 없느냐?"

동차산은 천부인의 열쇠를 찾는 작업을 하기 위해 은밀하게 마련한 장소였다. 이곳은 희귀한 광석이 많이 나는 곳인데다 기암절벽으로 둘러싸여 있어 보통의 사람들은 잘 알지 못하는 곳이었다.

"조금만 기다리시면 좋은 소식이 올 것이옵니다."

"조금만, 조금만⋯⋯. 그놈의 조금만이라는 소리는 그만하고 어서 튀어나가서 일이 얼마나 진척되었는지 알아보고 오너라."

웅갈의 호통소리에 수하는 대답도 제대로 하지 못한 채 마지못해 그곳을 나왔다. 그런 수하의 뒷모습을 바라보며 웅갈이 혀를 끌끌 찼다.

"쯧쯧…… 수하라는 놈들이 저렇게 마음을 놓고 있으니 일이 진척이 될 리가 있겠는가!"

웅갈이 괜히 화가 치밀어올라 자리를 오가며 안절부절못하고 있을 때, 갑자기 아사달 지역을 정탐하고 돌아왔다는 보고가 들렸다. 웅갈은 황급히 명령했다.

"그래? 어서 들라 하라!"

아사달 지역에서 지금 막 돌아온 듯한 자의 얼굴이 잔뜩 상기되어 있었다. 그러나 웅갈은 이런저런 것을 따져볼 여지도 없이 곧바로 물었다.

"그래, 그곳은 어떠하더냐? 대체 무슨 일들을 하고 있더냐?"

"그게 참으로 이상하옵니다."

"이상하다니?"

"그게……. 어떤 이상한 노인 하나가 무슨 변고가 일어난다고 사람들을 선동해서는, 온 세상에 대재앙이 내릴 것이라며 사람들을 두려움에 떨게 만들었사옵니다. 그런데 더욱 이상한 것은 단군이 그를 데려간 다음의 일이었사옵니다. 그 뒤 대책을 세웠다고 하는 것이, 무슨 대수로 공사 같은 것을 어마어마하게 진행하는 일이었사옵니다."

"뭐? 변고가 일어난다고? 그런데 대수로 공사를 해?"

지금의 상황에서 변고라고 하면 그건 곧 나라들 간의 전쟁이라고 생각할 수밖에 없었다. 웅갈도 범씨족의 침략이 계속 진행된다면 어쩔 수 없이 온 제국이 전란의 소용돌이에 휘말릴 수밖에 없다고 판단하고 있었다.

"그게 하도 이상해 소인이 알아보았습니다. 단군이 천기를 내다본 결과, 오미의 변으로 인해 마고성이 폐쇄된 이후 천수天水에 의해 대홍수가 졌던 것처럼, 올 여름에도 대재앙이 내릴 것이니 그걸 막을 방책을 세워야 한다고 했다는 것이옵니다. 물론 그것은 사람들을 설득하기 위해서 하는 말인 것 같고, 실제로는 어떤 수해나 가뭄에도 영향받지 않고 오곡을 풍족하게 재배하기 위해서인 것 같았습니다. 그래서 그 일을 하느라고 아사달 전체가 분주하게 움직이고 있었사옵니다."

"그게 정말이야? 정말로 다른 일을 하지 않고 그 일만 하고 있더냐? 혹시 다른 사람의 눈을 속이려고 그리한 것이 아니더냐?

"소신도 하도 이상해서 직접 두 눈으로 확인하였습니다. 실로 엄청난 수의 사람들이 동원되어 그 일을 진행하고 있었사옵니다."

"네가 직접 확인했다 이거지. 그래, 수고했다. 내 너의 공을 높이 사 상금을 후하게 내릴 것이니, 그만 물러가서 쉬도록 하라."

정탐병이 떠난 이후, 웅갈은 도통 갈피를 잡을 수 없었지만 한편으로는 안심이 되었다. 사실 그가 가장 우려한 것은, 단군이 천부인을 찾고자 나서는 것이었다. 그가 보기에 단군은 가장 가능성이 높아 보이는 인물인데다, 더욱이 다른 여러 나라들이 모르는 비밀을 천신족 측에서 그에게만 살짝 가르쳐줄 수도 있는 일이었다. 단군은 누가 뭐래도 거불단 환웅의 아들이었다. 그런데 대수로 공사나 하며 지금껏 백성들이 먹고살 것에만 전심전력을 기울이고 있다고 하니 걱정할 필요가 없었던 것이다. 그런 안심 때문인지 단군의 행동이 참으로 어리석어 보이기까지 했다.

'도대체 지금 범씨족의 침략을 막기 위해 대비를 해야 할 사람이 그런 일이나 하고 있으니……. 그런데 뭐 자기가 천기를 읽으니 오미의 변으로 인해 대홍수를 겪은 것처럼 이번에도 대재앙이 내릴 것이라고 지껄여? 자기가 하늘의 일을 어떻게 안다고? 혹시 이자가 사람들의 눈을 속이기 위해 그런 행동을 하는 것은 아닐까?'

웅갈은 문득 고개를 갸웃거렸다. 그가 아는 단군은 빈틈이 없는 자였다. 그런 그가 아무런 꿍꿍이도 없이 그런 일을 할 리 만무해 보였다.

'하지만 분명 수많은 인력을 동원해 일을 하고 있다고 했는데……. 그럼, 정말 오미의 변으로 인해 대홍수가 진 것처럼 이번에도 대재앙이 내린단 말인가?'

여기까지 생각한 그는 너무나 어이가 없어 크게 소리 내어 웃고 말았다. 이것은 분명 단군이 어리석은 백성들을 대수로 공사에 끌어들이기 위해 지어낸 소리라는 생각이 들었던 것이다. 그러고 보니 단군은 백성들의 먹을거리를 우선으로 생각하는 위인이었으니 충분히 그럴 수도 있을 것이란 판단이 들었다. 어쨌든 단군이 어리석게 그런 일을 하고 있다면 새 세상의 주인은 바로 자기라는 확신이 절로 들었다. 그러나 다음 순간, 호한이란 자가 저리 날뛰고 있다는 사실에 생각이

미쳤다.

'분명 변고라고 하면 그것은 호한의 침략으로 인한 나라들 간의 전쟁일 것이었다. 그러니 혹시 단군은 그것을 막으려고 그러는 것이 아닐까?'

웅갈은 도저히 가만히 자리에 앉아 있을 수가 없었다. 단군이 그런 일을 꾸미든 관계없이 우선 호한의 위협과 침략을 걱정하지 않을 수 없었던 것이다. 그는 수하에게 일러 밖으로 나갈 채비를 하라고 한 연후에 대전을 나섰다. 동차산으로 가서 다시 한 번 다그치기 위해서였다.

밖으로 나오니 본격적인 더위가 시작되려고 하는지 몸에서 땀이 배어나오기 시작했다.

'벌써 여름이야! 그럼, 머지않아 천신제가 열릴 때가 다가오는데, 아직도 그 무기를 만들지를 못하고 있으니. 내 이번에는 단단히 으름장을 놓고 와야지.'

그가 그런 마음으로 동차산에 와보니 계속 명을 내린 것이 효과가 있었는지, 그곳 장인들은 하나같이 바삐 움직이고 있었다. 그러나 그는 그런 것 자체가 못마땅했다. 그런 모습까지도 일을 열심히 하지 않고 단지 시늉만 내고 있는 것으로 보였던 것이다. 좋은 결과를 당장 내야지. 그런 소식이 없으니 한심하게 보이기도 했던 것이다.

벌써 그의 모습을 보았는지 사람들이 달려와 그에게 예를 올렸다. 그러고는 곧장 그곳의 책임자인 자모도를 불러왔다. 자모도는 웅갈

앞에서 예를 올렸다. 그러나 예전과는 달리 뭔가 일이 크게 진척된 듯 그의 얼굴에는 희망이 어려 있었다.

"지금 얼마나 진척이 되어가고 있느냐?"

"곧 좋은 결과가 나올 것 같사옵니다. 그러니 조금만 기다리시면 실험해본 후 보고하겠사옵니다."

"나를 기만하기 위한 것은 아니겠지. 지금껏 계속 조금만 기다려달라고 했지 않으냐? 내 지금껏 계속 기다려왔으나 이제는 그리할 수 없다. 그동안 진척된 것이 있다면 그것을 얘기하도록 하라. 자, 뭐가 어떻게 되어가고 있는 게냐?"

"분명 그렇게 되고 있사옵니다. 허나 아직 실험을 해보지 않은지라. 조만간 곧 그 결과물이 나올 것이옵니다."

"그런 사실이 있었으면 진작 고할 일이지. 어서 나를 그곳으로 안내하도록 하라."

더 이상 기다릴 수 없다는 듯 웅갈이 다그치자, 자모도는 잠시 망설이다가 마지못해 이에 응했다. 자모도를 뒤따라가면서 웅갈은 이제야 뭔가 결실을 맺었다는 것에 적이 흥분하고 있었다. 자모도는 결코 과장하거나 헛소리를 하는 사람이 아니라는 것을 그는 잘 알고 있던 것이다.

그곳으로 가는 도중에는 정말 얼마나 열심인지 사람들이 저마다 하는 일에 집중하며 매달리고 있었다. 어떤 사람들은 무슨 희한한 광물질을 골라내는 작업을 하고 있기도 하고, 또 어떤 이들은 그것을 불에 녹여 새로운 합금을 만들기도 하였다. 또 어떤 이들은 그것의 강도를 높이기 위해 열심히 두드리기도 하였다. 어찌나 열중해서 일을 하고 있었는지 그 작업장 안은 그들의 열기로 후끈했다.

웅갈은 이런 그들이 아주 대견해 보이기까지 했다. 조금 전까지만 해도 일에 매진하지 않는다고 화를 내었던 것은 벌써 잊은 듯했다. 웅갈은 어쩐지 그들에게 미안하기까지 했다. 그러면서 만약 이 일이 성공하기만 한다면 그들에게 후한 상을 내리겠다고 마음먹기까지 했다. 그만큼 꼭 성공했으면 하는 바람이 간절했고, 자모도를 믿어서인지 벌써 다 이룬 것 같은 기분마저 들었던 것이다.

웅갈이 뭔가 될 것 같은 기분에 휩싸여 있는 가운데, 자모도가 수하에게 뭐라고 지시했다. 그러자 한 장인이 무언가를 가져왔다. 그것은 한 자루의 검이었다. 휘황찬란한 검이 지금까지 보지 못한 희한한 색을 띠며 빛을 내고 있었다. 신기한 빛이 나는 것만 봐도 그것은 예사 검이 아니라 보검인 듯해 보였다.

"아직 실험은 해보지 않았사오나, 지금까지와는 전혀 다른 검이옵니다. 한번 살펴보시옵소서."

"보기만 해도 대단함이 느껴지는구먼."

웅갈은 그 검을 받아들고는 한번 휘둘러보았다. 그러자 검이 손에 착 달라붙는 듯 그 묵직한 느낌이 고스란히 묻어나왔다. 그렇지만 웅갈은 분명하게 확인해볼 요량으로 그 검을 이리저리 살펴보았다. 빛을 잘라버릴 듯이 칼날이 날카로울 뿐만 아니라 그 중량감에서 예사

검과는 확연히 달랐다. 그러나 중요한 것은 그것이 아무리 훌륭한 검이라고 하더라도, 자신은 천부인을 열 수 있는 바로 그러한 검을 원하고 있다는 사실이었다. 천부인을 여는 것이 가능하다고 믿고 있다가 만약 실패라도 하게 된다면 낭패가 아닐 수 없었다.

"수고했어. 훌륭하구나. 헌데 너는 이 검이 천부인을 열 수 있다고 장담할 수 있느냐?"

"그것은 아직……아직까지 실험해보지 못한지라……."

"아무리 좋은 보검이라고 해도 내가 원하는 건 천부인을 열 수 있는 바로 그런 검이니라. 과연 그것이 가능한지 그 여부를 확인해야겠다. 준비하도록 하라."

웅갈의 지시에 장인들은 곧바로 준비에 들어갔다. 먼저 검의 날카로움을 확인하기 위해 나뭇가지를 놓고 시험하였다. 가볍게 내려쳤는데도 순식간에 두 동강이 났는데, 그 잘라나간 부분을 살펴보니 어찌나 반들반들하게 베어졌는지 빛이 반짝일 정도였다. 하지만 이 정도로 만족할 웅갈이 아니었는지라, 곧 여러 겹의 나무토막을 한꺼번에 내려칠 수 있도록 준비시켰다. 역시 그것도 볏단이 베어지듯 사뿐히 잘라졌다. 모두들 함성을 질렀다. 최소한의 기본은 갖춰졌다는 들뜬 기분이었다.

"훌륭하다. 허나 내 분명 말했지만 다른 것도 아니고 천부인을 열 열쇠를 만드는 것인 만큼 아직 판단은 섣부르다. 이 검이 시험에 통과하려면 돌을 베어낼 수 있어야 할 것이야. 바위 조각을 가져와라. 이를 보면 분명해질 거야."

나무를 베는 것과 돌을 자르는 것은 천양지차로, 과연 그럴 수 있는지 아무도 장담할 수 없었다. 고요한 정적이 흐르며 마침내 준비가 끝나자 모두들 숨을 죽였다. 장인의 힘찬 손놀림에 검이 바위 조각을 향했고, 순간 불꽃이 튀며 바위가 두 쪽으로 갈라졌다. 사람들 사이에서 환호성이 터져나왔다. 마침내 숙원의 사업이 해결되었다는 얼굴들이었다. 그러나 웅갈의 표정은 달랐다. 그는 바위를 조각내기는 했으나 날카롭게 베지 못했다는 사실을 벌써 파악하고 있었던 것이다.

"아직은 이르다. 자, 봐라. 이것은 검이 바위를 벤 것이 아니라 그것을 조각낸 것에 불과하다. 내가 원하는 것은 바윗덩어리까지도 자를 수 있는 검이다. 그러니 다시 시험해봐야겠다. 금강석처럼 강한 돌을 가져와라. 그것마저 해낸다면 분명 가능성이 있을 것이야."

다시 준비가 갖춰지자 이번에는 웅갈이 직접 나섰다.

"검을 이리 다오. 내가 직접 해봐야겠다."

검을 받아 쥔 웅갈의 표정은 사뭇 신중했다. 그렇게 되기를 바라는 절절한 심정을 고스란히 그 표정에 담고 있었다. 그래서 그런지 그는 곧장 내려치지 않고 손에 기를 모아서 칼을 움켜쥐며 온 힘을 다해 내리쳤다. 그 순간 조금 전보다 더한 불꽃, 아니 섬광을 일으키는가 싶더니 쨍그랑 소리가 나며 그만 검이 두 동강이 나고 말았다.

순간 웅갈의 얼굴은 일그러졌고, 나머지 사람들은 그의 진노가 어디로 향할지 몰라 두려움에 떨었다. 아니라 다를까 웅갈은 목에 핏대를 세우며 불같이 화를 냈다.

"이러고도 천부인을 열 검을 만들었다고? 도대체 나를 뭘로 보고 이리 기만하려 드느냐? 네 목이 과연 몇 개인지 알고 싶다는 게냐? 그렇다면 내 그리 못할 것 같으냐?"

"죽을죄를 지었사옵니다. 한 번만 용서해주시옵소서."

웅갈이 당장이라도 죽일 듯이 눈을 부라리며 호통 치자, 자모도가 넙죽 엎드리며 빌었다. 마음속으로야 어찌 이것이 자기 잘못이냐고 따지고 싶기도 했으나, 이미 뵈는 것이 없는 웅갈 앞에서는 그런 것이 소용없다는 것을 잘 알고 있는 바였다. 사실 그가 만들었다고 한 것도 아니고, 닦달한다고 해서 그렇게 쉽게 만들 수 있는 것도 아니었다. 하지만 여차하면 목숨을 잃을 수 있는 위기 상황이었기에 그것부터 벗어나야 했다.

"한 번만 용서를 해달라고 하는 것을 보니, 그래도 목숨은 아까운 게로구나. 그렇게 목숨이 아까운 줄 알았다면 진작 열과 성의를 바쳐 만들어낼 일이지."

웅갈도 화는 나지만 어찌할 수 없다는 것을 알았는지 화를 누그러뜨렸다. 어차피 자모도에게 이 일을 맡길 수밖에 없는 것이 현실이었다. 하지만 분명하게 쐐기를 박아놓을 것이 필요했다. 그래서 덧붙였다.

"그러면 내가 이번 한 번만 용서해주면 다시 해결할 수 있겠느냐?"

"그것은……. 하오나 기필코 만들어낼 것이옵니다. 꼭 그리하겠사옵니다."

"뭐야, 네가 그렇게 말한 지가 얼마나 지났는 줄 아느냐? 똑같은 말만 되풀이하고 있으니 내 너를 어찌 믿을 수 있겠느냐? 그러면 어떤 방법을 찾았는지 그 말부터 해보거라. 만약 그렇지 못하면 아직도 정신을 차리지 못한 것일 테니 더는 봐줄 이유가 없다."

웅갈이 더 엄혹하게 말하며 죽일 듯이 다가들자 자모도가 아연실색했다.

"이번에 성공하지 못했사오나 그 방법을 찾았으니 가능할 것이옵니다. 이번엔 정말 빈말로 하는 것이 아니옵니다."

"음, 허언이 아니란 말이지. 그러면 왜 검이 부러지게 된 것인지 그 원인부터 알아야 무슨 가능성이 있을 것이니 그것부터 밝혀보거라."

"확실치는 않사오나 검의 탄력이 약해서 그리된 것으로 사료되옵니다."

"탄력이 약하다?"

"분명 그리 판단되옵니다. 천부인을 열 열쇠를 만들기 위해 최강의 강도로 높였사옵니다. 그러다 보니 강하기는 하나 탄력이 부족해 부러지고 만 것으로 사료되옵니다. 그러니 강도를 유지하면서도 탄력성을 보강한다면 분명 그 길이 보일 것이옵니다."

사실 지금 만든 검만 해도 대단한 것이었다. 이것을 더 다듬고 보탠다면 승산은 있어 보였다. 그런데다 자모도는 부러지는 원인까지 지적해내고 있었다. 이걸로 보면 뭔가 될 것 같은 느낌이 들었다.

실상 자모도는 강한 검을 만들기 위해서는, 지금까지 검을 만들던 방식에서 탈피해 전혀 새로운 방식으로 접근해야 한다고 보았다. 그래서 그는 검의 재료부터 잘 선택해야 한다고 생각하고는 지금껏 이용하지 않았던 광석까지 찾아내려고 심혈을 기울였다. 그 결과 구리나 주석, 아연 등과 같은 광석을 발견할 수 있었다. 하지만 하나의 광석으로는 강한 검을 만들 수 없다는 사실을 알고는 고민에 빠졌다. 그러다 문득 여러 가지 광석을 혼합하면 어떻게 될까 궁금하게 여겼고, 그것을 시도해보았다. 실험 결과, 전혀 다른 광석이 만들어진다는 사실을 발견했다. 여러 번의 실패를 거듭하면서, 마침내 그는 강한 광석을 만들어내는 데 이른 것이다.

이번 실험에서는, 무조건 검의 강도가 세기만 하면 될 것으로 파악하고 그 비율을 계산하여 강도를 최대한 높였다. 그런데 그만 검이 부러지고 말았던 것이다. 강도만 셀 것이 아니라 탄력도 보강되어야 했던 것이다. 그러한 합금의 비율을 발견하면 분명 승산이 있었다. 그러나 이것은 결코 한 번도 해본 적이 없었기에 그저 결과를 미루어 짐작할 뿐, 실제에서는 그것이 어떠할지 결코 알 수 없는 일이었다. 하지만 웅갈이 단호하게 나오는 판에, 일단은 해낼 수 있다고 장담하고 보아야 했다.

"좋다. 너의 말을 믿어보기로 하마. 허나 지금 시간이 없으니 지체하지 말고 빨리 만들어내도록 하라. 만약 다음에도 만들어내지 못한다면 네 목을 대신 바쳐야 할 것이야."

웅갈은 그렇게 단호하게 말하고는 동차산을 빠져나왔다. 비록 이번에 실패하기는 했어도 뭔가 길이 보인다는 사실에 마음은 훨씬 홀가분해졌다. 벌써 그는 새 세상의 주인이라도 된 기분이었다. 그러면서도 범씨족의 움직임이 여간 신경에 거슬리는 게 아니었다. 그들의 힘이 더 커지기 전에 그것을 만들어, 자신이 새 세상의 주인이라는 것을 선언해야 안심이 되는 일이었다.

그는 궁으로 돌아오자마자 신료들을 불러 모으려고 하였다. 그런데 어찌된 일인지 이미 그들이 모여 있었다. 우씨족에서 사신이 왔다는 것이었다. 웅갈은 신료들과 함께 우씨족에서 온 사신을 맞아들였다. 사신은 먼저 우씨족 수장 우영달이 웅씨족에게 전하는 의례적인 인사부터 전달했다. 그리고는 지금 범씨족 수장 호한이 우씨족에게 항복하라는 협박장을 보내왔고, 곧 침략을 감행할 것 같은 심상치 않은 분위기를 밝혔다.

"지금 우씨족은 존망의 위기에 처해 있사옵니다. 부디 우리를 도와주십시오. 웅씨족이 앞장서서 우리를 도와주신다면 나머지 나라도 이에 가세할 것이고, 그러면 호한의 침략을 충분히 막아낼 수 있사옵니다. 웅갈 수장님의 결단에 여러 나라들의 안녕이 달려 있사오니 부디 결단을 내려주십시오."

웅씨족을 치켜세우는 사신의 말에 웅갈은 내심 흐뭇해했다. 이 말만 들으면 지금 여러 나라를 좌지우지할 수 있는 세력은, 바로 웅씨족이라는 것을 의미했던 것이다. 그러나 대뜸 도와주겠다고 말할 수 있는 형편은 아니었다. 그래서 구체적인 상황을 파악하고자 되물었다.

"그래? 지금 호한의 움직임은 어찌 되어가고 있소? 그것부터 상세히 말해보시오."

"호한은 항복하라는 협박장을 보낸 이래 계속해서 국경 지대에 군대를 집결시키고 있는데, 그 수가 하루가 다르게 늘어나고 있사옵니다. 이로 보건대 머지않아 군사를 이끌고 침략할 것이 분명하옵니다. 지금은 한시가 촉급한 상황이옵니다. 더는 지체할 시간이 없사옵니다. 이러한 상황에서 그들의 침략을 막을 수 있는 분은 웅갈 수장님밖에 없사옵니다. 부디 용단을 내리시어 우리 우씨족을 구해주시옵소서."

"내 무슨 뜻인지는 알겠소. 하지만 이 일은 쉽게 결정할 일이 아닌 것 같소. 또 천신족의 나라와도 얘기를 해봐야 될 것 같으니……. 내 중론을 모아 결정하도록 하겠소."

"지금 상황은 그렇게 한가로운 상황이 아니옵니다. 이 시기를 놓친다면 어떻게 될지는 수장님께서도 잘 아실 터인데, 왜 결단을 내리시지 못하는 것이옵니까?"

"어떻게 되다니 그 무슨 말이오?"

"정말 몰라서 묻는 것이옵니까? 만약 우리가 침략을 받게 된다면, 이 일은 우리의 굴복만으로 끝나지 않을 것이옵니다. 지금 모든 나라들이 범씨족의 눈치를 보고 있지 않습니까? 그런데 우리마저 거기에 무릎을 꿇게 된다면 다음은 누가 있어 범씨족의 행패를 막을 수 있겠사옵니까? 온 제국이 전란의 소용돌이에 휘말리게 되는 것은 물론이고, 앞으로 모든 나라들이 범씨족 앞에서 두려움에 벌벌 떨며 그의 말이면 무조건 순종하게 될 것이옵니다. 그렇게 된 연후라면 비록 웅씨족이 힘이 있다 하나 범씨족을 어찌 막을 수 있겠습니까? 궁극적으로 이 일의 칼날은 웅씨족에게로 겨냥되어 있다는 것을 아셔야 할 것이옵니다."

"네 이놈! 네가 나를 지금 겁박하려 드는 것이냐?"

"어찌 제가 도와달라고 청해야 하는 수장님을 겁박할 수 있겠사옵니까? 단지 사실이 그렇다는 것을 말하려는 것이옵니다. 그러하오니 어서 결단을 내리시어 저희들을 구해주시옵소서. 우리 우씨족은 물론이고 모든 제국의 운명이 수장님의 용단에 달려 있사오니 앞장서 주시옵소서."

"알았으니 그만 물러가도록 하라."

웅갈은 사신의 말에 가슴이 철렁하고 내려앉았다. 아무리 자신이 그것을 모른 척 회피하려고 해도 범씨족이 하나둘씩 다른 나라를 제압하고 나면 결국 모두들 두려움에 벌벌 떨며 그에 복종할 것이라는 거였다. 그리고 난 다음 천부인을 연들 무슨 소용이 있겠으며, 나중에 범씨족과 싸우게 되더라도 어떻게 이기느냐 하는 거였다. 그러나 쉽사리 범씨족과의 결전을 선언할 상황이 아닌 것도 사실이었다.

사신이 물러난 다음, 웅갈은 신료들의 의견을 물었다.

"어찌하면 좋겠소?"

"신, 어무다 아뢰옵니다. 지금 형편에서 우씨족의 상황을 그저 모를 척할 수만은 없을 것이옵니다. 허나 우리만 군사를 보내서는 아니 되옵니다. 어떤 형태로든 연합군의 형태를 갖춰야 할 것이옵니다. 그러자면 우선 천신족에게도 사신을 보내 그들과 함께 조치를 취해야 할 것이옵니다. 우리가 앞장서고 천신족이 함께한다면 결코 범씨족도 함부로 움직일 수는 없을 것이고, 그러면 자연스레 제국의 주도권을 우리가 쥘 수 있사옵니다. 지금 당장 천신족에게 사신을 보내시옵소서."

아무리 거불단 환웅이 사라졌다고 해도 아직 그 뒤를 이어 모든 제국을 이끌어나갈 사람이 나오지 않는 상황에서는, 여전히 여러 나라를 통솔할 권한은 천신족에 남아 있었던 것이다. 그러니 천신족을 움직여야 했고, 그 와중에서 자연스레 웅씨족이 제국을 통솔할 수 있는 권한을 확보해나가자는 의견이었다.

하지만 즉각 소우리 장군이 반박하고 나섰다. 소우리는 단군이 웅씨족의 비왕이었을 때 직속 부대장으로 있었다가 단군이 아사달로 향할 때 웅갈 편에 선 자였다.

"지금은 시간이 촉급하옵니다. 만약 범씨족이 곧바로 우씨족을 침략한다면 어찌 되겠사옵니까? 그러면 우씨족이 금방 망할 것이고, 상황이 그리되면 범씨족의 눈치를 보느라 어떤 나라도 더 이상 움직이려고 하지 않을 것이옵니다. 그러니 먼저 우씨족에게 군사를 속히 보내어 범씨족이 함부로 군대를 움직이지 못하도록 하여야 하옵니다. 그래 놓고 천신족과 다른 나라들에게 군사를 보내도록 요청하여야 하옵니다. 만약 우씨족에게 군사를 보내지도 않고, 먼저 연합군을 조직하자고 하면 우리를 겁쟁이로 여기고 어느 누구도 따르지 않으려 할 것이옵니다. 또 범씨족이 군대를 즉각적으로 보내 제압하려고 나설지도 알 수 없는 일이옵니다. 다 마무리되고 난 다음 일을 진행하려고 해봤자 그게 무슨 소용이 있겠사옵니까?"

"여러 나라를 움직이지 않고 우리만 곧바로 군사를 파견한다고 하는 것은, 범씨족과 정면 승부를 하자는 것과도 같사옵니다. 하지만 우리의 상황은 그럴 수가 없사옵니다. 범씨족은 지금껏 군사력을 키워 만반의 준비를 해왔으나, 우리는 미처 대비하지 못했사옵니다. 지금은 정면 승부를 할 때가 아니옵니다. 더욱이 우리가 군사를 보내고 나서 여러 나라들에 호소한다고 해도, 도리어 그들은 더욱 눈치를 살피며 우선 누가 이기는지 그것을 보고 난 다음 결정하려고 들 것이 뻔하옵니다. 승자에게 달라붙으려고 할 것이라는 말씀이옵니다. 그러니 곧장 군사를 보낼 것이 아니라 여러 나라들의 힘을 빌려 지금의 상황을 유지하는 것이 중요하옵니다. 다른 나라들 또한 지금의 상황이 변하는 것을 결코 원치 않기에 동맹군을 형성하자는 말에는 쉽게 동의할 것이옵니다. 그리고 다른 나라들이 우리의 뜻에 동참한다면, 호한도 결코 쉽사리 움직이지 못할 것이옵니다. 전 제국에 맞서 싸운다는 것은 그만큼 더욱 어렵다는 것을 그가 모를 리 없을 것이옵니다. 이런 상황에서 우리가 천부인을 열 열쇠를 확보한다면, 우리는 그것을 무기로 해서 다른 모든 나라들을 모아 범씨족을 제압할 수 있을 것이옵니다."

"그러만 된다면 얼마나 좋겠습니까? 허나 호한은 그런 것을 따질 사람이 아니라는 사실입니다. 얼마 전, 천신제를 지낼 때 그의 모습을 보지 않았습니까? 만약 그가 힘으로 다른 나라를 제압한다면 천부인을 열 열쇠를 가지고 있다고 해도 아무 소용이 없을 것입니다. 힘으로 밀어붙이는데 그것을 무엇으로 막을 수 있겠습니까?"

신료들 사이에서 의견이 분분하자, 웅갈이 다시 분위기를 정리하며 나섰다.

"아, 알았소이다. 그만들 하시구려. 우씨족에 파견하기 위한 군사들을 국경선에 집결시키도록 하시오. 언제든지 범씨족이 침략한다면 우리가 곧 군사를 움직일 수 있도록 말이오. 그리고 당장 천신족에 사신을 보내 여기에 함께 동참할 것을 전합시다."

이리하여 웅씨족은 곧장 우씨족을 도울 군사를 국경선으로 움직였다. 한편으로는 다급하게 천신족에 사신을 파견하였다.

웅씨족 사신을 받아들인 천신족에서는 이렇다 할 답변이 없었다. 천신족에서도 우씨족의 사신을 받아들인 이후에, 이를 어떻게 처리해야 할지를 놓고 의견이 팽팽하게 맞서고 있었던 것이다. 사실 지금의 천신족은 신료들의 좌장 격인 풍백, 운사, 우사 등이 곡식, 생명, 형벌, 질병, 선악을 담당하는 오가 대신들과 함께 회의를 통해서 나라를 다스리고 있었다. 거불단 환웅이 사라진 이래 천신족은 구심점을 잃고 혼란을 거듭하고 있었던 것이다.

첫 번째 의견 충돌이 발생한 것은 단군에 대한 입장 문제 때문이었다. 풍백과 운사, 그리고 우사 등은 거불단 환웅이 돌아가셨으니 마땅히 단군을 데려와 수장으로 삼아야 한다고 주장했다. 그러나 오가들은 거불단 환웅이 새 세상을 열 주인을 섬겨야 한다고 엄명한 만큼 그럴 수는 없다고 맞섰다. 마땅히 그 능력을 보인 사람을 수장으로 섬겨야 한다는 것이었다. 여기에는 내심 자신들 가운데 그런 인물이 나오기를 바라는 욕심이 숨어 있었다. 오가들의 주장도 일리가 있었지만 웅녀가 한사코 그것에 반대했기에 단군을 데려올 수 없는 이유도 있었다. 웅녀는 어차피 단군을 웅씨족에 보낼 때부터 자신의 사사로운 아들이 아니라 여겼을 뿐만 아니라, 그가 이곳에 오려고 하지도 않는데 굳이 그럴 이유가 없다는 것이었다.

서로 왈가왈부하는 가운데 그들은 풍백과 운사, 그리고 우사 등이 오가 대신들과 함께 회의를 통해 나라를 다스려나간다는 데에는 일단 합의를 보았다. 물론 이것은 새 세상의 주인이 나올 때까지 한시적인 것에 불과했다. 따라서 이들에게 있어 가장 중요한 임무는, 바로 천부인이자 하늘의 경인 신표를 지키는 것이었다. 하지만 이것 또한 각 오가들이 서로 그것을 차지하기 위한 꿍꿍이를 꾸미고 있는데다가 다른 나라들 또한 눈독을 들이고 있는 상황이라 절대 방심할 수 없었다. 앞으로의 사태가 어떻게 진행될지 한 치 앞을 내다보기 어려웠다.

모두들 새 세상의 주인이 되기 위해 천부인을 열 열쇠를 찾으려고 혈안이 되었다. 여러 나라들의 움직임도 그러했고, 천신족의 내부 상황도 그랬다. 그래서 모두들 서로의 눈치를 살피며 신표가 보관된 곳을 감시했다. 그러다 보니 그곳에는 만약의 사태를 대비한 호위 군사들이 항상 즉각적인 출동 태세를 갖추고 있었다. 그런데 사태는 전혀 엉뚱한 곳에서 벌어지고 말았다. 바로 범씨족의 침략이었다.

범씨족이 녹씨족을 침략할 때에는 그들의 본의를 파악하기 위해 그저 지켜보았으나, 이번 우씨족의 침략은 그렇게만 대처할 수 없었던 것이다. 이미 그들이 계속 자신들의 영토를 넓혀가고자 하는 목적이 명백해진 이상, 그것을 막아야만 하였다. 더욱이 우씨족은 사방으로 뻗어나갈 수 있는 지역에 위치하고 있었기 때문에, 만약 그곳이 범씨족의 수중에 들어간다면 다른 어떤 나라의 안위도 보장할 수 없는 형편이었다. 범씨족의 행위를 보아 앞으로 몇몇 나라를 제압한 뒤에는, 곧 그 칼날을 천신족에게 겨누어 천부인이자 하늘의 경인 신표를 자신들이 관리하겠다고 요구하며 차지하려고 들 것이 너무도 뻔한 일이었다.

그래서 한쪽에서는 즉각 군대를 움직여 범씨족의 군사적 움직임을 막아야 한다는 것이었다. 그러나 이것 또한 나라들 간에 전쟁의 소용돌이가 휘몰아치는 상황에서 무작정 결정할 수는 없는 일이었다. 더욱이 천신족은 지금 상황에서 전쟁을 치를 수 있는 계제가 아니었다. 내부도 안정되지 못했거니와 거불단 환웅이 사라지면서 서로 저마다 자신들의 이익만 추구하다 보니 백성들의 삶은 말이 아니었다. 게다가 국가의 재정 상태는 거의 고갈되어 있었다. 그렇다고 해서 범씨족의 움직임을 보고만 있을 수도 없었으니, 천신족으로서는 진퇴양난에 처할 수밖에 없었다. 어떻게든 나라들 간에 평화를 유지시켜야 새 세상의 주인을 맞이하여 받들 수 있는 것이었다. 그런데 범씨족이 군사력을 동원하여 그것을 해결하겠다고 나선 상황에서 자칫 어떤 행동을 보였다가는, 그것으로 인해 수많은 나라들 간의 싸움으로 치달을 수도 있었기 때문에 섣불리 결단을 내릴 수가 없었다.

그런 상황에서 웅씨족에서 온 사신의 제안은 한줄기 빛을 찾을 수 있는 방안이기도 했다. 어차피 지금은 사태를 악화시키지 않고 평화를 유지시키는 것이 최우선이었다. 웅씨족이 적극 나서고 천신족이 다른 나라들에게 호소하여 동맹군을 결성한다면 범씨족의 군사적 움직임에 제동을 걸 수 있었던 것이다. 서로 설왕설래하며 의견을 나누다가, 일단 웅씨족의 제안을 받아들이기로 합의를 보았다. 그리고 즉각 여러 나라들에게 사신을 파견하여 동맹군을 결성하자는 제의를 전달하기로 하였다.

풍백은 즉각 이렇게 결정을 내린 다음 웅녀를 찾았다. 아무래도 다시 한 번 단군을 모시고 올 것을 주청하기 위해서였다. 하지만 웅녀는 이번에도 역시 반대했다. 단군은 아사달에 정착한 이래, 그 모진 고생을 겪어가며 겨울의 식량난을 이겨내고 봄이 되자 씨앗을 뿌렸다고 했다. 그리고 이제는 큰 재앙이 내릴 것이라고 예견하며 그 준비를 하고 있다는 소식만 전해 들었을 뿐 절대 찬성하지는 않았다. 사실 풍백은 지난겨울 아사달에서 식량이 부족해 고생하고 있다는 것을 알고는 지원을 해주려고 하였다. 하지만 이것 또한 웅녀가 반대했던 것이었다. 어차피 그 모든 것은 단군이 홀로 해결해야 한다는 것이었고, 지금 천신족 백성들도 고달픈 상황에서 그리할 수는 없다는 것이었다.

어쨌든 천신족은 곧 우씨족이 있는 국경 지대로 군사를 집결시켰고, 다른 나라들 또한 웅씨족과 천신족의 제안에 따라 그들의 군사를 우씨족의 국경 지대로 하나둘씩 파견했다. 지금 이 상황을 모른 체하고 넘어간다면, 이제 자신들의 안위도 걱정할 수밖에 없는 상황에서 어쩔 수 없는 선택이었다.

천신족과 다른 나라들의 움직임을 속속 전해 들은 웅씨족의 수장 웅갈은 더욱 기고만장하였다. 이건 누가 봐도 여러 나라들을 이끌고 통솔하고 있는 것은, 바로 자신이라는 사실을 천하에 내놓고 선포한 것이나 다름없었다. 더욱이 천신족에서 단군을 데려오려고 하는 움직임이 있긴 하지만 오가들이 반대해 그리할 수도 없는 형편이라니, 누가 뭐라고 해도 이제 전 제국의 중심은 자기라는 것을 확인할 수 있는 바였다. 범씨족의 호한은 힘만 있다고 자랑하다가 결국 모든 나라들의 적이 되어 협공을 받는 상황이 되었으니, 멍청하기 짝이 없는 데다가 자신의 적수가 될 수도 없었다.

웅갈은 들뜬 기분에 자신의 위력을 온 천하에 내보이고 싶어서, 우씨족의 국경 지대로 파견된 군사들을 독려하기 위해 자신이 직접 순찰할 것이라고 명했다. 이윽고 웅갈은 자신의 정예 군사들을 대동하고 그곳으로 출동하였다.

이미 모든 나라들의 중심에 섰다는 자부심을 가지고 있던 군사들의 사기는 하늘을 찌를 듯하였다. 더욱이 곰을 자신들의 정령으로 모신 후손답게 그들은 억센 기질을 가지고 있었다. 그중에서 여러 과정을 거쳐 선발된 정예 군사들이었으니 그 무예 실력은 말할 것도 없었다. 거기에다가 벌써 군사들 사이에서는 웅갈이 천부인을 열 열쇠를 찾았다는 소문까지 나돌고 있었다. 그러니 그들은 이제 천하 제국의 중심이 된 군사라는 자부심으로 똘똘 뭉쳤고, 그 어떤 장애물도 단숨에 헤쳐나갈 기세였다.

웅갈의 시찰이 이루어지자 먼저 도착한 군사들의 사기도 빠르게 상승되었다. 벌써부터 단숨에 우씨족 진영으로 쳐들어가 범씨족의 군사를 제압하자는 의견까지 나오는 상황이었다. 한결같이 그 군사들은 이제 제국의 중심은 바로 웅씨족이고, 이번에 천신제만 열린다면 웅갈이 천부인을 열어 새 세상의 주인이 될 것임을 틀림없는 사실로 받아들이는 분위기였다.

웅갈도 이런 분위기에 지극히 흡족해하였다. 그러나 그렇다고 해서 우씨족으로 즉각 군사를 출동시킬 수는 없었다. 가장 중요한 것은, 자신이 천부인이자 하늘의 경을 열어 새 세상의 주인으로 등극하는 것이었다. 그래서 그는 더욱 군사들의 사기를 북돋울 계산으로 대대적인 군사 훈련을 진행하기로 하였다.

"제군들은 들으라. 그대들은 곰의 정령을 이어받은 자랑스러운 웅씨족의 정예 군사들이다. 그대들은 새 세상이 도래할 때 그 역군의 임무를 맡을 군사들이 될 것이다. 그런데 이를 감히 몰라보고 호한이 우씨족을 침략하여 나라들 간의 평화를 깨뜨리려 하고 있다. 이에 마땅히 호한을 응징함으로써 평화를 사수함과 동시에 새 세상의 탄생을 맞이하도록 하여야 할 것이다. 자, 제군들의 용맹무쌍함을 맘껏 펼쳐 보이도록 하라."

웅갈의 선언이 끝남과 동시에 군사들의 우렁찬 함성이 울려퍼지면서 군사 분열이 시작되었다. 군사들은 마치 웅갈이 새 세상의 주인이 된 것처럼 힘찬 함성으로 그를 받들었다. 그러고는 새 세상의 주인으로 등극할 웅갈 수장에게 영원한 충성을 맹세하였다. 그럴 때마다 웅갈은 벌써 온 제국을 호령하는 새 세상의 주인이라도 된 것처럼 힘차게 손을 흔들며 답례하였다.

이어 각각의 기예를 알리는 격투기가 진행되려는 찰나였다. 여기서는 수박치기, 검술, 궁술, 기마술 등의 무예를 선보이며 용맹스러운 웅씨족의 전사임을 증명할 것이었다. 어쩌면 이것이야말로 웅씨족의 자긍심과 함께 억센 힘을 느끼게 하는 것이었다.

그런데 바로 그때 갑자기 하늘에서 뇌성벽력이 치면서 먹구름이 몰려오기 시작했다. 모두들 화들짝 놀라며 웅갈의 다음 명령을 기다렸다. 천둥번개가 치면서 순식간에 하늘이 어두워졌기 때문에 군사 훈련을 계속 진행하기엔 무리가 있다고 판단했던 것이다.

웅갈의 옆에 있던 룰마가 물었다.

"수장님! 아무래도 비가 내릴 것 같사옵니다. 그러니 여기서 그만 중단하고 비가 그친 다음에 하는 것이 어떻겠사옵니까?"

"뭐야? 지금 그것을 말이라고 하는 것이냐? 용감무쌍한 웅씨족의 대전사들이 고작 이런 궂은 날씨에 꼬리를 내리고 숨어든단 말이냐? 날씨는 곧 평안해질 것이니 개의치 말고 진행하도록 하라."

웅갈의 말이 떨어지기가 무섭게 다시 한 번 뇌성벽력이 치더니, 이제는 아예 거센 바람까지 불어오며 비까지 뿌리기 시작했다. 그런데도 웅갈이 계속 진행하라고 명한지라 군사들은 기예를 자랑하기 위해 나섰다. 하지만 번개가 번쩍이며 비가 쏟아지는 상황인지라 모두들 비에 흠뻑 젖어 흥은 다 깨져버리고, 이제나저제나 웅갈의 중지 명령이 떨어지기를 바라고만 있었다.

비는 곧 그칠 것 같지 않았다. 도리어 앞을 가리지 못할 정도로 억세게 퍼부어댔다. 또 어찌나 굵은 빗방울이었는지 머리통이 깨져나갈 듯이 아파오기까지 했다. 그러다 보니 웅갈의 명이 떨어지기도 전에 군사들은 빗방울을 피해 들어갔고, 웅갈도 하는 수 없이 비를 피해 들어갔다.

비가 잠잠해지기를 기다렸지만, 도리어 비는 그렇게 사흘 밤낮을 쏟아붓듯 퍼부어내렸다. 그리고 그 물은 엄청난 물길을 이루더니 어느 곳 가리지 않고 휩쓸어버렸다. 농토는 물론이고 사람들이 살고 있는 가옥과 살림살이까지 모조리 휩쓸고 지나가버렸다. 벌써부터 사방에서는 사람들의 아우성치는 소리가 진동하고 있었다.

웅갈은 다급하게 자신에게 보고한 소식들을 받고는 질겁하였다. 이번에 입은 피해가 실로 엄청난 것이었다. 그는 곧바로 국가 비상령을 내리고 온갖 대책을 세우도록 하였다. 때문에 그는 군대를 국경 지대에 남겨놓고 도성으로 황급히 돌아올 수밖에 없었다. 그가 받아본 소식들은 한결같이 끔찍한 소리들뿐이었다. 갑자기 불어난 물에 사람들은 산으로 피신하기에만 급급하였고, 미처 피하지 못한 사람들은 가옥과 온갖 살림살이와 함께 물에 휩쓸려내려갔다. 간신히 물을 피한 사람들은 살림살이건 뭐건 아무것도 건지지 못했다는 것이었다. 더욱이 지금도 그 물길이 거센 나머지 농토에 얼마나 피해가 갔는지 파악할 수조차도 없다는 것이었다.

그는 즉각적으로 동원령을 내려 백성들을 구하게 하는 한편, 그 피해가 확산되지 않도록 대책을 강구할 것을 지시하였다. 그러면서 과연 단군이 말한 대재앙이 바로 이런 것인가 하는 생각이 저절로 엄습해왔다. 하지만 도저히 자신은 납득할 수가 없었다. 아니, 받아들일 수가 없었다. 새 세상의 주인은 바로 자신인데, 어찌 단군이 이런 것을 예측할 수 있었겠느냐는 것이었다. 웅갈은 단지 우연히 폭우가 내려 그렇게 되었을 거라고 생각했다. 하루빨리 백성들이 피해를 당한 상황을 수습하면 될 것이라고 판단하고는 하나라도 더 건질 것을 다급하게 지시를 했다.

하지만 이것도 잠시, 그쳤던 비가 다시 내리면서 모두는 그만 두 손을 놓을 수밖에 없었다. 비는 계속해서 내렸고, 도무지 멈출 기미를 보이지 않았다. 사람들 사이에서는 이제 예전과는 다른 말들이 오가기 시작했다. 이건 백성들을 도외시한 채 천부인만 서로 차지하려고 하는 바람에 하늘이 노해서 대재앙을 내리는 것이라는 얘기였다. 처음에는 그저 한두 번 하는 소리로 그쳤으나, 억수 같은 비가 연일 계속해서 내리자 그 소문은 급속도로 퍼져나갔다.

웅갈은 그러한 보고를 받고 견딜 수가 없었다. 그는 즉시 그런 소문을 낸 자를 당장 잡아들이라고 명을 내리려 하였다. 하지만 신료들은 한결같이 나서며 지금은 그런 때가 아니니, 어서 비가 그치도록 하는 것이 급선무라고 주청하였다. 웅갈은 하는 수 없이 그것을 다음으로 미루고 곰의 정령에게 비가 멎게 해달라고 간절히 기원하면서 제를 올렸다.

하지만 그가 거의 식음을 전폐하다시피 간절히 기원을 해도 하늘은 거기에 화답하지 않았다. 백성들도 높은 지대에 피신해서 비가 그치기만을 바랄 뿐 다른 방도가 없었다. 그때 어느 누군가가 곰의 정령에게 비가 그치기를 바라는 기도를 올렸다. 그러자 여기저기에서 두려움에 젖었던 사람들이 하나둘씩 그를 따라 기도했다. 그렇게 5일이 지나서야 비로소 비는 그쳤다.

사람들은 언제 다시 비가 내릴지 몰라 여전히 두려움에 떨며 조심스레 자신의 가옥과 농토를 살펴보았다. 그들은 하나같이 넋을 놓았다. 자신들이 살아 있다는 것을 확인하는 것도 잠시, 자신들의 가옥은 온데간데없고 농토는 거대한 진흙뻘로 변해 있는 것을 보게 되자 앞으로 살아갈 길이 막막했던 것이다. 점차 그들의 얼굴은 슬픔과 비통에 젖어들어 나중에는 통곡의 소리가 터져나왔다. 실로 어마어마한 재난이었던 것이다.

전국에서 올라온 비보를 전해 들은 웅갈은 망연자실하였다. 중심지인 수도는 그래도 안정적인 지대에 있었기에 모든 것을 잃을 정도는 아니었지만, 그것을 제외한 나머지 지역은 수마에 거의 모든 것을 잃어버린 지경이었다. 웅갈은 어떻게 해서든지 이 상황을 수습하기 위해 국가의 창고를 열어 각 고을에 양곡을 내려주는 동시에 조금이라도 건질 수 있는 것은 가능한 확보하라고 지시하였다. 사람들은 먹고 살기 위해서라도 그렇게 하려고 애를 썼다. 하지만 불이라는 것은 타고 남은 재라도 있지만 수마는 그것마저 다 휩쓸고 지나가버렸다. 수많은 이재민이 발생했고, 그들은 국가에서 보내준 적은 양의 양곡으로나마 버티려고 하였으나 그것마저 곧 바닥이 나고 말았다. 사람들은 못살겠다고 아우성을 치면서 국가에 양곡을 좀 더 보내달라고 요구했다.

그러나 국가의 창고 또한 거의 비어가긴 마찬가지였다. 이미 천부인의 열쇠를 찾기 위해 국고를 탕진한 데다가 범씨족의 침탈에 대비해야 했기에 군량미도 부족한 상태였던 것이다. 아무리 사람들이 죽어간다고 해도 나라를 지키는 군량미까지 내줄 수는 없는 노릇이라 더 이상 양곡을 내려주지 못하자 사람들은 너나없이 식량을 달라고 소리쳤다. 하지만 이에 응할 수 없던 웅갈은 분노에 찬 그들의 행동을 막으라고 지시할 수밖에는 없었다.

허나 먹고살기 위해서 발버둥치는 것을 어찌 힘으로 막는다고 해서 해결할 수 있겠는가? 도리어 그 아우성은 원성의 소리로 변해갔고, 결국에는 웅갈을 비난하는 소리가 곳곳에서 터져나왔다.

"자기 백성들을 다 죽이고 나서 전 제국을 호령한다고 한들 그게 무슨 소용이 있겠는가?"

"그러게 말일세. 지금 우리만 그런 것이 아니라 범씨족도 홍수 때문에 난리라고 하는데, 지금 그들이 어떻게 우씨족을 침략하겠어?"

"맞는 말이네. 우씨족 지역에 파견한 군사들을 즉각 돌려세우고, 그 군량미를 조금만 풀어도 백성들 살이가 좀 나아질 것이 아닌가?"

"맞아, 맞아! 이게 다 웅갈이 세상을 호령하려는, 그 야심 때문이야!"

사람들은 이미 자신들이 제국의 중심에 섰다는 것을 자랑스러워했던 날은 까마득히 잊어버리고 당장 먹고살 형편이 궁한지라 그것마저 비난하고 있었다. 이에 웅갈은 그런 소문을 퍼뜨리는 놈들을 당장 잡아들이라고 명을 내렸다. 이리하여 백성들은 잘못 입을 놀렸다가는 군사들에게 하나둘씩 잡혀가는 신세가 되었다.

하지만 그런다고 해서 소문이 사라질 수는 없는 일이었다. 도리어 사람들이 하나둘씩 잡혀가면서 더 해괴한 소문으로 확대되기에 이르렀다.

"이렇게 재앙이 내린 것은 나라의 우두머리들이 백성들은 나 몰라라 했기 때문이야. 뭐, 새 세상의 주인이 되려면 열어야 한다는 천부인을 차지하는 데만 혈안이 되어 있어서 하늘이 대재앙을 내린 것이라고 하네."

"허허, 참! 새 세상의 주인이라는 것은 백성들을 위한 그런 세상을 만들어야 한다고 하는 것인데, 이렇게 백성들을 다 죽이고 나서 그 주인이 되면 무슨 소용이 있다고?"

"그야 하나 마나 하는 소리지. 그런데 소식 못 들었는가? 우리 웅갈 수장도 천부인을 열려고 수만 석의 양곡을 빼돌렸다는 것 말이네."

"뭐라고? 그 곡식을 백성들한테 나누어주면 지금의 위기 상황은 벗어날 수 있는 것 아닌가?"

"두말하면 잔소리지."

"허허! 정말 그런 곡식이 있으면 진작 내놔야지. 그 사람들 분명 천벌을 받을 것이야."

여기까지 소문이 확산되자 상황은 걷잡을 수 없는 지경으로 치달아 갔다. 결국 나라에서는 어찌 그럴 수가 있겠느냐고 딱 잡아떼며 괴이한 소문에 속아 넘어가지 말라고 엄포를 놓았다. 그리고는 그러한 소문을 퍼뜨리는 사람들을 잡아 엄히 문초하고 감금하기 시작했다. 하지만 일파만파로 퍼진 소문은 쉽사리 사그라지지 않았고, 도리어 웅지백 수장 때부터 바른 말을 해왔던 한구 대신은 은연중에 웅갈에게 그런 것을 넌지시 주청하였다.

"수장님, 지금 백성들 사이에서는 천부인을 열기 위해 양곡을 어디다 숨겨놓았다는 소문이 나돌고 있사옵니다. 만약 그게 사실이라면 백성들의 안정을 위해 그것을 속히 푸시옵소서. 백성이 살아남아야 다음 일을 기약할 수 있을 것이 아니오니까?"

"아니, 이놈이? 지금 무슨 말을 지껄이는 거야. 그런 것이 있으면 내가 왜 내놓지 않고 숨기고 있단 말이냐? 그러고 보면 네가 그런 소문을 퍼뜨리고 있는 것이야. 신료란 자가 왕을 잘 보필할 생각은 하지 아니하고 백성들을 선동해 나를 기만하려 하다니……. 내 너를 본보기로 삼아 다시는 어느 누구도 그런 헛소리를 하지 못하도록 하겠다. 여봐라, 당장 이놈을 참수하여 대로에 내걸어라! 그래서 앞으로 이런 헛소리를 지껄이면 어떻게 되는지 똑똑히 보여주도록 하라."

그러나 웅갈의 이런 단호한 조치에도 한번 퍼진 소문은 쉽사리 사그라지지 않았다. 도리어 웅갈이 천부인을 차지할 욕심에 눈이 뒤집혀 올곧은 신하까지 죽였다며 비난하는 소리만이 더 크게 들리기 시작했다. 결국 웅갈은 사람들이 모이면 이상한 소문이 퍼질 것이라 염려해 무력을 동원하여 그들을 해산시키라고 명하기에 이르렀다.

군사들의 진압에 흩어진 사람들은 더욱 먹을 것을 찾아 이리저리 방황했다. 그 수는 계속 급속도로 불어날 수밖에 없었다. 하지만 이들의 수가 늘어날수록 나무뿌리와 풀뿌리로는 연명할 수 없었기에 어쩔 수 없이 도적질을 하는 상황으로까지 내몰릴 수밖에 없었다. 그들은 하나둘씩 도적이 되어 창고를 급습하기에 이르렀다. 이러다 보니 연일 웅갈에게 보고된 내용은 도적들에 의해 어디가 급습을 받았다는 것이 대부분일 지경이었다. 마침내 웅갈의 참모 구무리가 진언하기에 이르렀다.

"지금 군대로는 도적들을 막을 수 없사옵니다. 지금 당장 우씨족의 국경 지대로 보낸 군사를 불러들여야 하옵니다. 이렇게 하루가 다르게 도적들이 창궐하게 두어서는 이 나라의 유지도 불가능할 지경이옵니다."

"상황이 그러하기는 하나 범씨족이 이 기회를 틈타 침입한다면 어찌 되겠느냐? 충분히 호한이라는 놈은 그러고도 남을 놈이 아니냐?"

"하오나 지금 당장은 무엇보다 나라의 안위가 더 우선하옵니다. 더욱이 이번의 수재는 우리만이 아니라 모든 제국을 덮쳤다고 하옵니다. 그러니 호한도 지금 엄청난 수해를 입은 상태에서 자기 나라의 일을 처리하기에 급급할 것이옵니다. 더 이상 이러고 있다가는 도적들의 창궐로 나라의 기강마저 흐트러질까 걱정되옵니다."

"하긴……. 호한이라고 해서 지금 당장 침략할 수는 없을 것이야. 곧바로 군대를 되돌려 도적들을 막도록 하라!"

웅갈의 명을 받는 군사들은 즉시 회군하여 도적들을 막는 일에 나서게 되었다. 그러나 어디 도적이라는 것이 흔적을 남기는 것도 아니고, 또 자연발생적으로 사방에서 일어나는 것이었으니 그들을 쫓아가기에 급급할 지경이었다. 이러니 군사들 또한 지치고 불만을 갖게 되었다. 그럴 수밖에 없는 게 우씨족으로 출정하게 되었을 때에는 제국의 중심이 되어 평화를 지키는 사도로서의 영광과 자부심이 있었으나, 이제는 먹고살려는 자기 백성들을 진압할 수밖에 없는 형국이 된 것이다. 그러니 어찌 그들이라고 해서 맘이 편하겠으며, 떳떳하다고 생각할 수 있었겠는가? 그들 사이에서는 자연스레 불만이 일었고, 도적을 막는 일도 형식적으로 하기에 이르렀다. 그러다 보니 군사 지휘 체계도 흔들리고 명령도 잘 먹히지 않게 되었다.

이런 상황을 보고 받은 웅갈은 화가 잔뜩 나서 군사 지휘관들을 소집하였다. 정예 군사들을 파병시켜서도 도무지 도적들의 창궐을 막을 수 없었으니 이러다간 큰일 나겠다 싶었던 것이다.

"제군들은 웅씨족의 정예 군사들이다. 새 세상을 열어나갈 주력군인 것이다. 그런데 어찌하여 이깟 도적들 하나 바로 처리하지 못한단 말이냐? 앞으로 일주일간의 시간을 줄 터이니 내 근심을 덜도록 하라! 만약 그렇지 못한다면 너희들의 목숨이 남아나지 못할 것이니라."

웅갈의 단호한 명령에 모두들 고개만 숙이고 있는데, 그중에 고위 지휘관 한 사람이 조심스레 나서며 입을 열었다.

"수장님의 근심을 하루빨리 해결해드리지 못해 죄송하옵니다. 허나 지금 우리가 상대하는 것은 적이 아니오라 우리의 백성들이옵니다."

"뭐라고? 백성들이라고? 어찌 백성이 도적질을 한단 말이냐? 그럼 도적질을 일삼아도 그것을 보고만 있으란 말이냐? 지휘관이란 놈이 이러고 있으니 어찌 도적들을 막아낼 수 있겠느냐?"

"소장, 목숨을 내걸고 간언하옵니다. 지금 도적들은 수재를 입어 먹고살 것이 없어서 어쩔 수 없이 도적질을 하고 있는 것뿐이옵니다."

"이놈이 그래도?"

"소장의 말씀을 들어보시옵소서. 지금 도적들은 어쩔 수 없이 그러하오니 그들을 무력으로만 내치려고 하지 마시옵소서. 그들에게 살

길을 열어주시옵소서. 그러면 이 일은 자연스레 해결될 것이옵니다."

"어떻게 살길을 열어주라는 것이냐? 이미 국고가 바닥났는데……."

"지금 백성들 사이에서는 여러 가지 괴이한 소문이 나돌고 있사옵니다. 천부인을 열 열쇠를 찾기 위해 어딘가 양곡을 쌓아두었다는 것이옵니다. 이것이 사실인지 아닌지는 잘 모르겠지만……."

"그것이 없다고 이미 내 분명히 엄명했는데도 그런 말을 입에 담고있다니 네가 죽으려고 환장을 한 모양이구나. 여봐라, 이놈을 당장 잡아 목을 치도록 하라."

"수장님께서 그리 말씀을 하고 계시나, 사실 천부인을 열기 위해 얼마간의 식량을 비축하고 있다는 것은 이미 알 만한 사람은 다 알고 있는 사실이 아니옵니까? 어찌 손바닥으로 하늘을 가리려 하시옵니까? 그러니 조금이라도 백성들에게 양곡을 풀어야 하옵니다. 그뿐만이 아니라 신료들에게도 양곡을 바치도록 하여 이것을 백성들에게 돌려주어야 하옵니다. 이것만이 지금의 상황을 해결할 수 있는 길이옵니다. 부디 외면하지 마시고 소장의 청을 들어주시옵소서."

"여봐라 지금 뭣들을 하고 있느냐? 저놈의 목을 당장 치라고 하거늘 내 명을 거역하겠다고 하는 것이냐?"

"수장님! 저 군관은 훌륭한 지휘관이옵니다. 사심이 없이 간언한 것이오니 비록 그것이 틀렸다고 하더라도 목숨만은 살려주시옵소서."

소우리 장군이 간절히 청하자 다른 사람들도 한 목소리로 따라했다.

"목숨만은 살려주시옵소서!"

"아니, 이런 작자들을 봤나? 너희들이 모두 저놈하고 한통속이라는 거냐? 그렇다면 너희들 모두들 내 죽여주마! 왜 도둑들이 진압이 안 되는가 했더니, 바로 너희들이 이 모양 이 꼴이어서 그런 것이었구만. 그래 좋다 이놈을 당장 베지 못하겠다면 너희들도 당장 저 꼴이될 것이다. 어서 목을 베도록 하라."

웅갈의 명을 받은 수하가 즉각 그 목을 베었다. 모두들 이 광경에 기가 질려서는 차마 고개를 돌리고 피했다. 잘못하다간 자신의 목이 잘려나갈 것임을 직감하며 모두들 입을 다물었다.

"내 너희들에게 분명 말하도록 하겠다. 만약 도적들에게 인정을 베푼 놈이 있다면 바로 그놈도 그들과 한통속이라고 보고 가차 없이 목을 베도록 할 것이다. 앞으로 일주일간의 시간을 줄 터이니 이를 해결하도록 하라. 만약 그렇지 못할 경우 내 너희들을 문책하도록 하겠다. 알았느냐?"

웅갈의 명에 모두들 두말없이 일어섰다. 군사들의 움직임은 확연히 달라졌다. 자신이 살기 위해 백성들을 도륙하러 나서야 했던 것이다. 그러다 보니 웅씨족의 분위기는 무서운 칼바람의 폭풍이 휘몰아치게 되었다. 군사와 백성들 사이는 서로 화해할 수 없는 지경으로 치달았고, 백성들은 군사들의 모습이 보이기만 하면 꽁무니를 빼고 달아나는 기이한 광경이 벌어졌다. 이제 웅씨족은 오직 군사들의 강한 무력에 의해 다스려지는 형국으로 치달아갔다.

12

유랑민의 향방

범씨족 역시 홍수로 인한 피해가 막심했다. 이에 호한은 즉각 수해 대책을 세울 것을 지시했다. 그러는 중에도 한편으로는 우씨족을 병합하려는 속셈을 결코 감추지 않고 있었다. 그러나 그것은 생각처럼 쉽지 않았다. 지난날 일구었던 터전과 양식이 모두 사라진 상황에서 신료들은 호한에게 간언을 올렸다.

"우씨족을 복속시키는 것은 그리 어려운 일이 아니옵니다. 먼저 백성들의 생활을 안정시키기 위해 모든 방도를 세워야 할 것이옵니다."

"그렇사옵니다. 지금 백성들은 집과 농토를 잃고 망연자실해 있사옵니다. 이들에게 양곡을 풀어 지금의 상황을 속히 해결한다면 그들은 더욱더 수장님께 충성을 다 바칠 것입니다. 뿐만 아니라 다른 나라들도 우리의 이런 해결책을 보고 더욱 우리 범씨족을 우러러볼 것이옵니다."

"그렇더라도 우씨족 수장 우영달이 나의 명을 받고서도 감히 항복을 하지 않았단 말이오. 도리어 이자가 웅씨족과 천신족을 꼬드겨 동맹군까지 결성해 우리에게 감히 대항하려고 하고 있소. 어찌 이런 자를 그대로 놔둔단 말이오? 만약 이들을 그대로 놔둔다면, 우리가 동맹군이 무서워 저들을 침략하지 못한 것으로 알 터이니 내 꼴이 어찌되겠소?"

호한이 내심 우씨족을 하루빨리 복속시키려고 하는 데는 바로 이러한 까닭이 있었다. 동맹군 때문에 꼬리를 내리는 것으로 비쳐질까봐 그게 걱정이었던 것이다.

사실 호한은, 우씨족이 항복하지 않고 동맹군까지 결성해 자신들에게 대항하려 한다는 소식을 듣고 노발대발했다. 그래서 국경 지역에 집결된 군대에게 곧바로 출동 태세를 갖추라고 지시한 후 자신이 직접 출정하려 하였다. 그런데 출발하기도 전에 갑자기 억수 같은 비가 내렸던 것이다. 또한 비가 그치면 출발하려고 하였는데, 어찌된 일인지 삼 일 밤낮을 내리고도 오륙 일간 연거푸 비가 내렸다. 아니, 퍼부었다고 하는 편이 나았다. 지방 고을에서는 홍수로 인한 피해가 속출하고 있다는 소식이 연신 올라왔다. 그는 이에 대한 대책을 세우라고 지시하였다. 그리고 이것만 어느 정도 해결되면 마음먹은 대로 우씨족을 병합할 결심을 굳히고 있었다.

"수장님, 그리 생각할 사람은 아무도 없을 것이옵니다. 우리에게는 용기백배한 수만의 정예 군사들이 있사옵니다. 감히 어느 나라도 우리의 정예군을 무시할 수 없사옵니다. 그런데 어찌 그깟 조무래기 같은 동맹군을 무서워한다고 생각하겠사옵니까? 도리어 백성들을 안착시키기 위해 그것을 당분간 보류했다고 한다면 많은 이들은 백성을 아끼는 성군이라고 칭송할 것이옵니다. 그런 다음 우씨족을 항복시킨다면 감히 어느 누구도 우리에게 대적하려고 하지 않을 것이며, 모조리 굴복하게 될 것이옵니다."

"하긴 그렇지. 그런 조무래기들을 무서워한다고 누가 말하겠소? 더욱이 수재로 곤경에 처해 있을 것이 분명한데, 이 기회를 잡아 공격한다는 것은 비겁하기 짝이 없는 행위이기도 하지. 우리 용맹무쌍한 범씨족이 어찌 그런 비겁한 암수나 사용해야 하겠소이까?"

호한도 흔쾌히 동의하면서 우선 백성들을 안착시키는 데에 전심전력을 다하도록 명하였다. 그러고는 집터와 농토를 잃고 헤매는 사람들에게는 엄청난 양의 양곡을 내려보내면서 시급히 피해 상황을 정비하도록 하였다. 이렇게 범씨족이 각 고을에 많은 양곡을 내보낼 수 있었던 것은, 지금껏 소국들을 침략하면서 확보한 양곡이 있었기 때문이었다.

호한의 명에 따라 엄청난 양의 양곡과 수많은 인력이 대대적으로 동원되자 다른 어떤 나라와 달리 범씨족의 나라는 빠르게 안정될 수 있었다. 그러면서 백성들 사이에서는 이 모든 것이 다 호한 수장의 덕이라고 칭송하였으며, 너도나도 호한에게 충성을 맹세하며 군사로 자원하는 현상이 두드러지게 나타났다. 호한도 이런 소식에 고무되어 이들을 더욱 단련된 용사로 거듭나게 하라고 지시하였다.

어느 정도 나라의 내정이 안정되면서 호한이 이제야말로 우씨족을 공격해 들어갈 시점이라고 판단했다. 그런데 상황이 이상하게 돌아가려는지 갑자기 국경 지대에서 긴급한 소식이 전달되었다. 홍수의 피해를 입은 주변의 소국들에서 더 이상 살 수 없게 된 백성들이 범씨족으로 넘어와 살 수 있게 해달라는 것이었다. 처음에는 대수롭지 않게 생각하고 그저 그렇게 하라는 명을 내렸다. 하지만 더 큰 문제는 이것을 계기로 해서 터지기 시작했다. 범씨족에 들어가면 살길이 열린다는 소식을 들은 이재민들이 연일 계속 넘어오니 더 이상 감당할 수가 없었던 것이다. 이들에게 먹을 것을 대주는 것도 문제이거니와 이들이 앞으로 뭉쳐 어떻게 행동할지 모르는 상황에서 불안거리가 생기게 되었던 것이다. 그것도 어디 한두 군데에서 발생하는 것들이 아니라 국경 지대 전반에서 터지는 문제이다 보니 여간 심각한 상황에 이른 것이 아니었다. 결국 이 문제를 가지고 조정에서 갑론을박하며 논쟁을 벌이기 시작했다.

"모름지기 품 안으로 기어드는 것은 짐승도 해치지 아니한다고 하는데, 우리에게 들어온 사람들을 어찌 모른 척할 수가 있겠습니까? 그들을 받아들여야 할 것이옵니다."

바여기 대신의 말에 호한을 힐끔 쳐다본 가태 장군이 곧장 반박하고 나섰다.

"아니, 그들을 어찌 다 받아들인다고 하는 말씀이오? 우리 백성들이 먹을 것도 모자란 판에 그들에게 나눠줄 식량이 남아 있는지 아시오? 우리가 그들을 먹여 살리려고 다른 나라에게 공물을 바치라고 한 줄 아십니까? 더욱이 만에 하나라도 그들이 소요라도 일으키면 어찌 하려고 하는 겁니까?"

"당장 눈앞의 이익을 보면 그리 생각할 수도 있겠지요. 허나 장기적인 안목으로 보면 꼭 그렇지만도 않소이다. 만약 그들에게 먹을 것을 조금 나눠주고 자리를 잡아 살도록 안착시킨다면 이거야말로 우리 범씨족과 수장님의 권위를 높이는 일이 될 것입니다. 이거야 우리 범씨족이 다른 여타 나라를 제치고 그 중심에 섰다는 것을 의미하는 것이 아니고 무엇이겠습니까? 수장님, 그들을 받아들이시옵소서."

"지금 대신은 도대체 무얼 믿고 그리 장담하시는 겁니까? 만약 저들 속에 염탐꾼이라도 끼어 있다면 우리의 군사적 움직임이 모두 드러날 것인데, 과연 그런 것까지 책임질 수 있겠소이까?"

가태 장군의 반론에 바여기는 더 이상 대꾸하지 못했다. 그도 그럴 것이 벌써 호한의 귀에는 그 말이 솔깃하게 들리는 모습이 확연히 보였던 것이다. 호한의 태도에 벌써 결정이라도 된 듯이 가태 장군이 의기양양하게 다음 말을 이었다.

"수장님, 저들을 그냥 믿을 수는 없사옵니다. 저들을 더 이상 받아들이고 방치했다가는 문제를 일으킬 뿐 하등 도움이 되지 않을 것이옵니다. 그러하오니 이제 이재민들이 들어오는 것을 엄금하도록 하시옵소서."

마침내 호한이 입을 열었다.

"그런데 말이오. 그 이재민들이 먹을 것이 없어서 살려고 국경을 넘어오는데 과연 힘으로 막는다고 해서 그들이 오지 않겠소? 만약에 말이오. 그들이 죽기 살기로 작정하고 넘어온다면 어찌할 것이오?"

"가차 없이 엄금하는데, 죽으려고 작정을 하지 않는 바에야 어찌 그런 무모한 짓을 할 수 있겠사옵니까? 군사들에게 단호하게 대처하라고 명을 내린다면 별 문제 없을 것이옵니다."

"과연 그럴까? 다른 대신들의 생각은 어떠하오?"

대신들은 서로 얼굴만 쳐다보며 호한의 의도가 무엇인지를 가늠해 보려고 하였다. 사실 그럴 수밖에 없는 것이 누구보다도 가장 앞장서서 단호히 엄금하라고 말할 사람이 수장이라고 여겼는데, 오히려 그가 전혀 다른 말을 하고 있었기에 그들로서도 어안이 벙벙하였던 것이다. 호한을 옆에서 보좌하면서 누구보다도 그를 잘 알고 있는 모사 모 참모가 나섰다.

"이재민의 문제는 수장님께서 지적하신 대로 바로 거기에 원인이 있사옵니다. 어차피 받아들이지 않으려고 해도 분명 잡음이 일고 문제가 생길 것이옵니다. 그럴 바에는 차라리 그들을 수용하는 것이 더 우리 범씨족의 위엄도 세우는 동시에 실속 또한 챙길 수 있는 길이 될 것이옵니다."

"위엄도 세우고 실속을 챙긴다? 그들이 소요를 일으킨다든가 해서 우리에게 반하는 행동을 할 수도 있는데, 그것은 어떻게 처리하고요?"

"그거야 간단하게 처리할 수 있사옵니다. 어차피 우리가 다른 소국들을 병합하려고 하는 이유는, 그들의 재물을 얻을 수 있을 뿐만이 아니라 더 많은 노예를 확보하기 위해서가 아니옵니까? 그런데 그들이 제 발로 들어와서 우리의 노예가 되겠다고 하는데, 어찌 그것을 마다할 수 있겠사옵니까? 당연히 받아들여야지요. 허나 지금 그 이재민들이 도처에 있는지라 그들을 통제하기가 어렵다는 것이 걱정인데, 그것 또한 그들을 한군데로 모아서 통제한다면 쉽게 해결될 것이옵니다."

모사모의 말에 호한이 무릎을 탁 치며 반겼다.

"바로 그거야! 이제야 내 말귀를 알아듣는 사람이 나오는구먼. 역시 다른 사람은 몰라도 모사모 참모는 내 맘을 잘아! 그리하면 우리는 손 안 대고도 코를 풀 수 있게 된 거야. 그런데 말이오. 그들이 안착할 곳으로는 어디가 좋겠소?"

"그곳이라면 아무래도 마씨족이 있는 국경 지대가 어떤가 하옵니다."

"왜 그곳이 되었으면 좋겠다고 생각하는 거요?"

"우씨족의 국경 지역은 어차피 우리가 곧 복속시켜야 할 땅인데, 그곳에 그런 골칫덩어리를 놔둘 필요가 없을 것이옵니다. 그리고 녹씨족은 이미 우리가 병합한 상태이옵고, 사씨족은 우리에게 적극 협력하고 있사옵니다. 그러니 그 쪽으로도 그들을 놔둘 이유가 없을 것이옵니다. 그러면 단 하나 남은 곳은 바로 마씨족의 국경 지역인데, 이들을 이곳에 놔둔다면 나중에 마씨족을 복속할 때 유리한 환경을 조성할 수도 있을 것이옵니다."

"좋아, 좋아! 정말 좋은 의견이오. 그러면 곧장 그리 시행하도록 하시오."

호한의 명이 떨어지자, 지금껏 이재민들이 국경 지역으로 들어온 것을 막고 있었던 군사들은 이들을 새로운 지역에 안착시키기 위해 대대적으로 받아들이기 시작했다. 이재민들은 너무도 갑작스런 범씨족의 태도 변화에 어리둥절하면서도, 자신들에게 살길을 열어준다는 말에 다짜고짜 범씨족의 영토로 속속 모여들었다. 그 수는 가히 몇 만을 넘을 정도였다. 너무도 엄청난 수에 이재민들 스스로도 놀랐지만, 범씨족의 군사들은 아예 입을 떡 벌린 채 다물지 못했다. 그들은 이재민들에게 새로운 정착지를 마련해줄 테니 대오를 지어 따라오라고 하면서 마씨족과의 국경 지대로 그들을 끌고 갔다. 이들의 행렬은 가히 장관이었다. 남녀노소 할 것 없이 온갖 헐벗고 굶주린 행색임에도 새로운 안식처를 찾아 떠나는 그들의 모습은 희망차 보였다. 그러다 보니 그들은 군사들의 강행군에도 불만을 표시하기는커녕 혹시나 뒤처져 낙오자가 될까 두려워하며 적극적으로 따라나섰다.

마침내 마씨족의 국경 지대에 도착한 행렬은 그 끝이 보이지 않을 정도였다. 한곳에서만이 아니라 국경 지대의 도처에서 이곳으로 모여든 사람들은 그야말로 어마어마한 군중이었다. 그들이 한곳에 모이자 범씨족의 군사 지휘관이 나와서 소리쳤다.

"너희들이 정착할 곳은 바로 이곳이니라."

사람들은 그의 말을 듣고서도 도무지 무슨 말인지 알아듣지 못했다. 아무리 그래도 그렇지 그야말로 황량한 벌판에 그들을 세워놓고 이곳에 정착하라고 말하니 도무지 이해가 가지 않았던 것이다.

"내 말이 아직도 무슨 말인지 모르겠다는 모양인데, 이곳이 바로 너희들이 개간해야 할 땅이라는 것이니라. 이제 알아들었느냐? 그렇다면 모두들 어서 간단히 짐을 풀어놓고 일할 채비를 갖추도록 하라."

그러자 사람들은 웅성거리기 시작했다.

"지금 무슨 말씀을 하시는 것입니까? 호한 수장님께서 우리들에게 먹고살 길을 열어주신다고 하여 여기까지 따라왔는데, 이곳에서 어떻게 살라고 그러시는 겁니까? 뭔가 잘못된 게 분명하니 다시 한 번 확인해주시기 바랍니다."

"맞아요, 맞아! 뭔가 잘못된 게 틀림없어요. 이럴 리가 없을 것이오!"

어떤 한 사람의 말에 사람들은 저마다 맞장구를 쳤다. 그러자 그 군사의 지휘관이 냅다 소리쳤다.

"너희들이 아직 주제 파악을 못한 모양인데, 너희들은 우리 범씨족의 노예이니라. 바로 너희들이 그리되겠다고 자청해서 들어온 것이 아니더냐? 그런데 이제 와서 무슨 다른 소리를 하는 것이냐. 만약 다시 한 번 잘못 입을 놀렸다간 가만두지 않을 테니 그리 알고 내 지시에 따르도록 하라."

그러자 그들 중 한 사람이 황급히 앞으로 나서며 말했다.

"그건 잘못 안 것이외다. 언제 우리가 노예가 되겠다고 했소이까? 먹을 것을 주고 우리가 안착하여 살 곳을 준다기에 온 것이지, 언제 노예가 되겠다고 자청을 했다는 말인가요?"

"여봐라, 저 입을 놀리는 자를 당장 잡아오도록 하라."

지휘관의 명령에 군사들이 다짜고짜 나서며 그 사람을 끌고 왔다.

"내가 분명히 말했거늘, 아직도 못 알아들었단 말이냐? 그래, 어디 다시 한 번 지껄여봐라!"

"소인은 분명 뭔가 잘못 되었다는 것을 말한 것밖에……."

"아니, 이놈이 아직도 정신을 못 차리고 주둥이를 놀려?"

그 지휘관은 다짜고짜 채찍을 내려쳤는데, 어찌나 세게 쳤는지 채찍질에 그의 두 다리가 꺾이고 말았다. 못 먹고 못 입으며 긴 이동을 해온 터라 지쳐서 작은 공격에도 쓰러질 수밖에 없는 지경이었던 것이다.

"그럴 리는 없습니다. 제발 다시 한 번만 확인해보시면……."

"아니, 이놈이 아직도……."

지휘관은 사정없이 연거푸 채찍을 내려쳤다. 그러자 그는 몇 대 맞지도 못하고 벌써 넘어져 숨을 헐떡거렸다. 이것을 본 어떤 아낙네와 어린아이들이 "여보!" "아버지!"를 외치며 달려나와 채찍을 자신들의 몸으로 필사적으로 막았다.

"이런 놈들을 봤나? 너희들도 죽고 싶어 환장을 했구나!"

그러고는 곧바로 아낙네와 어린아이들에게까지 채찍을 휘둘렀다. 얼마나 거세게 휘둘렀는지 이들 또한 금세 피투성이가 되어 쓰러졌다. 이런 분위기에 어느 누구도 감히 군사들에게 말대꾸하지 못했다. 숨 한 번 제대로 쉴 수 없는 형편이었다.

분위기가 잠잠해지자, 지휘관은 거들먹거리며 말했다.

"이제야 내 말이 무슨 말인지 알아들었느냐? 내 말을 알아들었다면 어서 일할 채비를 하고 나오도록 하라."

지휘관의 명령에 사람들은 아무 소리 못하고 마지못한 듯 천천히 몸을 움직였다. 그러나 이런 그들을 향해 쏟아지는 것은 군사들의 가차 없는 채찍질이었다.

"빨리 빨리 움직이지 못해! 어디서 게으름을 피우려고……. 그건 안 되지."

이로부터 마씨족의 국경 지대로부터 온 이재민들은 군사들의 포위 속에 이주 첫날부터 땅을 개간하는 작업에 끌려다니게 되었다. 이렇게 고된 노역을 하고서 지급되는 것은 고작 한 덩어리의 주먹밥에 불과했다.

시일이 지나가면서 노역자들 중에 쓰러지는 사람이 속출하기 시작했다. 워낙 영양 상태가 안 좋은데다가 쉬지도 못하고 계속 노역을 하게 되었으니 항우장사라고 해도 버틸 재간이 없었다.

마침내 이재민들 사이에서 이상한 기운이 감돌기 시작했다. 이렇게 노역을 하다가 죽을 바에는 이곳을 벗어나자는 얘기였다. 어차피 죽을 목숨 이래 죽으나 저래 죽으나 이판사판으로 해보자는 심사였다.

결국 어떤 무리가 도망치다가 발각되었고, 그 일행들 중 운 좋게 도망에 성공한 이도 있었지만 대부분은 군사들에게 잡혀 죽임을 당하였다. 하지만 그것이 도화선이 되어 이재민들은 하루가 다르게 그곳을 도망칠 궁리에 여념이 없었다. 군사들도 이것을 막기에 급급할 지경이었다. 하지만 아무리 불을 켜고 경계를 서며 이들을 지킨다고 하더라도 죽기로 각오하고 도망치는 사람들을 모조리 색출하기란 쉽지가 않았다. 그곳은 하루가 멀다 하고 도주자와 죽은 자가 속출하게 되었다.

이런 나날이 진행되는 중에 도저히 있을 수 없다고 생각하는 일이 발생하기에 이르렀다. 이곳을 벗어난 이재민들이 이제는 도리어 도적이 되어 범씨족의 마을을 약탈하기 시작한 것이다. 하기야 지금 여러 나라들 중에서 가장 식량이 많이 있다고 하는 곳은 범씨족이었으니 당연지사 그 지역이 제일 먼저 표적이 된 것은 뻔한 이치였다. 그래도 가장 강력한 군사력을 자랑하는 범씨족을 상대로 그런 짓을 벌인다는 것은 누구도 감히 생각지 못할 일이었다. 하지만 이미 이재민 수용소에서 죽었다가 살아온 자들로서는 이것저것 가릴 처지가 아니었다.

노역장에는 벌써 그 소문이 일파만파로 퍼지고 있었다. 그리고 예전과는 다르게 자신들을 감시하던 병사들이 도적질한 일당을 잡기 위해 중앙으로 차출되어 병력이 현저하게 줄어든 상태였다. 그 틈을 타

노역장에 일하던 사람들은 집단 탈출을 감행했다. 그리고 이들은 여지없이 도적 떼가 되어 범씨족의 마을을 약탈하기 시작했다.

상황이 이렇게 되다 보니 도저히 노역장을 유지할 수도 없는 형편이되고 말았다. 이제는 노역장이 문제가 아니라 도적을 막기에 정신이없는 상황으로 전락한 것이었다. 이미 노역장에 있는 사람들은 그 수가 얼마 되지 않았고, 어느덧 이들 유랑민들은 마씨족의 국경 지대에은둔하며 범씨족의 마을을 약탈하는 도적으로 변하고 있었다.

호한은 이 소식을 듣고서 노발대발했다. 어떻게 그깟 사람들을 감시하지 못해 그런 일이 벌어지게 했느냐는 거였다. 그런데다 다른 나라를 침략하고 약탈하는 것은 자신들의 주된 일이었는데, 도리어 자신들이 이런 난리에 처하게 되었다는 것은 참을 수 없는 일이었다.

호한은 즉각 모든 도적들을 모조리 소탕하라고 엄명을 내렸다. 그러나 그게 말처럼 쉽지 않았다. 이미 이들은 생존을 위한 자구책으로써 죽음을 각오하고 나선 자들이었다. 더욱이 이들은 마씨족의 국경지대로 숨어들었기 때문에 범씨족도 거기까지 손을 쓰기가 힘든 상황이었다.

이런 상황이 되다 보니 마씨족의 국경 지대에서는 도적들을 온전히소탕하기 위해 마씨족의 영토까지 추적해 들어가야 하는 형편이 되었다. 그러나 다른 나라의 영토에 군사를 들이는 것은 일개 지휘관이 결정할 사안이 아닌지라 어떻게 할 것인지를 중앙에 물었다.

호한은 혀를 끌끌 찼다. 그놈의 도적놈들 하나 처리하지 못하고 도리어 그놈들의 만만한 상대가 되었으니, 그 꼬락서니가 하도 기가 차서 말이 나오지 않았다. 그는 곧바로 그런 것을 생각할 필요가 있느냐며 끝까지 도적놈을 잡아 퇴치하라고 명을 내리려고 하였다. 범씨족의 자존심이 우선 허락하지 않았던 것이다. 감히 범씨족을 넘보아서는 어떻게 되는지를 분명히 보여주어야 다음부터 이런 일이 없을 것이라고 타산한 것이기도 했다.

바로 이때 모사모가 호한을 막고 나섰다.

"수장님, 이거야말로 꿩 먹고 알 먹고 할 수 있는 절호의 기회가 아니옵니까? 도적놈도 잡고 나아가 마씨족을 정당하게 복속시킬 절호의 기회라는 것이옵니다."

"그러면 지금 우씨족이 아니라 마씨족을 먼저 치자는 말인가?"

"지금 형편에서 그럴 수밖에 없지 않사옵니까? 도적놈들을 놔두고 다른 나라에 군대를 보낼 수는 없는 일 아니옵니까? 더욱이 이번에 마씨족을 치는 것은, 다른 어떤 나라도 거부할 수 없는 명분까지도 가지고 있사옵니다. 도적들이 약탈을 하기에 그것을 처리하겠다고 하는데, 그 누가 여기에 왈가왈부할 수 있겠사옵니까?"

"마씨족을 우선 친다? 그러니까 도적들의 소행에 대해 마씨족에게 책임을 물어 해결하자? 그거 참 좋은 생각이야! 허나 하루빨리 우씨족을 손봐야 하는데……."

"우씨족은 마씨족을 손보고 난 다음에 해도 늦지 않을 것이옵니다. 아니, 순서상 그리하는 것이 더욱 우리에게 호조건을 가져다줄 것이옵니다. 지금은 그들 쪽에서 동맹군이니 뭐니 하는 상황이라 우씨족만을 상대하는 것이 아니라 다른 나라들까지 대적해야 하니 좀 까다로운 편이 아니옵니까? 물론 그들과 맞서 싸우면 수장님의 용맹스러운 전사들이 그들을 이길 수야 있겠지만, 우리 쪽에서도 상당한 피해를 감수해야 할 것이옵니다. 하지만 마씨족을 먼저 복속시키고 나면 상황은 분명 달라질 것이옵니다. 동맹군에 가담하려고 하는 나라들이 더욱 우리의 눈치를 보게 될 것이라는 말씀이옵니다."

"하긴 그렇지! 우리의 용맹스러운 군사들의 시위를 보고도 그렇게 감히 대적하려는 배짱을 부리지는 못하겠지."

이리하여 호한은 마씨족의 수장 마루에게 곧장 사신을 파견했다. 그러고는 지금 마씨족의 국경 지대를 근거로 도적들이 창궐하여 범씨족의 고을을 약탈하고 있으니, 이를 근절시킬 것과 함께 지금껏 약탈당한 것을 모두 배상해줄 것을 요구하였다. 만약 이를 이행치 않는다면 마씨족이 도적들과 한통속이라고 여기고 공격할 수밖에 없다고 주장하였다.

마씨족에서는 이를 어떻게 처리할지를 놓고 의견이 분분하였다. 하지만 그들로서는 딱히 어떻게 처리할 방법이 없었다. 이미 침략하려고 준비를 다해놓고 명분을 만들기 위한 속셈이 뻔한데, 어떤 안을 들어줘봐야 소용없다는 것을 모두 눈치채고 있었던 것이다. 게다가 실상 자신들 또한 이번의 수재로 인해서 백성들에게 나누어줄 양곡도 없는 상황이었으니 배상할 여력은 꿈도 꿀 수 없었다. 그런데다가 깊

숙한 산속에 은거해 도적질을 일삼는 유랑민들을 무슨 수로 잡아들일
수 있겠는가? 그런 군사력이 있었다면 백성들을 위한 구제책을 세우
든가, 그도 아니면 범씨족에게 맞서 죽을 각오로 싸우기나 할 것이다.
그러나 어찌하겠는가? 당장 범씨족의 요구 조건을 들어주지 않으면
침략당할 것이 분명하니 어떻게든 달래보는 수밖에.

그들은 범씨족의 사신을 불러들여 자신들의 처지를 하소연하였다.
그러면서 마씨족의 국경 지대에 은거하고 있는 도적들은 분명 자신들
이 책임지고 소탕하겠다고 답변하였다. 그리고 배상 문제는 지금 처
지로선 도저히 불가능하니 다음 해에 그것을 갚겠으니 조금만 시한을
연장해달라고 요구하였다. 이에 사신은 한마디로 잘라 말했다.

"나를 뭘로 보고 그리 말씀하시는 것이오? 이거 눈 가리고 아웅 하
는 식이 아니오? 말로는 모든 요구를 들어주겠다고 해놓고선 실상은
지금 당장 아무것도 하지 않겠다고 하는 것이 아니오?"

"아니, 적반하장도 유분수지. 어찌 그게 눈 가리고 아웅 한다고 하
는 겁니까? 실상 도적들이 날뛰게 된 게 우리 탓입니까? 사실을 따져
보면 범씨족에서 유랑민들을 그쪽으로 데리고 와서 발생한 사건이 아
니오? 어찌 보면 우리가 피해자인데, 오히려 우리 보고 그것을 배상
하라고 하니 그게 어디 가당키나 한 거요? 그래도 우리가 서로 간에
우의를 깨지 않기 위해서 당신들의 요구 조건을 모두 들어주겠다고
한 것인데, 뭐가 어떻다고 트집을 잡으려고 하는 거요? 그러고 보니
당신네들은 우리가 어떻게 나오든지 간에 이미 침략할 명분만을 찾으

려 하였던 것이 아니오?"

더 이상 못 참겠는지, 마씨족의 가허 대신이 분을 못 이기고 직격탄을 날렸다. 그러자 범씨족의 사신은 드디어 본색을 드러내며 거만하게 다시 입을 놀렸다.

"우리더러 침략할 명분만 찾고 있다고 하더니 실상 그대들은 거절할 이유만 찾고 있었던 것이 아니오? 자, 보시오. 지금 도적들이 어디에 은거해 있소? 그야 당연히 마씨족의 국경 지대가 아니오? 또 그들이 어디를 약탈하고 있소? 당연히 우리 범씨족이 아니오? 그러면 당연지사 그 책임이 마씨족에게 있다는 것이 명약관화한 일이 아니오? 그런데 이것을 억지 쓰는 것이라고 우긴단 말이오? 이거야말로 말로는 우리의 요구를 들어주는 척하면서 시간만 끌다가 흐지부지 만들려고 하는 속셈이 아니겠소? 그러니까 우리의 정당한 요구를 들어주지 못하겠다고 하는 것이겠지요."

그러자 마씨족의 다른 한 대신이 사태를 수습하려는 듯 나서며 말했다.

"아, 아니! 어찌 그런 말씀을 하시는 거요? 이것은 가허 대신이 좀 실수해서 말이 지나쳤나본데, 그것은 괘념치 마시고 넘어가시구려. 우리의 진짜 뜻은 최대한 범씨족의 요구 조건을 들어주려고 하는 것이요."

"사탕발림으로 나를 기만하려 하지 마시오. 내 당신네들의 본심을 알았으니 우리 수장님께 그렇게 전하도록 할 것이오. 어쨌든 이 일은 당신네들이 자초한 것이니 모든 책임은 전적으로 당신네들에게 있다는 것만 명심하시오."

"허허! 그게 아니라니까 그러네요. 우리는 범씨족이 요구한 조건을 다 들어줄 것이오. 당장 도적들을 소탕할 것이며, 단지 배상에 한해서만 좀 시간을 달라고 하는 것이지요."

"좋소이다. 우리의 요구 조건을 다 들어주겠다고 했으니 그리하는지 지켜보도록 할 것이오. 허나 우리를 기만하려고 했다간 그 책임을 면치 못한다는 사실만 명심하기 바라오."

이건 협상이 아니었다. 사실상 강박에 다름없었다. 그러나 힘이 없는 마씨족으로선 어쩔 수 없이 당하는 수밖에 없었다. 우씨족이야 지형상 수재를 덜 입은 상태에다 동맹군이라도 결성해 대항할 수 있었다지만, 지금 마씨족의 상황으로선 죽기 살기로 싸우는 것이 아닌 이상 그들에게 굴복하는 수밖에 없었던 것이다. 물론 마씨족의 내부에서 결사항전을 주장하는 세력이 없는 것은 아니었다. 그러나 이것은 그들의 자존심을 세울 수 있을지는 몰라도 불을 보듯 뻔한 결과를 낳을 것임에 큰 호소력을 갖지 못했던 것이다.

사신이 돌아온 이후 호한은 곧바로 군사를 출격시킬 준비를 갖추도록 하였다. 어차피 침략하려고 한 이상 시간을 지체할 이유가 없었다. 그랬다간 마씨족이 준비를 갖추고 대항하려고 하면 더 골치 아플 수밖에 없으니 시간을 주지 않고 전격적으로 공격하여 짓밟아 복속시켜 버려야 했다. 이것이 바로 범씨족의 무서움을 다른 나라들에게 시위하는 방편이기도 했다. 물론 그렇다고 사신이 돌아오자마자 공격할 수는 없었다. 핑계거리를 찾아 공격하는 것이 문제였다. 그래서 그는 곧 국경 지대의 군사들에게 잠시 방어하지 말라고 지시를 내렸다. 또 다시 도적들이 창궐하는 모습이 드러나도록 하기 위함이었다. 역시 예상대로 며칠도 못 가 국경 지대에서 도적들이 범씨족의 고을을 약탈했다는 소식이 올라왔다. 그와 동시에 호한은 군사를 국경 지대로 은밀하게 집결시켰다. 물론 여기에는 지난날 대련의 우승자였던 마타리를 비롯해 기사마, 수리도, 부거 등도 참여하고 있었다. 이들은 이제 어엿한 군의 지휘관으로써 자기 역할을 다하고 있었던 것이다. 마침내 호한의 명이 떨어졌다.

"우리는 마씨족에게 선의를 베풀기 위해 도적들이 우리의 영토를 침범하지 못하도록 대책을 세워줄 것을 요구하였다. 허나 그들은 우리의 이런 호의에 응하지 않고 또다시 도적들과 한통속이 되어 우리의 영토를 침범하여 약탈하였다. 나 호한은 범씨족을 수호하는 수장의 막중한 책임을 지고 있는 사람으로서 이런 무례를 결코 용납할 수가 없다. 범씨족의 용맹스러운 전사들이여! 감히 우리의 영토를 침범하여 약탈한 자들을 용서하지 말고 과감히 응징하여 다시는 우리의 영토를 넘보지 못하도록 만들어라. 자, 모두 출정하라!"

호한의 명에 군사들이 함성을 지르며 마씨족의 나라로 진격하였다. 우선 그들은 도적들이 창궐하고 있다는 곳으로 먼저 포위하고 들어갔다. 물론 사면을 포위한 것이 아니라 그들의 퇴로가 마씨족의 도성으로 향하게 만들어놓고는 공격해 들어갔다.

유랑민들은 군사들의 공격에 반항 한 번 제대로 하지 못하고 곧장 마씨족의 도성 쪽을 향해 달아나기 시작했다. 그것을 기화로 범씨족의 군사들은 마씨족의 백성들을 향해 살육을 감행하기 시작했다. 유랑민이 그들 속에 숨어 있을 수 있다는 것이 그 이유였다.

군사들이 휘두른 칼에 피가 마르기도 전에 연이어 많은 목숨이 베어져나갔다. 그것이 무방비로 있던 아녀자와 노약자, 그리고 어린아이라 할지라도 눈에 띄는 자는 가차 없이 베었다. 이것은 전쟁이라고 하기보다는 그저 도살에 가까웠다.

마씨족에서도 범씨족이 공격해 들어왔음을 알았는지 대열을 정비하고 전투 준비를 하였다. 백성들을 무참히 도살하는 공격 앞에서 어쩔 수 없이 싸울 수밖에 없는 처지였던 것이다. 범씨족의 군사들은 저 멀리 마씨족의 군사들이 도열해 있는 것을 보고는 더욱 싸울 맛이 난다는 듯 잠시의 머뭇거림도 없이 곧장 그곳으로 달려들었다. 어찌 보면 사람이라기보다는 그냥 살인기계라 할 수 있을 정도였다.

마씨족의 군사는 기동성 있게 움직이며 범씨족의 군사들을 상대하려고 하였으나, 마치 하나의 적수를 향해 날카로운 발톱을 세워 단번에 목숨줄을 끊어버리는 범처럼 날렵하게 달려드는 범씨족의 군사들 앞에 겁먹은 말이 허겁지겁 도망가듯 여지없이 무너지고 말았다. 그 이후로 전투다운 전투는 일어나지 않고 오직 살인과 약탈만이 진행되었을 뿐이었다.

마씨족의 수장 마루는 이미 전의를 상실한 듯 싸울 엄두도 내지 못하고 줄행랑을 놓아버렸다. 결국 지휘관이 없는 군사와 백성들은 무방비 상태로 내몰리며 가차 없이 살육되거나 범씨족의 군사들에게 잡혀 대거 노예로 끌려가게 되었다. 이로써 사실상 마씨족은 범씨족에 완전 복속된 것이나 다름없었다.

한편 유랑민들은 범씨족의 공격에 사방으로 흩어지며 곳곳을 전전했다. 당장 범씨족의 도적 소탕 작전을 피해 달아나긴 했지만 어디로 가야 할지 막막하기만 한 상태였다. 실상 이들이 이렇게 살아남게 된 것은 범씨족의 원래 목표가 그들이 아닌 마씨족의 복속에 있었던 때문이었다. 만약 이들을 끝까지 추적하여 죽이려고 했다면 아마 살아남은 자가 없었을 수도 있었다. 그러나 범씨족은 그들이 마씨족의 도성으로 달아나게 만들어놓고는 그것을 핑계로 그곳을 함락시켰던 것이다. 그런 와중에 그들은 범씨족의 추격으로부터 벗어날 수 있었다. 물론 마씨족의 국경 지대에 은둔하여 도적질을 할 수 있는 상황은 이제 되지 못했다. 그러니 범씨족은 도적 소탕과 마씨족의 복속이라는 두 가지 목적을 다 이룬 셈이었다.

이들 앞에 닥친 상황은 어떻게든 하루빨리 마씨족의 영토를 벗어나는 것이었다. 여기 있다가 언제 다시 범씨족 군사들에게 잡혀 그 기막힌 노예생활을 하게 될지 모르는 일이었다. 한 번 겪어본 이들에게 있어서 그 생활은 공포 그 자체였다. 하지만 그들을 받아주는 곳이 없으니 정처 없는 발길이 될 수밖에 없었다. 이제 이들은 아무래도 범씨족을 피해 의탁할 수 있는 곳은 단 하나 웅씨족이라고 생각하게 되었다. 누가 말을 하지 않았지만 흩어졌던 사람들은 은연중에 웅씨족을 향해 발길을 돌리고 있었다. 그런 중에 자연스레 무리가 모이게 되었다. 그들은 서로 자신들의 막막한 앞날에 대해 걱정하며 이런저런 말을 나누었다. 무엇보다 우선 관심이 되는 상황은 어디로 갈 것인가 하는 문제였다. 자신들이 무작정 웅씨족으로 발길을 향하고 있긴 하지만, 그곳이 새삼 안전한 곳인지 확인해야 하는 것은 자연스런 일이기도 했다.

"웅씨족이 우리를 받아들일까요?"

"글쎄요. 하지만 우리가 의탁할 수 있는 것은 범씨족의 위협으로부터 벗어나야 하는 곳일 텐데, 그곳이라면 아무래도 천신족과 웅씨족의 나라밖에 없지 않겠소?"

"그야 그렇지요. 그런데 아무래도 천신족은 거불단 환웅이 죽었으니 나라꼴이 말이 아니겠지요. 그러니 우리가 가면 받아주기나 하겠소? 아무래도 웅씨족이 더 낫겠지요. 그리고 실상 이번에 동맹군의 결성을 주도한 것도 웅씨족의 웅갈 수장이라고 하지 않소? 범씨족을 상대할 수 있는 나라는 지금 형편에서 웅씨족밖에 없지요."

"그렇기는 한데, 만약 웅씨족에서 우리를 받아들이지 않으면 어찌해야 할지……."

"나도 그게 걱정이오. 아, 범씨족이 우리를 안착시켜준다고 할 때 우리를 노예로 부려먹으려고 한다는 걸 상상이나 했겠소? 내 그들에게 속은 걸 생각하면 분통이 터져서……."

"아무리 그래도 웅씨족이 범씨족만큼이야 하겠소?"

"맞는 소리요. 웅씨족이 범씨족을 상대로 해서 싸우는 것만 봐도 그렇지 않을 것은 분명하오."

그들은 서로 자신들에게 위안이 되는 말들을 나누었다. 막막한 처지에 불안한 소리를 하는 것 자체가 그들에게는 고통일 수밖에 없었기에, 자신들의 바람을 마치 현실인 것처럼 받아들이려 하였다.

그렇게 서로들 위로하며 한참을 가던 중 저쪽에서 한 무리가 나타났다. 한눈에 봐도 그들의 행색과 차림새로 보건대 자신들과 같은 유랑민이라는 것이 분명해 보였다. 실상 이들의 옷차림이나 얼굴 모양새는 모두 똑같았다. 이미 환인과 환웅 이래로 오랫동안 같이 살아온 사람들로서 다를 것이 없었던 것이다. 단지 지배자들이 나라의 영토를 그어놓고 무슨 토템인가 뭔가를 자신들의 수호신으로 삼으면서 백성들을 다스리고 있었던 것에 불과했다. 물론 환웅 시기까지만 해도 천신족을 중심으로 모두 평화롭게 살고 있었지만, 거불단 환웅이 하늘로 올라간 이래 그것은 급속도로 와해되면서 각 소국들을 중심으로 변해가고 있었다. 하지만 백성들은 그런 것과는 전혀 무관했다.

"저쪽에서 오는 사람들도 우리랑 처지가 비슷한 것 같은데……. 왜 이쪽으로 내려오는 것일까?"

"그러게 말이오?"

자신들이 가고자 하는 웅씨족에 대해 뭔가 소식을 건질까 하는 마음에서 그들의 신경은 온통 저쪽에서 오는 사람으로 향했다. 저쪽에서도 벌써 이쪽을 알아보고 호기심 어린 눈으로 접근하고 있었다.

"보아하니 댁네들도 우리랑 처지가 비슷한 것 같은데, 어디서 오는 길이오?"

"우리야 웅씨족에서 오는 길인데, 댁네는 어디에서 오는 길입니까?"

"우리는 범씨족에서 왔소만, 어째서 이쪽으로 오는 것이오? 웅씨족에서도 유랑민을 받아들이지 않소이까?"

"뭐요? 유랑민을 받아줘요? 그곳 백성들도 살기 힘든 판에 유랑민을 받아준다고요? 그런 턱도 없는 소리 마시오. 우리가 누군지 아시오? 바로 웅씨족의 백성들이었소. 그런데 웅갈 수장이 천부인을 열어 새 세상의 주인이 된다, 어쩐다 하면서 수많은 양곡을 빼돌려놓고는, 먹을 식량을 풀어달라고 하니까 도적 떼 취급하는 바람에 거기서 잡혀 죽을 뻔하다가 도망쳐온 길이오."

"뭐요? 그럼 웅씨족의 백성들도 막막하다는 말이 아니오?"

"당연히 그렇지요. 배고파서 살 수가 있어야지! 그런데 당신네들은 어째서 범씨족에서 오는 길이오? 범씨족은 안착할 땅을 마련해준다고 소문이 나돌고 있는데……. 그래서 우리는 그곳을 찾아가는 길인데……."

"허허! 우리가 잘못 안 것처럼 당신들도 완전히 잘못 알았구면. 우리도 범씨족이 정착할 땅을 준다는 말을 그냥 곧이곧대로 믿고 그 쪽으로 가지 않았겠소. 실상 가장 양곡을 많이 가지고 있는 나라는 범씨족이라는 소문이 파다했으니 이 얼마나 고마운 일인가 생각하면서 그들을 믿고 따라갔지요. 헌데 그들이 뭐라는 줄 아십니까? 바로 우리들이 노예가 되길 자청해서 왔다는 거요. 그래 놓고 어찌나 노예처럼 부리며 부역을 강요하는지……. 거기서 수많은 사람들이 죽고 우리만 간신히 빠져나오는 길이오."

"그럼, 도대체 우리는 어디로 가야 한단 말이오?"

서로 간에 정보를 파악한 두 무리는 서로의 아픔을 주물러주듯 하나가 되어 함께 아파하면서 망연자실하였다. 어느 곳이든 자신들의 지배권을 유지하기 위해 혈안이 되었을 뿐 백성들의 삶을 보장해주는 나라는 없었으니 그들로서는 주저앉을 수밖에 도리가 없었다.

시름에 젖어 한참을 망설이던 그들은 이제 뭔가 결단을 내려야만 했다. 이대로 있다가는 굶어 죽게 생겼으니 어떻게든 살아갈 방안을 강구해야 했던 것이다. 그러다가 얼른 떠오른 것은, 어딜 가도 받아들이지 않을 바에는 자신들의 자구책으로 그야말로 도적 떼가 되는 것이었다. 그러나 이들은 한결같이 처자식을 거느리고 있는 사람들로서 그것을 하기에는 무리가 있었다. 그렇다면 자신들이 안착할 수 있는 다른 나라를 찾아보아야 하였다. 마침내 한 사람이 입을 열었다.

"처자식이 있는 몸으로서 우리가 기댈 나라를 찾아야 하는데, 아무래도 천신족의 나라가 제일 나을 듯싶소이다. 다른 나라에 가봤자 어차피 또 전쟁에 휘말리게 되어 우리가 살 처지가 못 될 듯싶고, 그렇다면 대국이 적당할 텐데 범씨족도 아니고 웅씨족도 아니라면 그 어디겠소? 천신족밖에 더 있겠소?"

"아무래도 그럴 수밖에 없을 것 같소이다. 비록 천신족이 예전의 나라는 아니라고 하더라도 다른 소국들보다는 더 낫지 않겠소?"

모두들 고개를 끄덕였다. 이들로서는 차선책을 선택할 수밖에 없는 처지였던 것이다. 그런 중에 한 사람이 조심스럽게 말을 꺼냈다.

"나도 가보지 못했지만 소문에 의하면 단군의 지역, 아사달 지역은 이번에 수재를 피했다고 합니다. 그곳으로 가는 것은 어떨까요?"

"그 소문이라면 나도 들었어요. 작년엔가 웅씨족에서 백성들을 데리고 신천지를 찾아 떠났다고 하는 곳 아닌가요?"

"맞아요."

"그렇다면 아직 나라의 기반도 제대로 닦이지 않았을 것인데, 어떻게 우리 같은 사람들을 받아들일 수 있겠소? 그건 아무래도 불가능하지 않겠소?"

"그거야 그렇지만, 그래도 우리 같은 사람들을 위해서 웅씨족 수장 웅갈의 반대를 무릅쓰고 그것을 단행하는 사람이라면, 다른 곳보다는 우리의 처지를 가장 잘 알아주지 않겠소?"

"그 말이 일리가 있소. 우리야 무엇보다 우리의 처지를 잘 알아주는 사람이 제일 중요한 것이 아니요? 아무리 양곡이 많아도 우리를 노예로 부려먹으려고나 하고, 천부인을 열어 세상을 지배할 욕심에 식량을 풀지도 않는다면 그게 우리에게 무슨 소용이 있겠소? 나는 아사달로 가봐야겠소."

"맞는 말이오. 천신족에 가봤자 잘 된다는 보장도 없고, 그럴 바에는 차라리 우리의 처지를 잘 알아주는 사람한테 가는 모험을 택하는 편이 더 타당한 것 같소."

다른 한 사람이 그에 동조하자 모두들 이심전심 고개를 끄덕였다. 이리하여 이 사람들은 너나 할 것 없이 자연스레 무리를 지어 아사달 지역으로 향했다. 어쩌면 서로 뿔뿔이 흩어지기보다는 안전을 확보하려는 보호 본능에 이끌려서인지 모두들 무리 지어나가게 되었다.

대장정을 이룬 무리는 혹시나 하는 마음으로 아사달 지역에 도착하였다. 그런데 벌써 다른 많은 무리가 찾아와 안착했다는 소식을 전해 듣자마자, 그들은 이제 살았구나 하며 안도의 눈물부터 보였다. 하지만 처음에는 그 수가 많지 않았기 때문에 대수롭지 않게 여겨 찾아온 사람들의 어려운 처지를 고려하여 받아들였지만, 이제는 계속 그 수가 늘어나자 이곳 지역 사람들도 이만저만 걱정하고 있는 것이 아니었다. 심지어 이제는 더 받아줄 수 없다고 말하면서 그들이 들어오지 못하도록 통제해야 한다는 주장까지 서서히 고개를 들고 있었다.

이런 소식을 접한 유랑민들은 다짜고짜 그들에게 하소연하였다. 여기서 자신들을 받아주지 않으면 어디 갈 데도 없을 뿐만 아니라, 짐승도 굶주림을 피해 들어오면 품어주거늘 어찌 사람이 찾아오는 것을 박대할 수 있겠느냐며 자신들을 받아들여 달라고 호소하였다. 이들의 얘기를 그저 모른 척할 수도 없고, 그렇다고 무작정 받아들일 수도 없는 것이 지금의 상황이었으니 국경을 수비하는 군사로서는 어떻게 대응할지 갈피를 잡을 수가 없었다.

국경을 수비하고 있던 군사는 우선 그들의 수가 얼마나 되는지 가늠하다가 그것이 수만은 족히 넘어 보이는 어마어마한 인파라는 사실에 깜짝 놀랐다. 몇몇 무리야 쉽게 받아들일 수 있는 문제지만 이렇게 많은 수는 자신이 판단할 수 없었던 것이다. 더욱이 더 이상 수용해서는 안 된다는 주장까지 나오고 있는 처지였다. 그래서 그는 인산인해를 이루어 찾아온 사람들에게 잠시 기다려달라고 하고는, 단군에게 이 사실을 보고하도록 사람을 곧장 파견하였다.

유랑민들은 기다리는 동안 아사달 지역을 쭉 훑어보고서 깜짝 놀라워하였다. 소문에 수재를 입지 않았다고 하더니 정말 그러한 사실이 확연히 눈에 들어왔던 것이다. 지금껏 자신들이 다녀온 다른 여타의 지역은 수재로 온갖 것들이 휩쓸려 지나간 듯 그 피해가 한눈에 들어왔는데, 이곳에서는 전혀 그런 기미가 보이지 않았다는 것이다. 번듯하게 지어진 가옥은 살림살이가 고스란히 갖춰져 있었고 들판에는 곡식들이 아무 일 없다는 듯 누렇게 익어가고 있었던 것이다.

이에 사람들은 궁금한 듯 군사에게 물었다가 단군이 하늘의 대재앙을 예견하고 대수로 공사를 한 결과 그 피해를 입지 않게 되었다는 사실을 듣게 되었다. 그러자 사람들은 어떻게 그런 일이 있을 수 있느냐며 놀라워했고, 그것은 사람들의 입에서 입으로 전달되면서 점차 눈덩이처럼 불어나 단군이 신통력을 가진 사람이자 구세주라는 얘기로까지 확대되었다. 그럴수록 그들은 여기에 안착하려고 기를 쓰고 달려들었다.

단군은 국경 수비대의 군사로부터 상황을 보고받고는 고시와 성조, 그리고 팽우 등을 즉시 불러들였다.

"여러분도 소식을 들어 아시겠지만, 어찌했으면 좋을 것인지 내 의견을 들어보고자 하오."

"고생고생해서 여기까지 찾아온 사람들을 몰인정하게 내쳐버릴 수는 없는 일이오나, 과연 저 많은 수를 어떻게 감당할 수 있을 것인지 그것이 걱정되옵니다."

고시가 걱정스런 얼굴로 대답하자 성조가 입을 열었다.

"식량도 문제지만 가장 중요한 것은 이곳의 사람들이 저들을 받아들이려고 할지 그게 걱정이 되옵니다. 지금껏 밤낮을 고생하며 이제야 겨우 살길을 찾았다고 생각하고 있는데, 엉뚱하게 저들이 찾아와서 다시 고생할 것을 생각하면 선뜻 그것을 감내하려고 할지……."

"맞사옵니다. 여기 사람들이 받아들일 각오만 되어 있다면 분명 해결할 길이 열릴 것이옵니다. 아무것도 없는 이곳에서 맨손으로도 일어섰는데, 지금은 집채와 농토까지 갖췄사옵니다. 그런데 무슨 일인들 못 풀어나가겠사옵니까? 더욱이 단군께서 대수로 공사를 하여 수해까지 피한 상황인데……."

"난 여러분의 생각을 묻는 것입니다. 다른 사람들의 반응이 걱정된다고 하지 마시고 여러분은 어떻게 결정하겠는가를 알고자 하는 것입니다. 여러분이 결정한다면 난 이곳 사람들은 분명 여러분을 믿고 따라올 것이라고 믿습니다."

"아닙니다. 그것은 잘못 아신 겁니다. 저희들을 믿는 것이 아니라 단군님을 믿는 것이옵니다. 그러하오니 그냥 결정하시옵소서. 저희들은 무조건 따를 것이옵니다."

고시가 도리어 단군에게 결정을 내릴 것을 미뤘다. 이미 이들이야 단군이 어떻게 결정할지 뻔히 아는 상황이었지만, 자신들을 참답게 이끌어주는 단군에게 그것을 넘기려고 하였던 것이다.

실상 이들의 생각은 모두 똑같았다. 아무리 마음이 좋아도, 그리고 저들처럼 엄청난 고생을 해봤던 처지였다고는 하지만, 그렇다고 이 많은 사람들을 덜컥 받아들이기가 여간 어려운 것이 아니라는 것을 알고 있었다. 하지만 어려운 처지를 보고 그냥 못 본 체 넘어간다는 것은 인간의 도리에 맞지 않았던 것이다. 그러니 어렵다고 한들 그 벽은 뛰어넘어야 했던 것이다.

마침내 단군이 결심을 굳힌 듯 대답했다.

"좋습니다. 그리 말씀하시니 오히려 내 마음이 홀가분합니다. 여러분도 아시겠지만 여기까지 찾아온 사람들을 외면할 수야 없는 것 아니겠습니까? 그러니 그들을 우리 품으로 받아들이도록 합시다. 그러고 보니 바로 여러분이 가장 바쁘게 생겼습니다. 그럼, 우리 저들이 있는 곳으로 같이 가보십시다."

"좋사옵니다."

이들이 국경 지역으로 가보니 정말 어마어마한 수의 사람들이 모여 있었다. 그들은 벌써 멀리서 단군의 일행이 오는 것을 보고는 자신들의 생사를 좌우하는 결정권자가 왔음을 직감하며 일제히 그 쪽으로 시선을 향했다. 그러고는 단군 일행이 가까이 다가오자 여기서 안착하게 해달라고 절규하듯 부르짖었다. 단군은 이들을 가만히 지켜보고 있다가 천천히 입을 열었다.

"여기까지 찾아온 여러분의 심정을 어찌 모르겠습니까? 하지만 여러분도 다 아시다시피 우리 또한 이곳에 정착한 지 얼마 되지 못했습니다. 그런 고로 얼마나 여러분께 도움이 될지 모르겠습니다. 하지만 우리 또한 여기서 아무것도 없는 조건에서부터 맨손으로 일어섰습니다. 그러니 여러분 또한 이 어려움을 이겨내려고 열심히 노력한다면 살길은 충분히 열릴 것이며, 우리 또한 그리되도록 최선을 다해 도와주겠습니다. 여러분! 여기까지 찾아왔는데, 이제 또 어디를 가시겠습니까? 부디 이 난관을 이겨내셨으면 합니다. 자, 여러분 이겨낼 수 있겠습니까?"

사람들은 단군의 말에 서로의 얼굴을 쳐다보았다. 도대체 저 사람이 무슨 말을 하는지 이해할 수가 없었던 것이다. 그로 그럴 것이 그들은 이곳에 안착만 하게 해준다면 감지덕지하다고 생각하며 그것만 학수고대하고 있었는데, 이 사람은 그것을 뛰어넘어 얘기하고 있었던 것이다. 꿈인지, 생시인지 잘 몰라하며 도대체 저 사람이 누구인가 하는 의문부터 들었다. 하도 속기만 하고 살아온지라 덜컹 겁부터 들었던 것이다. 그런 가운데 그가 바로 단군이라는 소리에 깜짝 놀랄 수밖에 없었다. 자신들의 문제에 대해 직접 아사달의 수장이 나설 것이라고는 그들로서는 상상도 할 수 없었다.

그 사실 하나만으로 사람들은 모든 상황을 곧바로 파악할 수 있었다. 그러고는 잠시 조용하던 벌판이 너나 없는 환호성으로 떠들썩하게 변했다. 어느새 그들의 눈에 눈물이 슬며시 고여 들었다. 그것은 이제 이 기구한 유랑의 생활을 끝내고 살아남았다는 기쁨이었다. 아니, 그런 눈물은 단순히 선심을 베푸는 것에서 나오는 것이 아니었다. 지금껏 벌레 보듯 항상 하찮은 존재로 취급받다가, 이토록 정중하게 자신들을 대하는 사람을 만나고서 치솟는 감동이었다. 그때 단군의 말이 다시 이어졌다.

"좋습니다. 그럼, 여러분은 이제 우리 식구가 되었습니다. 이제 거기에 서 있지 마시고 어서 안으로 오십시오. 그리고 새로운 정착지를 보도록 합시다."

단군이 이렇게 말하고 나서 고시와 성조, 그리고 팽우 등에게 이들이 안착할 수 있도록 이끌어 달라고 지시하자 그들이 사람들 앞에 나섰다. 그러고는 먼저 사람들로 하여금 지금 이대로 가는 것은 그 수가 너무 많으니 여러 군데로 나눠 정착해야 할 것이니 크게는 세 개로, 또 그것을 다시 세 개의 형식으로 나누어 대열을 이루고 조를 짜도록 요구하면서 동시에 대표자들을 선발하도록 하였다. 역시 그들은 작년에 이런 경험을 겪었는지라 그것을 되살려 척척 알아서 진행하는 것이었다.

단군이 고시와 성조, 그리고 팽우 등이 하는 것을 보며 빙그레 웃고는 이내 그곳을 빠져나왔다. 어차피 이 일의 골격을 세우고 진행할 사람은 고시와 성조, 그리고 팽우였으나 당장 도움의 손길을 보태기 위해 사람들을 동원해야 했던 것이다. 그 일은 단군이 우선 맡아야 했다. 단군은 곧바로 군사들을 소집해 우선 새로운 이주민에게 먹을 것을 내려 보내도록 하면서, 앞으로 이들이 최소한 안정적으로 정착할 수 있도록 고시와 성조, 그리고 팽우의 지시를 받아 일을 처리하라고 명했다.

고시와 성조, 그리고 팽우는 사람들을 안착시킨 다음 그들 자신의 힘을 동원하여 해결하고자 하였으나 아무것도 없는 조건에서 일을 진행하는 과정에서 많은 어려움에 봉착하였다. 그래서 이곳 아사달 사람들에게 지원해줄 것을 요청하였다. 하지만 사람들은 그에 응하기는커녕 도리어 불만을 토해냈다.

"아니, 또 받아들였단 말이오? 지금껏 사람들을 그 정도로 받아들였으면 더는 말아야지, 언제까지 이곳으로 오는 사람을 수용해야 한답니까?"

"맞아요. 우리가 그들의 처지를 모르는 것은 아니잖아요. 하지만 몇몇 사람도 아니고 수만이나 되는 사람들을 어떻게 다 먹여 살릴 수 있겠습니까?"

"그래서 하는 말인데, 이번에는 우리가 단호하게 행동해야 합니다. 우리도 지금 살기 힘든데, 앞으로 계속해서 받아들이겠다고 한다면 이를 도대체 어찌 감당하겠습니까? 이러다간 결국 우리는 죽도록 고생해서 다른 사람들을 먹여 살리는 것밖에 되겠습니까?"

"내 얘기가 바로 그거예요. 마음은 아프겠지만 앞으로의 일을 위해서 단단히 마음들 먹읍시다."

실상 이들의 얘기가 틀린 것은 아니었다. 이들은 지금껏 하루도 쉬지 못하고 고생해온 사람들이 아닌가? 그런데 또다시 고생을 하게 되었으니 어느 누구라 한들 불만이 터져나오지 않을 수는 없었던 것이다.

단군도 이들을 설득하려고 하지 않았다. 대신 언제나 그랬던 것처럼 발구루를 위시한 군사들을 적극 동원하였고, 그 자신 또한 직접 정착지를 돌보며 일이 얼마나 진척되고 있는지 계속 주시하며 군사들을 독려할 뿐이었다. 팽우와 성조, 그리고 고시 등도 이런 단군의 뜻을 잘 알았기에 사람들을 더 이상 설득하려 하지 않고 자신의 수하들 몇몇과 함께 움직였다. 어차피 그들도 지난날 아무것도 없는 상황에서 자신들의 힘만으로 이룩해내지 않았던가? 개구리 올챙이 시절 모른다고 몰인정한 사람들의 처사에 맘이 상하지 않은 것은 아니었지만, 이해할 수는 있는 일이었다.

아사달 지역 사람들이 모르쇠로 일관한 가운데 새로운 정착지에서는 그야말로 밤낮을 가리지 않고 고된 일이 진행되었다. 연일 새로운 집터를 장만하고 땅을 개간하여 농토를 만들어나가는 작업이 추진되었던 것이다. 그리고 단군은 아예 군사들과 이곳에 상주하면서 일의 진행을 독려하였다. 이런 모습은 아사달 지역 사람들의 눈에도 그대로 비칠 수밖에 없었다. 처음에는 냉정하게 다잡은 마음을 잃을까봐 애써 외면했지만, 눈에 보이는 그들의 모습에서 자신도 모르게 마음이 풀어졌던 것이다. 그건 지난날 저들처럼 고생했던 사람으로서 느끼는 동병상련의 심정이었다. 실상 그들이 불만을 가지고 있었다고 하더라도 그런 속마음까지 버리지는 않았던 것이다. 아니, 버릴 수 없었다고 봐야 맞지 않겠는가? 자신들의 삶이 그러했는데…….

먼저 몇몇 사람들이 자신의 마음을 계속 속일 수 없었는지 남몰래 자신들의 먹을 것을 가져다주기도 하고, 또 일손을 보태기도 하였다. 이건 누가 시켜서 하는 것이 아니었다. 사람이 살아 있는 곳에서 그러하듯 자연스러운 감정이 솟아나와서 하는 것이었다. 그것은 정착민들이 고생하는 것을 보고 자신들의 지난날을 떠올리며 나오는 자연스러운 행위였다. 이 일을 계기로 해서 점차 그 수가 많아지더니 급기야는 이래서는 안 되겠다 싶었는지 대놓고 말들이 나오기 시작했다.

"아무래도 이건 사람이 할 짓이 아닌가 보네. 뻔히 눈앞에서 보고도 모른 척하니 그 심정이 소태같이 쓰디쓰기만 해서 어디 살 수 있겠소?"

"자네도 그런가? 나도 그러하네. 아, 우리도 작년 이맘때에 여기에 올 때 저러지 않았는가? 먹을 것이 없어서 얼마나 고생하지 않았소? 그런데 우리 앞에 저들이 저렇게 살려고 발버둥치니 내 차마 이러고 있을 수는 없을 것 같소. 이건 사람이 할 짓이 아닌 것 같소."

"자, 그러면 우리 차라리 도와줍시다. 우리가 도와주면 그들은 힘을 얻고 더욱 분발하지 않겠소? 더욱이 단군께서 저기에 상주하면서 애쓰고 있는 것을 보면, 우리가 은혜도 모르는 사람인 것 같아 정말 죽을 맛이오. 사실 말이야 바른 말이지, 우리가 이렇게 안락한 삶을 살게 된 것도 다 그분의 덕이 아닙니까? 그런데 모른 척하고 보고만 있어야 되겠소?"

"맞는 말이에요. 비록 지금은 저들이 어렵다고 해도 그들은 우리가 일어섰듯이 반드시 일어서지 않겠습니까? 우리가 경험했듯이 우리는 스스로의 힘으로 모든 것을 만들어냈지 않습니까? 그러면 그때 가서 우리가 뭐라 할 수 있겠어요? 아무튼 누가 뭐래도 단군께서 저들을 한 식구로 받아들인 이상, 우리도 이러고 있지 말고 도와줍시다."

자연스레 여기저기서 흘러나오는 말에 사람들은 비로소 활짝 웃었다. 애써 마음을 닫고 있는 것이 얼마나 어려운 일인지 이제야 알 것 같다는 표정이었다. 실상 도와주는 것이 그렇게 어려운 것은 아니었다. 관건은 그 일에 하나로 마음을 모으느냐 아니냐에 달려 있었던 것이다.

속마음들이 하나씩 확인되자 곳곳에서 새로운 정착민을 돕기 위한 자원자들의 움직임이 대대적으로 진행되었다. 어떤 사람들은 힘내라고 손수 먹을 것을 가져오기도 하였고, 또 어떤 사람들은 자신들이 정착할 때 했던 경험을 토대로 삼아 그 기술을 전수해주기도 하였다. 상황이 이렇게 흘러가자 일의 진척은 비약적으로 빠르게 진척되었다. 더욱이 대수로 대공사가 진행된 덕분에 더욱 많은 땅도 확보할 수가 있게 되었다.

이런 과정에서 사람들 사이에서는 자연스레 웃음이 넘쳐흘렀다. 서로 돕고 사는 것이 얼마나 행복을 가져다주는 것인지 실감할 수 있는 현장이었다. 형제애, 인간애라고 하는 것도 사실 따지고 보면 이렇게 고생을 같이하면서 자연스럽게 싹트는 것이 아니었던가?

이렇게 정착민이 자리를 잡아가는 상황에서 어느덧 수확의 계절이 다가왔다. 수확의 계절은 그야말로 애들 조막손이라도 빌려야 할 만큼 바쁜 계절이었다.

"어허! 동생 이제 미안하게 되겠구먼. 아직도 처리해야 할 일이 많이 남았는데, 수확기가 되어서 당분간 도와주지 못하게 되었으니 말이네."

"아니, 형님! 무슨 말씀을 그리하십니까? 내 형님한테 받은 도움이 얼마나 큰 힘이 되었는데요. 이제는 제가 형님을 도와드릴 차례가 된 모양입니다. 내 형님의 도움만 받고 살 줄 알았더니, 이렇게 형님을 도울 일도 생기니 이제야 살맛 나는 것 같습니다. 사실 우리야 지금 하지 않고 좀 늦춰도 될 터이지만 형님이야 지금 시기를 놓치면 아니 되지 않습니까? 내 모든 것을 다해 도와드릴 터이니 그런 걱정이야 딱 붙들어 매시지요."

"아닐세. 아직 자네는 해야 할 일이 많이 남아 있네. 그것은 신경 쓰지 말고 자네 일이나 알아서 하게. 내 수확만 끝내고 나면 또 도와줌세."

"어허, 형님! 섭섭하게 왜 그리 말씀하십니까? 오는 정이 있으면 가는 정도 있어야지요. 제 일은 제가 알아서 할 터이니까 그건 염려하지 마시라니까요."

고생 끝에 싹튼 우정은 두 지역민들을 급격하게 가깝게 하더니, 어느새 형님 아우님 하는 관계로 만들었던 것이다.

수확 철을 맞아 이제까지와는 달리 사람들의 이동이 거꾸로 움직이게 되었다. 바쁜 수확기를 놓치지 않기 위해서는 엄청난 일손이 필요했는데, 이를 새로운 정착민들이 도와주기 위해 적극 나섰던 것이다. 자신들이 어려울 때 그들이 건넨 도움의 손길을 기억하고 있던 사람들은, 그 고마움을 이렇게 표현하고 있었던 것이다. 아니, 그 이상이었다. 그것은 고생을 통해 한 형제이자 한 가족이 되었다는 느낌을 표현한 것이었다.

어쨌든 이런 감동적인 모습이 자연스럽게 벌어지는 가운데, 들판에는 그야말로 수확하는 기쁨이 온전히 전해지면서 추수가 시작되었다.

13

아사달에서 열린 천신제

올해의 작황은 아사달 지역을 빼고는 평년작을 밑돌았다. 그래서인지 사람들은 수확의 기쁨보다는 앞으로 어떻게 살 것인가를 놓고 근심이 앞섰다. 그러나 이것과는 상관없이 벌써 사람들의 관심은 자연스레 천신제로 쏠리고 있었다. 바야흐로 새 세상의 주인의 등장이야말로 제국의 향방을 결정하는 요소였던 것이다.

사실 지금 나라 간의 갈등과 전쟁이 벌어지고 있는 것도 따지고 보면 새 세상의 주인이 나타나지 못한 데에 원인이 있었다. 거불단 환웅이 있을 때만 해도 나라 간에는 평화가 조성되어 있었다. 그러나 그 중심이 사라지니 서로가 그 자리를 차지하겠다고 하면서 각 나라가 독자적인 길로 나섰고, 그것은 곧 갈등과 불협화음을 일으켰다. 그리고 끝내는 전쟁으로까지 치닫게 되었던 것이다.

이에 사람들은 이런 암투를 끝내려면 누가 되든지 간에 하루빨리 그 중심이 되는 인물이 나타나기를 바랐다. 실상 전쟁이 터지면 거기에서 죽어라 나자빠지는 것은 다름 아닌 백성이었던 것이다. 하지만 각 나라의 수장들의 생각은 달랐다. 누가 뭐라고 해도 자신들이 새 세상의 주인이 되려고 하는 욕심을 가지고 있었던 것이다. 물론 그 야심의 중심에는 웅씨족과 범씨족이 자리 잡고 있긴 했지만 비단 이들만 그런 것은 아니었다. 겉으로 분명하게 표현하고 있지는 않았지만, 각 나라의 수장들은 자기 나름대로 그 꿈을 포기하지 않고 있었다.

이런 상황인지라 모두들 천신족의 움직임에 주목하고 있었다. 그런데 이상한 것은 천신족의 좌장 격인 풍백이 이렇다 할 반응을 보이지 않고 있는 점이었다. 다른 때 같았으면 벌써 이번 천신제를 진행할 터이니 각국에 얼마간의 사람을 청하겠다는 초청이 와야 할 것인데, 그런 기미조차 없었던 것이다.

이에 제일 먼저 안달한 것은 웅씨족의 수장 웅갈이었다. 사실 그는 풍백의 움직임을 유심히 지켜보면서 으레 있어왔던 천신제에 참여하기 위해 그 준비에 박차를 가하고 있었던 것이다. 사실상 그는 천부인을 열 열쇠를 획득했다고 자부하고 있었다. 바로 자모도로부터 강력한 보검을 손에 쥐게 되었던 것이다. 그 검은 지난번의 실패를 거울삼아 강도만 세게 만든 것이 아니라 탄력성까지 보강한 것이었다. 이것은 단 한번에 걸쳐 나온 것이 아니었다. 여러 번의 실패를 거듭하여 만들어졌다. 그 칼날의 날카롭기는 빛을 잘라버릴 정도였고, 그 묵직하고 듬직한 칼등은 그 어떤 것도 든든히 버틸 수 있을 만큼 강력했다. 그것이 얼마나 강한 보검이었던지 가장 강한 돌로 알려진 금강석을 그대로 선을 그으며 베어버렸던 것이다. 그러니 천부인이자 하늘의 경이 담긴 것으로 알려진 신표라는 광석도 너끈히 열 수 있을 것이었다. 이제 남은 것은 만인이 보는 앞에서 자랑스럽게 그걸 열기만 하면 되는 거였다. 그리고 만인의 추앙을 받으며 새 세상의 주인으로서 화려하게 등극하는 것이었다. 그래서 그는 벌써 그것을 차지한 것인 양 기쁨에 들떠 있었다.

그런데 일이 다가오는데도 천신족에서 소식이 없자 웅갈은 당장 그곳으로 사신을 보냈다. 도대체 어떻게 해서 그 보검을 얻었는데, 이대로 그냥 넘어갈 수 없는 일이었다. 백성들에게 줄 양곡까지 풀지 않고 온갖 비난을 감수하면서까지 확보한 것이었다.

웅갈의 사신은 천신족으로 가서는 풍백에게 강력하게 따졌다.

"왜 천신족에서는 천신제까지 채 얼마 남지도 않았는데, 우리에게 참석하라는 소식도 보내지 않는 것입니까? 과연 지금 준비는 하고 있는 겁니까?"

"지금 제국의 상황이 그런지라……."

"도대체 무슨 소리를 하시는 겁니까? 그럼, 천신제를 거행하지 않을 수도 있단 말입니까?"

"아, 아니, 그게 아니라……. 원래 천신제는 하늘의 뜻을 받드는 것을 그 기초로 하면서도 나라들 간의 화합을 다짐하고 그 관계를 돈독하게 하기 위한 목적으로 하는 것인데, 지금의 상황은 그렇지 못하다는 것이지요. 지금 아시다시피 범씨족이 여러 소국들을 침략함으로써 여간 혼란스러운 상황이 아니오? 그런데 만약 천신제를 지내다가 서로 간에 알력 다툼이 생긴다면 어찌 되겠소?"

"그러니까 천신제를 거행해 새로운 세상의 주인을 찾아야지요. 이게 다 새 세상의 주인을 뽑지 못해서 그런 것이 아닙니까? 그렇다면 그럴수록 하루빨리 새 인물을 맞이하기 위해 노력해야 하거늘, 어찌 상황 타령만 하고 있을 수 있습니까?"

"안 하겠다는 것이 아니라 분위기를 조성한 후에 하겠다는데, 왜 이러시는 거요?"

"말로는 하겠다고 하지만 지금 천신제까지 채 며칠이 남지 않았는데 이러고 있으니 하는 말이 아닙니까? 정말 천신제를 지내는 동안 소란이 일까봐 걱정이 되신다면, 우리 웅씨족에서는 보안을 위해 군사까지 파병할 용의가 있습니다."

"어찌 군사까지 파병한단 말이오? 그건 지금껏 전례가 없던 일이거니와 천신족의 나라에 웅씨족의 군대라니요. 그건 아니 될 일이지요."

"그럼, 도대체 어찌하자는 말씀이십니까? 정말 묻건대 하실 의향은 있으신 겁니까?"

"아니, 지금 무슨 말씀을 하시는 거요?"

"그쪽에서 역정을 내실 일이 아닌 것 같소이다. 이런 말까지는 안 하려고 했지만, 지금 하는 모양새로 보아 한마디 해야겠습니다. 도무지 믿음이 가지 않아서 하는 말입니다. 풍백 대신께서도 잘 아시겠지만 천신제를 지내는 것은 대신의 권한이 아니라 의무라는 사실이지요."

"지금 나를 겁박하는 거요?"

"겁박하는 것이 아니라 사실이 그렇다는 것이지요. 자, 보십시오. 거불단 환웅께서 새 세상의 주인을 맞이하라고 엄명하지 않았습니까? 그렇다면 그 명을 따를 것이지, 어찌 그것을 하고 말고를 대신이 결정한단 말입니까? 다시 한번 분명히 밝히건대, 풍백 대신은 새 세상의 주인을 맞이할 때까지 그 대리인의 역할을 수행해야지 그 주인 행세를 해서는 안 된다는 겁니다. 이 점을 명심하십시오."

"내 그렇게까지 말하지 않아도 다 알고 있으니 그냥 물러가기 바라오."

"우리의 뜻을 이렇게까지 전했다고 한다면 분명 알아들을 것으로 생각합니다. 마지막으로 언명하지만, 만약 천신제를 시행하지 않는다면 그 다음의 일은 풍백 대신께서 전적으로 책임을 져야 한다는 사실을 꼭 명심하시기 바랍니다."

사신이 물러간 다음 풍백은 깊은 한숨을 내쉬었다. 모두들 제국의 앞날을 내다보지는 않고 오직 자신들이 새 세상의 주인이 되는 것만을 꿈꾸고 있었다. 웅씨족은 무슨 보물이라도 얻었는지 이번에 천부인이 자기 차지가 될 것임을 확신한 듯했고, 범씨족은 그것을 힘으로 뺏으려 하고 있었다.

자신의 임무는 나라 간에 전쟁이 없이 평화롭게, 그러면서도 모두가 인정할 수 있는 방법을 통해 새 인물을 맞이하도록 하는 것이었다.

하지만 지금의 상황에선 천신제의 추진이 나라 간에 더욱 알력만 높일 가능성이 높았다. 과연 그런 인물이 나온다고 하더라도 범씨족이 순순히 인정할지도 의문이었다. 만약 부인한다면 결국 전쟁을 통해 해결해야 할 텐데, 범씨족의 군사력을 어찌 당해낼 것인가를 생각하면 눈앞이 깜깜하기만 했다. 지금 그에게는 천신족의 권위가 추락한 만큼 아무런 힘과 권위도 가지고 있지 못했다.

'어찌할 것인가?'

풍백은 스스로에게 자문해보았지만 해답이 보이지 않았다. 그렇다고 웅씨족 사신의 말도 부정할 수 없었다. 어떻게든 열기는 열어야 하는데, 잘못하면 전쟁이 일어날 테니 이런 난감한 일이 없었다. 이 점에 있어서는 운사나 우사, 다른 오가들도 풍백과 의견이 일치했다. 무엇보다 그들이 두려워한 것은, 궁극적으로 범씨족이 주변 소국을 사실상 통합하고 그 마지막 화살을 천신족에게 돌릴 것이라는 거였다. 그렇다면 이에 대항하기 위해 웅씨족과 동맹을 맺어야 했다. 그런데 웅씨족의 수장 웅갈은 이런 것에는 전혀 뜻이 없었으니 답답할 노릇이었다.

풍백에게 있어서 무엇보다 중요한 것은, 새 주인을 등장할 때까지 천부인을 지켜내는 것이었다. 그것은 거불단 환웅이 자신에게 엄명한 바였다.

풍백이 이러지도 저러지도 못하는 가운데 시일이 흘러갔다. 웅씨족에서는 정 그렇게 범씨족의 움직임이 두렵다면 자신들의 군사를 파병

하겠다고 통고하고서는 군대를 국경 지대로 보내왔다. 이것은 사실상 웅씨족의 최후통첩이나 다름없었다. 이들을 들어오게 할 수는 없었지만, 천신제를 거행하지 않을 명분이 없는지라 이제라도 추진할 수밖에 없었다.

그런데 역시 예상했던 대로 범씨족에서 이 소식을 어떻게 전해 들었는지 사신을 급파해왔다.

"지금 천신족과 웅씨족이 공모해 천부인을 차지하려고 하는 모양인데, 우리 범씨족은 그걸 결코 인정하지 못할 뿐만이 아니라 이대로 그냥 묵과하지 않을 것이오."

"아니, 뭘 가지고 야합이니 하는 소리를 함부로 입에 담는 것이오?"

"그걸 몰라서 묻는 겁니까? 어찌하여 웅씨족에서 군사를 국경 지대에 배치한다는 말입니까?"

"우리도 그걸 반대하였소. 허나 우리 영토도 아닌 데에 군사를 배치하는 것을 어찌한단 말이오? 그리고 그들이 우리 천신족의 영토에 군사를 배치하기라도 했단 말이오? 그런 것이 아니거늘 무슨 소리를 하느냐 말이오!"

"좋소. 그렇게 발뺌을 빼신다면 우리 또한 군사를 국경 지대에 배치할 것이오. 그리고 만에 하나 서로 손발을 맞추어 일을 꾸민다면 우리는 결코 가만있지 않을 것이오!"

"가만 안 있겠다면 우리 천신족을 침공이라도 하겠다고 협박하시는 거요?"

"새 세상의 주인을 찾는 중차대한 일에 서로 결탁하여 그것을 진행한다면, 우리 범씨족이 결코 용납하지 않겠다는 소리지요. 그게 어디 이치에 맞기라도 하는 겁니까?"

"그렇게 범씨족에서 중대사라고 강조하니, 내 한 가지 묻겠소이다. 그렇게 중요하다면 왜 범씨족은 정정당당하게 그 주인이 되기 위해 노력하지 않고 힘으로 그것을 차지하려고 하는 겁니까?"

"정정당당하지 않다니요? 우리가 무슨 꼼수라도 쓴단 말입니까? 이거야말로 적반하장도 유분수가 아닙니까? 입은 비뚤어졌어도 말은 바로 하라 했거늘, 그런 짓거리를 한다면 우리보다야 당신네들이 할 수 있는 입장이 아닙니까? 우리야 그것을 보관하지도 않고 있는데, 우리가 어찌할 수 있단 말입니까?"

"그렇게 말을 돌리지 마시구려. 내가 한 말은 범씨족이 평화로운 상황에서 천신제를 열려 하지 않고 오히려 분위기를 깨뜨리고 나라 간의 관계를 전쟁 상황으로 몰아가기에 하는 말이지요."

"우리가 나라 간의 관계를 전쟁 상황으로 만들어가다니요? 그건 당치 않은 말씀이오. 이건 전적으로 우리 범씨족과 주변의 몇몇 나라 간의 개별적인 문제이지, 전반적인 제국의 문제가 아니오. 그것을 확대시켜 말하지 마시구려. 일례로 마씨족이 도적들과 서로 내통하여 우리 범씨족의 고을을 약탈하는데, 그럼 그런 것을 지켜보고만 있으라는 겁니까? 그럴 수는 없는 일이지요. 그래서 그걸 해결하고자 했을 뿐입니다. 이 점에 있어서 우리의 뜻을 분명히 밝혀두고자 합니다. 우리 범씨족과 주변 나라와의 관계는, 단지 그들과 우리 범씨족 간의 개별적인 관계에서 파생한 것일 뿐이니 앞으로 천신족은 이에 개입하지 않았으면 합니다. 그런 권한은 어느 누구에게도 없다는 말입니다."

"그것이 개별적인 것인지, 그렇지 않은 것인지는 우리가 파악할 일이지, 범씨족이 일방적으로 주장한다고 해서 그렇게 되는 것이 아니지요. 만약 그렇게 범씨족이 개별적인 관계를 주장하신다면 우리 또한 그 나라와 개별적인 관계에서 지원할 수도 있는 것이니까요. 어쨌든 이 문제는 주제에서 벗어난 얘기이니 이쯤에서 끝내고, 다시 천신제에 관한 문제를 얘기하기로 합시다. 그러니까 우리가 범씨족에게 의문을 품고 있는 것은, 정말로 천신제를 지내려고 한다면 범씨족은 아무런 소란을 일으키지 않고 참여할 의향이 있냐 하는 겁니다. 그리고 만약 천부인을 열어 새 세상의 주인이 나타난다면 기꺼이 따를 용의가 있는 겁니까? 그것을 분명하게 답변해주기 바라오."

"그거야 간단하게 답변해드리지요. 그것이 공명정대하기만 하다면 당연히 따르겠지요. 허나 만약 정당하지 못한다면 그것을 어찌 따를 수 있겠소이까? 그거야 안 되는 일이지요. 거불단 환웅께서 분명 천부인을 열 새로운 사람을 맞이하여 따르라고 하였는데, 만약 그럴 자질도 없는 사람이 그걸 차지한다면 이거야말로 있어서는 아니 될 일이 아닙니까? 그것을 우리는 우려하는 겁니다. 더욱이 지금 세상 사람들이 다 말하는 바대로 천신족과 웅씨족이 동맹군으로 결탁했다는 거야 다 알고 있는 사실이지 않습니까?"

"그렇다면 결국 이런저런 핑계를 대고는 따르지 않겠다는 것이 아니고 무엇이오?"

"핑계라니요? 누구나 봐도 공정을 기하자는 것인데, 어찌 그게 핑계가 된단 말이오. 더욱이 새 세상의 주인을 맞이하는 그런 중대한 일을 어찌 구렁이 담 넘어가듯 어영부영 처리할 수 있느냐 말이오? 그러니 우리가 의심의 눈초리로 보지 않을 수가 없는 것이고요."

"좋소이다. 그럼, 어찌하면 공명정대한 방안인지 그것을 말해보기 바라오."

"그거야 당연하지 않겠소? 지금 천신족과 웅씨족이 서로 결탁해 있고, 또 우리와는 사이가 좋지 않으니 다른 나라에, 즉 사씨족이나 그 외 다른 곳에 천부인이자 하늘의 경이 담긴 신표를 모셔놓고 천신제를 지내면 되지 않겠소?"

범씨족 사신의 제안에 풍백은 단호하게 잘라 말했다.

"그건 아니 될 일이오."

"공명정대한 방안을 제시했는데, 왜 안 된다는 것이오?"

"그걸 몰라서 묻는단 말이오. 역사적으로 보나 정통으로 보나 천신제는 지금껏 우리 천신족에서 지내왔던 것이오. 그것을 어찌 다른 나라에서 지낼 수가 있단 말이오. 더욱이 우리는 거불단 환웅으로부터 꼭 그 주인이 나타났을 때 그분에게 인계하고 따르라는 명을 받았소이다. 이것은 당신네들도 다 본 것이 아니오?"

"결국 당신네들은 우리에게 뭔가를 숨기고서 진행하겠다는 것이겠지요. 그렇다면 우리 또한 결코 그것을 묵과하지 않을 것이오."

"그럼, 당신네들은 전쟁을 하자는 것이오? 정녕 그게 바라는 바요?"

"말끝마다 평화를 운운하기에 내 하는 말인데, 그렇게 평화를 바란다면 분명하게 얘기하리라. 그 천부인이 담긴 신표라는 광석을 우리에게 넘기시오. 그러면 평화가 보장되지 않겠소? 만약 어느 누가 소란을 피우거나 분란을 조성하려고 한다면 우리가 절대 그러지 못하도록 막아낼 것이니 말이오. 실상 힘이 있어야 막아낼 수 있는 것 아니오? 그런데 그거야 우리 범씨족을 빼고 누구를 말할 수 있겠소? 그러니 당연지사 우리가 보관하고 있는 게 이치에 맞다는 말이지요. 그게또 평화를 유지하는 길이기도 하다는 것이지요. 우리의 분명한 뜻을 아시겠습니까? 그렇다면 잘 알아서 판단할 것이라고 믿겠소이다."

실상 범씨족의 속셈은 천부인이 담긴 신표를 힘으로 차지하여 제국을 지배하겠다는 것이었다. 이미 그것을 명백히 선언하고 나선 이상이들은 분명 천신제를 거행한다고 하면 군사를 몰고 올 것이 불을 보듯 뻔한 이치였다.

천신족에서는 범씨족의 사신이 돌아간 후, 어떻게 대처해야 할지를 놓고 설왕설래하고 있었다. 어떤 결정도 내리기가 쉽지 않았으니 말만 무성하게 오가는 형편이었다. 웅씨족의 수장이 말한 바가 아니라고 해도, 지금껏 한 번도 중단된 적이 없는 천신제를 지내지 않는다는 것은 도저히 있을 수 없는 일이었다. 그렇다고 해서 그것을 지내자고 하는 것은 분명 범씨족 사신이 호언하고 간 것처럼 전쟁의 길로 들어설 것임이 분명했다. 전쟁이냐, 평화냐? 아니면 천신제의 추진이냐, 중단이냐를 놓고 결정을 내려야만 했다.

점차 시일이 흘러가면서 역시 호언한 대로 범씨족이 대거 군사를 이끌고 국경 지대에 집결하고 있다는 소식이 천신족의 도성에 전달되었다. 이제는 한 치 앞을 내다보기 어렵게 되었다. 한 발자국만 잘못 내딛어도 전쟁의 소용돌이에 휘말리게 될 상황으로 치닫고 있었다.

더 이상 지체할 수 없는 상황에서 풍백은 운사와 우사 및 오가들을 다 불러들였다. 이런 중대한 사항을 혼자 결정할 수 없는지라 그들의 의견을 묻고자 함이었다.

"아무래도 천신제를 이번엔 중단하는 것이 옳을 것 같습니다. 이건 다른 것도 아니고 전쟁이 일어나느냐 마느냐 하는 문제입니다."

"맞아요. 우리가 지금껏 한 번도 중단한 적이 없는 천신제를 지내지 않는 것은 도리에 맞지는 않지만, 일단 제국의 평화가 더 중요합니다."

대체적으로 같은 의견을 보이고 있었다. 사실 운사나 우사, 그리고 풍백은 천부인에 대해 욕심이 없는지라 어떻게든 참다운 주인을 맞이하는 것을 우선적으로 생각하고 있었다. 그러나 오가들 중 일부는 은근히 거기에 뜻을 두고 있었다. 하지만 그들 스스로도 지금까진 그것을 차지할 자신이 없었기에 서두를 이유가 없었던 것이다. 거기에다가 옹갈이 계속 천신제를 강행하자는 걸로 보아 그가 뭔가 귀중한 것을 손에 넣은 것 같아 더욱 그게 신경에 거슬렸다. 게다가 일전을 불사하려는 범씨족의 단호한 행동을 단순히 엄포용으로 받아들일 수만은 없었으니 여간 난감한 게 아니었다.

"좋소이다. 모두들 같은 의견이니, 이를 각국에 통고하도록 하겠습니다."

그날 이후 천신족은 각국으로 사신들을 동시에 보냈다. 그러고는 이전의 배가 넘는 군사력을 투입하여 천부인을 싸고 있는 신표인 광석을 철저히 경계토록 하였다. 이것을 훔치거나 해하려고 드는 자가 있을 수 있어 그것을 막기 위한 움직임이었다.

천신족의 파발이 전달되자 각국의 반응은 천양지차였다. 우선 범씨족의 수장 호한은 환하게 웃었다. 결국 천신족과 웅씨족을 겁박하여 그의 입장이 관철되었다는 데에서 오는 거만함이었다. 이제 어느 누구도 자신의 말을 듣지 않고는 어느 것 하나 통하지 않는다는 것을 대외적으로 선포한 셈이었다. 그러나 그의 생각은 여기서 더 나아가고 있었다. 이제 더 많은 소국들을 제압하여 나간다면 천신제를 자신의 주관 하에서 치를 수 있다고 타산하고 있었던 것이다. 그렇다면 그가 지금까지 군사력을 앞세워 진행해온 것들이 맞아떨어졌기에 더욱 그 진행에 박차를 가해야겠다고 다짐했다.

웅씨족을 뺀 다른 소국들은 천신족의 입장에 대체적으로 동조하는 편이었다. 그 주인이 된다는 확실한 것도 찾지 못한 이상, 차라리 전쟁이라도 일어나지 않기를 바라는 마음이었다. 하지만 웅씨족의 수장 웅갈의 입장은 완전히 달랐다. 그는 소식을 전달받자마자 노발대발했다.

"뭐, 올해의 작황이 좋지 않고, 또 뭐가 어째? 나라 간의 알력과 전쟁의 위험이 있어 아직은 새로운 주인을 맞이할 때가 되지 않았으니, 올해에 한해 천신제를 중단한다고? 누구 맘대로 때가 안 되었다고 그것을 중단한다는 말인가? 누구 맘대로 말이야?"

웅갈은 완전히 제정신이 아닌 듯했다. 그의 행동으로 봐서 당장 천신족을 공격하러 가려는 것 같기도 했다. 그렇다고 어느 누구 하나 감히 나서지 못했다. 잘못 나섰다가는 홧김에 목숨까지 달아날 위험이 있었던 것이다. 그도 그럴 것이 웅갈이 이번 천신제를 얼마나 애타게 기다렸는가를 생각하면 그것을 이해하고도 남았다.

결국 웅갈의 화가 진정되기를 기다릴 수밖에 없었다. 역시 사람들의 예측대로 어느 정도 시간이 지난 다음, 그의 측근이자 참모인 구무리를 불러들여 의견을 청했다.

"내 완전히 천신족에게 농락당했소이다. 이 수모를 어찌 씻었으면 좋겠소이까?"

"수장님! 천신족이 그리할 수밖에 없는 것은 범씨족의 호한 때문이옵니다. 호한의 협박에 못 이겨 천신족이 굴복하고 만 것이옵니다. 그러니 먼저 생각해야 할 것은 바로 호한이옵니다. 천신족이야 이미 이빨 빠진 호랑이인데 뭐가 문제될 게 있겠사옵니까?"

"하긴 그 말이 맞긴 맞소이다. 허나 내가 분명히 호한이 무서우면 우리 군사까지 동원해서 막아주겠다고까지 했는데, 그리 나온 것을 보면 내 분이 풀리지 않는단 말이오! 내 마음 같아서는 즉각 천신족에 군사를 보내 짓밟아버리고 싶소이다."

"언젠가 오늘의 이 분함을 분명히 설욕할 날이 올 것이옵니다. 하지만 지금은 아니옵니다."

"지금은 아니라? 허나 그렇다고 마냥 천신제를 다시 열 때까지 기다리고 있을 수만은 없는 것이 아니오? 호한이 다음에는 또 그러지 않을 것이라고 어찌 장담할 수 있겠느냐는 말이오? 게다가 그놈은 이번 일로 해서 더욱 기고만장해져서는 여기저기 설쳐댈 것이 뻔하지 않소? 내 이놈이 그리할 것을 생각하면……."

결국 이번 천신제의 중단이라는 초유의 사건이 발생함으로 인해 그 승자는 호한이었고, 패자는 웅갈인 셈이었다. 물론 천신족 또한 굴복했으니 패자에 해당했지만 양쪽의 대립 속에서 범씨족의 손을 들어준 꼴이 되었다.

"그래서 드리는 말씀이온대, 이제 우리도 단지 천부인만을 차지하려고 하는 생각에서 벗어나야 할 줄 아옵니다. 실상 수장님께서는 그것을 열 자신이 있다고 하셨으니 어찌되었든 간에 그것은 해결된 것이나 다름없는 상황이기도 하옵니다. 하지만 이번의 일을 보건대, 그리만 해서는 결코 제국을 호령하는 주인이 될 수 없다는 것을 아셔야 하옵니다. 생각해보시옵소서. 어째서 천신족에서는 지금껏 한 번도 중단한 적이 없는 그런 관례까지 깨면서 천신제를 열지 않겠다고 했겠사옵니까? 그것은 범씨족이 그것을 연다고 해도 인정하지 않겠다고 주장했기 때문이옵니다."

"그럼, 우리도 저 범씨족처럼 다른 소국들을 복속시켜나가자는 말이오? 아 참, 내가 왜 그런 생각을 못했을까? 그러고 보니 그게 맞는 말이오. 우리가 힘이 있다는 것을 강력하게 보여주었다면 천신족은 물론이고 호한도 그리 나오지 못했을 것이오. 내가 너무 안일했소?"

"하오나 우리는 호한처럼 해서는 아니 되옵니다. 만약 그리하면 모두들 범씨족 편에 설 것이옵니다."

"그러면 어찌하라는 말이오? 다른 나라를 복속시키자고 하면서 호한처럼 침략하지 말라고 하니 말이오?"

"그렇사옵니다. 지금 다른 나라들은 호한의 침략에 벌벌 떨고 있사옵니다. 그러니 그들은 호한을 마음속으로는 멀리하려 들지만 스스로 힘이 없다고 판단되면 범씨족에게 굴복할 수밖에 없사옵니다. 그러니 그들에게 군사적 지원을 보장하겠다고 함으로써 돈독한 군사적 동맹 관계를 맺어 우리 편으로 합류시켜야 하옵니다. 그것이 우리가 세력을 넓혀나갈 수 있는 길이 될 것이옵니다."

"그러니까 호한처럼 무식하게 굴지 말고 머리를 써서 하라는 것이로구먼. 듣고 보니 탁견이오! 만약 그리하면 범씨족에 복속당한 몇몇 나라를 제외하고는 모두가 우리의 동맹군이 될 것이오. 어허, 정말 진작 그리하였다면 내 이 꼴은 당하지 않았을 것이건만."

이로부터 옹씨족은 우씨족, 구씨족, 응씨족, 학씨쪽 등 여러 소국들에 사신을 급파하기 시작했다. 그러면서 먼저 우씨족부터 강력한 군사동맹을 형성하여 나머지 소국들에게 시위하고자 하였다. 결국 그들의 예측은 그대로 맞아떨어졌다. 당연한 게 우씨족은 그렇지 않아도 이미 전부터 범씨족의 침략에 맞서 지원군을 요청한 상태였다. 그런데 각국이 엄청난 수재를 당하는 바람에 지원군을 모조리 철수시킨 상황에서 위기감을 느끼고 있던 참이었다. 나라가 망하느냐 마느냐 하는 국가적 절박성이 있었던 것이다. 이런 때에 군사적 동맹 관계를 맺자고 하니 우씨족의 입장에서는 덥석 받아들일 수밖에 없었던 것이다.

웅씨족과 우씨족은 서로 간의 공통된 이해에 근거해 우씨족의 도성에서 군사적 도열을 진행하였다. 이것은 군사적 동맹 관계를 맺었다는 것을 대외적으로 선포하기 위함이었다. 이를 토대로 우씨족은 범씨족의 침공을 막고자 함이었고, 웅씨족은 다른 소국들에게 웅씨족의 힘을 내외적으로 과시할 필요가 있었던 것이다.

지금까지는 범씨족이 주변의 소국들을 복속해나가는 상황이었지만, 이제 제국의 또 하나의 중심축이라고 할 수 있는 웅씨족마저 동맹 관계를 맺어 자신들의 세력을 확장하고 나섰으니, 바야흐로 나라들 간의 관계는 한 치 앞을 내다볼 수 없을 지경으로 더욱 긴장이 고조되기에 이르렀다.

한편 이런 제국의 움직임과는 전혀 별개로, 아니 동떨어진 세계처럼 새롭게 등장한 세력이 있었다. 그것은 바로 아사달 지역의 단군이었다. 모든 나라들이 범씨족이나 웅씨족, 아니면 천신족 중에 어느 편에 설 것인지 강요당하면서 어느 한쪽을 선택할 수밖에 없었던 상황에 처하고 있었지만, 아사달 지역은 이런 것에는 전혀 어떤 입장도 내보이

지 않았다. 오로지 그들의 관심사는 백성들이 오순도순 살아가는 데
만 있었고 또한 그것을 자신들의 소박한 목표로 삼고 있는 듯했다.

그 시기, 아사달은 다른 나라들이 다 겪은 수재도 입지 않고 풍작을
거둔 상황에다가 유랑민들을 대거 받아들이면서 그들의 국력은 급속
도로 성장하고 있었다. 이를 보면 국력이라는 것은 남을 강박하거나
시위한다고 생기는 것이 아니라, 서로 단합해서 행복하게 살면 사람
들이 자연스럽게 따르고 모이면서 형성되는 것 같기도 했다. 그렇게
생각할 수밖에 없는 게 아사달 지역은 아직 나라라고 하기에는 너무
어설펐던 것이다. 다른 소국들은 수장을 정점으로 하여 각부 대신들
을 비롯한 관리 체계가 일정하게 세워져 있었던 반면에, 아사달 지역
은 단군이 일정한 군사력만 가지고 있었을 뿐 나머지는 고시나 성조,
그리고 팽우 등이 백성들의 자발적인 조직 체계의 대표직을 맡아 일
을 처리해나가고 있었던 것이다. 아직 어떤 질서정연한 국가적인 체
계가 세워지지 못했던 것이다. 물론 그렇다고 하여 이들 지역에 중심
인물이 없는 것은 아니었다. 누구나 인정하듯이 단군이 이들의 중심
에 서 있었다. 어찌 보면 다른 나라의 수장들보다 더 백성들의 지지를
받고 있다고 해도 과언이 아니었다. 이런 점에서 보면 이곳은 다른 나
라들과 다른 별개의 세상 같기도 했다.

하지만 그렇다고 해서 아사달 지역이 이들 나라들과 다른 별개의
인종이라고 여겨지지는 않았다. 이들의 정점에 있는 단군이 그 누구
도 아닌 거불단 환웅의 아들로써 일찍이 어린 나이에 웅씨족 비왕의

자리에 올랐던 인물이었고, 그 백성들 또한 웅씨족을 비롯해 다른 나라에서 온 이들이 대부분이었기 때문이었다. 그러니 제국의 상황에 완전히 영향을 받지 않는 것은 아니었다. 아직 어떤 편에 가담하고 있지는 않더라도 다른 나라들은 내리 짐작으로 아사달을 천신족의 편이거나 그렇지 않으면 웅씨족에 가까운 세력으로 취급하고 있었다. 그렇기는 해도 아사달 지역은 명백하게 어떤 입장을 내보이지 않았다. 실상 어느 한편에 잘못 섰다가는 전란의 소용돌이에 빠지게 될 텐데, 구태여 그 입장을 표명할 이유도 없었다.

어쨌든 단군은 천신족의 풍백이 보낸 사신을 맞아 천신제에 관한 소식을 듣고 난 이후부터 제국의 정세를 직감하여 깊은 한숨을 쉬곤 했다. 결코 피할 수 없는 소용돌이에 휩쓸리게 될 것이라는 거였다. 막무가내 식으로 군사력을 내세워 협박하는 것에 굴복한다면 이것이야말로 다른 나라들에게 힘만 있으면 못할 것이 없다는 걸 보여주는 일이었다. 그러면 모든 나라들이 그러한 방법을 쓰고자 할 것은 뻔한 이치였다.

하지만 문제는 거기서 끝나는 것이 아니었다. 여기 아사달 지역도 어쩔 수 없이 그 소용돌이에 휘말려야 한다는 점이었다. 그게 단군은 걱정이었다. 사실 단군은 이번 천신제가 열린다면 하백녀를 데리고 가 어머니 웅녀께 인사를 드리려고 하였다. 이제껏 하백녀는 아사달 지역에 온 이래 단군과의 달콤한 시간을 갖기보다는 대수로 공사에 쫓겨 다니기에 급급했고, 그리고 지금은 단군이 기거하는 곳의 안살림을 도맡아 해내기에 바빴다. 이런 그녀에게 조금이나마 기쁨을 안겨주기 위해 어머니를 찾아뵈려고 한 것인데, 그것도 어긋나게 돼버렸던 것이다.

제국의 정세는 이미 단군의 예상대로 움직이고 있었다. 그 선두에는 역시 범씨족과 웅씨족이 있었다.

'정말 진흙탕에 빠지지 않을 방법이 없단 말인가?'

단군은 며칠을 고민했지만 뾰족한 답을 얻지 못했다. 그렇다면 만일을 위해 준비해야 했다. 그는 발구루를 조용히 불러들였다.

"이제껏 장군께서 고생한 노고를 생각하면 그 어떤 치하를 내린다 해도 부족할 지경이오. 아마 이 아사달 지역에서 이토록 훌륭한 성과를 내게 된 가장 큰 공은 장군에게 있을 것이오."

이건 단군의 진심이었다. 지금껏 발구루는 단군의 뜻에 따라 가장 선두에 서서 군사들을 동원하여 백성들을 위한 모든 일에 나섰다. 또 그렇다고 해서 나라의 방비를 게을리하지도 않았으니, 그 두 가지를 한꺼번에 하자니 아마도 보통 힘든 일이 아니었을 것이다.

"무슨 말씀을 하시옵니까? 소장은 단군님의 명만 따랐을 뿐이옵니다. 그러니 그런 말씀은 마시고 어서 분부를 내리시옵소서."

"참으로 고맙소이다. 그러면 내 다른 사족을 붙일 필요 없이 직접적으로 말하겠소이다. 지금부터 장군께서는 군사 훈련에 집중하여 군사들을 정예 군사로, 아니 모든 군사가 언제든지 지휘관의 역할을 맡을 수 있을 정도로 힘을 키워주시구려."

"그 말씀은……. 이 땅에도 조만간 전쟁의 기운이 몰아칠 수 있다는 뜻이시옵니까?"

"장군도 아시다시피 상황이 그렇게 돌아가고 있으니……. 이것은 만에 하나를 대비하기 위함이오. 전쟁이 일어나고 난 다음 후회해봐야 무슨 소용이 있겠소? 어차피 전쟁은 맨주먹으로 하는 것이 아니라 사전에 치밀하게 준비해야 하는 것이니……. 아무튼 아무도 몰래 은밀하게 진행하였으면 하오."

"알겠사옵니다. 분부 받들어 그리하겠사오니 심려 놓으시옵소서."

단군이 이런 지시를 내린 이후, 일부 지각 있는 백성들 사이에서도 제국의 정세가 심각하게 돌아가고 있다는 얘기가 자연스레 오가게 되었다. 그럴 수밖에 없는 게 수확이 끝났으니 천신제를 올려야 하는데, 그것이 진행되지는 않고 나라 간에 서로 치고받는 태세로 나아가고 있으니 이 일이 백성들의 입에 오르는 게 당연했던 것이다. 그 얘기의 끝은 자신의 문제로 직결될 수밖에 없었으니 결국 이곳의 상황은 안전한지, 그리고 또 어떻게 대응해야 하는 것인지의 문제로 자연히 귀결되었다. 이에 어떤 사람들은 불안에 떨면서 자신들도 천신족이나 웅씨족, 아니면 범씨족 등의 어느 한편과 손을 잡아야 하지 않겠느냐고 얘기하는 사람도 있었다. 사람들은 그것이 옳은 것 같기도 해서 갈팡질팡하며 단군이 어떻게 결정하는지 지켜보고자 하였다. 그러나 단군은 거기에 대해 가타부타 얘기하지 않았다.

이런 가운데 고시와 성조, 그리고 팽우 등이 단군을 찾아왔다. 고시가 먼저 입을 열었다.

"지금 백성들은 큰 풍작의 기쁨을 노래하고 싶어하옵니다. 그런데 천신제를 올리지 않겠다고 천신족에서 알려왔는데, 그러면 우리는 어찌 해야 하는 것이옵니까?"

"글쎄요. 천신족에서 안 하겠다고 하니 천신제를 올릴 수는 없겠고……. 하지만 우리야 우리 나름대로 할 수 있는 것 아니겠습니까?"

"그러시다면 우리 식대로 해도 된다는 말씀이신가요?"

"백성들이 하고 싶다고 하는데, 그것을 굳이 하지 않을 이유는 없지 않겠습니까?"

단군의 대답에 고시와 성조, 그리고 팽우 등의 얼굴이 환하게 밝아졌다. 그들은 그것조차 할 수 없을 것이라 여기고 있었다. 그만큼 수확의 기쁨을 노래하는 것은 천신제와 밀접하게 결부되어 있었고, 그것은 곧 그 정통을 이어온 천신족만이 할 수 있는 것으로 생각되었던 것이다. 다시 팽우가 입을 열었다.

"이것은 다른 얘기지만 백성들 사이에서 오가는 말이 많아 단군님께 솔직히 여쭤보려고 하옵니다."

"무엇인데 그러십니까? 내 솔직히 말할 것이니 얘기해보시지요."

"다름이 아니오라 일부 사람들 사이에서, 제국의 정세가 엄혹하여 우리가 안전책을 찾으려면 어느 한쪽에, 예를 들어 천신족이나 웅씨족, 아니면 범씨족 편에 서야 한다고 하는데, 이것을 어찌 생각하는 것이옵니까?"

"여러분께서도 그런 생각을 하고 계신단 말입니까? 그게 얼마나 얼토당토않은 소리입니까? 자신의 자구책을 찾자면 자신의 두 발로 서야지 어찌하여 남의 발에 기대어 서려고 한다는 말입니까? 그래서야 어디 자신을 제대로 지킬 수나 있겠습니까? 만약 기댄 사람이 도와주지 않거나, 도리어 그 사람이 목숨을 내놓으라고 하면 어떡하실 겁니까?"

"아, 제 생각이 짧았사옵니다. 무례를 용서하시옵소서."

그 어떤 일에서보다 단호하게 말하는 단군의 모습을 보고 팽우가 머리를 조아렸다. 그러면서 팽우를 비롯한 고시와 성조는 뭔가 느끼는 바가 있었다.

그런데 이런 일이 있는 후로부터 며칠 뒤, 아사달 지역에서는 기이한 얘기들이 나돌기 시작했다. 그것은 바로 이곳 아사달 지역에서 천신제를 지내야 한다는 목소리였다. 거기에는 이곳에서 천신제를 지내는 것이 하늘의 뜻이고, 단군은 능히 천신제를 올릴 만큼 신통력을 갖춘 인물이라는 과장된 얘기도 섞여 있었다.

단군은 이 소문을 듣고는 깜짝 놀랐다. 이것은 세상의 중심이 바로 아사달 지역이라고 선포하는 것이나 다름없었으니, 잘못하면 모든 제국의 화살에 공격받을 수도 있는 일이었다. 단군은 고시와 성조, 그리고 팽우가 수확의 기쁨을 우리식대로 자축해도 괜찮다는 말을 잘못 알아들어 그런 소문이 나도는 줄 알고 그들을 즉시 불러 확인했다. 그러나 그들은 전혀 그런 얘기를 한 적이 없고, 단지 단군의 뜻대로 그냥 잔치를 벌이고자 했을 뿐이라는 거였다. 그렇다면 이것은 누군가 아사달을 음해하기 위해 일부러 소문을 낸 것일 수밖에 없었다. 그럼 더욱이 이것을 하루빨리 종식시켜야 했다. 조금만 시간을 끌면 다른 나라에서 이것을 트집 잡고 나올 가능성이 많았다.

단군은 즉시 수하들을 불러 이 기이한 소문을 낸 자들을 잡아들이라고 지시하면서 동시에 이에 대한 얘기들을 앞으로 엄금하도록 하는 조치까지 취했다. 그런데 상황은 점점 이상하게 돌아가고 있었다. 도리어 백성들은 단군 일행의 행동을 이해하지 못하겠다는 태도를 보였다.

"아 참, 말이야 바른 말이지. 우리 단군님이 어떤 분이신가? 그 누구도 아닌 바로 환웅님의 아드님이 아니신가? 천신족의 적통 장자인데, 이곳에서 천신제를 못 치를 이유도 없지 않는가?"

"당연한 말씀이지. 어디 그뿐인가? 그분만 한 신통력을 갖춘 분이 이 세상에 어디 있다고?"

"아무렴 그렇고말고. 아, 그러니까 오미의 변으로 치르게 되었던 대홍수와 같은 재앙이 내릴 것을 한눈에 알아보시고, 인력으로 불가능하다고 하는 그 힘든 대수로 공사를 벌이자고 한 게 아니겠는가? 아! 이런 분이 천신제를 못 올린다면 누가 올린단 말이여."

"다 구구절절 옳은 말일세. 그런데 왜 군사들은 그것을 막으려고만 들어, 참 알다가도 모를 일이여. 이보게, 댁네 군사들이 누구보다도 단군님을 잘 받들어 모셔야 하거늘, 어찌 이리 나온단 말인가?"

백성들이 맞장구를 치는데다가 도리어 수하들을 질책하는 꼴이 되니, 그런 소문을 낸 자를 찾아내는 것은 고사하고 소문은 더욱 확산일

로로 치달았다. 나중의 움직임이야 백성들의 자발적인 행동이라고 하더라도 분명 처음에 이를 조장한 놈이 있을 텐데, 여기에 놀아나고 있다고 생각하니 단군의 가슴은 무겁기만 했다. 백성들이야 이런 일이 어떤 위험한 결과를 초래할지 모른다고 하지만, 만약 자신 때문에 무슨 일이라도 벌어진다면 지금까지의 모든 노력은 수포로 돌아갈 수밖에 없었다. 이런 생각이 들수록 그는 더욱 강력하게 이곳에서는 아무 결정된 것도 없으니 유언비어에 현혹되지 말라는 엄명까지 내렸다. 하지만 이미 그 말이 통하는 상황은 넘어서고 있었다. 도리어 어찌된 일인지 밑에서부터 올라온 그 움직임은 대표자들을 형성하여 일정한 체계까지 짜이고 있었다. 물론 그런 조직 체계는 고시와 성조, 그리고 팽우 등이 아사달 지역 나름에 맞는 축제를 준비하기 위한다는 형식을 띠고 있었다. 도무지 앞뒤가 맞지 않았다. 말은 자발적인 축제를 벌이기 위한 것이라고는 하지만 실상은 모두 천신제를 지내기 위한 준비가 진행되고 있었던 것이다. 그뿐이 아니었다. 무슨 대단한 궁전 같은 것을 지을 모양인지, 엄청난 아름드리 목재 같은 것도 잔뜩 쌓아놓고 있었고, 아예 천제단을 지을 작정인지 어마어마한 석재도 등장하고 있었다. 물론 어떤 건축물이나 천제단 같은 것이 공사되고 있는 것은 아니었지만 분명히 그 재료들이 준비되고 있었다. 그럴 수밖에 없는 게 최소한 천제단 같은 것은 단군의 명이 없이 그들 스스로 만들 수는 없었던 것이다. 어쨌든 어떤 목적인지는 몰라도 분명한 목표를 가지고 일사천리로 일이 진행되는 것을 보면, 누군가 치밀한 계산 하에 일을 진행하지 않고서는 결코 이렇게 될 수는 없는 것이었다.

이런 상황에 이르자 단군도 더 이상 손을 놓을 수밖에 없었다. 더 이상 자신의 힘으로 막을 수 있는 상황이 아니었다. 이제는 그 실체가 드러나기만을 기다릴 수밖에 없었다.

드디어 어떤 노인 하나가 단군을 찾아왔다고 알려왔다. 노인이라는 말에 단군의 뇌리에는 퍼뜩 신지 노인이 스치고 지나갔다. 그러고 보면 신지라는 사람은 단군이 어려운 과정에 처해 있을 때마다 나타나 인연을 맺었던 기이한 사람이었던 것이다. 처음 넓은 세상을 보기 위해 웅씨족을 떠났을 때도 우연히 행로 중에 만났고, 또 대변고설을 퍼뜨려 단군으로 하여금 대수로 공사를 은연중에 떠맡게 한 장본인이기도 했다. 그런데 이번에는 천신제라는 위기에 처해 있는 그 앞에 홀연히 나타난 것이다.

신지는 단군을 만나서는 아무 말도 하지 않고 그를 한참 동안 쳐다보기만 했다. 그런 신지를 단군은 연장자로 대우하며 유심히 관찰했다. 그런데 이 노인은 어찌된 일인지 나이를 거꾸로 먹는 듯 안광이 불을 토해내듯 예전보다 더욱 빛을 발하고 있는데다가 혈색 또한 맑아 보였다. 꼭 혈기 왕성한 젊은이가 무슨 할 일을 찾았다는 듯 왕성한 의기까지 엿보였다.

그렇게 한참을 말없이 있던 신지가 갑자기 단군 앞에 무릎을 꿇으며 신하의 예를 취했다.

"왜 이러십니까? 어서 일어나십시오."

"아니옵니다. 신은 단군님을 주신으로 모시고자 이리 청하옵니다."

"주신이라니요? 그 무슨 말씀을 하시는 겁니까? 그런 말씀 마시고 어서 일어나십시오."

단군이 손을 잡고 일으키려 하였으나 신지는 그것을 단호히 거부했다.

"신의 청을 들어주시지 않는다면 결코 여기서 일어나지 않을 것이 오니 가납하여 주시옵소서."

"허허! 그 말씀이 얼마나 가당치 않은지는 바로 그대가 더 잘 알지 않습니까? 그런데 왜 이리 생떼를 쓰시는 겁니까?"

사실이 그랬다. 원래 태초에 마고성麻姑城에서 살았던 인간은 모두 가 신인의 경지에 있었다. 하지만 오미(五味:포도)의 변變을 겪으면서 그들은 타락해버렸고, 그 중심에 있던 황궁씨가 그것을 되찾기 위해 복본複本의 길을 걸었으며, 그 뒤를 유인씨, 환인 7대, 환웅 18대가 이 었던 것이다. 그래서 주신이라고 함은 이를 이끌어왔던 정통 후계자 를 지칭하는 것이었다. 그런데 단군은 바로 환웅 18대인 거불단 환웅 의 장자이면서도 그 뒤를 승계받지 못했다. 도리어 환웅으로부터 자 신의 뒤를 이을 새 세상의 주인에게 천부인을 넘겨주라는 명만 받았 을 뿐이었다. 상황이 이러하니 단군으로서는 감히 주신을 입에 올릴 수 없는 처지였고, 자신이 태어났던 천신족으로 갈 수도 없는 처지에 몰리고 말았던 것이다.

"소신이 억지를 부리는 것이 아니옵니다. 이것이 바로 하늘의 뜻이 기 때문이옵니다."

"하늘의 뜻이라? 그것 참 편리한 논리입니다. 그래, 그러면 저더러 천신족에 가서 내가 거불단 환웅의 장자이니 그 뒤를 승계하겠다고 하라는 말씀입니까? 아버님께서 내게 뒤를 물려주라고 명하지도 않았는데 말입니까?"

"아니옵니다. 그럴 필요도 없고, 그래서도 아니 되옵니다. 그건 하늘의 뜻이 아니고 거불단 환웅님의 의지도 아닙니다."

"그럼, 당신은 어찌하여 저를 주신으로 받든다고 하시는 겁니까? 그것도 아니라면서요."

"단군님도 잘 아시겠지만 거불단 환웅께서 그 자리를 물려주지 않은 것은, 단군님께서 그 자리를 이어받을 자질이 없다고 생각해서 그런 것이 아니옵니다. 오히려 단군님을 절대적으로 신임하고 있었기에 그리한 것이옵니다. 단순히 환웅의 뒤를 이은 사람이 아니라 새 세상의 주인이라는 그런 막중한 소임을 맡기고자 했으니 말이옵니다."

거불단 환웅에 대한 얘기가 거론되자 단군은 아버지에 대한 회한에 눈시울이 붉어졌다. 자식이라고 하지만 거불단 환웅이 선인仙人이 되어 하늘로 승천하는, 그 마지막 모습마저 지켜드리지 못했던 것이다. 하지만 확실하게 떠오르는 기억은, 아버지가 자신을 크게 믿고 계셨다는 점이었다. 신지의 말이 다시 이어졌다.

"왜냐하면 이제 새 세상이 도래하면 환웅의 뒤를 이을 필요가 없게 되어버리기 때문이옵니다. 그러면 어찌해야 하겠습니까? 시대에 맞지 않게 자리를 물려주는 것이 옳은 길이겠습니까? 아니면 새 세상의 주인이 되도록 그 길을 열어주는 것이 맞겠습니까? 여기서 거불단 환웅은 과감하게 후자의 길을 택한 것이옵니다. 그래서 어린 시절에 단군님을 웅씨족의 비왕으로 보내셨던 것이지요. 바로 새 세상을 개척할 힘을 스스로 키우게 하기 위해서 말이옵니다. 그리고 단군께서는 그 소망을 저버리지 않으셨고요."

"저에 대한 것들을 많이 알아보신 모양입니다. 그럴듯하게 연결시켜 꾸며내는 것을 보니 말입니다. 허나 보십시오. 나의 처지를 말입니다. 저는 이 아사달 지역에서 나라다운 나라도 세우지 못하고 그저 일반 백성들과 함께 간신히 먹을거리나 해결하고 있습니다. 그러니 그 깊은 마음은 알겠으나 그만 고집 부리고 어서 일어나십시오."

"먹을거리나 간신히 해결하고 있다고요? 그것도 해결하지 못한 나라가 얼마나 많은 줄 잘 아시지 않사옵니까? 그리고 나라다운 나라도 세우지 못했다고 하시는데, 새 세상을 열어나갈 그런 나라가 어디 쉽게 세워지는 것이옵니까? 만약 새 세상이라는 것이 지금의 나라들과 같은 나라를 지칭한다면 그게 무슨 의미가 있겠사옵니까? 새 세상을 열어나가는 것과는 아무런 관련이 없는데 말입니다. 어쨌든 다른 것은 다 부인하시더라도 이 점만은 부정하지 못할 것이옵니다. 하늘의 뜻이 지상에서 실현되어 온 백성이 행복하게 사는 것을 진심으로 바라고 있는 것 말이옵니다."

"그야 그렇지요. 허나 이것은 나뿐만이 아니라 모든 사람이 그리 생각하는 것이 아닙니까?"

"모든 사람이 그리 생각한다? 그렇지 않사옵니다. 어디 범씨족의 호한 수장이나 웅씨족의 웅갈 수장이 그렇사옵니까?"

"왜 그런 사람들만 예를 드는 겁니까? 그렇지 않은 수많은 백성들이 있다는 것을 생각하지 않고 말입니다."

"바로 그 말씀이 맞사옵니다. 그래서 소신이 단군님을 주신으로 모시고자 하는 것이옵니다. 항상 백성과 함께하고, 백성을 하늘처럼 모시는 분이기에 이렇게 감히 청하는 것이옵니다. 바로 이것이 하늘의 뜻이자 거불단 환웅의 의지이며 온 백성의 소망이기 때문이옵니다. 감히 청하옵건대 이제 하늘의 뜻에 따라 모든 인간이 복되게 살아가는 그런 인간 세상을 펼치시옵소서. 이를 외면하시는 것이야말로 하늘의 뜻을 거역하는 것이자 거불단 환웅의 깊은 뜻을 저버리시는 것이고, 백성들의 소망을 짓밟는 것이옵니다. 이제 확답을 주시옵소서."

단군은 지그시 눈을 감았다. 청을 받아들이지 않는 것이 아버지 거불단 환웅의 뜻을 거역하는 것이라는 말이 계속 귓가에 맴돌았다. 어찌 보면 그 말의 옳고 그름을 떠나, 진정 백성을 위하는 길이라면 어느 것인들 결코 마다할 이유가 없었다. 허나 능력도 되지 않는 자가 그리되고자 했을 때 그 후과는 말할 수 없이 큰 것 또한 사실이었다. 마침내 단군이 결심한 듯 입을 열었다.

"대답하기 전에 한 가지 물어보고 싶소이다. 정말 이것이 하늘의 뜻이라면 천부인이자 하늘의 경을 열어야 할 것인데, 내가 그것을 열 수 있다고 보시는 겁니까? 만약에 말입니다. 그것을 열지 못한다면 나는 결국 그런 인물이 아니라는 것인데, 그때의 후과를 어찌 감당하려고 하십니까?"

"그거야 하늘의 뜻에 달려 있는 것인데, 어찌 소신이 알겠사옵니까? 하오나 뭘 그런 것을 걱정하시고 그러시옵니까? 단지 하늘의 뜻에 따라 최선을 다하면 그뿐 아니옵니까? 어차피 그때가 되면 하늘은 분명한 의지를 보여주실 것인데 말이옵니다."

"하긴 그게 맞는 말씀입니다. 좋습니다. 내 그리하도록 하겠으니 옆에서 저를 잘 보좌해주시기 바랍니다."

단군이 그렇게 말하면서 손을 내밀자 그제야 신지가 몸을 움직이며 조아렸다.

"소신의 청을 들어주시니 황공하기 그지없사옵니다. 소신에게 단군님을 주신으로 받들어 모실 영광을 주시니 뭐라 말할 수 없이 기쁘기만 하옵니다. 앞으로 소신 비록 미력한 힘이지만 전심전력을 다해 보필하겠사옵니다. 그리하여 주신께서 기필코 하늘의 뜻이 지상에서 실현되는, 그런 인간 세상을 열 수 있도록 하겠사옵니다."

이리하여 두 사람은 주신과 신하의 관계로서 예를 갖추며 다시 자리에 앉았다. 새로운 인간 세상을 만들자고 의기투합하였으니, 이제부터 본격적으로 얘기가 진행되어야 했던 것이다. 하지만 지금 상황에서 무엇보다 다급한 것은 천신제를 아사달 지역에서 진행하자는 그 괴이한 소문을 해결하는 문제였다. 단군이 먼저 입을 열었다.

"대신도 소문을 들어 잘 알고 계시겠지만, 지금 백성들 사이에서는 천신제를 이곳에서 지내야 한다고 누군가 부추기고 있는 것 같은데, 혹시 짚이는 사람이라도 있습니까? 이게 큰 파장을 불러올까 심히 걱정되어 하는 말입니다."

"뭐가 그리 걱정되시는 것이옵니까? 단군께서도 우리 식대로 수확의 기쁨을 노래하면 되는 것이라고 말씀하셨다고 하던데……. 그렇다면 그 말씀대로 하면 되는 것이 아니겠사옵니까? 소신의 생각으로는, 그저 백성들이 하자는 대로 따르면 될 것이라고 보이옵니다."

"제가 뭘 걱정하고 있는지 잘 아실 만한 분이 그런 태평스런 말씀을 하신단 말입니까?"

"그거야 단군께서 미리 앞날을 다 내다보시고 군사적 준비까지 하고 계신데, 소신이 뭘 걱정할 일이 있겠사옵니까? 더욱이 이제 주신으로 우뚝 서시겠다고 하는 마당에 당연히 천신제를 지내야 하지 않겠사옵니까? 그것을 회피할 이유가 없지 않사옵니까?"

"그러고 보니 이 모든 일은 바로 대신께서 꾸민 일이 아닙니까?"

"황송하옵니다. 하오나 처음 그 안을 제시한 것은 소신일지 모르나 나머지는 제가 한 것이 아니옵니다. 백성들이 자발적으로 나서서 한 것이옵니다."

"아무리 그래도 그렇지. 그 일이 얼마나 큰 파장을 몰고 올지 모르시지는 않을 것 아닙니까? 잘못하면 지금까지 아사달 지역에서 마련한 그 모든 성과를 한순간에 날려버릴 수가 있단 말입니다. 그런데 어찌 이런 무모한 짓을 벌인단 말입니까?"

"무모한 짓인지 아닌지는 더 두고 봐야 하지 않겠사옵니까? 단군께서 지금 당장 천신제를 지내겠다고 엄명한 것도 아닌데, 무슨 별일이 있겠사옵니까? 더욱이 범씨족이나 웅씨족은 자기네들끼리 싸우느라 혈안이 되어 있어서 이곳의 움직임에 크게 신경 쓰지 않을 것이옵니다. 어쩌면 그런 상황 속에서 이번에 천신제를 천신족 측에서 지내지 않는다는 것도, 바로 이곳에서 그것을 계승하라는 하늘의 징조일 수도 있는 것이옵니다. 그리 근심스럽게만 생각할 필요는 없는 줄로 아뢰옵니다."

"갈수록 태산입니다. 대신께서는 정녕 천신제를 이곳 아사달에서 지내려고 작정하신 겁니까?"

"소신의 뜻을 분명하게 밝힌다면 그리해야 하는 줄로 사료되옵니다."

"파국을 몰고 올지도 모르는 위험을 감수하면서요? 그래, 좋습니다. 무슨 뜻이 있을 것인데, 왜 그리 생각하시는지 어디 그 말씀이나 들어보도록 하지요."

"주신께서는 이제 새로운 인간 세상을 펼쳐 보이시겠다고 결심하셨사옵니다. 그런데 그 기치를 내건 이상 우선 먼저 해야 할 일이 있사옵니다. 그것은 국가의 건설을 선포하는 것도 아니고, 통치 체계를 이룩하는 것도 아니옵니다. 바로 백성들의 기상을 똑바로 세워주는 것이옵니다. 이 근본이 튼튼해야 나머지 모든 것이 바로서고 만년대계의 새로운 세상을 펼칠 수가 있는 것이옵니다. 만약 이것을 제대로 세우지 못하고 나간다면 이후 아무리 노력해도 소용이 없사옵니다.

첫 단추를 잘못 꿰었으니 잘될 리가 없는 것이지요. 그런데 바로 그것을 세우려면 당연히 자신들이 의지하고 내세울 수 있는 그 뭔가가 있어야 할 것이옵니다. 그게 바로 천신족의 정통 후계자이자 새 세상의 주인이 바로 이 아사달 지역에 있다는 자부심이옵니다. 이것만큼 백성들의 정신을 고양시키고 의기를 드높일 수 있는 것은 없사옵니다. 지금 백성들이 천신제를 열자고 하는 것은 바로 이런 마음의 표현이 아니겠사옵니까? 소신은 단연코 그리 생각하옵니다. 그런데 어찌 이 소중한 기회를 단지 위험하다 하여 내던져버리려고만 하시는 것이옵니까? 백성들의 뜻에 따라주시옵소서. 만약 백성들이 겁을 낸 나머지 이 일을 반대하고 나선다면 그거야말로 더는 희망이 없는 것이 아니겠사옵니까? 뿌리가 깊지 않은 나무가 어찌 오랜 가뭄과 비바람을 이겨낼 수 있겠사옵니까? 그건 얼마 못 가 뿌리가 뽑히고 말 것입니다."

"으음! 일리가 있는 말씀입니다. 허나 그것은 내용만 제대로 갖추면 되는 것이지, 구태여 형식에 얽매여 위험을 감수할 필요까지 없겠지요. 자, 여기까지 생각하셨다면 필히 그 대책 또한 생각하고 계실 터, 그러면 어찌하면 될 것인지 말씀해보십시오."

"이리 나오실 줄 알았습니다. 이제 와서 소신 무엇을 숨길 게 있겠사옵니까? 그런데 단군님! 보령이 지금 어찌 되시온지요?"

"스물둘입니다만, 그런데 왜 갑자기 제 나이는 물어보시는 겁니까?"

"그러시면 단군께서도 이제 혼례를 더 이상 미룰 처지가 아닌 듯 보이옵니다."

장가가는 얘기가 나오자 단군이 얼굴을 붉혔다. 벌써 그의 머릿속에는 하백녀의 모습이 떠오르고 있었던 것이다. 신지의 말이 계속 이어졌다.

"소신 청하옵건대 이번에 두 분께서 혼례를 치르시옵소서. 그것도 천제단 앞에서 말이옵니다. 아니, 당연히 천제단에서 치러야 할 것이옵니다. 천신족의 왕자와 수신족의 공주가 혼례를 치르는 것인데, 이것을 하늘 앞에 서약하지 않는다면 어디서 하겠사옵니까?"

그러니까 신지의 말은 이러했다. 혼례와 대풍작의 기쁨을 노래하기 위해 축제를 벌이되 그것을 하늘에 맹세하는 의미로 천신제의 형식을 빌자는 것이었다. 그리고 이것은 천신과 수신이 연을 맺어 치르는 혼례이니만큼 마땅히 그리해도 전혀 도리에 어긋나지 않는다는 것이었다. 그러고 보면 그 수많은 목재와 석재를 왜 마련하였는가 하는 이유가 분명해진 셈이었다. 목재로는 바로 신방을 꾸미기 위해 궁전을 짓겠다는 것이었고, 석재는 바로 천제단을 만들겠다는 의도였던 것이다.

"내 대신의 도움으로 장가를 가게 되었으니 기쁘기야 하지만, 아무리 그래도 그렇지 그렇게 큰 공사를 벌인다면 얼마나 백성들이 부담을 느끼겠습니까? 그냥 약식으로 간단히 치르면 어떻겠습니까?"

"그것은 아니 되옵니다. 궁궐과 천제단을 번듯하게 짓는 것이야말로 우리 아사달의 위엄을 세우고 백성들의 자부심을 드높이는 길이옵니다. 이것을 포기할 수는 없사옵니다."

"허허! 이건 완전히 제가 대신께 꼭 놀림당한 꼴입니다그려. 그건 그렇고 제가 혼례를 치르는데, 어머님은 모셔올 수 있을까요? 그 점은 어찌 생각하십니까?"

"소신 그 점을 숙고하였사오나 지금의 상황으로선……. 송구하옵니다."

"아닙니다. 제가 괜한 말을 꺼낸 모양입니다. 그럼, 이 모든 것을 대신께 일임하겠으니 알아서 처리하도록 하십시오."

이렇게 대화가 오간 후 아사달 지역에서는 궁궐과 천제단을 짓는 사업이 대대적으로 진행되었다. 그렇게 된 것은 이미 신지가 백성들을 움직이고 있었기에 가능한 것이었다. 그것은 지금까지 단군이 보여왔던 것에 대한 아사달 사람들의 화답이기도 했다. 물론 여기에는 성조와 팽우, 그리고 고시가 적극 가담하고 있었다. 팽우가 먼저 땅을 개척하여나갔고, 그 뒤를 이어 성조가 건축을 맡았으며, 또 고시는 이들의 먹을거리를 해결해주고 있었다.

수많은 사람들이 하나같이 일사분란하게 움직이는 모습은, 그야말로 아사달을 단숨에 활력이 넘치고 생기가 감도는 곳으로 만들었다. 더욱이 올해는 대풍작을 거뒀으니 그만한 기쁨을 노래하는 것이야 모두가 바라는 바이기도 했다. 하지만 신지는 이 일에 동원된 사람들에게 우선 목욕재계하고 참여하도록 하였다. 그만큼 이 일의 신성함을 강조하기 위함이었다. 그것 때문인지 아사달 지역은 그 작업이 진행되면서부터 모두들 어떤 신성한 기운에 고무된 듯 얼굴에서 은근히 자부심을 내보이고 있었다. 그것은 어느 나라도 감히 생각지 못하는 천신제를 지낸다는 자긍심이었고, 또 이번 혼례를 계기로 천신과 수신을 다 받들어 모시게 되었다는 다부진 마음의 표현이었다.

그도 그럴 것이 천제단의 축성만 보더라도 그 엄청난 규모에 위압감마저 감돌았다. 먼저 천제단이 위치한 자리부터 하늘과 땅의 기운을 받아 사람이 승천할 것 같은 지리적 지형에다가 천신족의 천제단보다 더 웅대하기까지 했다. 물론 그 규모의 크기나 좋은 지리적 지형 때문에만 사람들이 당찬 자부심을 느낀 것은 아니었다. 거기에는 천신족의 천제단과 확연히 다른 점이 있었다. 그것은 바로 천신족의 천제단을 일정 부분 본따고 있으면서도 사람을 더 중심으로 하는 형태로 꾸며져 있었던 것이다. 즉 사람이 하늘과 땅의 기운을 받아 호령하는 자세로 곧추선 형태를 띠고 있었던 것이다. 이게 바로 아사달 지역 사람들이 천신족의 천제단보다도 더 우월하다는 긍지를 갖게 만든 본질적 측면이었다.

이렇게 천제단의 공사가 진행되는 것과 동시에 궁궐 또한 위엄을 갖추기 위한 최상의 것들이 구비하면서 축성되었다. 궁궐은 다름 아닌 그런 천신제를 주관할 사람이 거처할 공간이기도 했고, 백성들을 이끌어 새로운 세상의 주인으로 우뚝 세워나갈 새로운 무대이기도 했다. 그러니만큼 그 터 또한 아사달의 가장 중심에 위치한 좋은 지역에 자리 잡고 있으면서도 그 어떤 나라의 것보다도 더 웅장하고 화려하게 지어졌다. 궁궐을 짓는 데 사용되는 아름드리나무만 해도 수천 그루가 넘을 정도였다. 이건 아무리 봐도 단순히 대역사라고 표현할 수 없는 일이었다. 이건 분명 새로운 인간 세상의 선포라고 해도 과언이 아니었다.

　그래서 그런지 이 대공사가 끝나고 혼례식, 아니 천신제를 지내는 10월 상순이 되자 수많은 인파가 천제단으로 쏟아져나왔다. 직접 그 광경을 두 눈으로 보고 싶었던 것이다. 남녀노소 할 것 없이 제 스스로 움직일 수 있는 사람이라면 모두 그곳으로 나온 듯싶었다. 이렇게 사람들이 대거 모여 천신제를 지내게 된 것은 처음 있는 일인 듯싶었다. 그러나 이것은 어찌 보면 애초부터 당연히 예상된 바였다. 이미 이것을 준비할 때부터 이날은 하늘의 축제인 동시에 바로 자신들의 축제로 이해하고 있었던 것이다. 그곳에 가면 그 누가 아닌 바로 자신들이 풍작의 기쁨을 노래하면서 맘껏 먹고 마시며 춤출 수 있다는 사실을 모두가 알고 있는 바였다. 그러니 이날의 주역은 역시 백성들이었다. 물론 두말할 나위 없이 그 중심에는 단군이 서 있었지만 말이다. 이건 지난날 제사장이나 상층 관리들 위주로 진행하였던 천신제의 형태에서 벗어나고 있었다는 사실을 의미했다. 아사달의 천신제가 이렇게 된 건 그 어떤 토템을 위시한 제사장이 없었던 측면도 있었지만 무엇보다 그 정신적 토대가 달랐던 데에 있었다. 아니, 그보다는 차라리 그 진행에 있어 백성들이 자발적으로 참여했기 때문에 자연스럽게 되었다고 보는 편이 더 나았다.

　어쨌든 제사장이나 고위급 관리들이 없었다고 해도 아사달 지역민들을 비롯해 수많은 사람들이 운집해 있는 천제단 앞에서, 단군과 하백녀는 이들의 열렬한 환호를 받으며 등장하였다.

먼저 단군과 하백녀는 서로 맞절을 하며 하늘에 서약하는 형식으로 혼례식을 간단하게 마쳤다. 무엇보다 다음에 이어질 천신제가 중요했던 것이다. 이것은 혼례식을 축소시킨 것이 아니었다. 도리어 지금까지 단군이 아사달 사람들에게 베풀었던 것에 대해 그들이 할 수 있는 최상의 답례였기에 단군도 이에 기꺼이 응했다.

마침내 천신제가 거행되면서 분위기는 엄숙해졌다. 먼저 하늘에 예를 올리는 삼육대례三六大體가 행해지면서 하늘에 고하는 의식이 차분하게 진행되었다. 그것은 조용하다 못해 엄숙한 분위기 속에서 예를 올리는 것이었기에 조심스런 행동들 외에 별다른 것은 없었다. 사람들은 내심 천신제라 하여 대단한 것이라도 있을 줄 알았는데, 특별한 행사가 없는 것에 조금은 실망한 표정이었다. 아니, 좀 특이한 것이 있기는 있었다. 그것은 이곳 천제단에서는 지금껏 신비하게 모신 토템이나 정령들은 사라지고, 대신 그 자리에 하늘과 땅, 사람의 형상을 한 석상들이 자리하고 있었다는 점이었다. 그러나 그뿐이었다.

이런 가운데 예식을 마친 단군이 무슨 말을 하고자 함인지 사람들을 향해 돌아섰다. 그런데 말은 하지 않고 그들을 그저 바라보기만 했다. 아니었다. 단군은 지금 이순간, 사람의 지극한 정성이 통하면 하늘마저 감동한다는 사실을 절절히 깨달으며 자신의 그러한 마음을 사람들에게 전하고 있었던 것이다. 하지만 그것을 몰랐던 사람들은 의아해하며 멍하니 단군만 쳐다보았다.

그렇게 한참의 시간이 흘러갔다. 그런 가운데 수많은 눈들이 단군과 마주치면서도 어떻게 된 일인지 그 어떤 초조감이나 불안감이 사라지고 있었다. 그저 이런 모든 게 자연스럽다는 생각들뿐이었다. 그러기를 한참, 사람들은 갑자기 가슴이 뜨겁게 달아오르는 것 같은 기분을 느꼈다. 어쩌면 이것은 자신들이 그리 생각해서 그런 것인지도 몰랐다. 그러나 사실은 그게 아니었다. 어디선가 알지 못한 곳에서 솟아나온 정갈한 기운이 주위를 맴돌다가 사람들의 가슴을 타고 전해지면서 일어난 순간적인 변화였다. 그런데 그것은 거기서 멈추지 않았다. 그동안 잠잠했던 하늘과 땅의 기운이 요동치듯 별안간 움직이기 시작했다. 그러고는 마침내 하늘의 푸른 기운을 실은 빛줄기가 섬광을 일으키며 천제단에 쏟아졌고, 그에 화답하기라도 하듯 땅의 붉은 기운이 꿈틀거리다가 그것과 하나로 합쳐졌다. 그리고 그것은 불꽃을 튀기며 천제단의 주위를 휘감기 시작하더니 어느 순간 단군의 몸으로 스며들었다. 눈으로 보지 않았다면 도저히 믿기지 않을 일이었다.

사람들이 깜짝 놀라며 벌어진 입을 다물지 못한 가운데 단군의 낭랑한 음성이 울려퍼졌다.

"오늘은 하늘의 축제이자 사람들의 축제입니다. 바로 여러분 자신의 축제입니다. 왜냐하면 오늘이 바로 하늘의 뜻이 땅에서도 실현되는 새로운 인간 세상을 열어 그 뜻을 선포하는 날이기 때문입니다. 그러니 맘껏 환호하고 축배를 들도록 하십시다."

조용하던 천제단은 순식간에 사람들의 함성으로 떠나갈 듯했고, 그것은 쉬이 멈출 줄을 몰랐다. 이것은 일거에 분위기를 반전시킨 데에서 나온 거대한 환호였다. 그런 만큼 감동 또한 클 수밖에 없었다.

단군의 당당한 선포식을 끝으로 이제부터 본격적으로 축제의 자리가 열리게 되었다. 풍요로운 수확을 바탕으로 먹고 마시며 춤추면서 하늘에 감사하고 새로운 인간 세상을 만들어나가겠다는 자축 행사였다. 이것은 삼 일에 걸쳐 진행되었다. 그만큼 이때는 모든 게 풍족한 시기였던 것이다.

어쨌든 이 과정에서 그 감동을 잊지 못하는 사람들은 성통공완性通功完한 단군이야말로 새 세상의 주인이 될 분이라고 자연스럽게 얘기하며 다녔다. 그러자 그 소문은 급속도로 퍼졌고, 웅씨족과 범씨족, 그리고 천신족의 중심지에까지 알려지게 되었다. 지금껏 태고의 전설이 전해내려온 이래, 한 인물이 이렇게 수많은 사람들의 입에 회자되며 그 중심에 서게 된 일은 일찍이 없었다. 하지만 태고의 전설을 둘러싸고 새 세상의 중심에 서고자 하는 다른 이들에게는 단군이 경계의 인물로 여겨질 수밖에 없었으니, 그것은 새로운 파장을 불러일으키게 되었다.

14

전쟁의 소용돌이에 휘말리다

풍백은 아사달 지역에서 들려온 소식에 잔뜩 긴장하였다. 거기서 들려온 소식은 바로 단군이 새 세상의 주인이 되어 천신제까지 올렸다는 것이었다. 한편으론 역시 단군은 거불단 환웅의 아들이라는 생각이 없지는 않았으나, 우선 이것이 가져올 파장을 걱정하지 않을 수 없었다. 벌써부터 이 풍문을 전해 들은 사람들 사이에서는 여러 가지 말들이 많았다.

"아, 단군이 천신제를 지냈다고 하는데, 대단하지 않는가? 우리도 못 지낸 것을 말이야. 뭔가 다르기는 다른 모양이여. 하긴 단군은 우리 거불단 환웅의 아들이 아닌가?"

"그야 두말하면 잔소리지. 어릴 때 누구도 길들이지 못하는 기린마를 잡아탄 것을 보면 뭔가 다르기는 달랐지."

"그런데 말이야. 왜 우리 천신족에 돌아오지 않는지를 모르겠어. 아, 여기로 돌아와서 천신제를 지냈으면 얼마나 좋았겠어?"

"그것을 몰라서 하는 말인가? 거불단 환웅이 그 뒤를 물려주지 않아서 그러는 것이네. 그분께서 엄명하지 않았는가? 이제 자기 뒤를 이어 계승할 사람은 천부인이자 하늘의 경을 열 사람이라고 말이네."

"단군이 천신제를 지내는 것을 보면 꼭 좋게만 볼 것은 아니야. 아, 어떻게 보면 우리 천신족을 배반한 거지. 천신제야 우리 천신족에서만 지낼 수 있는 것 아닌가? 그런데 우리의 허락도 받지 않고 맘대로 지내는 것을 보면, 아무래도 자신에게 자리를 물려주지 않은 것에 뭔가 앙심을 품은 게 확실해."

"듣고 보니 그것도 일리가 있네그려. 허나 내가 보기에는 단군을 우리 천신족에 모셔와야 할 것이라고 보네. 그러면 그런 복잡한 문제가 다 해결될 것 아닌가? 또 요즘 다른 나라들에서 우리를 얼마나 업신여기고 있는가? 그것도 그분이 와서 다스리면 다른 나라들도 우리한테 함부로 하지 못할 텐데 말이야!"

"그거야 자네 바람이지. 아, 어떻게 오겠는가? 거불단 환웅이 물려주지 않았는데 말이야. 그러니 올 생각이 없는 것이네. 오려고 했다면야 진작 왔을 것 아닌가? 어쨌거나 우리 천신족 꼴만 우습게 되었어."

"지금 그런 걸 걱정하게 생겼는가? 정말 우려해야 할 건 이제 전쟁이 일어날 수도 있다는 거네. 우리가 이번에 천신제를 지내지 않는 게 뭐 때문이었는가? 그게 다 서로 천부인을 차지하려고 하기 때문에 그

파국을 막으려고 한 것 아닌가? 그런데 단군이 겁도 없이 그것을 해 버렸으니 어디 그게 그냥 넘어갈 문제인가?"

이런 소리를 들으며 풍백은 웅녀를 찾아뵈었다. 다른 문제도 아닌 단군과 관련된 사항에서는 웅녀의 얘기를 들어야 했던 것이다. 웅녀 도 이미 소식을 들어 알고 있는 눈치였다.

"왕자님께서 이번에 수신족의 하백녀와 혼례를 치른 모양이옵니 다. 천신족에서 이에 대해 아무런 도움을 드리지 못한 점, 신의 책임 이 크옵니다. 어쨌든 비록 늦었지만 경하 드리옵니다."

"내가 경하를 받을 자격이 있는지 모르겠습니다. 나 또한 까마득히 그런 소식을 모르고 있었는데……."

"어찌 그런 말씀을 하시옵니까? 아마 왕자님께서 황후 마마를 모시 고자 했을 것이옵니다만, 지금의 정세를 보고 마지못해 그랬을 것이 옵니다."

"글쎄요. 내 지금도 그 어린 것을 웅씨족의 비왕으로 보낸 일을 생 각하면……. 비록 어미라 해도 내가 해준 게 뭐가 있다고?"

이 점에 있어서는 풍백도 마찬가지였다. 단군이 천신족에 돌아오지 않는 것이야 이해할 수 있는 일이었지만, 혼례만큼은 알려줘야 하지 않겠느냐고 생각했다. 그러나 웅녀 앞에서는 그것을 내색할 수 없었 다. 어쩌면 그런 속마음을 알았기에 황후가 먼저 그 서운한 마음을 표 현하고 있는지도 몰랐다.

"왕자님께서 언젠가 꼭 황후 마마를 찾아뵐 것이옵니다. 그러니 서운한 마음을 푸시옵소서. 더욱이 지금 전해 들은 바에 의하면, 아사달 지역 사람들은 단군이 자신들을 잘 이끌어준다며 칭송하는 소리가 높다고 하옵니다. 하긴 저라도 거기에 있었다면 그리했을 것이옵니다. 이번에 우리 천신족도 수재를 입어 얼마나 큰 홍역을 치렀사옵니까? 헌데 미리 그것을 예견하고 대비한 덕택에 수해를 조금도 입지 않았다고 하니……. 더욱이 수재로 인해 각국에서 떠돌던 수많은 유랑민들까지 그곳에 거둬들였다고 하지 않사옵니까? 그러니 사람들이 성통공완한 신인으로 받들어 모시는 것이야 당연한 것 아니겠사옵니까?"

"하긴 그런 일들은 참 잘한 것이지요. 그런데 요즘 그쪽에서 들려오는 소식이 심상치 않다고 하더군요. 풍백 대신께서 마음고생이 많으실 텐데……. 어쨌든 모든 결정은 천신족에 이익이 되는 방향으로 그대가 알아서 결정하도록 하세요. 나나 단군을 생각하지 말고요. 내 말뜻을 아시겠지요."

풍백이 찾아온 이유를 눈치챈 웅녀가 그의 불편함을 덜어주기 위해서 한 말이었다. 실상 웅녀는 거불단 환웅이 천신족을 떠난 이래 조정의 일에 전혀 개입하지 않았다. 모든 것을 풍백에게 맡기고 있었던 것이다.

"어찌 그런 말씀하시옵니까? 신은 결코 모른 척하지 않을 것이옵니다."

"풍백께서 그리 생각하시면 아니 되지요. 대신이 가장 중요하게 생각해야 할 것은 천부인이자 하늘의 경을 여는 사람을 새 세상의 주인으로 받들라는 거불단 환웅의 유지를 따르는 게 아닙니까? 그게 바로 우리 천신족은 물론이고 온 제국의 앞날을 위한 길이라는 사실을 절대 잊으시면 아니 됩니다."

"황후 마마!"

"그리고 내 한 가지 청이 있는데……."

"하명하시옵소서."

"그동안의 소문이 맞는지 꼭 한번 그쪽에 확인을 해봤으면 합니다. 내 아들이라고 해서 그런 것은 아니고, 그런 무모한 일을 벌일 아이라고 생각되지 않아서 드리는 말씀입니다."

"심려 놓으십시오. 신도 그리 생각하고 이미 사신을 보내놓았사옵니다. 큰 염려는 하지 마시옵소서."

풍백은 돌아와서도 마음을 놓을 수가 없었다. 범씨족은 어차피 트집거리가 생겼으니 이것을 기화로 일을 벌이려고 할 것이 분명했다. 웅씨족 또한 자신들의 세력을 확장하려는 움직임을 보이고 있으니 결코 그냥 있지는 않을 것이었다. 더욱이 웅갈은 천신제를 지내자고 강력히 주장한 터였으니, 이번 일을 내심 단군과 천신족이 짜고 그렇게 벌인 것이 아닌가 하고 의구심을 가질 수도 있는 일이었다. 어떻게 파국을 피하려고 해도 이미 상황은 물 건너간 것만 같았다. 그러나 무엇보다 걱정인 것은 범씨족의 군사 행동이었다.

아니나 다를까 그즈음 범씨족에서는 아사달 지역의 소식을 듣고 이를 어떻게 대처할지 의견이 분분하게 오가고 있었다. 사실 호한은 우씨족을 손봐주려고 군사들의 출동을 준비하고 있었다. 이미 마씨족을 복속시킨 마당에 우씨족에 대한 공격을 늦출 수는 없었다. 더욱이 웅씨족에서 그들과 군사적 동맹 관계를 맺어 공공연히 그것을 시위하고 있었기 때문이었다. 이건 웅갈이 자신을 깔보고 감히 대항하겠다는 의사를 분명하게 표명한 것이었다. 이런 상황에서 칼을 빼들지 않는다면 그건 웅갈에게 마치 꼬랑지를 내리는 꼴이나 마찬가지였으니, 호한으로서는 도저히 참을 수가 없었던 것이다. 만반의 준비를 끝낸 호한은 곧바로 군사적 출동을 명령하려고 하였다. 그때 갑자기 아사달 지역의 소식을 들은 모사모 참모가 그를 찾아왔다.

"수장님! 우씨족에 대한 공격을 멈추시고 먼저 아사달 지역을 치시옵소서."

"뭐라고요? 그럼, 나더러 하룻강아지 범 무서울 줄 모르고 설치는 저 웅갈에게 꼬리를 내리라는 말이오?"

"그게 아니옵니다. 아사달 지역으로부터 들려온 소문에 의하면……."

"나도 그 소식을 들어 알고 있소이다. 허나 그거야 풋내기가 장난하는 짓거리이고, 우리에게 가장 큰 걸림돌이 되는 놈은 바로 웅갈이라는 자요! 더욱이 그놈이 기고만장해서는 감히 나에게 대적하겠다고 나서지 않았소? 내가 그놈을 먼저 손보지 않으면 내 꼴이 뭐가 되겠느냐 말이오! 단군 같은 풋내기나 상대한다면서 말이오."

"당연히 웅갈을 손봐야 할 것이옵니다. 헌데 먼저 단군을 이용하면 천신족을 꼼짝 못하게 할 수도 있고, 그 잘난 체하는 웅갈도 어쩔 수 없이 우리의 대의에 합류하게 만들 수가 있사옵니다."

"웅갈이 우리의 대의에 합류하게 만든다고? 어떻게 말이오?"

"단군이 천신제를 지냈다고 하는 소문이 있습니다. 그것을 따져 묻기 위해 우리 범씨족이 군사를 일으켰으니, 이 대의에 함께할 나라는 동참하라고 하면 되지 않겠사옵니까? 만약 합류하지 않는다면 그건 거불단 환웅의 유지를 받들지 않겠다는 것이 되니 천부인을 가지려고 하는 자라면 필히 응할 수밖에 없지 않겠사옵니까? 당연히 웅갈도 여기에선 예외가 아니지요. 어떻게 피할 명분이 없지 않사옵니까?"

"하기 싫어도 우리의 말을 따를 수밖에 없다? 그러고 보면 웅갈이라는 자는 내 명을 들어야 할 것이 아닌가?"

"바로 그렇사옵니다. 이것이야말로 우리의 가려운 곳을 긁을 수 있는 호기가 아니옵니까? 그러니 먼저 단군을 치자는 것이옵니다."

호한이 그제야 고개를 끄덕였고, 그것을 본 모사모가 다시 말을 이었다.

"하오나 그냥 우리가 일방적으로 군사를 일으켜 단군을 공격한다면 소기의 큰 성과를 달성할 수 없사옵니다. 먼저 천신족에 사람을 보내, 단군이 천신제를 지내는 것을 그들이 용인하였는가를 따져 물으시옵소서."

"그거야 당연히 그런 적이 없을 것이라고 대답하지 않겠는가? 그런데 왜 그런 것을 귀찮게 묻는단 말인가? 그냥 치면 되는 것이지."

"치더라도 명분을 확실히 만든 후에 공격하자는 것이옵니다. 뻔한

답을 할 것이 분명하니, 그야말로 우리 범씨족이 군사를 일으킬 완전한 명분을 얻는 게 아니고 무엇이겠사옵니까? 그러면 우리에게는 더는 거칠 것이 없지를 않겠사옵니까?"

모사모의 말에 따라, 호한은 먼저 천신족에 사신을 파견했다.

천신족의 풍백은 올 것이 왔다며 미리부터 긴장했다. 이미 아사달 지역으로부터는 그것이 오해라는 해명을 전해받은 상태였다. 천신제를 연 것이 아니라 풍작의 기쁨을 노래하기 위해 그냥 축제를 벌였을 뿐이고, 또 혼례를 치르는 과정 중에 하늘에 서약한 것이 그러한 오해를 불러일으켰다는 것이었다. 하지만 그거야 단군의 생각일 뿐이고, 문제는 호한이 그 사실을 얘기해도 곧이 듣지 않을 것이라는 점이었다. 그는 무거운 마음으로 운사, 우사를 비롯해 오가들을 불러들여 회의를 소집하였다.

"어쩌다가 왕자님께서는 호한에게 그런 빌미를 주셔서는 이리 상황을 복잡하게 만드시는 것인지……."

"그게 왕자님 탓입니까? 호한이 그걸 문제 삼은 게 나쁜 것이지."

"그러니까 아예 처음부터 그런 문제가 발생하지 않게 했어야지요. 그러면 일이 이렇게 되지는 않았을 것 아닙니까?"

풍백이 언쟁을 제지하며 입을 열었다.

"지금 누구를 탓하기 위해서 이 자리를 마련한 게 아닙니다. 지금 범씨족에서는 우리가 왜 천신제를 그쪽에서 열게 했냐고 따져 묻고 있는데, 이것을 어떻게 처리하면 좋겠습니까? 그 대책을 얘기해보시지요."

"그야 당연히 얘기하나 마나지요. 우리가 그렇게 한 것이 아니지 않습니까? 그리고 아사달 지역에서도 천신제를 지냈다고 하지도 않는데, 그거야 뻔한 대답이 아닙니까? 더욱이 천신제라면 당연히 우리 천신족에서 열어야지요. 그렇지 않습니까?"

"이 사람! 그런 얘기가 아니지 않소! 호한이 지금 이리 나오는 것은 전쟁을 일으킬 명분을 만들고자 하는 것인데, 만약 우리가 그렇게 대답하면 그는 얼씨구나 하면서 군사를 일으킬 것이 아니오? 그러면 그 뒷감당을 어찌하려고 그러는 겁니까? 그럼, 그때 가서 당신은 그걸 모른 척하겠다는 것입니까?"

"그러면 우리가 지원이라도 해야 한다는 말이오? 하지만 천신제를 지냈다고 해서 아사달을 응징하자는데, 도대체 우리가 무슨 명분으로 도와줄 수 있단 말입니까?"

"그럼, 어떻게 되든지 상관없이 우리는 지켜만 보고 있자는 것입니까? 이건 아사달 지역 문제로만 끝나는 것이 아닙니다. 곧바로 나라들 간에 전쟁으로 비화될 거라는 말입니다. 그리고 단군은 누가 뭐라고 해도 우리 천신족의 왕자요. 이런 사실을 모르고 지금 그런 말씀을 하시는 것은 아니겠지요?"

운사와 우사를 비롯해 오가들이 서로 옥신각신 다투는 것을 보자, 풍백은 한숨만 내쉬었다. 이런 사람들을 불러놓고 대책이라는 것을 세우려고 하고 있으니, 도리어 자신이 한심스럽게 느껴졌다.

"지금 우리가 서로 힘을 합쳐도 될까 말까 하는 상황이거늘, 어찌 이리 싸우려 들려고만 하십니까? 어쨌든 지금 상황으로선 파국으로 치닫지 않게 하기 위해서 최선을 다해야 할 것입니다. 허나 만약 그것이 되지 않는다면 우리 또한 본의 아니게 전란의 소용돌이에 휘말리게 될 것입니다. 그러니 앞으로 만반의 준비를 다해놓도록 하십시오."

그러고는 풍백은 범씨족의 사신을 불러들였다.

"범씨족에서 거불단 환웅의 유지를 받들려 하는 충심을 충분히 알아들었소. 허나 우리가 아사달 지역에 알아본 바에 의하면, 그건 몇몇 사람들이 그냥 지껄인 유언비어에 불과하다는 것을 확인하였소이다. 그러니 범씨족에서 걱정한 것처럼 크게 우려할 문제가 아닌 것 같소이다."

"이게 우려할 문제가 아니라면 도대체 뭐가 우려할 상황이라는 것입니까? 그럼 우리 범씨족이 천신제를 지내도 천신족에서는 아무런 이의를 제기하지 않겠다는 것입니까? 그것을 확답한다면 우리는 더는 문제 삼지 않겠습니다."

"어찌 그런 말을 함부로 내뱉는단 말이오?"

"그러니까 천신족에서는 다른 말을 할 것 없이 아사달 지역에서 천신제를 지내도록 했느냐, 안 했느냐 그것만 대답하면 되는 것입니다. 두루뭉술하게 넘어가지 마시고 분명하게 얘기해주면 나머지는 우리가 다 알아서 할 테니까요."

"내 분명하게 말하리다. 우리가 확인한 바에 의하면 그쪽에서 그런 사실이 없다고 하였소이다. 허나 범씨족에서 그것이 문제라고 한다면 우리가 알아서 조치를 취하도록 하겠소. 다시는 그런 문제가 불거지지 않도록 확답을 받아내겠다는 말이오. 물론 범씨족에게도 그런 확답을 받을 수 있도록 하겠소이다."

"그거야 하나 마나 하는 소리 아닙니까? 그런 말이야 누군들 못하겠습니까? 그리해서는 안 되지요. 그러고 보니 천신족에서 계속 단군을 감싸고도는 건 혹시 여기서 정말로 그리했기 때문이 아닙니까? 그렇지 않다면야 그런 적이 없다고 말하면 될 것을 가지고 왜 그러십니까? 게다가 이것이 어디 말로 넘어갈 문제입니까? 천부인도 열지 못한 자가 새 세상의 주인인 것처럼 행세하고 있으니, 이건 아무리 못해도 목을 내놓아야 마땅할 일이지요."

"천신제의 문제에 관한 한 어떻게 처리할 것인가는 먼저 우리 천신족에서 해결할 사항이오. 범씨족에서 먼저 나설 일이 아니란 것이지요. 그러니 우리의 조치를 먼저 기다리도록 하시오."

"그러니까 천신족에서는 그런 사실이 없으니, 알아서 응당한 책임을 묻겠다는 것이지요? 이거야말로 반가운 소리입니다. 허나 분명히 알아두셔야 합니다. 이것은 결코 천신족만의 문제가 아니니 어영부영 말 몇 마디로 그냥 넘어가서는 아니 된다는 점 말입니다. 만약 우리가 바라는 대로 응당한 조치가 취해지지 않는다면 우리는 그에 상응한 조치를 취할 수밖에 없을 것입니다. 그때는 천신족도 우리의 행동에 동참해야 할 것입니다."

한편 범씨족의 사신과 천신족의 풍백이 서로 옥신각신하고 있을
때, 아사달 지역에서는 이와 전혀 다른 문제를 논의하고 있었다. 신지
가 고시와 팽우, 그리고 성조 등과 함께 천신제를 지낸 이후의 상황을
어떻게 풀어갈지를 놓고 숙의하고 있었던 것이다.

"그러니까 지금 사람들의 고무된 분위기에 맞춰 나라를 세우자고
단군께 주청드리자는 것입니까?"

성조의 물음에 신지가 분명한 어조로 대답했다.

"그렇지요. 여기 아사달 지역에서도 나라를 세워야 하지 않겠습니
까? 어차피 이대로 갈 수는 없으니까요."

"하긴 이렇게 많은 사람들이 모였으니 이대로는 안 되겠지요. 어차
피 나라를 세워야겠지요. 헌데 말입니다……."

고시가 끼어들며 얘기하다가 말꼬리를 흐리자, 신지가 다시 되물었다.

"왜 그러십니까? 무슨 문제가 있어서 그러시는 겁니까? 말씀해보
시구려."

"다름이 아니라 나라를 세우면, 물론 단군께서야 그러시지 않겠지
만, 그게 또 백성들을 못살게 하는 굴레가 되는 것은 아닌지, 그게 걱
정되기만 해서요. 우리가 여기에 오게 된 게 다 나라의 수장이라는 사
람들이 백성들을 위하지는 않고 제 욕심만 채우려고 해서 그리된 게
아닙니까? 그러니 우리가 과연 나라를 세우고도 그들처럼 되지 않을
수 있을지…… 그걸 확신할 수 있을지 알고 싶어서요."

이것은 단군을 믿느냐 못 믿느냐 하는 문제가 아니었다. 그거라면

이미 궁궐을 짓거나 천신제를 지내는 과정에서 이들이 보여준 행동을 통해서도 얼마든지 증명할 수 있는 문제였다. 하지만 이들에게는 나라를 세우게 되면 그 수장이 권력을 독점하게 되고, 그때부터 그들의 지배를 받게 되면서 모든 것을 빼앗기고 말 거라는 두려움이 머릿속에 깊숙이 남아 있었던 것이다. 이것은 이미 이곳에 오기 전에 자신들이 애써 지은 양곡을 빼앗기는 서러움을 질리도록 경험했기 때문이었다. 그러니 차라리 그럴 바에는 누구에게도 권력을 독점시키지 않고 그저 자기네들끼리 오손도손 살았으면 하는 것이 이들의 소망이었던 것이다.

고시의 물음에 팽우와 성조도 같은 뜻을 내보이며 대답을 기다리는 가운데, 신지가 입을 열었다.

"글쎄요. 앞으로의 세상일을 어떻게 확신할 수 있겠습니까? 단지 우리가 어떻게 하느냐에 달려 있는 일이겠지요."

신지라면 뭔가 많은 것을 알고 있기에 분명한 확답을 할 줄 알았는데, 뜻밖에 그가 미적미적한 대답을 하자 고시가 실망스럽다는 듯 다시 반문했다.

"그렇다면 앞으로 어떻게 될지 아무것도 모르겠다는 말이십니까? 구태여 나라를 세우지 않더라도 모두가 행복하게 살고 있는데, 그런 확신이 없이도 그 길로 나가야 한다는 것입니까? 그거야말로 도통 이해할 수가 없습니다."

"하지만 새 세상의 주인이 나타난다면 그것은 달라지겠지요. 그때는 그야말로 새로운 인간 세상이 실현될 때이니까요. 하늘의 뜻이 땅에서도 이루어지는 그런 세상 말입니다."

다시 성조가 눈빛을 빛내며 물었다.

"그건 단군께서 하신 말씀이 아닙니까? 어쨌든 새 세상의 주인이 나타난다고요. 그럼 태고의 전설이 정말로 실현될 때가 되었다고 보시는 겁니까? 그리고 그분이 바로 우리 단군님이라는 말씀이시고요."

"그거야 아직까지 그 주인이 누구인지 밝혀진 바가 없으니 알 수 없지요. 하지만 분명한 것은 거불단 환웅께서 태고의 전설이 실현될 때가 되었다고 천명하셨다는 겁니다. 천부인이자 하늘의 경을 여는 자가 새 세상의 주인이라고요. 그래서 세상의 많은 자들이 그것을 차지하려고 그렇게 소란을 떠는 것이 아닙니까?"

"하긴 천부인이 열리지 않았으니……. 그 주인이 누구인지 간에 빨리 나타나기만 한다면야 우리로선 걱정거리가 없어질 텐데. 아니지. 그분이 등장하기 전까지 얼마나 또 티격태격하며 싸울 것인지…… 빨리 나오셔야 할 텐데…… 그런데 정말 그분이 누구신지 모르시는 겁니까?"

"그거야……. 그럼 여러분은 누구라고 생각하십니까?"

"저희들이 그걸 어떻게……. 하지만 지금 사람들이 하는 소리를 들으면 분명 단군님이 맞을 겁니다. 실상 이 세상에서 그 주인이 될 만한 분이 단군님을 빼고 어디 있겠습니까? 그거야 아마 삼척동자도 그리 생각할 겁니다."

팽우가 확신하듯 하는 말에, 고시가 다시 입을 열었다.

"그리고 보니 이제야 이해가 됩니다. 지금까지 나라를 세우려고 했으면 진작 그리하고도 남았을 텐데, 왜 단군께서 그리하지 않고 있으셨는지 말이오. 그게 다 지금의 나라들과 같이 백성들을 짓밟는 그런 형태가 아니라, 그것과는 완전히 단절된 새로운 인간 세상을 만들자고 해서 그런 것 아니었겠습니까?"

"바로 그렇습니다. 허나 문제가 되는 것은 그런 새로운 인간 세상이란 게 저절로 실현되는 게 아니라는 것입니다. 그 근본 토대를 확고하게 구축해야지요. 그러자면 단군께서 이리하시도록 우리가 적극 보좌해나가야 한다는 것입니다. 솔직히 말해서 단군께서 그리하자고 할 수야 없는 일 아니겠습니까?"

"그러니까 우리더러 나서자고 하는 거로군요. 그거라면 걱정하지 마십시오. 우리가 아니더라도 백성들이 그리할 것이니까요."

이후 아사달의 궁전 앞에는 사람들이 몰려와 단군께 주청하는 소리가 들려왔다. 그것은 새 세상의 주인으로 단군을 모시고 새로운 인간 세상을 만들어가자는 것이었다.

단군은 이 모든 것의 뒤에서 신지가 적극 움직이고 있다는 것을 벌써 알아차렸다. 그래서 그는 그것을 물리치기보다는 적극 받아들이기로 했다. 어차피 중요한 것은 진정으로 이들의 소망을 들어주는 것이라고 여겼던 것이다. 아니, 그보다는 어차피 백성들 사이에서 천신제의 얘기가 퍼져나간 상황에서 범씨족이나 웅씨족이 이에 대응해나올 것이 분명한 이상, 하루빨리 나라의 대오를 정비해 그들의 움직임에 대비하는 것이 급선무였기 때문이다.

결국 단군은 그들 앞에 나섰다.

"내 비록 가지고 있는 재주가 모자란다고 하더라도 새로운 인간 세상을 맞이하고자 하는 여러분의 숙원을 어찌 외면할 수 있겠습니까? 내 기꺼이 받아들일 것입니다. 그래서 나는 선포하고자 합니다. 홍익인간의 이념을 들고 내려오신 환웅님의 뜻을 받들어 하늘의 뜻이 이 땅에서 이루어지도록 여러분과 함께 이 길에 매진하겠다고 말입니다."

단군의 선언에 사람들이 함성으로 화답하였다. 다시 단군이 말을 이었다.

"허나 우리가 오늘 새로운 세상을 맞이하자고 그 기치를 높이 치켜들 수 있었던 것은 바로 마고성麻姑城 이래로 황궁씨, 유인씨, 환인, 환웅 등으로 복본複本의 길을 면면히 수행해온 과정이 있었기 때문입니다. 그 고달픈 수행의 과정이 없었다면 어찌 오늘의 이 자리가 있었겠습니까? 우리는 그것을 결코 잊어서는 아니 됩니다. 그래서 우리는 이곳 아사달 지역만이 아니라 바로 모든 천신족의 백성들이 평화롭고 복된 삶을 누리도록 해나가야 합니다. 이것이 바로 하늘의 뜻입니다. 자, 나와 함께 이런 새로운 길로 나아갈 수 있겠습니까?"

"물론이옵니다. 우리를 이끌어주신다면 그 어떠한 길도 마다하지 않고 나아갈 것입니다."

사람들은 이리 화답하면서 소리 높여 함성을 질렀다. 거기에는 새 세상의 주인이 단군이라는 무한한 자긍심이 깔려 있었다. 분명 아직 천부인이자 하늘의 경을 열지 못했지만 황궁씨, 유인씨, 환인, 환웅으로 이어진 그 정통의 위업을 계승하겠다는 단군의 의지로부터 그것을 확인했던 것이다. 그럴 수밖에 없는 게 그들은 그저 아사달 지역에서 단순히 나라를 선포하리라 생각하고 있었는데, 단군의 말은 그것을 뛰어넘고 있었던 것이다. 그가 새 세상의 주인이 아니라면 감히 이만한 배짱과 포부를 가질 수 없을 것이라고 그들은 마음속에서 단정 짓고 있었던 것이다.

그런 환호 속에서 단군은 나라의 기틀은 모든 천신족의 백성들을 하나로 했을 때 가능하기에 주요 책임자들의 임명은 보류할 것이나, 당장 일을 풀어나가야 할 문제 또한 존재하니 그 골간만을 마련하도록 하겠다면서, 기본적으로 가장 절실하다고 하는 직책의 관리만을 임명하였다. 여기에는 농업 생산을 책임지고 주관하는 관리로 고시를, 궁궐과 함께 백성들의 살림터를 주관하는 관리로 성조를, 또 백성들의 삶을 안착시키기 위해 땅의 개척을 주관하는 관리로 팽우를, 그리고 무엇보다 신료들의 좌장 격이면서도 왕명을 제때에 전달하고 각 관청으로부터 올라오는 소식을 보고하는 책임자로 신지를 임명하였다. 물론 군사 관리와 단군의 경호 대장으로는 발구루를 그대로 등용하였다.

사실 이들이야 신지를 빼고는 이미 아사달 지역에서 그 일을 맡아오고 있는 사람들인지라 크게 달라질 것이 없어 보였다. 하지만 그건 잘못 이해한 것이었다. 도리어 사람들로부터 신망을 받고 있는 사람들이 임용되었기에 그만큼 국가적 관리 체계가 단시일 내에 깊숙이 뿌리내릴 수 있는 기반이 형성될 수 있었다. 더욱이 새로운 세상을 맞이하자고 하는 그런 고양된 분위기 속에서 진행되었기에 더욱 철저할 수밖에 없었다.

사람들의 환영 속에서 임명식이 끝난 이후, 아사달 지역에서는 새로운 나라의 기틀을 세우기 위한 작업이 힘 있게 진행되었다. 상부의 책임자는 임명되었으나 그 아래에서 일할 사람들을 임명하는 절차를 마무리하고자 하였던 것이다. 이를 위해 부산하게 움직이는 가운데 사람들 사이에서는 단군의 관리가 되는 것에 응당한 자부심을 갖게 되었고, 그러다보니 어떤 계기를 통해 단군에 대한 호칭 문제를 놓고 의견이 분분하게 되었다. 지금까지 부르던 것처럼 단군이라고 해야 한다고 하기도 하고, 나라의 으뜸이 되었으니 수장이라고 불러야 한다고 하기도 하였다. 그렇지 않으면 아예 새로운 것을 만들어 단군과 선인의 합성어로 단인이라고 해야 한다고 하기도 하고, 환웅과 단군을 연결시켜 환군이라고 해야 한다고 하기도 하였다. 이것은 결국 그들이 모시는 단군을 어떻게 부르는가 하는 것이 그들의 자긍심과 목표를 분명하게 나타내는 것이었기 때문이었다.

이에 대해 신지는 명쾌하게 해석을 내렸다. 지금까지 복본複本의 길을 걸어온 황궁씨, 유인씨, 환인, 환웅의 뒤를 계승하면서도 하늘의 뜻이 땅에서 이루어지는 그런 새로운 세상을 맞이하는 것이기에 환웅과 다른 차별적인 것을 사용해야 한다고 했다. 그런데 단군의 존함이 단군檀君 왕검王儉이니 앞으로 그것을 살려 단군의 나라가 되어야 한다는 것, 하지만 그분께서 말씀하시기를 그 나라는 천신족이 모두 하나가 되었을 때 선포되는 것이라고 하였기에 바로 그때가 단군 왕검께서 나라를 개국하고 그 첫 시조가 될 것이라 하였다. 그리고 비록 그때가 되지 않았다고 하더라도 우리는 그것을 지향해야 하는 바, 단군 폐하라고 부르도록 하는 것이 합당하다고 정리했다. 이에 사람들도 고개를 끄덕이고 그 작업을 위해 박차를 가하려고 하였다.

하지만 그것이 채 끝나기도 전에 천신족의 사신을 받아들이면서 조정은 긴장에 휩싸이게 되었다. 분명 처음에 왔을 때 그 사정을 얘기해 주었음에도 다시 사신이 오게 된 것은 범씨족의 압박 때문이었다. 겉으로야 범씨족이 침략할 명분을 주지 않았으면 좋겠다는 것이었으나, 실상 그 내용을 따지고 보면 천신제나 새 세상의 주인이라는 말이 나온 것에 대해 단군이 책임지고 범씨족의 호한에게 머리 숙여 사죄하라는 것이었다. 이것은 나라의 골간을 세운 이래 나라의 안위와 관련돼 처음으로 맞이하는 중대한 문제였다.

마음 같아서는 호한이라는 자가 누군데 감히 이런 것에 시비를 거냐며 단숨에 박살을 내버리고 싶었다. 더욱이 단군을 새 세상의 주인이라고 치켜세우고 분위기가 고양되고 있는 이즈음에 더더욱 자존심을 세우고 싶은 마음이 굴뚝같았다. 허나 범씨족이 어떤 나라인가? 그 막강한 군사적 위력을 모르는 사람은 아무도 없었다. 아무리 단군이 뛰어나다고 하더라도 얼마 되지도 않는 군사로 그들을 상대한다는 것은 섶을 지고 불에 뛰어드는 격이었다. 아무리 봐도 지금의 상황으로서는 고개를 숙일 수밖에 없는 처지였다. 그런데 그걸 어떻게 단군에게 알린단 말인가? 그러니 애만 탈 뿐 어떻게 고할지 난감해 입을 열 수가 없었다.

조정 대신들이 모여 어떤 결론도 내리지 못하는 가운데, 마침내 단군이 발구루와 함께 등장하였다.

"어떻게 조정의 공론이 모아졌습니까?"

단군의 물음에 아무도 대답하지 못했다.

"그런 것을 가지고 그리 고심합니까?"

"무슨 좋은 계책이라도 있으시옵니까?"

단군이 너무도 쉽게 하는 말에 고시가 되물었다.

"그야 천신족의 풍백 대신이 하라는 대로 하면 될 것 아니겠습니까? 그까짓 고개 숙이는 일이 뭐 대수겠습니까?"

"네에? 어찌 그런 말씀을 하시옵니까?"

"그러면 우리의 역량으로는 도저히 막아낼 수도 없는데, 그들과 한판 붙자는 겁니까?"

"단군 폐하! 조정의 공론을 모으려 하오니 잠깐 자리를 피해주시옵소서."

신지의 말에 단군이 화답했다.

"아니, 왜 그러십니까? 그저 간단하게 결정 지으면 될 것을 가지고 말입니다."

"아니옵니다. 그리하시옵소서."

고시, 성조, 팽우, 그리고 하백녀가 함께 청하는 말에 단군은 그 요청을 받아들였다. 단군이 자리를 떠난 이후 신지가 입을 열었다.

"단군 폐하께서 왜 그리 말씀하시는지를 아시겠습니까? 조정 대신인 우리가 너무 안일하게 대처하고 있어서 질책하고 계시는 겁니다."

"그거야 나도 알겠지만 마땅한 계책이 떠오르지 않는지라……."

"계책이라니요? 죽기 아니면 살기로 싸우는 것 말고 무슨 대응책이 있다고 생각하십니까?"

신지의 신랄한 반문이었다. 실상 신지는 천신제를 지내자고 할 때부터 그것을 예측하고 있었다. 비록 그때가 빨리 앞당겨진 측면은 있다고 하더라도 언젠가 꼭 한 번은 부딪칠 수밖에 없는 필연적 수순이라고 보았던 것이다.

"그럼 그들과 전쟁을 벌이자는 것인데, 과연 이길 수 있다고 보시는 겁니까?"

"피하려고 해도 피할 수 없는 상황이거늘 어찌 그것을 외면하려고만 하시는 겁니까? 자, 보십시오. 범씨족 주변에 있었던 녹씨족과 마씨족이 어떻게 해서 복속되었습니까? 아무리 싸움을 피하려고 했지만 결국은 당하지 않았습니까? 하지만 우씨족을 보십시오. 웅씨족과 손을 잡고 일전을 불사하니 오히려 전쟁을 피하게 되었지 않습니까? 이게 바로 지금의 현실이라는 겁니다."

모두들 더 이상 반문하지 못했다. 실상 그들이 두려워하고 있는 문제의 본질이 거기에 있었다. 한번 범씨족이 목표로 삼은 이상, 어떤 요구 조건을 들어주더라도 그건 아무 소용이 없었던 것이다.

"그럼, 우리에게 남은 건 결단밖에 없다는 말씀인데……. 상황이 그렇다면 그리할 수밖에 없을 것인데, 만약 우리가 그리한다면 이길 방안은 있는 거요?"

"그거야 알 수 없는 일이지요. 여러분께서도 다 아시겠지만 모든 면에서 우리가 불리하지 않습니까? 단 하나 우리가 위안 삼을 것이 있다면 단군 폐하께서 이 싸움을 이끌 것이라는 사실이고, 만약 그분이 새 세상의 주인이라면 하늘은 결코 우리를 저버리지 않을 것이라는 거지요. 이게 우리 앞에 놓여 있는 분명한 현실이라는 겁니다. 여러분 어떻게 하시겠습니까? 세상의 운명을 놓고 한판 승부를 벌여보시겠습니까? 아니면 비굴하게 피하려 들다가 결국에는 우리가 이룩한 모든 것을 빼앗기고 가족들까지 무참하게 도륙당하겠습니까?"

"이런 상황이라면 우리가 무슨 결정을 하겠습니까? 이미 결정이 다 난 것 아닙니까? 오히려 어떤 측면에서는 속이 시원하기도 합니다. 적어도 우리의 대의를 내걸고 싸울 수 있을 테니까요. 아니 그렇습니까?"

"맞아요. 우리가 너무 겁을 먹고 안일하게 상황을 판단했습니다. 넋 놓고 당할 바에는 차라리 한 번 싸워보기나 해야지요."

이것은 지금까지 범씨족이 보여왔던 행로를 통해 필히 나올 수밖에 없었던 결론이었다. 만약 범씨족이 다른 소국의 항복을 그대로 받아들였다면 이렇게 쉽게 합의될 수 없었을 것이다. 어쨌든 이렇게 합의가 되자 위축되었던 분위기가 다시 살아나게 되었다.

"어차피 싸울 바에야 우리가 그들의 공격을 막아내고자만 할 필요가 뭐가 있습니까? 오히려 우리가 그들에게 역공을 가할 수도 있는 거지요. 차라리 우리의 대의를 알리고 다른 나라에도 우리와 함께하도록 요청하는 편이 더 낫지 않겠습니까?"

"맞아요. 우리가 싸우더라도 좀 더 유리한 조건을 가지기 위해서는 다른 나라의 도움을 받는 것도 한 방법이지 않겠습니까? 천신족이나 웅씨족의 군사적 지원 같은 거 말입니다. 물론 그들이 도와주지 않더라도 그게 대수이겠습니까만, 그래도 범씨족 편에 서지 않는다는 것 자체가 우리에게 큰 명분을 가져다주는 거 아니겠습니까?"

"어차피 기본은 바로 범씨족과 우리의 싸움에서 결정되지 않겠습니까? 자, 그럼 우리 서둘러 군사를 모집하도록 합시다. 온 백성이 하나가 되어 싸운다면 어찌 그들을 이기지 못하겠습니까? 그들이 아무리 무서운 군사라고 할지라도 그들도 엄연히 사람일진대, 우리하고 뭐가 다르겠습니까?"

"맞아요. 우리가 얼마나 준비를 철저히 했는가에 따라 싸움의 승패가 결정 나지 않겠습니까? 이번 기회에 그동안 무법자처럼 행세하던 범씨족의 호한이라는 놈의 그 기고만장한 코를 바로 우리가 납작하게 깨버립시다."

"그렇다면 더더욱 이러고 있을 상황이 아닙니다. 자, 자! 빨리빨리 움직여 만반의 준비를 다 하도록 합시다."

이리하여 그들은 곧장 그 자리를 나섰다. 나라의 골간이 될 기본 체계를 세우기 위해 노력하던 그들은, 이제 모든 것을 범씨족과 일전을 치르기 위한 준비로 방향 전환을 하였다.

여기서 고시와 성조, 그리고 팽우 등은 우선적으로 사람들을 모집하는 역할을 주로 담당하였고, 발구루는 그들이 뽑은 사람들을 군사적 대오로 편재하기로 하였다. 그리고 하백녀는 군대의 물자 지원을 담당하기로 하였다. 또한 신지는 여러 가지 사항들을 단군에게 보고하는 한편 대외 관계에 관한 문제를 맡기로 하였다.

신지 또한 곧장 단군을 찾아 이런 대신들의 뜻을 아뢰었다. 어차피 일은 이렇게 될 수밖에 없었다. 그것은 신지와 천신제를 지내자고 결정할 때부터 이미 각오한 바였다. 단군은 묵묵히 고개를 끄덕이다가 다른 것은 다 그대로 진행하라고 한 뒤에 다음 말을 덧붙였다.

"지금 대신들과 발구루 장군은 군사를 모집하기 위해 움직이고 있겠군요. 그런데 무엇보다 중요한 것은 싸우려고 하는 의지일 것이오. 그렇다고 한다면 대신께서는 왜 우리가 범씨족과 일전을 치를 수밖에 없는지, 그 이유를 백성들에게 소상하게 알리도록 조치해주시오. 그리고 또 은밀하게 화살촉을 많이 만들도록 하십시오."

"명을 받들겠사옵니다."

신지는 곧장 단군의 지시를 좇아 먼저 그 내용의 가닥을 잡아나갔다.

"범씨족은 지금까지 많은 나라들이 거불단 환웅을 중심으로 서로 협력하면서도 독립을 이루어 평화롭게 살아왔던 전통을 파괴하였다. 그들은 다른 나라를 침략하고 약탈을 일삼더니 급기야 이곳 아사달 지역에까지 그 야욕을 드러내기에 이르렀다.

그들은 우리 단군께서 새 세상의 주인이며 이곳 아사달에서 천신제를 지냈다는 소문만 듣고서, 어찌 천부인을 열지도 않고서 주인 행세를 할 수 있느냐며 이를 침공의 명분으로 삼는 바, 이것이야말로 적반하장 격이다. 사실 지금까지 관례로 되어왔던 천신제를 지내지 못하고 상황이 이렇게 된 원인은, 전적으로 범씨족의 호전적인 군사적 침략 때문이 아니었던가? 그렇다면 범씨족은 천신제를 운운하기 전에 먼저 이에 대해 책임을 통감하고 반성부터 하여야 할 것이다. 그런데 이들은 이에 대해서는 일언반구도 없다. 그래 놓고는 우리의 성의를 모아 축제를 연 것과 혼례식에 즈음하여 하늘에 서약한 것 등을 기화로 트집을 잡기에 이르렀다.

그들이 백성들의 몇 마디 바람을 가지고 문제 삼는다고 하는데, 도대체 그런 것이 뭐가 문제겠는가? 자기 나라의 백성들로부터 추앙을 받는 것이야 모든 수장들이 바라는 것이거늘 그것은 하등 문제될 것이 없다. 도리어 백성들로부터 지탄을 받는 것이 더 큰 문제일 것이다. 더욱이 단군이 환웅의 아들이라는 사실은 천하가 다 아는 일이거늘 무엇이 문제라고 할 수 있겠는가?

어쨌든 그것을 문제 삼는다고 한다면 이 세상에서 시빗거리가 생기지 않을 것이 어디 있겠는가? 오히려 범씨족의 호한이야말로 자신의 야욕에 불타 제 아비마저 몰라본 불한당이라고 할 수 있을 것이다. 그렇다면 바로 그가 만인의 지탄을 받고 물러나야 할 자가 아닌가? 이에 우리는 먼저 남의 허물이나 들춰내려고 할 것이 아니라, 자신의 처신부터 잘하는 것이 급선무라 여기는 바이다.

어쨌든 우리는 이런 말도 되지 않는 것을 더 이상 언급하고 싶지도 않다. 단 우리는 그들에게 분명하게 묻는다. 범씨족이 천부인을 언급한 이상 지금까지 내려온 태고의 전설을 믿고 따를 용의가 있는가? 만약 다른 속셈이 없고 그럴 의사가 있다면 남의 트집이나 잡으려 하지 말고 그 분위기를 조성하기 위해 노력하는 것이 옳을 것이다. 즉 지금까지의 침략을 일삼는 행위를 즉각 중지하고 다음에 있을 천신제 때 정정당당하게 대결을 벌이는 것이 옳지 않느냔 말이다. 만약 그대가 열 자신이 있다면 그것을 마다할 이유가 없을 것이며, 그리고 그대가 그것을 열어 보인다면 어느 누구도 그것을 부정하지 못할 터. 그때에 그대가 새 세상의 주인이 되는 것을 우리는 진심으로 환영하고 축하할 것이다.

진심으로 바라건대 호한, 그대는 우리의 제안에 따르라. 이것이야말로 두 나라 간에 파국을 막는 유일한 길일 것이다. 만약 그렇지 않고 우리를 침략하기 위한 빌미로 삼고자 한다면, 우리 또한 그것을 원하지 않지만 그렇다고 결단코 피하지도 않을 것이다. 거듭 경고하건대 만약 아사달에서 한 치의 땅과 한 포기의 풀이라도 건드린다면 온 백성이 일어나 용서하지 않고 그에 마땅히 응징하고야 말 것이다. 나아가 지금까지 다른 약소국을 침략하며 약탈하던 짓거리를 더는 하지 못하도록 그 버릇을 완전히 고쳐주고야 말 것이다. 이것이 우리의 분명한 의사임을 이 자리에서 강력하게 밝힌다.

자, 백성들이여! 범씨족의 침략에 맞서 하나같이 일어나 그들을 준엄하게 응징하자!"

그러고는 신지는 이런 내용을 수하들에게 외우게 하고는 곧바로 아사달 곳곳으로 보내 널리 알리도록 하였다. 그 결과 백성들의 반응은 상상을 초월했다. 어느 누가 감히 범씨족의 호한에게 이런 배짱 있는 태도를 내보일 수 있었단 말인가? 아무리 단군이 뛰어나다고 하더라도 상황이 불리한 조건에서 그저 넘어갈 것이라고 생각했는데, 과감히 맞선 그 모습에 모두들 가슴 벅차올라서는, 바로 단군이야말로 새로운 세상의 주인임이 틀림없다면서 여기저기서 자원하기에 이르렀다. 그러니 아사달 곳곳에서 일전을 불사할 각오로 모여든 사람들 덕에 모든 부분에서 군사적 대비에 박차를 가할 수 있었다.

이런 상황에서 신지는 대외적 조건을 마련하기 위해 각국에 아사달의 입장을 전달하는 동시에 군사적 지원을 받기 위한 목적으로 사신을 급파하였다. 특히 웅씨족에 대해서는 신경을 곤두세웠다. 그들의 입장이야말로 실질적인 지원을 받느냐, 그렇지 못하느냐의 관건이 되었던 것이다. 웅씨족이 움직이지 않는 상황에서는 천신족의 풍백 또한 군사를 내어주기가 쉽지 않을 것이었기 때문이다.

한편 단군의 사신을 맞은 웅씨족의 웅갈은 이상야릇한 감정을 가졌다. 사실 그는 벌써 천신족의 풍백이 보낸 사신을 받아들인 상태였다. 그때 풍백은 단군에게 범씨족의 호한을 달래는 안을 제시하도록 하겠지만 호한의 속셈은 침공의 명분을 만들려 하는 것이기에, 한편으론 전란을 예견하며 웅씨족 측에 군사적 지원을 해달라고 요청하였던 것이다. 이때만 해도 웅갈은 기분이 좋았다. 무엇보다 자신의 적수라고 여기던 단군이 호한에게 고개를 숙인다고 하니 여간 고소하지 않을 수가 없었다. 더욱이 그런 상황에서는 자신이 호한에게 별 문제도 아닌 것을 이유로 아사달을 침공한다는 것은 옳지 않다고 하면서 그의 행동을 제어할 명분을 주는 것이었다. 만에 하나 그래도 호한이 이를 어기고 침략을 자행한다면 그들이 서로 상처를 입고 지쳤을 때, 군사를 몰고 가면 최후의 승자는 바로 자기 자신일 것이라고 여기며 회심의 미소를 짓고 있었던 것이다. 헌데 그의 예측은 완전히 빗나가고 말았다.

아사달 지역에서 보낸 보고에 의하면 그들은 범씨족과의 일전을 불사할 각오로 준비를 하고 있다는 것이었다. 그런데다 범씨족의 호한을 훈계하고 꾸짖기까지 하면서 이제 자신들에게도 사신을 파견해 지원을 요청하니 여간 기분이 상하는 게 아니었다.

'허허! 내 꼴이 뭐란 말인가? 내가 단군 고놈의 손바닥 안에서 놀게 생겼으니…….'

역시 단군은 만만찮은 상대였다. 그런 자가 이제야 자신의 야심을 드러냈다고 생각하니 웅갈로서는 경계하지 않을 수 없었다. 아무리 생각해도 이번 기회에 단군이 범씨족에게 아예 박살나도록 내버려두는 게 낫지 않은가 싶었다. 어차피 군사적 지원을 하지 않으면 지금 상황에서 그들이 무슨 힘으로 호한을 당해낼 수 있겠는가? 가만히 놔두면 호한이 처리해줄 것인데, 그러면 손 안 대고 코 푸는 격이 아닌가? 그러나 이런 생각을 그의 측근 구무리가 반대했다.

"아니 되옵니다. 지금 우리에게 가장 큰 적은 호한이옵니다. 만약 호한만 제압한다면 수장님 앞을 막을 자, 그 누가 있겠사옵니까?"

"하긴 그것도 맞는 말이지! 하지만 말이야, 내가 단군의 꼼수에 움직이게 되었으니 그게 싫단 게야. 내가 중심이 되어 온 제국을 이끌고 호한을 혼내야 하건만, 그놈이 무슨 힘이라도 있는 것처럼 나서서 설쳐대는 통에 내 꼴이 영 우습게 되었어. 이게 도대체 말이나 되는가?"

"어찌 그런 사사로운 것에 연연하시어 큰 것을 놓치시려 하옵니까? 수장님께서 먼저 생각해야 할 문제는, 천부인을 열어 제국의 주인이 되는 것이옵니다. 그것을 위해서라면 그런 게 뭐가 그리 대수겠사옵니까? 도리어 우리를 대신해 싸워주고 있는 것이 얼마나 잘된 일이옵니까?"

"그래도 단군이란 놈은 맘을 놓아서는 안 돼. 그놈의 속은 너무나 깊어 그 음흉함을 쉽게 알 수가 없단 말이야. 조금만 방심해도 안 된단 말이야."

"그자가 아무리 날고뛴다고 하더라도 천부인을 열 만반의 준비를 해온 수장님을 당해낼 재간이 있겠사옵니까? 그런데 호한은 바로 그런 것을 무시하고 힘으로 밀어붙이려는 것이옵니다. 그렇게 되면 골치 아파질 겁니다. 사실 단군이 이리 나오는 것도 그가 무슨 꿍꿍이속이 있어서 그런 것이겠사옵니까? 어차피 호한이라는 놈이 무지막지하게 달려들 것이 분명하고……. 전쟁을 피할 수 없으니 그리 나오는 것이지요."

"하긴 자기가 무슨 수가 있겠어? 그러고 보면 단군이란 놈은 고지식하기 짝이 없어. 아, 이런 상황에서 맞붙자고 나오는 걸 보면 말이야. 좀 물러설 수도 있을 텐데 말이야."

어쨌든 단군이 범씨족과 일전 불사의 입장을 견지하고 있는 상황에서, 이제 전쟁은 더 이상 피할 수 없는 명제가 되어버렸다. 그러니 웅씨족 또한 이런 상황에서 어느 편에 설 것인가를 강요받을 수밖에 없었다. 결국 그들의 입장에서 썩 내키지는 않았지만 단군의 편에 설 수밖에 없었다. 그만큼 웅씨족 또한 범씨족의 군사력을 두려워했고, 궁극적으로 그들 또한 범씨족과 일전을 겨뤄야 하는 상황이었으니, 범씨족의 힘을 약화시키는 방향으로 나갈 수밖에 없었던 것이다.

마침내 웅씨족에서도 군사 징집령이 내려지면서 부산하게 움직이기 시작했다. 그리고 언제든지 출동할 수 있는 만반의 대비 태세를 갖춰가기 시작했다. 결국 범씨족이 아사달 지역에 시비를 걸면서 단군 진영도 군사적 준비를 하게 되고, 나아가 천신족과 웅씨족도 그 길에 합류함으로써 나라들 간의 전쟁은 피할 수 없는 상황으로 치달아갔다.

길을 잃으면, 출발점으로 되돌아가 다시 출발해야 한다

_ 설중환(고려대학교 인문대학 국어국문학과 교수)

우리가 길을 가다가 길을 잃으면 어떻게 하는 것이 가장 좋은 방법일까? 다시 본래의 출발점으로 되돌아가 거기서 다시 출발하는 것이 가장 빠른 길이다. 그렇지 않고 계속 거기서 머뭇거리며 방황하다가는 더욱 미로에 빠져버리게 될 것이다. 지금 우리는 길을 잃었다. 우리뿐만 아니라 온 인류가 길을 잃은 듯이 보인다. 정치경제적으로는 늘 평화와 번영을 추구한다고 하면서도 아직까지 전쟁과 빈곤으로부터 탈피하지 못하고 있다.

가야 할 길을 잃은 우리 민족은 다시 단군을 찾아야 한다. 단군 왕검의 고조선은 우리 민족에게 기독교의 에덴동산이나, 중국의 요순에 해당하는 태초의 낙원이다. 우리는 이 혼미한 세상을 벗어나 다시 낙원으로 돌아가야 한다. 『단군 왕검』은 길 잃은 우리에게 새로운 출발점을 제시해 주는 좋은 소설이다. 아니 소설이라기보다는 역사라 해야 마땅할 것이다. 저자 정호일은 단군 왕검의 역사를 마치 오늘 바로 눈 앞에서 보는 듯이 우리에게 이야기하고 있다.